DIE RACHE DES TODES

EIN FESSELNDER KRIMINALROMAN

DS TOMEK BOWEN KRIMI-THRILLER-SERIE
BUCH 1

JACK PROBYN

CLIFF EDGE PRESS

eBook ISBN: 978-1-80520-110-6
ISBN: 978-1-80520-111-3
Erste Auflage
Besuchen Sie Jack Probyns Website unter www.jackprobynbooks.com.

ÜBER DAS BUCH

Manche Geheimnisse verschwinden nie...

An der flachen Küste von Essex, tief im Herzen von Southend-on-Sea, wird in einer Kleingartenanlage die Leiche eines Mannes entdeckt, halbnackt und schwer verstümmelt.

Die Ermittlung fällt schnell an DS Tomek Bowen von der Essex Police, der dreißig Jahre zuvor seinen toten Bruder eines Abends nach der Schule an einem ähnlichen Ort und in ähnlicher Verfassung gefunden hatte.

Der Mord an seinem Bruder war zufällig gewesen, eine brutale und böse Tat, für die sein Mörder zu lebenslanger Haft verurteilt wurde. Doch als die Identität des Mannes aufgedeckt wird, wird klar, dass dies kein zufälliger Akt war. Das Opfer hatte eine finstere Vergangenheit, die ihm viele Feinde einbrachte. Feinde, die gekommen sind, um ihre eigene Form von Gerechtigkeit zu vollstrecken.

Aber als ein zweites Opfer auftaucht, wird DS Bowen klar, dass er einem Serientäter auf der Spur ist – einem Selbstjustiz-Killer, der sich selbst zum Richter, Geschworenen und Henker ernannt hat.

Als Tomek beginnt, die dunklen und verdorbenen Schichten im Leben der Opfer abzutragen, werden immer mehr Geheimnisse enthüllt, zusammen mit einer schockierenden Enthüllung, die Tomek dazu zwingt, alles, was er jemals über den Tod seines Bruders zu wissen glaubte, infrage zu stellen. Aber kann er den Killer fangen, bevor er erneut zuschlägt?

TRETEN SIE DEM VIP-CLUB BEI

Ihr KOSTENLOSES Buch wartet auf Sie

Verfügbar, sobald Sie dem Club beitreten
Holen Sie sich jetzt Ihr KOSTENLOSES Exemplar der Prequel-

Novelle zur DS Tomek Bowen-Reihe auf jackprobynbooks.com, wenn Sie meinem VIP-E-Mail-Club beitreten.

KAPITEL
EINS

Der Wind peitschte ihm ins Gesicht und blies Strähnen seines verfilzten, staubfarbenen Haares in seine Augen. Um ihn herum herrschte eine endlose Dunkelheit, nur unterbrochen von den Lichtern der Häuser zu seiner Rechten und den blinkenden roten Leuchtfeuern der Flugzeuge über ihm. Die Stille wurde hin und wieder vom donnernden Geräusch der Düsentriebwerke durchbrochen. Jedes Mal, wenn sie vorüberflogen, schienen sie noch mehr Licht zu verschlucken.

Man hatte ihm gesagt, er solle genau an dieser Stelle warten.

Zu genau dieser Zeit.

Aber es waren bereits fünfzehn Minuten vergangen, und er begann zu glauben, dass sie nicht kommen würde. Oder, schlimmer noch, dass jemand anderes kommen würde. Sie. *Die*. Die Polizei.

Die Kleingartenanlage war nur über einen einzigen Weg zugänglich. Wenn er umzingelt wäre, dann wäre es vorbei. Er wäre ein sitzendes Entenküken. Ein Reh, eingepfercht vor dem Erschießungskommando. Und diesmal, mit seiner Vorgeschichte, würden sie sicherlich nicht zögern, den Abzug zu betätigen.

Falls es so weit käme, würde er seine Hände heben und die Metallstücke willkommen heißen, die seinen Körper in Stücke reißen würden.

Aus fünfzehn Minuten wurden schnell dreißig, und er wartete weiter. Nervös. Er wickelte sich fester in seine Jacke, formte seltsame Figuren mit seinem Atem, der vor seinem Gesicht kondensierte. Träumte von der Berührung ihrer kleinen, zarten Hände auf seinem Körper. Vom Gefühl ihres weichen, wunderschönen Haares zwischen seinen Fingern.

Er war nicht der Einzige, der aufgeregt war: sein kleiner Soldat, wie er ihn gerne nannte, stand bereits stramm.

Der Hunger in ihm brannte. Härter und schneller als je zuvor. Sieben Jahre war er gezwungen gewesen zu warten. Sieben Jahre, zweihundertdreizehn Tage, bevor er die Erlösung, die Euphorie, das Vergnügen erleben konnte. Sieben Jahre, bevor er sich wieder daran erinnern konnte, wie es sich anfühlte, Macht über ein kleines Mädchen zu haben.

Sieben Jahre zu lang.

Er konnte nicht länger warten. *Wollte* nicht warten. Der Hunger in ihm war einfach zu stark. Ein eingesperrter Affe, der an den Gitterstäben riss.

Sein Penis stand weiterhin stramm. Ein loyaler Wächter, bereit und wartend, den Befehlen des Königs auf Abruf zu folgen.

Die Gegend war so dunkel, dass er das Zifferblatt seiner Uhr nicht sehen konnte. Bald würden die Flugzeuge ihre Sperrstunde erreichen und nicht mehr starten, und er wäre gezwungen, in der Stille zu warten.

In der Dunkelheit.

Sich gegen den Wind stemmend.

Träumend, sich vorstellend, fantasierend.

Und dann hörte er ein Geräusch. Es kam vom Eingang der Kleingartenanlage. Das Rascheln von Blättern. Kleine, zarte Füße, die die trockene Erde um sie herum zerbrachen. Ein roter Mantel, der im Wind wehte. Das war es. Sein Moment. *Ihr* Moment. Der, von dem er so lange fantasiert hatte. Angelica, so hieß sie. Wunderschöne, süße Angelica. Er stellte sich ihr Profilbild vor. Ein Foto eines siebenjährigen Mädchens, das überschwänglich lächelte – ihn anlächelte – vor einem Schwimmbad. In ihrem Badeanzug gekleidet.

Gummi-Schwimmflügel an ihren dünnen Armen, die noch nicht alt genug waren, um Muskeln oder Fett anzusetzen.

Kleine, dünne Arme, die leicht zu brechen wären, wenn sie Widerstand leisten würde oder wenn er das Gefühl hätte, noch mehr Kontrolle ausüben zu müssen.

Darum ging es. Um Kontrolle. Immer um die Kontrolle.

Bisher hatte er in seinem Leben alles kontrollieren können. Seine Bildung. Seine Karriere. Seinen Job. Den Eindruck, den er bei anderen Menschen hinterließ.

Aber als er drinnen war, eingesperrt in den vier Wänden seiner Gefängniszelle, gefangen mit den Tieren, die er seine Mitbewohner nannte, hatte er keine Kontrolle gehabt. Er hatte sich verloren gefühlt, machtlos.

Es war Zeit, das zu ändern.

Er hob seinen Kopf und blickte auf die Gestalt am Eingang der Kleingartenanlage.

Aber es war nicht die, die er erwartet hatte. Es war nicht die Gestalt eines kleinen, schüchternen Kindes. Stattdessen war es eine viel größere Gestalt, die sich gegen die Dunkelheit abzeichnete. Den Eingang blockierend.

Sein erster Gedanke war die Polizei. Sie hatten ihn gefunden. Sie hatten ihn endlich eingeholt. Wieder.

Aber als er das sanfte Schimmern des Mondlichts auf der Klinge in der Hand der Gestalt sah, wusste er, dass er falsch lag.

So verdammt falsch.

KAPITEL
ZWEI

Der Türgriff zu Tomeks Wohnung war ihm seit dem Tag, an dem er vor dreizehn Jahren eingezogen war, ein Dorn im Auge. Er stand seitdem auf seiner "To-Do"-Liste, und dennoch war er, wie bei allen handwerklichen Arbeiten, zu faul, um ihn zu reparieren. Und so fluchte und beschimpfte er weiterhin das leblose Objekt jedes Mal, wenn sein Schlüssel klemmte oder stecken blieb.

»Blödes Mistding.«

»Brauchst du Hilfe?«, fragte Molly hinter ihm, während sie ihre Hand unter sein Hemd schob und spielerisch seine Schulterblätter kitzelte.

»Gleich brauche ich sie.«

Mit ein paar weiteren Grunzern und Stöhnen und einigen ausgewählten Worten, bei denen seine ältere Nachbarin von der Straße einen Herzinfarkt bekommen hätte, hebelte er die Tür auf und fiel hinein. Die Wohnung war ein Durcheinander. Er hatte gewusst, dass er heute Abend Besuch bekommen würde, aber er hatte sich nicht die Mühe gemacht aufzuräumen. Die Erfahrung hatte ihn gelehrt, dass es für den Ausgang des Abends ohnehin kaum einen Unterschied machte.

Er warf seine Schlüssel auf das Sofa und ging direkt in die Küche. Dort fand er eine Flasche Weißwein, die seit seiner Abfahrt im

Kühlschrank gekühlt wurde. Eine, die er vorher vorbereitet hatte, ganz im Blue-Peter-Stil. Anthea Turner wäre stolz gewesen. Er schnappte sich zwei Weingläser, gefolgt von einer Handvoll Eis aus dem Gefrierschrank, und goss den Wein in die Gläser.

»Hier, bitte«, sagte er, als er das Glas herüberreichte.

»Versuchst du, mich betrunken zu machen?«

»Ich *muss* gar nichts versuchen.«

»Da ist jemand selbstbewusst.«

»Habe ich irgendwelche Signale falsch gedeutet?«

Das hatte er nicht, und beide wussten es. Ihr erstes Date seit Monaten. Ihre Beziehung hatte online begonnen, wie man heutzutage die meisten Leute kennenlernt, und er hatte die letzten Wochen damit verbracht, auf diesen Moment hinzuarbeiten. Sie war etwas jünger als sein üblicher Typ, aber das war nicht genug, um ihn abzuschrecken. Sie wirkte reif, intelligent und hatte einen guten Humor.

Und wenn es eine Sache gab, die er mehr als Sex brauchte, dann war es ein gutes Lachen.

Es dauerte nicht lange, bis beides passierte. Innerhalb von zwanzig Minuten hatten sie sich auf dem Sofa verloren, redeten, tranken, bauten die Unbeholfenheit ab und feilten allmählich an der sexuellen Spannung zwischen ihnen. Molly hatte den ersten Schritt gemacht. Sie lehnte sich über das Kissen und küsste seine Lippen. Sanft, zärtlich, warm. Und dann fanden sie sich im Schlafzimmer wieder, unter den Laken vergraben, ihre Körper und Glieder ineinander verschlungen.

Und dann war alles zusammengebrochen. Eine Barriere zwischen ihnen.

Sein Handy. Es klingelte auf dem Nachttisch.

»Ignorier es«, hatte er Molly gesagt, die kurzzeitig abgelenkt war. »Wenn es wichtig ist, werden sie noch mal anrufen.«

Das Problem war, er wusste, dass es wichtig *sein würde*. Und dass sie wieder anrufen würden. Sogar mehrmals, bis er antwortete. Es war fast Mitternacht, was bedeutete, dass es nur eine Person sein konnte. Die Arbeit. Die Gruppe von Menschen, die er seine Kollegen nannte. Sie störten ihn. Teilten ihm mit, dass etwas Schreckliches passiert war.

Dass die dunklere Seite der menschlichen Natur wieder aufgetaucht war.

Schon wieder.

Sie waren beide völlig nackt, als das Telefon zum fünften Mal klingelte. Wer auch immer am anderen Ende war, war hartnäckig, das musste er zugeben. Ein Name kam ihm sofort in den Sinn. DI Tony Hunt.

Offensichtlich abgelenkt von der ständigen Vibration auf dem Nachttisch, löste sich Molly von ihm und schnappte sich für ihn das Telefon.

»Wenn du nicht rangehst, tue ich es.«

Das wird die Sache richtig durcheinanderbringen, dachte Tomek bei sich. Tony würde das nicht gefallen. Der Mann mittleren Alters hatte selten mit einer Frau unter vierzig gesprochen, und Tomek konnte sich die Reaktion vorstellen, das Stottern, während er Mollys sanfter, aber verführerischer Stimme lauschte.

Er war versucht, sie es tun zu lassen.

Also tat er es.

»Hallo?«, antwortete sie. Wartete. »Er ist gerade etwas beschäftigt. Oh, du musst mit ihm sprechen? Ich gebe ihn dir.«

Widerwillig nahm Tomek das Telefon.

»Es sollte besser jemand tot sein.«

»Darauf kannst du wetten, Tommy-Boy.« Die schwachsinnige, nervenaufreibende Stimme eines Mannes, der versuchte, zwanzig Jahre jünger zu wirken, ließ das Blut aus Tomeks Penis in die pochenden Adern in seinem Kopf fließen. »Tut mir leid, dich zu stören, aber es gab einen Mord. Kleingarten in der Nähe des Flughafens Southend. Glaubst du, du könntest dein kleines Glied wieder in die Hose stecken und hierherkommen?«

»Ich bin so schnell wie möglich da.«

»Guter Mann. Sie klingt übrigens wirklich nett. Denkst du, du schaffst es, dass diese länger als ein Wochenende hält?«

Tomek verbarg das Grimassen hinter seinem Lächeln. Das Letzte, was er wollte - oder brauchte - war Beziehungsratschläge von Tony Hunt.

KAPITEL
DREI

Als Tomek ankam, waren bereits Flutlichter in allen vier Ecken des Schrebergartens aufgestellt worden, die den Salat, die Kartoffeln und die verschiedenen selbst angebauten Gemüsesorten der Pächter in ein gespenstisches Weiß tauchten. Die Lichter waren so hell, dass Tomek die Poren jeder anwesenden Person sehen konnte, die Risse und Furchen in ihren Gesichtern. Die einzelnen Grashalme auf dem Boden. Es gab kein Verstecken, keine Möglichkeit, seine Gefühle zu verbergen. Und alle sahen aus wie eine Mischung aus müde, schlaflos und deprimiert.

Ein leichter Regen hatte eingesetzt und durchfeuchtete schnell den harten Boden. In der Mitte des Schrebergartens versuchte ein Team von Spurensicherern, von Kopf bis Fuß in weiße und blaue Schutzanzüge gekleidet, ein forensisches Zelt um die Leiche herum aufzubauen. Im Hintergrund übertönte der ohrenbetäubende Lärm von Flugzeugen, die in den Himmel stiegen, jegliche Unterhaltung.

Tomek fand den Inspektor im Gespräch mit einem uniformierten Polizisten an der inneren Absperrung.

»Was nennst du das für eine Zeit, Sergeant?«

»Weit nach deiner Schlafenszeit«, antwortete Tomek. »Und meiner.«

»Sollen wir eine Notiz an alle Verbrecher schicken? Keine Morde nach Mitternacht.«

»Wenn du könntest. Ich brauche meinen Schönheitsschlaf.«

»Und deine junge Dame auch, wie es sich anhört. Glaub nicht, dass ich nicht weiß, wie lange man von deiner Wohnung hierher braucht, Tomek.«

Tomek war sich nicht sicher, wie er darauf reagieren sollte. Ja, er hatte sich Zeit gelassen. Ja, er war sich der Dringlichkeit bewusst gewesen. Aber die Leiche würde nirgendwohin verschwinden, und wie es aussah, er auch nicht. Das war etwas, womit er sich morgen befassen musste.

Nachdem sie ihre Schutzanzüge angezogen hatten, führte Tony Tomek durch die Wege des Schrebergartens zum forensischen Zelt. Um den nackten Mann herum standen drei Spurensicherer, ein Tatortmanager und ein Fotograf. Es gab kaum Platz für vier von ihnen, geschweige denn für die sieben, die sich dort aneinandergepresst befanden.

Tomek blickte auf den Verstorbenen hinunter. Er lag da, nackt, der Welt und den Elementen ausgesetzt, seiner Würde beraubt. Seine Kehle war aufgeschlitzt, die Klinge tief genug eingedrungen, um etwas Knochen freizulegen. Seine Brust war mit einer Blutblüte bedeckt, umgeben von Dutzenden Löchern, die seinen Brustkorb und Bauch durchbohrten, wie kleine chirurgische Einschnitte. Das Wort 'ARSCHLOCH' war in Großbuchstaben in seine Brustmuskeln geritzt worden, als ob der Mörder besorgt gewesen wäre, dass seine Handschrift nicht lesbar sein könnte. Direkt darunter befand sich sein Meisterwerk. Der Penis und die Hoden des Opfers waren massakriert und, was noch schlimmer war, entfernt worden. Tomek fand sie in den Mund des Opfers gestopft, wobei der schlaffe Penis über seine Unterlippe hing. Wie eine Kanone, die aus einem Loch in der Verteidigung eines Schiffes herausragt.

»Armer Kerl«, flüsterte Tomek zu sich selbst.

»Hoffentlich war er schon tot, bevor ihm das passiert ist«, stimmte Tony zu. »Ich könnte mir keinen schlimmeren Schmerz vorstellen.«

»Wer hat ihn gefunden?«

»Ein Mann und eine Frau. Sie sind draußen auf dem Parkplatz. Ich brauche dich bald, um ihre Zeugenaussagen aufzunehmen.«

»In Ordnung. Wie lange liegt er schon hier?«

»Sein Blut ist noch feucht. Und sein Körper ist noch warm. Also nicht lange.«

Tomek hielt inne, um nachzudenken. Er betrachtete den Körper noch einmal, diesmal richtete er seine Aufmerksamkeit auf den Kopf des Mannes. Ein Spurensicherer kauerte neben ihm, das Kameraobjektiv in seiner Hand schwebte nur Zentimeter vom Penis entfernt. Das würdeloseste Fotoshooting, das Tomek je gesehen hatte.

»Wo sind seine Kleider?«

»Nicht hier«, antwortete Tony sarkastisch. Tomek kannte den Mann gut genug, um zu wissen, dass er versuchte, witzig zu sein, aber es kam einfach nur unbeholfen und leicht tragisch rüber. Wie ein Elternteil, der einem Teenager einen unangemessenen Witz erzählt.

»Wir haben die Gegend durchsucht, aber ohne Erfolg«, unterbrach eine Stimme hinter einer Gesichtsmaske. Sie kam aus der Ecke des Zeltes. Veronica Isles. Die Tatortmanagerin, die für die gesamte Operation aus Sicht der Beweissicherung verantwortlich war. »Meine beste Vermutung wäre, dass der Killer sie mitgenommen hat. Sie waren nett genug, die Unterhose und Hose um seine Füße zu lassen.«

Tomek nickte verständnisvoll. »Ganz zu schweigen von den Schuhen. Nur für den Fall, dass er fliehen müsste.«

Er ging an einem Tatortermittler vorbei und hockte sich neben den Kopf des Opfers. Zu beiden Seiten lagen zwei Dokumente. Links eine Kopie des Führerscheins des Opfers. Rechts ein Dokument vom Strafvollzugsdienst Seiner Majestät. Tomek beugte sich näher, um sie zu inspizieren, und verglich das Gesicht auf dem Führerschein mit dem Gesicht vor ihm.

»Sieht aus wie er«, sagte er. »Natürlich ohne den zusätzlichen Anhang.«

»Natürlich«, echote Tony.

»Herr Timothy Rosenthal, geboren am 18. Juni 1985«, sagte er, diesmal sprach er mit dem Leichnam, ohne eine Antwort zu erwarten. Er fand es oft tröstlich, eine Praxis, die er als uniformierter Polizist entwickelt hatte. Ursprünglich getan, um das Grauen und die plötzlichen Emotionen zu lindern, die er nach dem Anblick seiner ersten Leiche erlebt hatte, hatte er es nun in seinen Prozess der Auseinandersetzung mit dem Tod integriert. Mit ihnen zu sprechen, humanisierte sie auf eine gewisse Weise, machte sie real. Unabhängig davon, was sie getan hatten, um welches Schicksal auch immer zu verdienen, das ihnen widerfahren war.

»Was hast du getan, um das zu verdienen, hm? Jemand mochte dich *wirklich* nicht.«

Er fand die Antwort in dem Dokument auf der anderen Seite von Timothys Kopf. Die Strafakte des Mannes. Sie verurteilte ihn wegen Vergewaltigung, sexuellem Kindesmissbrauch, Besitz von Kinderpornografie und Sodomie. Es kam nicht oft vor, dass Tomek so entsetzt war, dass er sich entschied, nicht mit den Toten zu sprechen. Nur unter extremen Umständen.

Dies war einer dieser Momente.

»Ist das *laminiert*?«, fragte er niemanden im Besonderen.

»Jap.«

»Laminieren Leute heutzutage noch? Ich dachte, das wäre nur eine Sache für Schulen und Krankenhäuser.«

»Ich wette, er hat sich zu seiner Zeit in einigen davon wiedergefunden.«

»Ja«, erwiderte Tomek. »Und ich wette, wenn du nicht vorsichtig bist, könnten wir dich auch in einem davon finden.«

»Fick dich«, spuckte Tony aus.

Tomek ignorierte den Kommentar und stand auf. Tony teilte ordentlich aus, wenn nicht sogar mehr. Genau wie alle anderen im Southend CID. Sie waren eine Gruppe von Taugenichtsen, die in einer Gefängnis-Aufstellung selbst nicht fehl am Platz gewesen wären.

»Zumindest wissen wir jetzt, wer er ist und wo er wohnt. Das hat unsere Arbeit tausendmal einfacher gemacht«, bemerkte Tomek. »Haben wir irgendwelche Hinweise darauf, wer der Mörder sein könnte?«

»Die Spurensicherung hat dort drüben einige Fußabdrücke gefunden.« Tony zeigte auf eine kleine Stelle mit Erde neben Timothy Rosenthals linker Hand, die mit einem gelben Kegel markiert war. »Aber das hier ist ein Schrebergarten. Sie könnten von jedem sein. Und der Boden ist wirklich trocken, also bekommen wir vielleicht keine gute Übereinstimmung.«

»Und da dachte ich, sie würden uns einen Gefallen tun.«

»Wo wäre denn da der Spaß?«

Es würde für einen frühen Feierabend sorgen, so viel wusste er. Er war müde und kämpfte dagegen an, nicht alle dreißig Sekunden zu gähnen. Die Gesichtsmaske half, es zu verbergen, aber sobald er sie abnahm, um mit den Hauptzeugen zu sprechen, kämpfte er auf verlorenem Posten. Er hätte dieses zweite Glas Wein nicht trinken sollen.

Wein war *nie* eine gute Wahl.

Herr und Frau Telford, oder Mark und Fiona, wie sie genannt werden wollten, waren ein Paar in ihren späten Vierzigern. Gekleidet in Sachen, die sie aussehen ließen, als hätten sie gerade einen Mann getötet – in ihren knielangen Anoraks mit Baseballkappen tief ins Gesicht gezogen – war Tomek sofort misstrauisch. Aber er war bereit, sich anzuhören, was sie zu sagen hatten.

»Ich schätze, die offensichtliche Frage ist«, begann Tomek, »was habt ihr mitten in einem Schrebergarten mitten in der Nacht gemacht?«

»Nun, wir...«, setzte Mark an, seine Stimme brach unter dem Druck.

»Ja?«

»Wir waren spazieren«, sprang Fiona ein.

»Mitten in einem Schrebergarten... mitten in der Nacht?«

»Nun... Wir... Wir mögen die Nachtluft. Es ist viel kühler hier draußen. Es ist viel sauberer.« Von der Intonation ihrer Stimme war klar zu erkennen, dass sie sich selbst nicht glaubte. »Und wir mögen die Sterne!«, fügte sie nachträglich hinzu.

Tomek durchschaute das sofort. »Und der *wahre* Grund, warum ihr hier wart?«

Die Wangen des Paares wurden rot und sie sahen einander an, wie Schulkinder, die beim Küssen hinter dem Fahrradschuppen erwischt worden waren.

»Also...«

Wenn Tomek dieses Wort noch einmal hören würde, war er bereit, dem Mann eine zu klatschen.

»Was war es?«, begann er. »*Corrie* war zu Ende, und ihr hattet Lust auf ein bisschen Graben im Schrebergarten? Ich glaube nicht–«

»Dogging...«

»Entschuldigung?«

»Dogging. Wir... kommen hierher zum...«

»Ach komm schon. Das ist doch nicht dein Ernst. Dogging. Wirklich? Hier?«

Das Paar zog sich noch mehr zurück. Er wollte nicht urteilen, ihre Beziehung war ihre Beziehung, ihre sexuellen Interessen waren *ihre* sexuellen Interessen – aber er konnte sich bessere Orte vorstellen, um miteinander intim zu werden. Irgendwo ohne den Schmutz, die Kälte, das Gras, die Blumen, das Risiko, gesehen zu werden. Aber vor allem irgendwo ohne den Schmutz.

»Es ist ein beliebter Ort in der Dogging-Community«, erzählte ihm Mark mit einem Anflug von Stolz.

Die Dogging-Community. Als ob es eine angesehene Gruppe von Menschen wäre, wo sie eine jährliche Hauptversammlung abhielten und am Ende des Jahres Auszeichnungen feierten.

Und der Preis für den Top-Dogger geht an...

Mit großer Mühe unterdrückte Tomek ein Kichern, indem er gähnte. Leider hatte er diesmal keine Maske, hinter der er sich verstecken konnte.

»Dies ist ein Hotspot für Leute... Leute wie uns«, fuhr Mark fort. »Sie kommen hierher, weil es abgelegen ist, es kaum Menschen in der Nähe gibt, und die Flugzeuge, die über uns fliegen, bedeuten, dass man so laut schreien kann, wie man will.«

Meine Güte.

Tomek hatte diese Antwort von Fiona erwartet, aber nicht von

Mark. Mark hatte ihn mit diesem kleinen Stückchen Ehrlichkeit überrascht.

»Schön zu hören«, antwortete er. »Und bei eurem romantischen Treffen heute Abend, habt ihr zufällig gesehen, was mit unserem Freund da drüben passiert ist?«

Das Paar sah sich an, als würden sie den anderen um Erlaubnis bitten, ehrlich zu sein. Etwas, was nach Tomeks Meinung keiner von beiden brauchte. Sie hatten bereits gezeigt, wie offen sie waren.

»Nein, ist die kurze Antwort.« Mark kratzte sich nervös am Hinterkopf. »Er war bereits so, als wir ihn gefunden haben. Sobald wir gesehen haben, in welchem...«, er hielt inne, um das richtige Wort zu finden, »*Zustand* er war, haben wir euch Leute angerufen.«

»Habt ihr nichts gehört?«

Ein Kopfschütteln.

»Irgendetwas gesehen?«

Noch ein Kopfschütteln.

»Ausgezeichnet. Nun, ich werde einen Abdruck eurer Schuhe nehmen müssen und euch für morgen auf die Wache einladen, damit jemand die vollständige Aussage aufnehmen kann, wenn das okay ist?«

Beide nickten zustimmend, und Tomek führte sie zu einem der Kriminaltechniker. Er überließ ihr die Erledigung der feineren Details. Eine Aufgabe, für die er dankbar war, dass er sie nicht mehr machen musste. Als er zur Tatortstelle zurückkehrte, fand er Detective Inspector Tony Hunt im Gespräch mit dem Pathologen. Ein Mann Anfang fünfzig, kurz vor der Rente, der genauso glücklich darüber war, mitten in der Nacht zu einem Tatort gerufen zu werden, wie Tomek darüber, eine junge Frau in seinem Bett zurückzulassen. Nicht nur, weil er ihre körperliche Berührung vermisste, sondern weil ihre letzten Worte, bevor er gegangen war, ihn verunsichert hatten.

»Machst du dir keine Sorgen, dass ich dich bestehlen könnte?«, hatte sie gefragt.

Er hatte gekichert und dann geantwortet: »Ich bin Polizist. Wenn du das tust, werde ich dich finden und ich werde dich töten.«

Aber er hatte nur gescherzt.

Und er hoffte, sie auch.

KAPITEL
VIER

Later an diesem Morgen war Tomek erleichtert, in einer Wohnung aufzuwachen, in der sich all seine Besitztümer noch am selben Platz befanden, an dem er sie zurückgelassen hatte. Nachdem er in den frühen Morgenstunden zurückgekehrt war – er war auf dem Schrebergarten schnell überflüssig geworden – hatte Tomek sich auf Zehenspitzen durch die Eingangstür geschlichen und war zu Molly ins Bett gekrochen. In der Zwischenzeit, während er wie ein egoistisches kleines Baby geschlafen hatte, hatten der Leiter der Spurensicherung und Tony Hunt auf das Urteil des Pathologen gewartet, ihre Untersuchung des Tatorts fortgesetzt und dann den Schrebergarten gesichert. Dabei hinterließen sie einen jungen Polizisten mit der unangenehmen und langweiligen Aufgabe, Wache zu stehen, bis es Zeit war, dass der nächste arme Tropf um zwölf Uhr mittags die Verantwortung übernahm.

Es war 7 Uhr morgens, als Tomek aus dem Bett rollte und unter die Dusche sprang. Innerhalb weniger Minuten war er gewaschen, abgetrocknet, angezogen und bereit zu gehen. Aber sein Gast hatte andere Vorstellungen. Im Bett bleiben, zum Beispiel. Sie vergrub sich in der mit Gänsedaunen gefüllten 10,5-Tog-Bettdecke, für die er bei The White Company ein Vermögen ausgegeben hatte. Er konnte es ihr kaum übel nehmen – es war vielleicht das Bequemste, worin er je geschlafen hatte, und oft fiel ihm das Aufstehen an manchen Morgen schwer – aber jetzt war nicht der richtige Zeitpunkt. Er hatte einen Mord zu untersuchen. Und niemand konnte mit einem toten Pädophilen diskutieren, der seinen Schwanz im Mund stecken hatte.

Tomek schubste sie sanft. »Hey. Wach auf.«

Sie bewegte sich, grunzte, dann rollte sie auf die andere Seite und vergrub ihren Kopf tiefer ins Kissen. Er konnte erkennen, dass dies nicht einfach werden würde. Einen Moment lang überlegte er, sie hochzuheben und aus der Wohnung zu tragen. Aber als Mann, der seit einigen Wochen die falsche Seite der Vierzig erreicht hatte, war er nicht mehr so zuversichtlich, was die Stärke seines unteren Rückens betraf, wie noch vor zehn Jahren. Ja, er achtete immer noch auf sich. Joggte jeden Morgen vor der Arbeit, trainierte gelegentlich im Fitnessstudio, spielte an den Wochenenden in der Fußballmannschaft der Kriminalpolizei. Aber die Leiden des Alterns schlichen sich an ihn heran. Und der Sport war nur ein Mittel, um die Auswirkungen seines gewohnheitsmäßigen geselligen Trinkens nach der Arbeit und der langen Phasen hinter dem Computerbildschirm zu dämpfen. Er wurde nicht jünger, aber auf der positiven Seite wurde das auch sonst niemand.

»Hey«, sagte er noch einmal, diesmal stieß er sie nachdrücklicher an. »Ich muss zur Arbeit. Du musst gehen. Ich kann dir ein Taxi rufen.«

Sobald ihr klar wurde, dass sie rausgeworfen wurde, drehte sich Molly zu ihm um. »Hast bekommen, was du wolltest, und jetzt willst du mich loswerden?«

»Es ist die Arbeit. Ich kann nichts daran ändern. Ich rufe dir ein Taxi.«

»Aber du hast gesagt, dass du vielleicht nicht zur Arbeit musst.«

Tomek durchsuchte sein Gedächtnis und versuchte, sich an den Moment zu erinnern, in dem er das gesagt haben sollte. Er kam zu keinem Ergebnis.

»Es ist einfach so«, antwortete er. »Das gehört zum Job.«

Fünf Minuten später, nachdem sie hektisch ihre Sachen zusammengesucht hatte und sich nicht ganz sicher war, ob sie alles eingesammelt hatte, sprang Molly in ein Taxi. Bevor er sich verabschiedete, gab er ihr einen Zwanziger und sagte ihr, er würde ihr schreiben, aber dass die Ermittlung den Zeitrahmen diktieren würde, in dem er das tun könnte.

Sobald sie sicher die Straße hinuntergefahren war und keine Chance bestand, dass sie zurückkommen würde, schloss Tomek die Haustür seiner Wohnung ab und machte sich auf den Weg zur Polizeistation.

Das Hauptquartier der Ermittlung befand sich in einem niedrigen, unscheinbaren Gebäude, einen Steinwurf vom Amts- und Landgericht von Southend entfernt, direkt im Zentrum der Stadt. Der Sitz der Essex Kriminalpolizei war im zweiten Stock, im Ostflügel des Gebäudes. Es war nicht viel, aber es war ihre Heimat. Drei Reihen von Schreibtischen erstreckten sich von einem Ende des Raumes zum anderen, mit drei Büros, die durch bodentiefe Fenster abgeschirmt an der Rückwand lagen. Eines für den Kriminalhauptkommissar. Eines für den Polizeioberrat. Und das andere für Kriminalkommissar Tony Hunt. Durch ein Wunder hatte es der Kommissar geschafft, sich einen privaten Raum zu ergattern, ein eigenes Zimmer. Wahrscheinlich war das das Beste, da die Moral im Team auf einem Allzeithoch war, wenn er nicht anwesend war, seine bescheuerten Witze riss und sich bemühte, gemocht zu werden.

Als Tomek jedoch zuerst ankam, befand er sich in der unglücklichen Lage, im ersten Büro zu stehen. Dem Zuhause von Kriminalhauptkommissar Nick Cleaves. Nick war ein Mann jenseits der Fünfzig, kahlköpfig, klein und mit einem Hintern so groß wie sein Bauch. Er war die Art von Mann, der fast dreißig Jahre im Dienst gearbeitet hatte und nichts getan hatte, um zu verhindern, dass man es ihm ansah.

Tomek fand ihn in seinem Stuhl sitzend, den Blick auf seinen Computerbildschirm gerichtet.

»Sie haben gerufen, Sir?«

Nick seufzte schwer, als ob Tomek ihn bei etwas Wichtigem gestört hätte, obwohl Nick derjenige gewesen war, der das Treffen anberaumt hatte.

»Setz dich, Tom.«

Tomek tat, wie ihm geheißen, und stellte den Kaffee, den er an der Maschine gemacht hatte, auf den Schreibtisch.

»Ich habe mit Tony gesprochen«, begann Nick. »Er sagte, du warst gestern Abend spät dran.«

»Aufgehalten, Sir.«

»War es etwas Wichtiges?«

»Nicht besonders«, antwortete Tomek. »Wird nicht wieder vorkommen, Sir.«

»Das will ich für dich hoffen. Um deinetwillen. Ich kann dich nicht weiter so verteidigen, Tom. Die Anzahl der Male, die ich dir die Eier auf einem Silbertablett hätte servieren sollen... Das ist nicht mal mehr lustig.«

»Ich würde nicht im Traum daran denken, über Sie zu lachen, Sir.«

Noch ein Seufzer. Diesmal schwerer. Das Geräusch, zusammen mit dem stetigen Zusammensacken seines ganzen Körpers, war inzwischen synonym mit Nick im Allgemeinen geworden. Es war Teil seines Charakters, seiner Persönlichkeit. Tomek hätte ihm die beste Nachricht der Welt mitteilen können, und er hätte immer noch genauso reagiert, als hätte man ihm gesagt, dass er eine Pferdewette verloren hätte. Es war eine Konstante im Büro, und Tomek liebte es. Er hatte sich immer gefragt, ob Nick an einem Lungenproblem litt, aber letztendlich wurde ihm klar, dass der Mann einfach nicht gerne dort war, wo er sich gerade befand, egal zu welchem Zeitpunkt. Die beiden arbeiteten seit über einem Jahrzehnt zusammen, seit Tomek als Polizeikonstabel während einer Mordermittlung, in die Tomeks Freund verwickelt war, Eindruck gemacht hatte. Seitdem hatte Tomek immer neue und innovative Wege gefunden, Nicks Geduld – und ihre Beziehung – auf die Probe zu stellen.

Nicks Gesicht verzerrte sich. Etwas beschäftigte ihn, und es war deutlich zu sehen, dass es darauf drängte, ausgesprochen zu werden. Tomek wartete darauf zu hören, was es war.

»Warum machst du das immer wieder?«, fragte er.

»Was mache ich, Sir?«

»Von einer Beziehung zur nächsten springen?«

»Ich verstehe nicht, was das mit irgendetwas zu tun hat.«

»Meine eigene Neugier. Etwas, worüber ich mich immer gewundert habe. Liegt es daran, dass du nie etwas mehr geliebt hast als dich selbst? Dass du dich nie wirklich jemandem hingeben konntest?«

Tomek zögerte, bevor er antwortete. Er hatte nicht erwartet, dass das Gespräch so tiefgründig und persönlich werden würde. Überhaupt nicht. Besonders so früh am Morgen. Vielleicht war es jetzt Nicks Reihe, *seine* Geduld auf die Probe zu stellen.

»Ich langweile mich schnell«, log er.

Die Wahrheit war, dass er genau wusste, was sein Problem war. Dass er zu viel Angst hatte, jemanden an sich heranzulassen. Dass er sich der Liebe nicht würdig fühlte. Dass die Bärenfalle der Emotionen an ihm kleben blieb, wenn die Dinge zu intensiv wurden. In seinen vergangenen Beziehungen, in den wenigen Momenten, in denen er sich erlaubt hatte, vollkommen verletzlich zu sein, war er schlecht behandelt und gebrochen worden, ein Symptom dessen, was er glaubte zu verdienen. Also war es nur fair, wenn er es jemand anderem antat, bevor sie es ihm antun konnten.

Nick grunzte, und der Ausdruck auf seinem Gesicht deutete darauf hin, dass er kein Wort von dem glaubte, was Tomek sagte. Ihre Partnerschaft war so, dass sie den anderen mühelos durchschauen konnten.

»Wir bekommen heute eine neue Kriminalkommissarin«, fuhr Nick fort. »Heute Morgen. Eine Überfliegerin von der Met. Sie kommt mit besten Empfehlungen, und nach dem Wenigen, was ich mit ihr gesprochen habe, ist sie begierig darauf, sofort loszulegen. Als Strafe dafür, dass du gestern Abend zu spät warst, möchte ich, dass du sie dem Team vorstellst. Brich das Eis und hilf ihr, sich einzuleben.«

»Sie möchten, dass ich ihr IT-Support bin, Sir?« Tomeks Mundwinkel zuckte zu einem Lächeln.

»Herrgott, nein. Nicht nach dem, was du letztes Mal getan hast.«

Tomek kicherte in sich hinein und erinnerte sich an die Zeit, als Nick ihn gebeten hatte, eine Einstellung auf seinem Handy zu ändern, und er stattdessen seine Texteinstellungen so verändert hatte, dass jedes Mal, wenn Nick 'Nick' in die Textleiste tippte, es zu 'Gemeiner Nick' wurde.

»Wie lange bleibt sie bei uns?«, fragte Tomek.

»Auf lange Sicht, wie mir gesagt wurde. Was bedeutet, dass du dich von deiner besten Seite zeigen musst. Will nicht, dass du sie mit deinen Geschichten über dieses Drecksloch verscheuchst.«

»Southend mag ein Drecksloch sein, Sir, aber es ist unser Drecksloch. Und wir sind stolz darauf.«

Nick antwortete mit einem spöttischen Blick und wandte dann seine Aufmerksamkeit der Uhrzeit zu.

»Sie wird bald hier sein. Du hast zwanzig Minuten. Ich berufe um neun eine Besprechung ein, also sei bis dahin fertig.«

Tomek hob seine Hand zum Kopf in einer Salutierung. »Jawohl, Kapitän!«

———

Er fand sie wenige Augenblicke später wartend im Eingangsbereich des Gebäudes. Sie stand mit ihrem Gewicht auf einem Bein, Schultertasche an der Hüfte baumelnd, mit dem Rücken zu ihm. Ein Schirm aus brünettem Haar hing zwischen ihren Schulterblättern, und ein langer marineblauer Mantel hing einige Zentimeter über ihren Knöcheln.

»Kommissarin Hamilton?«

Sie drehte sich auf der Stelle zu ihm um, ihr Haar holte den Rest ihres Gesichts kurz darauf ein.

»DS Tomek Bowen«, sagte er und streckte ihr die Hand entgegen.

Sie nahm sie. »Rachel. Schön, Sie kennenzulernen, Sir.«

»Ebenfalls. Gute Anreise gehabt?«

»So gut wie möglich. Die Züge sind viel leerer, wenn man zu dieser Zeit am Morgen aus London rausfährt.«

»Da musst du aufpassen. Ich bin schon ein paarmal gestrandet. Besonders mitten in der Nacht. Sie sind nicht so zuverlässig, wie sie dich glauben lassen wollen. Obwohl wir einen Platz in der Besenkammer haben, der je nach Müdigkeitsgrad recht bequem werden kann.«

»Ich bin es nicht fremd, im Büro schlafen zu müssen«, sagte sie.

»Gut. Dann wirst du dich hier richtig wohlfühlen. Sollen wir?«

Mit einem Nicken und einem Lächeln gab Rachel ihm die Erlaubnis, sie dem Team oben vorzustellen. Auf dem Weg nach oben stießen sie auf Tony. Nach einer kurzen Vorstellung, die so knapp wie möglich gehalten wurde, führte Tomek sie durch die Türen am oberen Ende des Treppenhauses und begann den langen Weg über die gesamte Länge des Gebäudes.

»Wir nennen ihn Lauwarmer Tony«, sagte er.

»Aha.« Die Betonung in ihrer Stimme deutete darauf hin, dass sie wissen wollte, warum, aber zu schüchtern war, um zu fragen.

»Er hat diese seltsame Sache mit seinem Kaffee: Er wartet gerne, bis der Wasserkocher abgekühlt ist, damit er die Kaffeegranulat nicht verbrennt. Dann, als ob das nicht schon seltsam genug wäre, kann er ihn sowieso nicht heiß trinken, also fügt er etwa einen Liter Milch hinzu, damit er Zimmertemperatur erreicht. Bis er schließlich seine Lippen berührt, ist er schon ein paar Tage tot. Daher der Name.«

»Alles klar.«

Tomek konnte die Beurteilung in ihrer Stimme spüren. Und in ihrem Gesicht.

»Wir haben noch einen anderen Spitznamen für ihn. Aber ich bin sicher, du kannst dir vorstellen, was das sein könnte.«

Sie zögerte.

»Hast du in der Schule jemals Reimpaare studiert?«

Und dann ergab es Sinn.

Am Ende des Korridors traten sie durch eine Doppeltür in das Hauptbüro des Teams für schwere Straftaten. Die Zentrale. In der kurzen Zeit, in der Tomek weggegangen war, waren die restlichen Mitglieder des Teams hereingeströmt, eine Mischung aus Furcht und Aufregung auf ihren Gesichtern eingeprägt. Der Beginn einer neuen großen Ermittlung war immer angespannt und schuf einen Schmelztiegel der Emotionen.

Nichts geht über eine herzliche Einführung, um die Dinge zu beruhigen.

»Morgen, ihr alle«, verkündete Tomek und winkte mit der Hand, um die Aufmerksamkeit aller zu erregen. »Ich möchte euch DC Rachel Hamilton vorstellen, die aus dem großen Dunst da drüben zu uns kommt.« Er zeigte auf ein Fenster mit Meerblick, in die komplett entgegengesetzte Richtung von London. »Wir haben Großartiges über dich gehört, jetzt ist es an der Zeit, es auf die Probe zu stellen.«

Sofort stand das Team auf und schlurfte herüber. Einige unbeholfen, andere selbstbewusst. Insgesamt bestand die Truppe aus acht Personen, Tomek eingeschlossen. Ein Detective Inspector, in Form von Lauwarmer Tony. Als Nächstes in der Nahrungskette kam Detective Sergeant Sean Campbell, eine turmhohe Gestalt von einem Mann, gebaut wie ein Scheißhaus aus Ziegelsteinen, den Tomek als seinen engsten Freund betrachtete. Sie waren zusammen aufgestiegen und hatten den Großteil ihrer Karrieren miteinander verbracht, also war es nur fair, dass sie auch außerhalb der Arbeit viel Zeit miteinander verbrachten.

»Wir nennen ihn gerne Sean Kingston«, sagte Tomek, als sie sich vorstellten.

»Nicht nur, weil ich wie er aussehe«, fügte Sean hinzu und verschlang Rachels Hand in seiner.

»Sondern weil er meint, er könne wie er singen. Und er hört ihn bei jeder gottgegebenen Gelegenheit.«

»Ich finde nichts Falsches an ein bisschen 2000er R'n'B«, sagte Rachel mit einem Lächeln. »Ich höre das auch ab und zu.«

»Ihr beiden könnt euch dann ja einen schönen ruhigen Raum für euch suchen«, sagte Tomek, bevor er Rachel dem nächsten Teammitglied vorstellte.

DC Chey Carter.

»Chey hier war das neueste Mitglied des Teams bis zu deiner Ankunft. Er ist auch der Jüngste. Kam zu uns, als er noch ein winziger Knirps war. Fast frisch aus dem Mutterleib.«

»Was natürlich bedeutet, dass ich viel Scheiße abbekomme«, sagte Chey, als er näher kam und seine Designerbrille weiter seine Nase hochschob. »Und ich bekomme all die Scheißjobs, die niemand machen will. Aber das macht mir nichts aus. Alles Teil des Lernprozesses, schätze ich!«

Chey hatte schon immer eine positive und, ganz ehrlich, dumme Einstellung zu der Art, wie er innerhalb des Teams behandelt wurde. Aber niemand sonst war bereit, das zu ändern.

»Chey ist ein bisschen wie ein Hund«, fügte Sean hinzu. »Für ihn ist alles Spaß und Spiel. Und er ist einfach froh, hier zu sein.«

Rachel schenkte ihm ein mitfühlendes, mütterliches Lächeln, als sie sich ihm vorstellte. »Und wie lautet *dein* Spitzname?«

»Du lernst schnell«, sagte Tomek. »Ich glaube, du wirst dich hier gut einleben. Chey, willst du diese Frage beantworten, Kumpel?«

Chey zögerte nicht. »Chey-enne Pfeffer«, antwortete er, unfähig, das Lächeln von seinem Gesicht zu reißen. »Weil ich bissig werde, wenn ich mich verteidigen muss.«

»Und weil er viel furzt«, fügte Tomek hinzu. »Seine Mutter macht ein verdammt gutes Tikka Masala. Setz dich bloß nicht neben ihn, wenn er mal eines mitbringt.«

»Danke. Ich werde das im Hinterkopf behalten.«

Als Nächstes kam Detective Constable Anna Kaczmarek. Eine erfahrene Ermittlerin mit über zwanzig Jahren im Dienst, sie war so beeindruckend wie unterhaltsam. Dreifacher Wortwert war ihr Name, wegen ihres schwer auszusprechenden Nachnamens und der Anzahl an Punkten, die man bekäme, wenn man ihn in einer Runde Scrabble spielen würde.

Nach ihr kam Oscar Perez, ein weiterer Detective Constable mit ähnlich langer Dienstzeit.

»Wir nennen ihn Käpt'n Eigentlich«, flüsterte Tomek in Rachels Ohr, als er wegging.

»Warum?«

»Weil du sicherstellen musst, dass du absolut, hundertprozentig, unmissverständlich, eindeutig sicher bist, worüber du mit ihm sprichst, denn die Chancen stehen gut, dass er es bereits weiß. Und wenn du die Frechheit besitzt, etwas falsch vor ihm zu sagen, dann...« Er blies Wellen durch seine Lippen. »Deine Beerdigung, mehr sage ich nicht.«

»Ich will ihn jetzt auf die Probe stellen.«

»Tu das auf eigene Gefahr. Keiner von uns wird da sein, um dich zu retten. Wir wurden alle schon mehrmals von diesem Stachel gestochen.«

Mit dieser Warnung, die sich fest in Rachels Kopf eingegraben hatte, stellte Tomek ihr die letzte Person auf der Liste vor. DC Nadia Chakrabarti. Sie war vier Monate schwanger, und jeder im Büro wusste davon. Ihre Rolle als HOLMES 2-Beauftragte bedeutete, dass sie sich nicht viel bewegen musste, aber das hinderte sie nicht daran, frustriert über jeden zu sein, der es tat, während sie von Schreibtisch zu Schreibtisch gingen und zwanzig Mal am Tag an ihr vorbeistreiften.

»Steh bloß nicht auf«, sagte Tomek sarkastisch, als er eine Hand auf Nadias Schulter legte.

Sie warf ihm einen Blick zu, der tausend schlechte Omen in seine Richtung schickte, aber er wischte es mit einem Achselzucken ab.

»Freut mich, dich kennenzulernen«, sagte sie zu Rachel. »Wir könnten ehrlich gesagt mehr Frauen im Büro gebrauchen. Wenn ich noch ein Gespräch über Fußball höre, glaube ich, werfe ich mich vom Gebäude.«

»Das bringt nichts«, sagte Oscar 'Käpt'n Eigentlich' Perez von seinem Schreibtisch neben ihr. »Aus dieser Höhe wirst du dir höchstens ein Bein brechen. Und selbst dann könntest du bestenfalls nur einen Knochenbruch davontragen.«

»Soll ich dich über die Kante stoßen, damit wir es testen können?«

Oscar wollte das nicht und reagierte, indem er sich vom Gespräch abwandte. Er wusste besser als die meisten, wann er bei Nadia nachhaken sollte. Jetzt war keiner dieser Momente.

»Es freut mich auch, dich kennenzulernen«, sagte Rachel und streckte ihrer neuen Kollegin die Hand entgegen. »Ich kann es kaum erwarten, mit euch allen zu arbeiten.«

»Ganz meinerseits.«

Mit den Vorstellungen beendet, zeigte Tomek ihr ihren Schreibtisch in der Ecke des Raumes.

»Der Platz wurde geräumt und alles von der Festplatte gelöscht«, sagte Tomek. »Der letzte Typ, den wir hier hatten, war dafür bekannt, Kinderpornografie anzuschauen.«

Der Blick auf ihrem Gesicht verriet ihm, dass sie den Witz nicht verstand.

»Ich mache manchmal einen Scherz, wenn ich neue Leute kennenlerne.«

»Wie ein Abwehrmechanismus?«

»Wenn du es so nennen willst.«

»Ich denke, so würde es ein Therapeut nennen. Hast du schon mal darüber nachgedacht, dich mit einem hinzusetzen? Du würdest dein Geld wert sein.«

Tomek antwortete nicht. Stattdessen warf er ihr einen Blick zu, der ihr sagte, dass das Gespräch beendet war. Sie konnte es nicht wissen, aber das machte es nicht weniger schmerzhaft.

»Ich...«, begann sie. »Tut mir leid, wenn ich-«

»Schon gut. Nichts, wofür man sich entschuldigen müsste. Jetzt lass ich dich mal ankommen.« Er sah auf seine Uhr. »Und dann sind wir in drei Minuten im Besprechungsraum für ein Morgenmeeting.«

Gerade als er wegging, rief sie ihn zurück.

»Alle anderen scheinen einen Spitznamen zu haben, nur du nicht. Kann ich davon ausgehen, dass du derjenige bist, der sie sich ausdenkt?«

»Nur die guten. Ich überlasse es dir herauszufinden, welche das sind.« Tomek hielt inne, um das Büro zu überblicken und beobachtete seine Kollegen an ihren Schreibtischen mit einem Gefühl des Stolzes. Er drehte sich zu Rachel, ein Lächeln im Gesicht. »Ich habe ein paar. T-Bone, weil ich mein Steak mag. Tommy der Trottel, aus offensichtlichen Gründen. Aber mein Favorit ist Teflon Tommy. Weil manchmal Scheiße nicht kleben bleibt.«

KAPITEL FÜNF

Das Briefing fand im Einsatzraum statt, einer kleinen Nische im Büro. Er war kaum groß genug, um alle unterzubringen, sodass einige der Kriminalkommissare und zivilen Mitarbeiter gezwungen waren, im Türrahmen zu stehen. Die Laune von DCI Nick Cleaves war seit Tomeks letztem Gespräch mit ihm einige Sprossen auf der Stimmungsleiter abgeseilt, und seiner bescheidenen Meinung nach sah Nick aus, als hätte man ihm eine gescheuert. Das bedeutete, dass sie ein kurzes, prägnantes Meeting vor sich hatten.

»Timothy Rosenthal«, sagte Lauwarmer Tony, während er ein Fahndungsfoto des Mordopfers mit einem leuchtend gelben Magneten an eine Tafel heftete. »Unser Fall Nummer eins. Gefunden gegen 23:30 Uhr in einer Kleingartenanlage nahe dem Flughafen Southend.« Ein weiteres Foto, ein weiterer Schlag. »Er wurde halbnackt auf einem Weg durch die Gärten entdeckt. Der Mörder war anständig genug, seine Unterhose und seine Hose um die Knöchel zu lassen, zusammen mit seinen Schuhen und Socken. Allerdings waren sie nicht so großzügig bei der Art, wie sie ihn umbrachten. Die genaue Todesursache ist noch offen, aber unsere Vermutung ist entweder der Schnitt in seiner Luftröhre oder die fünfzehn Stichwunden in seinem Unterleib und Becken. Oder es gibt noch eine dritte Option.«

Ein weiteres Foto, ein weiterer Schlag. Diesmal entlockte es dem Team ein Keuchen – und ein entwischtes Lachen –, als die Nahaufnahme von Timothy Rosenthals Penis, der aus seinem Mund baumelte, an der Tafel gezeigt wurde.

Und dann das letzte Foto, um die Fotosession zu vervollständigen. Die liebenswerte Nachricht, die auf Timothys Brust hinterlassen worden war.

»Ist es sicher anzunehmen, dass der Mörder ein enger Freund des Opfers war, Sir?«, fragte Chey. »Falls ja, sollte ich vielleicht auf meine eigenen Freunde aufpassen. Sicherstellen, dass sie mir so etwas nicht bei einem Junggesellenabschied antun.«

»Nicht ganz.«

»Macht ihr euch immer über alles lustig?«, meldete sich DC Rachel Hamilton zu Wort. Der strenge Blick auf ihrem Gesicht signalisierte Abscheu gegenüber ihrer Behandlung des Opfers.

»Normalerweise nicht«, sagte Fiese Nick und griff ein. Er nahm das Fahndungsfoto von Timothys Gesicht ab und betrachtete es. »Es ist Teil unseres Heilungsprozesses. Aber wenn du erfährst, was dieser Mann getan hat und wozu er fähig war, ergibt es irgendwie Sinn.«

»Und was hat er getan, um... *das* zu verdienen?«

Lauwarmer Tony antwortete: »Vor sieben Jahren wurde Herr Rosenthal wegen Vergewaltigung, sexuellen Missbrauchs eines Kindes und des Besitzes einer unverhältnismäßigen Menge an Kinderpornografie verurteilt und inhaftiert.«

»Vergiss nicht die Sodomie«, fügte Tomek hinzu.

»Ja. Danke dafür, Sergeant.«

Auf einmal schwand Rachels Verurteilung zusammen mit ihr auf ihrem Stuhl. Sie presste die Lippen zusammen und suchte den Blick von jemandem – irgendjemanden – in der Menge, in der Hoffnung, dass jemand das Wort ergreifen würde.

Jemand hörte ihren Ruf. Aber es war nicht die Antwort, auf die sie gehofft hatte.

»Sieht aus wie ein Kinderschänder.« Der Kommentar kam von Sean auf der anderen Seite des Raumes. Er saß tief in seinem Stuhl mit verschränkten Armen.

»Was soll das überhaupt heißen?«, fragte Tony.

»Du weißt schon. Wenn jemand wie ein Kinderschänder aussieht.«

»Nein, ich verstehe es immer noch nicht.«

»Alles, was ich sage, ist, wenn du an jemandem auf der Straße vorbeigehst oder auf sein Profil bei Facebook stößt und sofort denkst, du siehst aus wie ein Kinderschänder. Wenn ich ihm auf der Straße begegnet wäre, hätte ich wahrscheinlich gedacht, er steht ganz oben auf der Liste.«

»Du bist ein Arschloch«, sagte Nadia mit einer Hand auf ihrem geschwollenen Bauch. »Du kannst nicht einfach herumlaufen und behaupten, dass Leute wie Pädophile aussehen.«

»Offensichtlich sage ich es ihnen nicht ins Gesicht. Ich *denke* es nur. Ich wäre wirklich ein Arschloch, wenn ich es ihnen persönlich sagen würde.«

Lauwarmer Tony beruhigte mit einer zum Gruß erhobenen Hand den Raum, und alle Diskussionen über Pädophile, Kinderschänder und Belästiger hörten auf. Glücklicherweise für Tomek war er froh zu sehen, dass es diesmal nicht sein Mund war, der ihn in Schwierigkeiten gebracht hatte. Er hatte die Angewohnheit, das zu sagen, was er dachte, typischerweise in den unpassendsten Momenten. Aber in diesem Fall stimmte er nichts von dem zu, was sein Freund gesagt hatte.

»Ich denke, es ist das Beste für alle, wenn wir wieder zum Thema zurückkehren. Was meint ihr?«, begann Tony. Als es keine Antwort gab, fuhr er fort. »Timothy wurde mit seinem Führerschein und seiner Strafakte entdeckt, die ordentlich neben seinem Gesicht platziert waren. Es ist offensichtlich, dass der Mörder wollte, dass wir oder wer auch immer ihn fand, wussten, warum er getötet worden war. Das ist wichtig. Was die am Tatort sichergestellten Beweise betrifft, haben wir sehr wenig. Ein paar Schuhabdrücke wurden gefunden, aber da die Erde in letzter Zeit so trocken war, können wir nicht feststellen, ob sie vom Mörder, vom Opfer oder von den Hauptzeugen stammen, die ihn gefunden haben. Es gibt keine Tatwaffe, und es waren keine Autos am Tatort außer unseren, denen der Spurensicherung und denen der Zeugen. Die Spurensicherung hat jedoch einige Haarsträhnen für

DNA-Tests sichergestellt. Sie werden sie im Labor untersuchen, und wir sollten die Ergebnisse in ein paar Wochen erfahren.«

»Sie haben ihnen das Beste noch nicht erzählt, Sir!«, rief Tomek vom hinteren Teil des Raumes. »Die Leute, die ihn gefunden haben, sind ein Paar Dogging-Anhänger, und die Kleingartenanlage, in der sie ihn gefunden haben, ist, Zitat, 'ein Hotspot für Dogging'.«

Ein Chor von Gelächter hallte durch den Einsatzraum. Tomek war überrascht, ein schiefes, selbstbewusstes Lächeln auf Rachels Lippen zu sehen. Er mochte sie bereits und hoffte, dass sie sich im Team wohlfühlte. Sie hatten täglich mit Tod, Vergewaltigung, Mord, Pädophilie und einer Fülle anderer dunkler und deprimierender Fälle zu tun; es war nur richtig, dass sie über Dinge lachten und Witze machten, während sie gleichzeitig die schmale Grenze zwischen Respekt und dessen Erweisung beachteten, wo er angebracht war. In den Augen der meisten Teammitglieder war Respekt jedoch nichts, was Timothy Rosenthal zustand. Nachdem er dem Team kurz mitgeteilt hatte, dass die Brieftasche des Opfers gestohlen worden war und dass sie die gestohlenen Kredit- und Debitkarten im Auge behalten müssten, artete das Gespräch schnell in weiteres Geplapper aus. Und nicht von der guten Sorte.

»Alles, was ich sage, ist«, begann Sean, »diesen Leuten kann nicht geholfen werden. Sie sind krank. Sie haben eine Krankheit. Und sie kann nicht geheilt werden. Du siehst es ständig in den Nachrichten – in dem Moment, in dem sie aus dem Gefängnis entlassen werden, verfallen sie wieder in ihre üblen alten Gewohnheiten. Und was machst du mit einem Pferd, das eine unheilbare Krankheit hat? Du erschießt es. In den Kopf.«

Betretenes Schweigen erfüllte den Raum. Tomek wusste, dass sein Freund offen seine Meinung sagte, aber noch nie auf diese Weise. Einen Moment lang fragte er sich, ob es einen Teil in Seans Vergangenheit gab, den er nicht kannte und der irgendwie mit Timothys Verbrechen zusammenhing. Wie auch immer, es machte ihn und alle anderen im Raum ein wenig unbehaglich. Obwohl, als Seans Worte sich setzen und in den Rest des Teams einsickern durften, spürte Tomek eine stille Zustimmung unter ihnen. Keiner von ihnen war mutig genug, es auszusprechen, aber die Tatsache, dass sie nichts sagten, verriet ihm, dass sie zustimmten.

Tomek hingegen konnte eine solche Aussage nicht begreifen. Und zu seiner Überraschung – und seinem Ärger – konnte es Tony auch nicht. Es war das erste Mal, dass die beiden in irgendetwas übereinstimmten, und nichts war seltsamer, als dass sie durch die gleichen moralischen Werte vereint wurden.

»Wenn du sie tötest, bist du dann nicht genauso schlimm wie sie?«, hatte Tony gefragt. »Was, wenn sie einen Fehler gemacht haben und zu Unrecht verurteilt wurden? Wir hatten die Todesstrafe im Land, und sie wurde abgeschafft. Genauso wie die chemische Kastration. Schlägst du vor, dass wir das für Leute wie Timothy wieder einführen?«

Bevor die Situation in eine hitzige Diskussion abgleiten konnte, hatte DCI Cleaves eingegriffen und lauter geseufzt, als alle im Raum sprechen konnten. Wenn es jemals einen Mann gab, der mit so wenig so viel sagen konnte, dann war Nasty Nick die Verkörperung davon. Die Falten auf seinem kahlen Kopf, kombiniert mit dem Geräusch, das durch seine Nasenlöcher drang, hatten die Macht, ein Stadion zum Schweigen zu bringen. Wie der König, der bei einem Empfang sein Glas erhebt.

Alle Augen waren auf ihn gerichtet.

»Ihr habt einige sehr gute Punkte angesprochen, und unter den meisten Umständen neige ich dazu, euch zuzustimmen, aber wir haben alle einen Job zu erledigen. Und das ist, den Mörder zu finden. Ob ihr mit der Moral dahinter einverstanden seid oder nicht, diese Person hat ein Leben genommen. Und das verstößt gegen jedes Gesetz, das wir zu schützen verpflichtet sind, verstanden? Also will ich nichts mehr von dieser Vergeltung hören, nach der ihr alle lechzt. Es ist nicht an der Zeit, dass Batman aus der Dunkelheit kommt und unsere Arbeit für uns erledigt. Wir werden dafür bezahlt, er nicht.«

»Aber Batman war ein Milliardär, Chef«, unterbrach Oscar. »Wenn wir alle so viel Geld hätten, würden wir wahrscheinlich tun, was wir wollen, wann immer wir es wollen.«

Tomek zuckte zusammen, als Nicks stark mit Kraftausdrücken

gespickte Antwort durch den Raum hallte. Die Worte waren hart, aber notwendig. So viel Oscars Intelligenz auch wert war, sie bedeutete nichts, wenn es um gesunden Menschenverstand ging.

KAPITEL
SECHS

Bevor Tony das Team entließ, hatte er die Aufgaben verteilt. Er ging der Reihe nach im Raum herum und hakte Punkte auf einer Checkliste ab. Und die Liste der Aufgaben, auf die sich Tomek freute, wurde rapide kürzer. Am Ende, nachdem er als Letzter angesprochen wurde, als niemand mehr im Raum war, hatte man ihm die banale und, ganz ehrlich, Junior-Aufgabe aufgebrummt, die Befragungen von Haus zu Haus in der Straße von Timothy Rosenthal durchzuführen. Eine Aufgabe, die für Polizeimeister und uniformierte Beamte reserviert war. Nicht für einen Kriminalkommissar. Er wusste, dass dies Tonys Art war, sich dafür zu rächen, dass er am Vorabend zu spät gekommen war. Und das hatte ihn nicht davon abgehalten, sich bei Nasty Nick zu beschweren, sobald die Besprechung einberufen worden war. Wenn Tony sich bei seinem Vorgesetzten beschweren konnte, dann konnte er das auch.

Er hatte verloren.

Laut dem DCI war Tony die operative Speerspitze der Ermittlung, und damit basta. »Wenn er Sie auffordert, sich hinzusetzen, den Mund zu halten und sich zu bücken, dann tun Sie das«, hatte Nick gesagt, worauf Tomek keine Antwort hatte.

Und so fand er sich in Prittlewell wieder, einem der schöneren

Teile von Southend-on-Sea. Abgesehen von der Armee von Polizeifahrzeugen, die Timothy Rosenthals Straße umgaben und die Stimmung des Ortes verdorben hatten. Ein Forensik-Team war eine Stunde zuvor eingetroffen und hatte bereits mit der Aufgabe begonnen, Rosenthals Besitztümer zu durchkämmen. Wenn sie etwas Interessantes fanden, das darauf hindeuten könnte, wo er vor seinem Tod gewesen war, mit wem er sich getroffen hatte, warum er sich mit ihnen getroffen hatte und was er danach vorhatte, wurde es beschlagnahmt und zur Beweisverwahrung abgegeben.

Tomek stieg aus seinem Auto und blickte die Straße auf und ab. Wohngebiet. Eine Mischung aus freistehenden Bungalows, schmalen Reihenhäusern und der gelegentlichen Kombination aus beidem. Am Ende der Straße lag der Priory Park, eine große Grünfläche, die Heimat einer Reihe von Bowlingplätzen, einem Angelsee, ummauerten Gärten und einem Museum war: Prittlewell Priory. Ein denkmalgeschütztes Gebäude der Kategorie I. Ursprünglich im 12. Jahrhundert erbaut, war es der Mittelpunkt der Gegend und zog häufig Fotografen und Naturliebhaber an.

Widerwillig stieß sich Tomek vom Auto ab und ging auf den uniformierten Beamten zu, der vor dem Haus stand. Es war ein Tatort und musste entsprechend behandelt werden.

»Mornin'«, sagte der junge Beamte, der nicht älter als Anfang zwanzig aussah, wenn überhaupt. Obwohl Tomek nicht gerne Annahmen traf. Zu oft hatte er den Fehler gemacht, das Alter einer Person falsch einzuschätzen, wobei er immer höher schätzte, als sie tatsächlich waren. Das hatte ihm gelegentlich Ärger eingebracht, und er hatte bald erkannt, dass dabei nichts Gutes herauskommen konnte.

Tomek stellte sich vor und zeigte seinen Dienstausweis. Er trug seine Anwesenheit in das Protokoll ein und gab den Stift zurück.

»Schon lange hier?«

»Mein Vorgesetzter hat mich vor etwa zwei Stunden hierher geschickt, Sir. Ich war schon vor dem Eintreffen der Spurensicherung hier.«

Tomek konnte es sehen. Die Schuhe an den Füßen des jungen

Mannes waren nicht gerade die bequemste Angelegenheit, und er begann bereits, mehr Gewicht auf einen Fuß als auf den anderen zu verlagern. Der arme Kerl hatte einen langen Tag vor sich.

Aber das hatte Tomek auch. Und er fing gerade erst an.

Glücklicherweise begann es besser, als er erwartet hatte. Als er sich gerade vom uniformierten Beamten verabschiedete und ihm einen schnellen und angenehmen Tag wünschte, fuhr ein Familien-Van in die Einfahrt des Nachbarhauses. Heraus stieg eine schick gekleidete Frau mit zerzaustem Haar. Sie sah aus, als wäre sie in Eile, und als sie zum Heck des Autos eilte, ignorierte sie ihn. Trotz seines beiläufigen, fast unbeholfenen Handwinkens.

»Entschuldigung?«

Keine Antwort. Sie griff in den Kofferraum und tauchte ein paar Sekunden später mit verschiedenen Stofftaschen in Koffergröße wieder auf. Erst als sie den Kofferraum geschlossen und abgesperrt hatte, bemerkte sie ihn endlich, wie er dort stand, die Hände in den Taschen, wie ein Mann, der ihr etwas verkaufen wollte.

»Ich kaufe nichts«, sagte sie.

»Ich glaube, Sie haben gerade gekauft.« Tomek zeigte auf die Einkaufstaschen, aber sie fand das nicht witzig. Er begann sich zu fragen, ob er seinen Humor, seinen Charme verlor. Das war der zweite Witz des Tages, der flach gefallen war. Vielleicht war es Zeit, eine neue Richtung einzuschlagen.

»Wer sind Sie?«

»Tom«, sagte er und trat mit ausgestreckter Hand vor. Sobald er merkte, dass sie sie nicht berühren konnte, senkte er den Kopf und seufzte. Tief. Seinen inneren DCI kanalisierend.

»Und was wollen Sie, Tom?«

»Ein Gespräch, wenn das in Ordnung ist?«

»Meine Mutter hat mir immer gesagt, nicht mit Fremden zu reden. Und falls Sie es nicht sehen können, ich bin im Moment ein bisschen beschäftigt.«

»Es sollte nicht lange dauern.«

»Woher kommen Sie?«

»Von der Polizei.«

Das schien sie in ihren Schritten zu stoppen. Sie war in Richtung Haustür geschlichen, als wäre er eine Art sexueller Abweichler, der sie aufforderte, näher zu kommen.

»Was ist passiert?«, fragte sie.

»Könnten wir dieses Gespräch drinnen führen? Ich kann Ihnen mit Ihren Einkäufen helfen.«

Was er pflichtbewusst tat. Mit einiger Zurückhaltung lud die Frau ein paar Taschen auf ihn ab, und er trug sie ins Haus. Das Wohnzimmer, was er davon sah, war sauber und ordentlich. Die Küche hingegen nicht. Geschirr und Besteck zierten die Spüle, während mit Buntstift gemalte Zeichnungen und Schulunterlagen am Kühlschrank und anderen verfügbaren Oberflächen hingen. Tomek suchte nach einem Platz, um die Einkäufe abzustellen.

»Haben Sie Kinder?«, fragte er, als er seine Last auf einem Platz in der Nähe der Spüle absetzte.

»Ich nicht, nein. Meine Mitbewohnerin. Sie hat eine Tochter. Sieben, benimmt sich aber wie siebzehn.«

»Verstehe.«

»Sie?«

»Ich bin weder sieben noch siebzehn.«

Nicht einmal siebenunddreißig, ein Alter, mit dem er bis vor kurzem noch prahlen konnte (und noch länger vorgeben konnte, es zu sein). Aber jetzt, da die grauen Haare auftauchten, hatte er erkannt, dass er nicht mehr als jemand durchgehen konnte, der er nicht war. Er machte niemandem etwas vor, und es gab keine Menge an Bart- und Haarfärbemittel, die sie vom Gegenteil überzeugen könnte.

»Ich meinte, ob Sie Kinder haben?«, fragte sie.

»Oh. Nein. Nichts für mich. War nie ein Fan. Sie sind…«

»Eklig?«

»Ja. Eklig. Das ist ein Wort dafür.«

»Sag mir Bescheid. Ich liebe sie und alles, aber das Chaos ist *überall*.«

Es war nichts, womit er sich identifizieren konnte, also lächelte er und nickte höflich. Er hatte natürlich schon Erfahrungen mit Kindern gemacht, aber er war nie so von ihnen begeistert gewesen wie manche andere. Es war nicht sein Lebensziel, eines zu haben. Er war zufrieden mit seinem Leben. Außer jetzt gerade. Jetzt gerade entwickelte sich alles schnell zu einer Katastrophe. Ein Beispiel dafür, wie man nicht mit einem anderen Menschen reden sollte, geschweige denn mit einer Frau oder einer Zeugin. Es gab etwas an dieser Frau, das ihn nervös machte, ihn entwaffnete. Ein Gefühl, an das er nicht gewöhnt war, das ihm fremd war.

Er räusperte sich in der Hoffnung, dass etwas von seiner Fassung zurückkehren würde (und nicht Erbrochenes).

»Ihr Nachbar, Timothy Rosenthal«, begann er. »Haben Sie jemals mit ihm gesprochen? Kannten Sie ihn gut?«

Sie hielt inne, mit der Kühlschranktür in der einen Hand und einem Karton Eier in der anderen. »Spricht heutzutage überhaupt noch jemand mit seinem Nachbarn? Wir sind alle zurückgezogen. Mich eingeschlossen. Mein Vater, der könnte Ihnen den Namen von jedem nennen, der in einem Umkreis von drei Kilometern wohnt. Das war eine Generationssache. Heutzutage spricht niemand mehr mit irgendjemand!«

»Ja. Also kannten Sie ihn nicht?«

Sie sah ihn an, als wäre die Antwort offensichtlich. Und als hätte er sie gerade gebeten, eins plus eins zu rechnen.

»Wir haben uns kaum gesehen. Ich bin immer unterwegs, und ich glaube nicht, dass er jemals zu Hause war.«

»Was ist mit Ihrer Mitbewohnerin?«

»Nicht dass ich wüsste.«

»Wo ist sie im Moment?«

»Bei der Arbeit. In einer Schule. Schulassistentin.«

»Und Sie?«

»Keine Schulassistentin, nein«, sagte sie mit einem flüchtigen Lächeln. Vielleicht hatte er es doch nicht vermasselt. »Ich führe meinen eigenen Laden. Ein Schuluniformgeschäft.«

»Clever.«

»Was ist clever?«

»Eine Schulassistentin, die eine Tochter in der Schule hat, und eine Freundin, die in einem Schuluniformgeschäft arbeitet. Berechnet sie eine Provision für jeden, den sie vermittelt?«

»Wenn sie das tut, bekomme ich eine Höllenrechnung, wann immer sie sie schickt.«

Das war gut, besser. Das Gespräch floss freier. Angenehmer. Selbstbewusster. Jetzt musste er nur noch die Arbeit machen, für die er bezahlt wurde.

Wenn es nur so einfach wäre.

»Entschuldigung, ich habe Ihren Namen nicht mitbekommen«, sagte er.

»Katie ist der Vorname. Norton-Downs ist die Doppelnamen-Hölle, die meine Eltern mir als Kind unbedingt auferlegen mussten.«

»Versuchen Sie mal, einen ausländischen Namen zu haben«, sagte er. »Das macht Spaß, bis das weiße Kind, das Sie für cool hielten, sich als Rassist entpuppt.«

»Kleine Mistkerle, nicht wahr?«

Er lachte. Das waren sie. Kleine Mistkerle. Die ganze Bande. Oder, wie seine Mutter sie zu nennen pflegte, Abschaum. *Oblech.*

Er spürte, wie ihre Wellenlängen konvergierten.

»Hören Sie«, begann er und griff in seine Tasche. »Wenn Ihnen etwas einfällt – ein Gespräch, das Sie vielleicht geführt haben, etwas, das Sie vielleicht mitbekommen haben, etwas, das Sie vielleicht gesehen haben – dann rufen Sie mich gerne an. Ich bin jederzeit erreichbar, solange es nicht mitten in der Nacht ist.«

»Sie haben mir immer noch nicht gesagt, worum es hier geht. Was soll ich gesehen oder gehört haben?«

Verdammter Idiot. Natürlich hatte er vergessen, ihr alle Details zu geben. Er war so in sich selbst verloren gewesen, dass er vergessen hatte, wie man seinen Job macht. Er musste von dort weg – von diesem Ort, der seine Fassung und sein Selbstvertrauen wie ein schwarzes Loch aus ihm heraussaugte – und zurück zu dem, worin er gut war. Obwohl die Befragung schrecklich verlaufen war, spürte er, wie sich das lockere Gespräch um einige Stufen verbesserte. Es glich sich aus. Davon ermutigt, beschloss er, seine letzte Karte auszuspielen.

»Vielleicht kann ich es Ihnen ein anderes Mal erzählen. An einem schöneren Ort als diesem. Wenn Sie interessiert sind, haben Sie meine Kontaktdaten.«

Damit ging er. Und zum ersten Mal seit langem nach einem Gespräch mit einer attraktiven Frau spürte er, wie ein Schweißtropfen seinen Nacken hinunterlief.

KAPITEL
SIEBEN

Es war Tradition, zu Beginn einer Mordermittlung, dass Tomek und Sean mit einem (oder drei) Bieren im Fork and Spoon feierten, einer Kneipe in Leigh-on-Sea, die trotz ihres Namens kein Essen servierte. Das Einzige auf der Speisekarte (wenn man es überhaupt so nennen konnte) war der kürzlich in der Ecke installierte Automat, der den Gästen überteuerte Chipstüten und Energydrinks für die Fahrer anbot. Der Wirt, den Tomek seit mehr Jahren kannte, als ihm lieb war, hatte ein neues Geschäftsangebot erhalten, und er erntete jetzt die Früchte.

»Also dieser Typ kommt eines Tages rein, klar, und er sagt, dass er uns beiden Geld einbringen kann.«

»Das sagen sie alle, Jim.«

»Ja, aber er ist seriös, oder?«

»Woher soll ich das wissen? Nach dem, was du mir erzählt hast, klingeln bei mir schon alle Alarmglocken.«

»Na, warte, bis du den Rest hörst. Dieser Typ kam rein, klar. Sagte, wir könnten Geld verdienen. Großes Geld. Ernsthaftes Geld. Zuerst war ich, du weißt schon, skeptisch und so. Genau wie du. Aber dann, als er anfing zu reden, wusste ich, dass er auf etwas gestoßen war. Er hatte alles hier oben.« Jim hörte auf, Tomeks Bier zu zapfen, und tippte sich an die Schläfe. »Also, siehst du, es funktioniert so: Ich berechne ihm Miete für den Platz, den er für den Automaten braucht, dann verlange ich eine Provision auf die monatlichen Verkäufe. Alles, was er tun muss, ist, die Produkte zu kaufen und den Automaten aufzufüllen. Ich muss nichts weiter tun, als das Geld zu kassieren. Es ist ein Gewinn für uns beide.«

»Und wer von euch beiden kommt dabei besser weg?« Tomek war, wie Jim richtig bemerkt hatte, skeptisch. Aber das Bier in seiner Hand half, seine Zweifel zu beruhigen.

»Nun, es ist fifty-fifty, verstehst du. Eine Investition. Ich diversifiziere, Tom! Muss mit der neuen Welt, in der wir heutzutage leben, Schritt halten. Die Laufkundschaft hier ist nicht mehr das, was sie mal war.«

Tomek hob sein Bier an die Lippen und nahm einen Schluck. »Also entscheidest du dich dafür, diejenigen, die dein Geschäft am Laufen halten, für noch mehr Geld abzuzocken?«

Jim wollte davon nichts hören. Was für eine dumme Bemerkung. Und nach einer stammelnden Antwort übergab Tomek sein Geld und trug die beiden Biere zum Tisch. Er fand Sean, der mit dem Rücken an der Stuhllehne saß und durch Twitter scrollte.

»Was sagen sie?«, fragte Tomek.

»Das Übliche. Schrecklicher Saisonanfang. Sieht so aus, als würden wir bereits in einen Abstiegskampf geraten.«

»Bereits? Wir sind erst sechs Wochen in der Saison. Es ist verdammt nochmal September. Es ist noch ein langer Weg zu gehen.«

Es war nicht nur üblich, zu Beginn einer größeren Ermittlung in die Kneipe zu gehen – weil sie nicht wussten, wann sie das nächste Mal dazu kommen würden –, sondern auch, die Auswärtsspiele von West Ham zu schauen. Sean und Tomek waren beide Dauerkarteninhaber und besuchten alle Heimspiele, wann immer sie konnten. Aber wenn es um Auswärtsspiele ging, hatten sie manchmal keine Lust, die halbe Länge des Landes zu reisen, nur um ihr geliebtes Team mit drei oder vier zu null verlieren zu sehen. Besonders wenn es Mörder und Vergewaltiger gab, die gefasst werden mussten.

»Jim hat mir von seiner neuen Geschäftsmöglichkeit erzählt.«

»Ach ja?«

Tomek wiederholte die Geschichte fast wörtlich. Sean ließ ein kleines Schnauben hören.

»Als nächstes wird er über Krypto reden, dieser dumme Kerl. Uns allen erzählen, dass wir Bitcoin kaufen sollen und sicherstellen, dass wir alles in Ethereum oder wie auch immer das heißt, investieren.«

»Davor habe ich Angst. Nicht davor, dass er sich darauf einlässt, sondern dass ich dumm genug sein werde, ihm zuzuhören. Du weißt, wie diese intellektuellen Raubtiere sind, sie machen Jagd auf die Ungebildeten und Dummen.«

Sean grinste zustimmend. »Apropos Raubtiere, wie lief es vorhin bei dir?«

Die Haustürbefragungen waren, wie erwartet, eine geisttötende und nutzlose Übung gewesen. Katie hatte recht gehabt: Niemand kannte jemanden, und niemand hatte von Timothy Rosenthal gehört. Es war, als hätte er die Straße nie betreten. Und so konnte niemand preisgeben, ob er sich mit jemandem treffen wollte, ausgegangen war oder einen Spaziergang durch eine Kleingartenanlage in der Nacht seines Todes machen wollte.

»Ich schätze, das einzig Gute daran ist, dass niemand wusste, wer er war, sonst hätte einer seiner Nachbarn ihn vielleicht früher gefunden«, schloss Tomek.

»Hätte uns das Leben leichter gemacht.«

»Apropos Nachbarn, ich habe vorhin eine kennengelernt. Ich konnte seitdem nicht aufhören, an sie zu denken.«

»Hast du ihre Nummer bekommen?«

»Sie hat meine bekommen.« Tomek nahm sein Handy heraus und überprüfte den Bildschirm.

»Also wirst du jetzt neben dem Ding sitzen und warten, bis es klingelt.«

»Sieht so aus.«

»Der große Tomek Bowen... hat endlich seine Partnerin gefunden.«

Es stimmte. Das hatte er. Katie Norton-Downs, mit ihrem Doppelnamen und ihrem ansteckenden guten Aussehen, ihrem scharfsinnigen Geschäftssinn und ihrer Meinung zu Kindern, hatte seit ihrer ersten Begegnung schwer auf seinem Gemüt gelastet. Die kraftvollen blauen Augen. Die auffällige, scharfe Nase. Die breiten, aber festen Schultern. Ihr schlagfertiger Humor, ihre Persönlichkeit, ihr Sinn für Humor. Er spürte, dass sie eine Frau war, die wusste, was sie im Leben wollte, und sie wusste, wie sie es bekommen konnte.

Er hoffte, dass der Anruf auf seiner Handynummer eine dieser Sachen war.

Aber der Anruf kam nicht. Während des Spiels, bei dem sie 1:1 gegen Crystal Palace unentschieden gespielt hatten, hatte er ständig auf sein Handy geschaut und gehofft, dass es klingeln oder mit einer neuen Nachricht piepen würde. Er fragte sich, ob sie ihre Hausaufgaben über ihn machte, indem sie seine sozialen Spuren und Online-Präsenz untersuchte, oder ob sie einfach nur schwer zu kriegen spielte. In jedem Fall ließ es ihn sie noch mehr wollen.

KAPITEL
ACHT

Tomek wohnte in einem umgebauten Zweizimmerhaus, das in zwei Wohnungen renoviert worden war. Beide mit einem Schlafzimmer, einem Wohnzimmer, Küche und Bad. Alles, was ein Single-Mann brauchte und mehr. Als er sich die Immobilie zum ersten Mal angesehen hatte, hatte er die Wahl zwischen dem Ober- oder Untergeschoss. Er hatte sich für die bessere Option im Obergeschoss entschieden und war seitdem glücklich damit. Der einzige Nachteil, über seinen Nachbarn zu wohnen, war, betrunken nach einer Feier im Pub mit Sean oder dem Rest des Teams nach Hause zu kommen. Mit dem Schlüssel am Türschloss kratzen. Die Tür gegen die Wand knallen. Mit bleischweren Füßen die Treppe hinaufstolpern. Selbst wenn er nicht so viele getrunken hatte, schienen die Treppen immer eine unüberwindbare Aufgabe zu sein. Wie eine Besteigung des Mount Everest.

Heute Abend war es nicht anders.

Er betrat sein Wohnzimmer und legte die Schlüssel auf die IKEA-Kommode. Wie der Rest der Möbel sah die abgenutzte schwedische Oberfläche alt und erneuerungsbedürftig aus, aber es war eine große (und nicht zu vergessen teure) Aufgabe, und eine, die er noch nicht bereit war zu erledigen. Er würde es auf die Liste der Dinge setzen, die entweder repariert, ersetzt oder entsorgt werden mussten. Auf der anderen Seite des Wohnzimmers befand sich ein kleiner Wald. Eine Sammlung seiner liebsten und wertvollsten Zimmerpflanzen. Jede mit ihrem eigenen Namen.

Big Ken, der Birkenfeige.

Dudley, der Drachenbaum.

Gandhi, die Friedenslilie.

Freya, der Monstera.

Jede mit ihren eigenen Bedürfnissen. Einige brauchten zu viel Wasser, andere nicht genug. Und er war in der Lage, ihnen mehr Nahrung zu geben, als er sich selbst. Er behandelte sie, ziemlich bizarr, wie seine Kinder. Pflegte sie, wann immer sie es brauchten. Düngte ihre Erde, reinigte ihre Töpfe, schnitt die toten oder sterbenden Blätter ab.

Aber sein wahrer Stolz stand auf der Fensterbank. Diese Pflanzen hatten keine Namen. Sie waren zu besonders für diese Auszeichnung. Es waren seine Bonsai-Bäume. Eine chinesische Ulme, über fünfzig Jahre alt und so groß wie eine Toilette, plus ein sechzig Zentimeter hoher Ficus. Beide waren vom selben Besitzer (zu einem stolzen Preis) auf einem Flohmarkt gekauft worden, und Tomek fühlte sich seitdem verpflichtet, sie ordentlich und gründlich zu pflegen.

Als ob sie Kinder wären.

Kinder mit kleinen braunen Armen und leuchtend grünen Händen. Kinder, die nichts zurücksagten und wussten, wer der Boss war. Die Art von Kindern, die er ertragen konnte.

Nicht die Kinder mit dicken, pummeligen Armen und Händen und einem schreienden Stimmkasten. Die konnte er nicht ertragen.

Diese hier jedoch – Big Ken, Dudley, Gandhi, Freya und die beiden Bonsai-Bäume – diese waren seine Kinder.

Nachdem er mit dem Gießen der Zimmerpflanzen fertig war, bewegte er sich zur großen Fensterbank, die auf die Straße hinausblickte. Zwischen den Ästen der Bonsai-Bäume sah er ein Paar Scheinwerfer, die in seine Richtung zeigten. Dieselben Scheinwerfer, die er gesehen hatte, als er vor seinem Haus geparkt hatte. Wahrscheinlich nichts. Wahrscheinlich jemand, der auf eine Abholung oder Lieferung wartete. Aber möglicherweise etwas anderes, etwas Bedrohlicheres.

Während er vorgab, sich mit den Bäumen zu beschäftigen, sie zu gießen und ihre Blätter zu schneiden, behielt er das Fahrzeug im Auge. In der Dunkelheit war es schwierig, das Aussehen des Fahrers zu erkennen.

Zehn Minuten vergingen mit weiterem Beschneiden und Gießen. Und doch blieb das Auto.

Etwas an der Situation machte ihn unruhig. Als ob er beobachtet würde. Die Haare in seinem Nacken stellten sich auf, und die Paranoia in seinem Bauch verschlimmerte sich.

Er dachte einen Moment darüber nach, wem er Unrecht getan hatte. Wen er verärgert hatte. Gab dann aber auf, als ihm klar wurde, dass die Liste zu lang war. Verbitterte Ex-Liebhaber. Verzweifelte Angehörige derer, die er eingesperrt hatte. Und sogar diejenigen, die er tatsächlich eingesperrt hatte. Obwohl er normalerweise nicht ängstlich war, dachte er daran, Sean anzurufen. Eine Stimme zu hören. Jemanden zum Reden zu haben. Aber dann wusste er, welche Antwort er bekommen würde.

»Schmeichle dir nicht selbst. Nicht jeder ist so besessen von dir, wie du denkst.«

Klassische Antwort eines besten Kumpels. Eine, die ihre Beziehung charakterisierte.

Also nahm er stattdessen sein Handy, öffnete die Kamera und bereitete sich darauf vor, das Foto so diskret wie möglich zu machen. Ohne es zu merken, hatte er den Blitz eingeschaltet, und das große weiße Licht, das sich fast so hell wie die Sonne anfühlte, blendete ihn, als es in der Fensterscheibe reflektierte. Als er seine Augen wieder öffnete, war das Fahrzeug verschwunden. Und das Foto, das er gemacht hatte, war nichts weiter als ein verschwommenes Bild.

KAPITEL
NEUN

Ich gehe. Wieder einmal. So fangen diese Dinge immer an. Gehen. Na ja, nicht gehen gehen. Eher wie gehen, nur schneller. Irgendwo zwischen gehen und joggen. Halb joggen?

Jedenfalls bewege ich mich schneller als sonst. Michał wartet auf mich. Will ihn nicht enttäuschen. Und Mama. Sie wartet auf uns beide. Abendessen. Kann mich nicht erinnern, was es gab – wir haben an diesem Abend gar nicht gegessen – aber ich weiß, dass wir rechtzeitig zurück sein müssen.

Die Schule ist aus, also muss es nach 15:30 Uhr sein. Aber es war richtig dunkel. Wie mitten in der Nacht, also war es nicht so früh. Die Polizei sagte, sie wurden kurz nach 17 Uhr gerufen. Frau Trundle wollte ein Gespräch. Noch eins. Über mein Verhalten. Immer mein Verhalten. Nie das von jemand anderem. Nie die Schuld von jemand anderem.

Zurück zu Michał.

Ich erinnere mich, wie ich durch die Straßen gehe. Es ist dunkel, und es sind einige Kinder unterwegs, die in verschiedene Richtungen gehen. Gruppen von ihnen. Freunde.

Es ist viel los. Viel Verkehr. Hupen, die andere anpöbeln, das Geräusch von Reifen auf dem Asphalt. Ich muss die Straße überqueren. Mehr Zeit vergeht, mehr Zeit, in der Michał wartet. Mehr Zeit, in der ich nicht da bin, nicht da, um ihn zu beschützen.

Ich komme zu einem Kreisverkehr. Dem Kreisverkehr vor dem Park. Nicht mehr weit. Da ist der Magnetladen. Der Kebabladen. Und der Spirituosenladen. Jetzt ist noch mehr los. Einige der Kinder aus der Schule sind nach Hause gegangen, haben sich umgezogen und sind wieder rausgekommen. Sie sind alle auf Fahrrädern, reden und spielen. Wahrscheinlich rauchen sie, aber ich kann mich nicht erinnern, Rauch gesehen zu haben. Ich erkenne sie. Ricky Farleaves aus der achten Klasse. Marcus Wilson, auch achte Klasse. Dann ist da noch Ross Allingham, eine Klasse darunter, aber er tut so, als wäre er älter. Diesmal sind ihre Gesichter kristallklar. Und ihre Fahrräder. Ich erinnere mich an ihre Fahrräder.

Zurück zu Michał.

Der Weg vom Spirituosenladen zum Park ist belebt. Viel Verkehr. Ihre Lichter blenden mich, wenn sie vorbeifahren. Alle möglichen Gelb- und Weißtöne. Jedes hinterlässt einen Fleck auf meiner Netzhaut. Dieser große rote Punkt, den man nie loswird, wenn man in die Sonne starrt.

Der Park hingegen ist anders. Fast völlige Dunkelheit. Es gibt ein paar Lichter an den Eingängen und in der Ecke, aber sonst nichts. Das Licht über meinem Kopf, als ich eintrete, ist dunkelorange. Direkt vor mir steht ein Mülleimer. Überall Hundekot und Müll. Dann halte ich an und suche nach Michał. Er ist nicht da, wo er sein sollte. Ich höre. Ich kann ihn nicht hören, kann nicht hören, wie er sich an mich heranschleicht. Es ist windig, und ich erwarte, dass er auf mich zuspringt, also atme ich schwer. Schnell.

Ich schaue nach links. Niemand da. Zumindest niemand, den ich sehen kann. Niemand, der sich gemeldet hätte.

Nach rechts. Immer noch Dunkelheit. Aber diesmal Umrisse. Schwarze Bewegungen vor schwarzem Hintergrund.

Und dann bricht es ab.

KAPITEL
ZEHN

Am nächsten Morgen, nachdem Tomek seinen Albtraum zu Papier gebracht hatte, war er joggen gegangen. Als Teil seiner morgendlichen Routine absolvierte er die 10 km Strecke in Rekordzeit. Unter sechzig Minuten. Er verarbeitete die Gedanken in seinem Kopf. Filterte die Bilder des Parks und der Dunkelheit, schob sie beiseite, wo er sie gären ließ, damit sein Unterbewusstsein sie durchsieben konnte. Der Herbstwind war bitter, biss durch seine Shorts und Unterschichten, nagte an seinen Oberschenkeln und schreckte seine empfindlichen Teile in die Unterwerfung. Aber er hatte sich durchgekämpft. Entschlossen. Bis er zum Ende des Southend Piers kam – etwas mehr als 5 km von seinem Zuhause entfernt – und innehielt, um auf die unter seinen Füßen wogende Themsemündung zu blicken. Er hatte an dem Punkt angehalten, der die achtzig Prozent Marke signalisierte; eine kleine, kegelförmige Lampe, die den Ort markierte, an dem sein Freund ermordet worden war. Von der Kante des Piers geworfen, mit einem Seil um den Hals. Zum Sterben zurückgelassen, erdrosselt. Im Wind schaukelnd. Tomek war als Erster am Tatort gewesen. Als junger Polizist war es seine Aufgabe, ruhig und besonnen zu bleiben, aber er war gedanklich woanders gewesen. Und als er schließlich zu sich kam, wollte er etwas schlagen, jemanden schlagen, den Pier in Brand setzen und sich in den Flammen verlieren. Es war sein erster *richtiger* Kontakt mit dem Tod in Uniform gewesen und hatte einen Hunger entfacht, ein Verlangen, Verbrecher bis zum bitteren Ende zu verfolgen. Ein Verlangen, das, zugegebenermaßen, zu schwinden begonnen hatte. Etwas, das er verzweifelt wiederfinden wollte. Eine Möglichkeit, dies zu tun, war, seinen Freund zu ehren, indem er den Ort besuchte, an dem er gestorben war, um sich selbst daran zu erinnern, wofür er kämpfte.

Gut gegen Böse.

Er nahm diesen Schwung mit ins Büro und fand sich kurz nach seiner Ankunft im Einsatzraum wieder. Alle vom Team waren da, bereit, die gestrigen Ereignisse zu besprechen. Fiese Nick, dicht gefolgt von Lauwarme Tony, betrat den Raum und stellte sich an die Spitze.

»Guten Morgen, allerseits«, begann er. »Ich hoffe, Sie sind alle ausgeruht, denn wir haben heute viel zu erledigen.«

»Absolut«, fügte Tony hinzu. Er übernahm den Staffelstab von Nick und rieb sich die Hände, wobei die Ärmel seines zwei Größen zu kleinen Sakkos an seinen Unterarmen hochrutschten. »Zunächst möchte ich von Ihnen allen ein Update bezüglich der Fortschritte, die Sie gemacht haben.« Er drehte ihnen den Rücken zu und zeigte auf das Whiteboard am Kopfende des Raums. Oben auf der Tafel stand der Codename der Ermittlung: Operation Highlander. Darunter waren zwei Bilder desselben Mannes, mit seinem Namen über dem Kopf. In der Mitte des Whiteboards befand sich ein großes Fragezeichen. Tony drückte einen Whiteboard-Marker gegen die Tafel. »Rachel, Sie können für uns anfangen.«

Rachel räusperte sich, bevor sie begann. »Gestern habe ich mit Timothy Rosenthals Opfern gesprochen. Er wurde wegen der Vergewaltigung von zwei Frauen, Emma Argyle und Sophia Wainwright, und einem Kind, Elodie Smith, verurteilt. Emma und Sophia waren beide Anfang dreißig, als er sie angriff. Emma Argyle nahm sich kurz nach Abschluss der Ermittlungen das Leben, und Sophia ist derzeit in Wales und besucht ihre Eltern, wo ihr Führerschein und ihre Debitkarten registriert sind. Ich habe ANPR konsultiert, und es stimmt überein.«

»Was ist mit ihren Familienangehörigen?«, fragte Tony und schrieb die Namen auf, während Rachel sprach.

»Sophias Eltern sind in Wales, das schließt diese Möglichkeit also aus...«

»Was ist mit Elodie? Wie alt war sie, als er sie vergewaltigte?«

»Sie war zwölf. Ein Kind. Kaum in der Pubertät.« Rachel nahm sich einen Moment, um sich zu sammeln, las durch ihre Notizen. »Sie hat einen älteren Bruder. Mason. Er war in der Nacht von Timothys Tod mit einem Mädchen im Kino. Das Ticket in seiner Brieftasche bestätigt es, und ich habe mit dem Personal des Kinos gesprochen – einer von ihnen erinnert sich, dass Mason und das Mädchen dort waren.«

Tony nickte verstehend. »Sehr gut. Schön effizient.« Dann wandte er seine Aufmerksamkeit Chey zu, dessen Verantwortung es war, CCTV-Aufnahmen aus der Umgebung des Schrebergartens zu sammeln und zu überprüfen. Straßenaufnahmen, Heimüberwachungskameras, alles. Als jüngstes Mitglied des Teams gehörte er zu der Generation, die es gewohnt war, fünfzehn Stunden am Tag auf einen Bildschirm zu starren, und war mehr als bereit, dies zu tun, also war es eine natürliche Passung.

»Ich habe ein paar Ring-Türklingel-Aufnahmen von Leuten bekommen, aber nichts Wesentliches. Nur die eine Aufnahme eines Paares, das seinen Hund ausführte und schließlich in ein Haus ging, das noch im Bild war.«

»Was ist mit Timothys Auto?«, fragte Tony. »Er muss dorthin gefahren sein.«

Chey schüttelte den Kopf und bewegte dann seine Hand, um den Schaden an seiner perfekten Haarlinie zu reparieren. »Nüscht, Chef. Ich hab ihn beim Verlassen seines Hauses und auf dem Weg zum Schrebergarten, aber nichts danach.«

»Was ist mit dem Betreten des Schrebergartens selbst? Es gibt nur einen Weg rein und raus aus diesem Ort.«

»Die Aufnahmen gehen nicht so weit auf der Strecke. Das letzte, was wir sehen, ist, wie er vom nächsten Kreisverkehr abbiegt. Alle Kameras in diesem Gebiet sind auf den Flughafen gerichtet.«

»Haben Sie die Kameras des Flughafens versucht?«, fragte Tomek.

»Noch nicht.«

»Dann nehmen Sie das bitte für heute in Angriff«, sagte Tony, wobei der Ton in seiner Stimme sicherstellte, dass jeder wusste, dass er und nur er berechtigt war, die Fragen zu stellen. »Jemand hat sein Auto und fährt seit seinem Tod frei damit herum. Es ist irgendwo da draußen.«

»Wie vor meinem Haus.«

Ein kleines, fast unhörbares Keuchen schwebte durch den Raum. Als hätte Tomek gerade die Antwort auf eine unmögliche, hundert Jahre alte mathematische Gleichung verkündet.

»Was sagten Sie, Tomek?« Diesmal war Fiese Nick an der Reihe, in den Kampf einzutreten. »Sie haben das Fahrzeug gesehen?«

»Ich kann nicht sicher sein. Aber es sah danach aus.«

»Wann?«

»Letzte Nacht. Draußen auf meiner Straße. Die Scheinwerfer waren an, und es stand einfach da. Ich versuchte, ein Foto zu machen, aber...« Er zog das Telefon aus seiner Tasche und vergrößerte das Miniaturbild in seiner Fotogalerie.

Tony nahm das Telefon, kicherte. »Was ist das? Wenn meine Frau und ich uns jemals entscheiden sollten, wieder zu heiraten, erinnern Sie mich daran, Sie niemals als Fotografen zu engagieren. Ich habe schon Hunde gesehen, die bessere Fotos machen.«

Tomek schnappte sich das Handy zurück und reichte es Rachel, die ihren Arm ausgestreckt hatte, in der Hoffnung, einen Blick zu erhaschen. »Zumindest kann ich bessere Fotos machen, als Sie Mordermittlungen durchführen können.«

Es war ein schwacher Schlag seinerseits. Solide zwei Komma fünf auf der Beleidigungsskala. Aber er hielt ihn für gerechtfertigt. Obwohl er, sobald er es gesagt hatte, wusste, dass die Konsequenzen schwerwiegend sein würden. Sie kämen vielleicht nicht sofort, aber sie wären unvermeidlich. Ein Jäger, der darauf wartet, dass das ahnungslose Zebra in sein Blickfeld läuft.

Für einen langen Moment sagte Tony nichts. Überlegend, kalkulierend. Eine Antwort, die der Zeit würdig war, die es brauchte, sie zu formulieren. Er musste sicherstellen, dass sie perfekt war – der letzte Kommentar zu der Angelegenheit, bevor Nick eingreifen und dem Streit ein Ende setzen würde.

Tomek wappnete sich.

»Haben Sie gesehen, wer im Auto saß?«, fragte Tony.

Das Momentum der Stille fiel wie ein Bleiballon.

»Nein.«

»Schade. Hätten jemand anderen bei sich haben sollen. Sie sind nicht besonders gut darin, Gesichter zu erkennen, oder?«

Tomek brauchte nicht viel. Er brauchte nicht viel, um nach Tony zu greifen und ihn am Hemd zu packen. Er brauchte nicht viel, um seinem Vorgesetzten eine Heidenangst einzujagen. Tomek war zwar kleiner – um mehrere Zentimeter – aber was ihm an Größe fehlte, machte er mit Breite und Muskeln wett. Der Stoff von Tonys Anzug zitterte unter seinem Griff, doch Tony lächelte weiterhin unverfroren. Selbstgefällig. Was dem Feuer in Tomeks Magen nur noch mehr Brennstoff gab.

Innerhalb von Sekunden kletterte Sean mit seinen massiven ein Meter vierundneunzig über den Tisch und trennte die beiden. Er warf Tomek mit Leichtigkeit ein paar Schritte zurück und hielt Tony gegen die Wand gedrückt, geschützt hinter einer Barriere aus Muskeln und noch mehr Muskeln. Der Rest des Teams schaute in Ehrfurcht zu. Im Rahmen ihrer Arbeit wurden sie täglich Zeugen von Gewalt, aber nicht intern. Nicht zwischen zwei Kollegen. Tomek spürte die Aufregung in Cheys Gesicht.

»Was zum Teufel glauben Sie, was Sie da tun?« DCI Cleaves stürmte herüber, Wut in den Falten seines Gesichts eingehüllt.

»Nichts, Sir.«

»Sie was?«

»Nichts.«

»Sieht nicht nach nichts aus.«

Tomek warf einen Blick auf Tony; das Grinsen blieb bestehen. »Nur eine kleine Meinungsverschiedenheit, das ist alles.«

»Muss ich Sie von diesem Fall abziehen? Für Sie vorbei, bevor es überhaupt begonnen hat?«

»Nein, Chef. Hoffentlich nicht. Wird nicht wieder vorkommen.«

»Welcher Teil ist da hoffnungsvoll, Tomek? Dass ich Sie nicht von dieser Ermittlung abziehe oder dass Sie und DI Hunt nicht aneinandergeraten?«

Tomek antwortete nicht. Die Antwort war, wie auch die Frage, rhetorisch. Besser, den Mund zu halten.

»Wenn ich etwas sagen darf, Sir«, begann Tony, wurde aber sofort mit einem Blick und einem roten, von Äderchen durchzogenen Finger, der in seine Richtung zeigte, zum Schweigen gebracht.

»Sie sind in dieser Sache auch kein Heiliger, Tony. Spielen Sie nicht den Unschuldigen.« Er deutete auf einen Stuhl, auf den sich Tomek setzen sollte. »Muss ich Sie daran erinnern, womit wir es hier zu tun haben? Wenn Sie nicht Teil dieser Ermittlung sein wollen, dann gut. Ich kann Dinge arrangieren und Sie nachts bei vermissten Personen arbeiten lassen. Aber wenn Sie es wollen, dann, so wahr mir Gott helfe, bringen Sie Ihren Scheiß in Ordnung. Beide.«

Tomek nickte Nick sanft zu, als er sich auf einen Stuhl im hinteren Teil des Raumes setzte, so weit wie möglich von Tony entfernt (obwohl leider nicht weit genug). Das Blut in seinen Adern hatte sich beruhigt und begann, langsamer zu fließen, als er seinen Atem wieder zu einem regelmäßigen Rhythmus zurückkehren ließ. Es kam nicht oft vor, dass er solche Ausbrüche hatte. Er sah sich selbst gerne als einen schüchternen Menschen, aber Tonys Kommentar – die Boshaftigkeit, die Gehässigkeit dahinter – hatte ihn über die Kante getrieben. Die Ursache seiner Albträume war mehreren Teammitgliedern wohlbekannt (mit Ausnahme von Rachel, aus offensichtlichen Gründen), und alle wussten, dass sie fest in der Tschernobyl-Sperrzone der Dinge lag, über die man nicht spricht. Tony hatte die Grenze überschritten und die dunklere Seite von Tomek aufgedeckt, die er nicht mochte und auch nicht allzu oft zu sehen wünschte.

»Nachdem das aus dem Weg ist«, begann DCI Cleaves und räusperte sich, »lasst uns weitermachen. Ich weiß, wie frustrierend diese Mordermittlungen sein können, aber wenn ihr anfangt, euch gegenseitig zu attackieren, wird dies zu einer sehr unwirtlichen Umgebung für alle. Alles, worum ich bitte, ist, dass ihr nett miteinander umgeht.« Nick sprach den gesamten Raum an, aber jeder wusste, an wen es gerichtet war. »Wo waren wir?«

»Sean«, antwortete Tony ohne zu zögern. »Was haben Sie gestern herausgefunden?«

Zu seinem Platz zurückkehrend, sagte Sean: »Zwei interessante Beweisstücke wurden in Timothy Rosenthals Wohnung gefunden. Ein Laptop und sein Mobiltelefon.«

»Er hat es nicht mitgenommen, als er zum Schrebergarten ging?«

»Ich vermute nicht. Vielleicht kannte er die Person, mit der er sich treffen wollte.«

»Oder er wollte nicht irgendwie verfolgt werden«, fügte Rachel hinzu. Ihre Stimme strahlte Ruhe aus. Und Tomek fühlte sich entspannen, als er sie hörte. Seine Beteiligung an dem Meeting war beendet.

»Also war er dort, um möglicherweise etwas zu tun oder jemanden zu treffen, von dem er wusste, dass er es nicht hätte tun sollen?« fragte Nick zur Klärung.

»Hab ich's euch gesagt«, sagte Sean. »Diesen Leuten kann nicht geholfen werden. Er war erst ein paar Wochen aus dem Gefängnis raus, und schon ist er wieder dabei.«

»Genug«, sagte DCI Cleaves mit einer Handbewegung. »Wenn er das Haus ohne sein Handy verlassen hat, deutet das für mich darauf hin, dass er entweder etwas tut, worüber sein Bewährungshelfer nicht allzu glücklich sein könnte, oder er hat sich mit jemandem getroffen, von dem er nicht will, dass andere Leute davon wissen. So oder so, das lässt bei mir die Alarmglocken läuten. Haben wir eine Ahnung, mit wem er sich getroffen haben könnte?«

»Da könnte *jemand* sein«, antwortete Sean. Jetzt war er an der Reihe, in seinen Notizen zu suchen. Er tat dies behutsam, als wäre jedes Papier ein Haar im Gesicht einer Frau. Tomeks geheimer Spitzname für ihn war der sanfte Riese. Riesig, einschüchternd, erschreckend hässlich, aber innen weich wie ägyptische Baumwolle.

»Auf Timothy Rosenthals Laptop gefundene Beweise deuten auf eine Beziehung zu einem gewissen Gary Kershaw hin. Einige von Ihnen könnten mit dem Namen vertraut sein. Andere vielleicht nicht.

Die kleine Felsenspinne ist ein berüchtigter Kinderschänder und Sexualstraftäter. Ich bin ziemlich sicher, dass er sein ganzes Leben lang ein und aus in Polizeistationen gegangen ist, und doch schafft er es immer, sich aus den Dingen herauszuwinden. Auf Timothy Rosenthals Laptop fanden wir WhatsApp-Nachrichten zwischen den beiden, in denen sie ein Treffen besprachen – und auch die Beschaffung der Dienste eines kleinen Mädchens.«

»Ich dachte, WhatsApp wäre für das Handy?« fragte Nadia, die bis zu diesem Moment nichts gesagt hatte. Obwohl sie ein paar Jahre jünger als Tomek war, war sie so technikversiert wie DCI Cleaves, der darauf bestand, die Sätze auf seinem Computer zu markieren, während er sie las.

»Eigentlich kann man es auf jedem Gerät bekommen«, sagte der Captain, Oscar. »Handy, Tablet, Desktop. Es funktioniert alles gleich, nur mit unterschiedlichen Kommunikationsmethoden.«

»Ja, danke, Oscar«, sagte Tony. Die Falten in seinem Gesicht deuteten darauf hin, dass er von der Abschweifung des Gesprächs nicht beeindruckt war. Und so ungern Tomek es auch zugab, ihm ging es genauso. Bisher hatte das Team während der Ermittlung einen Mangel an Dringlichkeit und Einfühlungsvermögen gezeigt. Klar, sie plauderten gerne. Aber sich ablenken zu lassen und über belanglose Dinge wie WhatsApp zu reden, war weder professionell noch produktiv.

Ihm war allerdings bewusst, dass sein früherer Ausbruch vielleicht die größte Störung von allen gewesen war. Deshalb beschloss er, still zu bleiben.

»Haben Sie nicht die gleichen Nachrichten auf seinem Handy gefunden?«, fragte Herr Obergescheit.

»Nein. Keine Spur von WhatsApp auf seinem Handy. Nur eine Desktop-Version.«

»Noch verdächtiger.«

Tony hielt die Aufmerksamkeit des Raumes, indem er Notizen auf das Whiteboard kritzelte. Als er zurücktrat, kamen die mehrfach unterstrichenen Worte ‚WhatsApp', ‚Gary Kershaw', ‚Auto', ‚kleines Mädchen?' und ‚Treffen' zum Vorschein.

»Die Frage, die wir uns stellen müssen, ist, wer dahintersteckt«, sagte Tony und dachte laut nach. »Der Mörder wusste, wo Timothy Rosenthal sein würde und wann. Es war vielleicht jemand, dem er vertraute. Jemand, der intelligent genug war, sein Auto zu stehlen und seine Informationen zu entwenden. Jemand mit einer Vendetta gegen ihn. Oder vielleicht jemand, der wusste, wer er war und was er getan hatte.«

»Haben wir die Möglichkeit in Betracht gezogen, dass mehr als eine Person dahintersteckt?«, fragte Tomek leise von hinten.

Zunächst schien ihn niemand zu hören. Erst als er die Frage noch einmal stellte, diesmal etwas lauter, antwortete jemand.

»Warum sagen Sie das?«, fragte Rachel und drehte sich zu ihm um.

»Die Autos, sie gehen mir immer noch durch den Kopf. Jemand müsste dorthin gefahren sein, und dass sie dann das Auto gestohlen haben, ergibt keinen Sinn. Wo ist das Auto des Mörders hin? Nur etwas zum Nachdenken. Es sei denn, sie sind zu Fuß gegangen – aber die Überwachungskameras hätten das vielleicht aufgezeichnet.«

Alle Augen richteten sich auf Chey. »Ich werde es heute noch einmal überprüfen. Schauen, ob ich etwas übersehen habe.«

»Guter Mann«, sagte DCI Cleaves. »Nadia, fügen Sie das bitte der Aktionsliste hinzu. Tomek, ich möchte, dass Sie Gary Kershaws Wohnung besuchen und herausfinden, was er über unser Opfer weiß. Aber zuerst will ich Sie in meinem Büro sehen. Was den Rest von euch betrifft, Tony wird euch eure Aufgaben zuteilen.«

KAPITEL
ELF

»Zweimal in zwei Tagen, Sir. Ich fange an zu denken, dass ich vielleicht einziehen sollte.«

»Werd nicht frech, Tomek. Was sollte das da drinnen?«

»Sie wissen genau, worum es ging, Chef.«

»Ja. Aber du kannst nicht einfach einen ranghöheren Beamten so angreifen.«

»Ich wurde provoziert.«

»Das macht es nicht richtig.«

»Macht es aber auch nicht falsch. Notwehr.«

Nasty Nick seufzte schwer. Als er das tat, sackte sein ganzer Körper in sich zusammen. »Du kannst nicht mit Notwehr argumentieren, Tomek, und das weißt du auch. Du bist gestern schon auf dünnem Eis gewandelt. Und heute hat dieses Eis angefangen zu brechen. Du musst das wirklich in den Griff bekommen, Kumpel. Ich weiß, was mit deinem Bruder passiert ist und all das ist heftig für dich, aber komm schon... Du bist erwachsen. Ich hätte von jemandem mit deiner Erfahrung – nicht nur im Job, sondern im *Leben* – erwartet, dass er mit einem kleinen hinterhältigen Kommentar etwas besser umgehen kann.«

»Wieso ist DI Hunt nicht hier und kriegt auch einen Rüffel?«

»Der kommt auch noch dran, keine Sorge. Ich wollte mich nur

erst mit dir befassen.« Nick fuhr mit der Hand über seinen glänzenden Glatzkopf und massierte die Adern über seinen Ohren. »Du machst mir das Leben schwer, Kumpel. Ich hasse es, das zu sagen.«

»Schon? Wir haben doch gerade erst angefangen.«

»Niemand anders ist daran schuld als du selbst. Manchmal musst du Verantwortung für deine Handlungen übernehmen, Junge.«

Klar, in der Theorie klang das einfach. Aber es in die Praxis umzusetzen war schwierig und etwas, was er bisher nie tun musste.

»Was brauchen Sie heute von mir, Chef?«

»Dass du aus Schwierigkeiten bleibst. Das ist ein guter Anfang.«

»Das klingt nicht allzu schwer. Kriege ich dafür Überstunden bezahlt?« Tomek schenkte dem Mann ein freches Grinsen.

Der fand es nicht amüsant.

»Verpiss dich.«

KAPITEL
ZWÖLF

Gary Kershaw wohnte in einer Sozialsiedlung in Basildon. Tomek kannte die Gegend gut. Sean lebte ein paar Blocks weiter und lud Tomek oft auf das ein oder andere Bier ein, während sie Fußball schauten. Manchmal war häusliche Gemütlichkeit besser als von fünfzig Männern mittleren Alters umgeben zu sein, die in einer winzigen Kneipe zusammengepfercht waren, übereinander schwitzten und sich gegenseitig ihren ranzigen Atem ins Gesicht bliesen.

Die Backsteinhäuser der Siedlung standen dicht an dicht, wie LEGO-Steine, die nebeneinander gesetzt wurden. Drei Kinder auf Fahrrädern lungerten mitten auf der Straße herum, lehnten sich auf ihre Lenker und waren entschlossen, Autofahrer zu ärgern, während eine andere Gruppe von Kindern einen Fußball gegen eine Backsteinmauer kickte. Es war ein Schultag und Tomek fragte sich, warum sie nicht vor einem Lehrer saßen. Wahrscheinlich weil sie keine Lust darauf hatten, nicht daran *glaubten*. Dass ihre Zeit besser damit verbracht war, in der Siedlung herumzuhängen und für niemanden von Nutzen zu sein. Er fragte sich, ob das immer noch der Fall wäre, wenn sie wüssten, dass sie nur zwanzig Meter von einem Sexualstraftäter entfernt lebten.

Als er aus dem Auto stieg und auf Gary Kershaws Haus zuging, wurde ihm klar, dass sie es bereits wussten: Müll, zerbrochene

Flaschen, weggeworfene Haushaltsgegenstände wie kaputte Fahrräder, Sofakissen und anderer Unrat hatten sich vor Kershaws Haustür angesammelt. Es sah aus wie ein Drogenhaus, verlassen und unbenutzt. Obendrein war das Wort NONCEFERATU in kräftiger, leuchtend pinker Schrift auf die Backsteinmauer gesprüht worden. Falls es irgendwelche Zweifel daran gab, wem das Haus gehörte, beseitigte das Graffiti diese schnell. Gary Kershaw war der Abschaum der Siedlung, und jeder schien es zu wissen.

Als Tomek sich dem Grundstück näherte, umkreiste ihn die Gruppe von Kindern auf Fahrrädern wie Geier, die über ihrer Beute kreisen.

»Pass auf, Mister«, rief einer von ihnen, seine Stimme einige Oktaven über der Pubertät. »In diesem Haus wohnt ein Kinderficker.«

Tomek hielt am Bordstein inne. »Solltet ihr nicht in der Schule sein?«

»Wahrscheinlich schon. Aber wir hängen hier rum, weißte. Irgendjemand muss sicherstellen, dass dieser Wichsfleck nicht in die Nähe von uns kommt.«

»Und wenn er es tut?«

Der junge Mann wollte gerade in seine Tasche greifen, aber ein anderer, der Tomeks Beruf ahnte, hielt ihn davon ab. Der junge Mann lächelte, zeigte einen Hauch von Unschuld und Charme in seinem Gesicht und sagte: »Wir würden natürlich die Polizei rufen. Das ist das Richtige.«

Tomek grinste und zeigte auf das Graffiti. »Ich nehme an, Sie wissen nicht, wer dafür verantwortlich ist?«

»Nein, Sir. Ich weiß nix davon. Keiner von den Jungs weiß was. Ist eines Morgens einfach aufgetaucht.«

»Sind Sie sicher?«

»Ja, Sir. Es wäre richtig, es Ihnen zu sagen, wenn ich es wüsste. Aber ich weiß es nicht.«

»Und was ist mit Ihren Freunden dort drüben?« Tomek deutete auf die Jungen, die immer noch mit dem Ball spielten.

»Nee. Keiner von denen kann lesen oder schreiben.«

»Also sind Sie der Einzige?«

»Der Schlauste in meiner Klasse.«

»Wo Sie jetzt eigentlich sein sollten, oder?«

Der Junge lehnte seine Unterarme über den Lenker. »Wie gesagt, irgendjemand muss sicherstellen, dass dieser Kinderficker nicht in die Nähe der Schule kommt.«

»Woher wissen Sie, dass er...« Tomek überlegte, welches Wort er vor dem Kind benutzen sollte. Aber dann dachte er besser darüber nach. Es hatte keinen Sinn zu versuchen, es zu vermeiden. »Woher wissen Sie, dass er ein Kinderficker ist?«

»Das weiß hier jeder. Ist Allgemeinwissen, weißte. Man muss kein Genie sein, um das rauszufinden.«

Und ich wette, du hältst dich für so einen, oder? dachte Tomek bei sich.

»Er hat immer jemanden, der hier herkommt«, sagte der zweite Junge. Er war kleiner, schmächtiger, klang aber genauso vorpubertär wie der erste. »Jemand Schickes. Offiziell, so wie *Sie*. Manchmal versuchen wir, sie zu fragen, was sie hier macht, aber sie erzählt uns nicht viel. Sie steigt einfach in ihr Auto und fährt weg. Denkt, sie hätte irgendwie Angst vor uns, aber sie versteht nicht, dass wir nur versuchen, unsere Mütter und Schwestern zu schützen.«

Mütter waren ihre geringste Sorge. Es waren die Schwestern und Töchter, die sie vor Gary Kershaw schützen mussten. Tomek hatte vor seinem Besuch Kershaws Verhaftungsprotokoll gelesen, und es war keine angenehme Lektüre. Und er kannte die Frau, auf die der Junge sich bezog. In den letzten fünf Jahren hatte Gary Kershaw monatliche Besuche von einer Bewährungshelferin bekommen, die sicherstellen sollte, dass er brav war und seine Körperteile nicht dorthin steckte, wo sie nicht hingehörten. Tomek hatte den Namen erkannt – eine furchteinflößende, kompromisslose Frau namens Cathy – und fragte sich, ob sie die einzige Frau in Gary Kershaws Leben war, die keine Angst vor ihm hatte.

Er wandte sich von den Jungen ab und ging auf das Haus zu, bahnte sich seinen Weg durch das Minenfeld aus Dreck. Er klopfte zweimal an die Tür und wartete. Die Tür öffnete sich nach angespannten, nervenzehrenden zwei Minuten. Vor ihm stand Gary Kershaw. Mitte sechzig, ergraut, mit einer Figur, die in der Kneipe Fork and Spoon nicht fehl am Platz wäre, mit seinem Bierbauch und dem kurzgeschorenen Stoppelbart, der aussah, als hätte er Salz über sein ganzes Gesicht gestreut, und den herabhängenden Wangen, die den Eindruck erweckten, sein Gesicht hätte sich auf den Kopf gestellt.

»Herr Kershaw?«

»Die Tatsache, dass Sie hier vor meiner Tür stehen, bedeutet, dass Sie die Antwort auf diese Frage bereits kennen, Kumpel.«

»Darf ich reinkommen?«

Es war keine Frage. Und Gary wusste das.

Das Innere des Hauses war genauso chaotisch wie das Äußere. Schlammige Schuhe auf dem Boden neben der Haustür, Särge von Takeaway-Boxen, die den Esstisch bedeckten, leere Chipstüten und Bierdosen, die neben dem Mülleimer standen. Kleidung, die an Stuhllehnen und über den Armlehnen des Sofas hing. Und der Geruch. Der Geruch war immer das Schlimmste. Sowohl an Garys Person als auch im Haus. Als hätte er seit Wochen nicht geduscht und wäre mehr als glücklich, sich in seinem eigenen Dreck zu suhlen. Was angesichts der Art von Verhalten, dem er frönte, Sinn ergab. Während er dort stand und den Schmutz betrachtete, der sich vor seinen Augen auf dem Esstisch bildete, konnte Tomek nicht umhin zu denken, dass ein bisschen Vandalismus dem Ort vielleicht etwas Leben einhauchen könnte. Ihm etwas Charakter verleihen könnte.

»Ich habe heute niemanden erwartet«, begann Gary, während er sich an Tomek vorbei ins Wohnzimmer schlurfte. Er ließ sich auf das Sofa plumpsen, legte seine Füße auf den Hocker in der Mitte des Raumes und wandte seine Aufmerksamkeit wieder dem Fernseher zu. Tomek fragte sich, wie lange er wohl in dieser Position verbrachte, wobei die einzige Veränderung darin bestand, dass er statt der Fernbedienung eine Bierdose in der Hand hielt. »Cathy hat gesagt, sie kommt morgen. Nichts von einem Besuch heute.«

»Ich arbeite nicht mit Cathy zusammen.«

»Das merke ich. Die Art, wie Sie sich geben. Ich habe Ihren Typ schon früher gesehen. Etwas anders an Ihnen als an den anderen. Ich hab nichts Falsches getan.«

»Das hat auch niemand behauptet.«

»Warum sind Sie dann hier?«

»Um Ihnen einige Fragen zu stellen.«

»Ich habe in meinem Leben schon genug Fragen beantwortet.«

»Vielleicht schaden ein paar mehr auch nicht.«

»Sie können es versuchen. Aber meine Sendung wird gerade spannend.«

Tomek fragte sich, wie lange es dauern würde, bis er Garys Interesse völlig verlieren würde. Minuten? Oder waren es nur Sekunden?

»Es geht nicht um Sie«, sagte er.

Das schien zu wirken. Ein Zucken der Augenbraue. Ein subtiler Hauch von Neugier.

»Es geht um Ihren Kumpel.«

»Ich hab keine.«

»Wir haben Grund zu der Annahme, dass das nicht stimmt.« Tomek suchte im Wohnzimmer nach einem Laptop, konnte aber keinen entdecken. »Timothy Rosenthal. Sagt Ihnen der Name etwas?«

Diesmal zeigte sich Schock in Garys Gesicht. Seine Augen weiteten sich und seine Pupillen vergrößerten sich. Die Bewegung war minimal, aber für Tomeks geschultes Auge sichtbar.

»Bin mir nicht sicher, ob ich den kenne. Was soll er getan haben?«

»Nichts, was ihn auf die Ehrenliste bringen würde, das ist sicher. Sie sind sich ganz sicher, dass Sie noch nie von ihm gehört haben?«

»Klingelt bei mir nicht.«

»Was ist mit vorgestern Abend?«

»Was soll damit sein?«

»Wo waren Sie?«

»Hier.«

»Und haben...?«

»Was ich immer tue.« Er zeigte auf den Fernseher, um seinen Punkt zu unterstreichen.

Nicht über Bilder von kleinen Kindern masturbiert?

Oder über die echte Sache.

»Kann das jemand bestätigen?«

»Ja.«

Tomek wartete darauf, dass Gary näher darauf einging, aber er wusste, dass es ein sinnloses Unterfangen war. Gary Kershaw würde es ihm so schwer wie möglich machen. Im Laufe der Jahre hatte er eine natürliche Abneigung gegen das Beantworten von Fragen entwickelt, und jetzt erlebte Tomek diese in vollem Umfang.

»Haben Sie die Nacht mit jemandem verbracht?«

»Ich hatte seit Ewigkeiten niemanden hier. Wer würde schon freiwillig einen Ort wie diesen besuchen wollen?«

Ein ahnungsloses Kind, das es nicht besser wusste, kam ihm in den Sinn, aber er biss sich auf die Lippe.

»Die Bande da draußen kann für mich bürgen.«

»Welche Bande?«, fragte Tomek.

»Sie wollen mir sagen, dass Sie die Entourage von Kindern auf ihren Fahrrädern da draußen nicht bemerkt haben? Sind Sie blind oder einfach nur ein beschissener Bulle?«

»Weder noch.«

»Sie stehen den ganzen Tag, jeden Tag vor meinem Haus und stellen sicher, dass ich nicht rausgehe.«

»Frage mich warum...«, flüsterte Tomek leise, gerade laut genug, um über dem Fernseher gehört zu werden. Überraschenderweise zweifelte er nach dem Gespräch mit den Kindern draußen Garys Aussage überhaupt nicht an. Es ergab durchaus Sinn, dass er die ganze Nacht zu Hause gewesen war, unter Hausarrest gehalten von einer Gruppe aufmüpfiger Dreizehnjähriger.

»Kann nichts gegen sie tun«, sagte Gary. »Aber wenn sie denken, sie können mich loswerden, haben sie sich geschnitten.«

»Ach?«

»Wenn ich hier bin, können sie auch nicht weg. Ein paarmal habe ich gesehen, dass ein Haus hier zum Verkauf stand, aber sobald sie herausfinden, dass jemand wie ich einer ihrer Nachbarn ist, bekommen die potenziellen Käufer zweite Gedanken und finden woanders einen schöneren Ort zum Leben.«

»Sie haben nicht selbst darüber nachgedacht umzuziehen?«

»Könnte ich nicht, selbst wenn ich wollte.«

Tomek war nicht hier, um über die neuesten Entwicklungen auf dem Wohnungsmarkt zu diskutieren. Er war hier, um einen Todesfall zu untersuchen.

»Erzählen Sie mir von Timothy Rosenthal.«

Gary sagte nichts. Schaute weiter seine Sendung.

»Wir wissen, dass Sie über WhatsApp mit ihm gesprochen haben.«

Immer noch keine Reaktion.

»Wir wollen wissen, was er vor zwei Nächten gemacht hat.«

»Warum?«

»Weil er ermordet wurde.«

Auf einmal verstummte Gary. Er wandte seinen Blick vom Bildschirm ab und schaute hinaus in seinen winzigen Garten. Am Ende des kleinen Raums stand ein Schuppen, verwittert und zerfallend. Tomek fragte sich, welche Geheimnisse darin verborgen waren, aber ohne Durchsuchungsbefehl hatte er kein Recht, danach zu suchen.

»Jemand... jemand hat ihn umgebracht?« Angst durchzog Garys Worte, und Tomek konnte fast hören, wie sich der Knoten in seinem Magen zusammenzog.

»So ist es. Und wir hoffen, dass Sie uns vielleicht sagen können, was er in der Nacht seines Todes getan hat.«

»Ich...« Gary schluckte die Überraschung und Trauer hinunter. »Er sagte, er würde sich mit jemandem treffen. Aber nicht mit wem. Ich...«

»Wie alt waren sie?«

Langsam, zögernd drehte Gary seinen Kopf zu Tomek. Seine Augen waren hohl geworden, fast durchsichtig. Und als er durch sie hindurchstarrte, spürte Tomek einen Funken Mitgefühl für den

Mann. Er hatte einen Freund verloren – ja, einen verdorbenen und heimtückischen Freund – aber dennoch einen Freund.

»Er sagte, er würde sich mit einem alten Freund treffen. Das war alles, was er sagte. Ein alter Freund. Ein Teil von mir nahm an, es sei jemand, mit dem er früher gearbeitet hatte, oder jemand, den er aus der Vergangenheit kannte – oder sogar aus seiner Zeit im Gefängnis – aber ich habe nicht nachgefragt.«

»Während der andere Teil von Ihnen annahm, es sei jemand Jüngeres?«

Gary nickte, ohne den Blickkontakt zu unterbrechen. Jesus.

»Junge oder Mädchen?«

»Mädchen. Timothy mochte keine kleinen Jungen.«

Im Gegensatz zu Gary, der laut seiner eigenen Verhaftungsakte eine Vorliebe für beide hatte.

Tomek wollte nicht über die Auswirkungen dessen nachdenken, was Kershaw gesagt hatte. Wenn Timothy Rosenthal losgegangen war, um ein minderjähriges Mädchen zu treffen, dann machte das die Ermittlung komplexer. Sie suchten nicht nur nach dem Mörder – oder den Mördern – sondern auch nach dem kleinen Mädchen, das benutzt worden war, um ihn in seinen Tod zu locken.

»Wissen Sie, wer dahinterstecken könnte?«, fragte Tomek. Es war ein Schuss ins Blaue, aber eine Frage, die er stellen musste.

Gary schüttelte den Kopf. Wie erwartet.

»Nun, falls Ihnen noch etwas einfällt, lassen Sie es mich wissen.«

»So etwas wie was?«

»Alles Ungewöhnliche. Leute, die vorbeikommen, in der Straße herumlungern. Jemand, der Ihnen Nachrichten schickt. Solche Dinge.«

Tomek reichte dem Mann seine Karte und wandte sich zum Gehen. Er kam bis zur Fußmatte, bevor er zurückgerufen wurde.

»Bin ich sicher, Herr Ermittler?«

Tomek öffnete die Tür und blickte auf den Spielplatz auf der anderen Straßenseite. Die Jungen, die den Ball zwischen sich hin und her spielten, waren dorthin gezogen, während die beiden Jungen auf ihren Fahrrädern weiterhin um das Haus kreisten. Sie bemerkten

Tomek, der aus der Tür schaute, und riefen ihm etwas zu, aber er konnte sie nicht hören.

»Ich würde mir keine Sorgen machen, wenn ich Sie wäre«, sagte Tomek zu Gary. »Seltsamerweise, wenn Ihnen jemand etwas antun wollte, dann würden diese Kinder wohl die ersten sein wollen, die es tun.«

KAPITEL
DREIZEHN

Gegen Mittag begann die Sonne zu sinken, und die Straßenlaternen von Leigh erleuchteten allmählich die Gehwege. Die Küstenstadt, reich an Erbe und Geschichte, war in zwei Teile gespalten. Das alte Leigh, berühmt für seine tausendjährige Fischereitradition, thronte am Rand des Wassers mit zahlreichen Pubs, Restaurants, Fischhändlern und Bootswerften – und einem kleinen Strandabschnitt. Dann gab es noch Leigh Broadway, den moderneren, städtischen Teil der Stadt. Heimat von Geschäften, Bars, unabhängigen Restaurants und Cafés – jede Menge Cafés – jedes mit seinem eigenen einzigartigen Charme. Tomek nannte diesen Ort seit fünfunddreißig Jahren sein Zuhause, seit seine Eltern ihn und seine Brüder aus Polen weggebracht hatten, auf der Suche nach einem besseren, erfolgreicheren Leben. Seitdem hatte Tomek jede Straße erkundet, war jede Straße entlanggefahren und hatte alles erlebt, was die Stadt zu bieten hatte. Es war sein Zufluchtsort, und er konnte sich nicht vorstellen, irgendwo anders zu leben.

Nachdem er mehrere Stunden damit verbracht hatte, seine Notizen aufzuschreiben und alles an Nick weiterzugeben, war Tomek in die Stadt gefahren. Laut dem Dienstplan, den Lauwarmer Tony erstellt hatte, hatte er den Nachmittag für sich. Das einzige Problem war, dass das einen früheren Start am nächsten Morgen bedeutete, gefolgt von Vollzeitarbeit am Wochenende.

Er beschloss, die Zeit sinnvoll zu nutzen. Morgen war der Geburtstag seiner Mutter. Er wusste nicht, wie alt sie wurde. Er hatte aufgehört zu zählen. Und Karten, die sie an ihr Alter erinnerten, waren nie eine gute Idee.

Ein eisiger Wind fegte durch die Hauptstraße und peitschte die Enden seines Mantels gegen seine Beine. Er tauchte in den nächsten Geschenkeladen ein und kaufte eine Geburtstagskarte und ein paar Blumen. Auf dem Weg hinaus ging er an einem Obdachlosen auf der Straße vorbei und setzte seinen Weg nach Hause fort. Eine zehnminütige Strecke zu Fuß.

Er schaffte es bis zum Ende der Straße und blieb dann stehen.

Zuerst war er nicht sicher gewesen, ob er sie gesehen hatte oder ob es ein Produkt seiner Fantasie war. Aber als er langsamer wurde und noch einmal hinschaute, erkannte er, dass seine Intuition richtig gewesen war. Dann blickte er nach oben und sah das Schild, »*Too School for Cool*«, und wusste, dass er am richtigen Ort war.

Auf der anderen Seite des Schaufensters ging Katie hin und her und räumte gewissenhaft auf. Katie Norton-Downs. Die Frau, die seinen Kopf nicht verlassen wollte. Die Frau, die noch schöner aussah als beim ersten Mal, als er sie gesehen hatte.

Einen Moment lang stand er da und starrte durch das Fenster, unbeeindruckt vom Wind, der sein Gesicht peitschte, und den Horden von Fußgängern, die an ihm vorbeizogen und wütend grunzten, während sie um ihn herumgingen. Dann, als die Erkenntnis sich wie eine Wolke vom Ufer her auf ihn legte, trat er vor und legte eine Hand auf die Tür. Da bemerkte er, dass seine Handflächen schweißnass waren. Schweißnass trotz der Kälte. Schweißnass vor Nervosität.

Er drückte die Tür auf und trat ein.

Sobald die Tür hinter ihm zufiel, verstummte der pfeifende Wind und alles, was blieb, waren die Geräusche von Katie, die sich im Laden bewegte. Er nahm sich einen Moment, um alles aufzunehmen. Die Wände mit schwarzen und grauen Blazern, die an Haken hingen, die

Regale mit Schuhen, die Ständer mit Hemden, Poloshirts, Röcken und Hosen. Alles, was ein Kind für seinen ersten Schultag brauchte.

»Wie funktioniert das hier eigentlich?«

Sein plötzlicher Ausbruch überraschte sie. Dann begrüßte sie ihn mit einem Lächeln.

»Nähst du mein Schullogo auf den Blazer oder hast du die bereits fertig im Lager?«

»Ich nähe es auf«, sagte sie, ihre Augen leuchteten hell unter dem Neonlicht. Dann fielen sie auf die Blumen in seinen Händen. »Sind die...?«

»Für dich? Nein! Entschuldige.« Er senkte sie an seinen Oberschenkel. »Sie sind für meine Mutter. Sie hat morgen Geburtstag. Ich bin gerade auf dem Weg zu ihr.«

»Und du wolltest ihr eine Schuluniform als Geschenk kaufen?«

»Das wäre seltsam...«

»Ja. Du hast Recht. Entschuldige. Du hast mich überrascht. Ich habe dich nicht erwartet.«

»Ich habe auch nicht erwartet, auf dich zu treffen. Obwohl...« Er hielt inne. Ließ seinen Satz in der Luft hängen. Ließ sie daran klammern. »Du hast nie angerufen.«

Katie strich sich eine Haarsträhne hinters Ohr. »Du hast darauf gewartet?«

»Ich habe den ganzen Abend neben dem Telefon gesessen. War eigentlich der beste Abend meines Lebens.«

»Ich kann mir nur vorstellen, wie enttäuscht du warst.«

»Wie wäre es, wenn du es wiedergutmachst, indem du mich zum Abendessen begleitest?«

»Ist das erlaubt?«

»Alles ist erlaubt. Es kommt nur darauf an, ob man damit durchkommt.«

»Das klingt nach etwas, das jemand sagen würde, der einen schlechten Einfluss hat.«

»Ich kann sehr überzeugend sein, wenn ich es sein muss. Ich bin außer Dienst, falls dich das bei dem Angebot wohler fühlen lässt.«

Katie überlegte einen Moment. Sie eilte hinter die Theke und legte die Kleidungsstücke in ihren Armen auf einen Stuhl. Ihre Bewegungen waren elegant, geschickt. Man konnte deutlich sehen, dass sie Stolz und Sorgfalt in ihre Arbeit legte.

»Wo? Wann?«

»Wann machst du heute Feierabend?«

»*Heute*?«

»Das habe ich gesagt.«

»Bis ich hier alles fertig habe, nach Hause gegangen bin und mich fertig gemacht habe, wird es nicht vor acht sein.«

»Perfekt. Ich hole dich dann ab.«

»Du hast mir immer noch nicht gesagt, wohin...«

Tomek drehte ihr den Rücken zu und ging in Richtung Ausgang. »Es wird eine Überraschung sein. Ich hoffe, du magst Fisch...«

KAPITEL
VIERZEHN

Tomeks Eltern lebten mitten im ländlichen Essex, knapp eine Stunde von seinem Wohnort in Leigh-on-Sea entfernt. Nach einer erfolgreichen Karriere als Bauleiter, in der er Millionen verdient hatte, indem er Häuser für Menschen baute, die sie nicht brauchten, hatte Tomeks Vater vorgeschlagen, dass er und seine Mutter aus dem kosmopolitischen, schnelllebigen Küstenleben ausziehen und einen zweiten Lebensabschnitt mitten im Nirgendwo genießen sollten. Das war alles schön und gut, und Tomek freute sich für sie, jetzt da sie glücklich im Ruhestand waren, aber das einzige Problem war, dass es ein riesiger Arschkrampf war, dorthin zu kommen. Schmale, kurvenreiche Landstraßen, die ihm verboten, so schnell zu fahren, wie er es gerne getan hätte. Besonders wenn er in Eile war. Sie waren ein Brennpunkt für Verkehrsunfälle und zahllose Rehe und Dachse, die unnötigerweise ihr Leben verloren.

Es war fast fünf Uhr, als er vor dem Anwesen seiner Eltern mit fünf Schlafzimmern, vier Badezimmern und zwei Wohnzimmern anhielt, das am Arsch der Welt lag, gegenüber von einem Bauernhof, mit so gut wie keinem Handyempfang. Warum zwei Menschen, die fast siebzig waren, so viel Platz und so viele Schlafzimmer brauchten, war ihm schleierhaft. Wenn sie nicht jede zweite Nacht Swinger-Partys veranstalteten, konnte er sich nicht vorstellen, wozu die Gästezimmer genutzt wurden. Und sie waren noch ein paar Jahre davon entfernt, inkontinent zu werden, also erschien ihm auch die Anzahl der Badezimmer im Haus zu viel.

Der einzige Vorteil, so viele leere Räume zu haben, war, wenn sie Geburtstags- und Silvesterpartys veranstalteten. Als große Trinker (sie waren schließlich eine polnische Familie, das gehörte zum Pass dazu) und noch größere Köche waren sie in der Gegend berüchtigt dafür, die besten Veranstaltungen zu organisieren. Feiernde, alte Freunde, Kollegen und entfernte Verwandte kamen von weit her, um die Festlichkeiten zu feiern.

Sein Vater, Perry, öffnete ihm die Tür. Obwohl er in seinen Sechzigern war, war seine Statur immer noch breit und solide, das Muskelgedächtnis in seinen Armen, im Rücken und in den Schultern hatte nie nachgelassen. Tomek hatte den Körperbau seines Vaters geerbt und tat sein Bestes, um ihn zu erhalten. Aber die Anforderungen des Jobs hinderten ihn daran, so oft ins Fitnessstudio zu gehen, wie er es gerne getan hätte.

»Schön, dich zu sehen, Sohn«, sagte er.

»Dich auch.«

Sie umarmten sich kurz, und dann schlüpfte Tomek ins Haus.

»Sie ist in der Küche und bereitet das Essen vor.«

»Für ihren eigenen Geburtstag?«

»Du weißt, wie sie ist.«

Das wusste Tomek. Die Küche war das Reich seiner Mutter, ihre Burg. Und sie war der König, die Königin und die gute Fee. Niemand durfte eintreten, während der Ofen an war oder während die Suppen und Brühen kochten. Wenn sie es taten, waren sie bald stolze Besitzer einer roten Beule am Arm. Oder manchmal am Hinterkopf.

Bei einigen Gelegenheiten hatten Tomek und seine Brüder ihre Angriffe gemeinsam strategisch geplant. Sie kamen zu der Erkenntnis, dass sie möglicherweise besser als Team funktionieren würden, wenn auch nur geringfügig, wenn da nicht das Gezänk und die Prügeleien gewesen wären. Er erinnerte sich besonders an einen Vorfall. Alles, was sie gewollt hatten, war eine große Tüte *paluszki*, dünne Salzstangen, die ein Grundnahrungsmittel in der polnischen Ernährung waren.

Aber sobald ihre Mutter einen Fuß in diese Küche setzte, wurde sie zu einer polnischen Version von Bruce Lee. Nichts kam an ihr vorbei. Sie besaß die wundersame Fähigkeit, nach Belieben ein Rundumsicht zu entwickeln, und ihre Gliedmaßen schienen sich wie bei Elastigirl aus *Die Unglaublichen* zu verlängern. Niemand war sicher, aber das hatte sie nicht davon abgehalten, es zu versuchen. Ihre beiden Hauptmethoden, einzudringen, bestanden darin, entweder alle auf einmal anzustürmen und zu riskieren, einen Mann oder zwei im Nachspiel zu verlieren, oder die Alternative war, dass einer der Brüder hineinstürmte und sich selbst opferte, während die anderen die Schränke und Kühlschränke plünderten. Als jüngster Bruder fiel es typischerweise Tomek zu, sich für die anderen zu opfern, damit sie überleben konnten. Ein Initiationsritus, nannten sie es. Eine verdammt schmerzhafte Zeit war seine eigene Wortwahl.

»Bleibst du lange?«, fragte Perry Bowen.

»Kann leider nicht. Habe heute Abend ein Date.«

»Noch eins?«

»Ja.«

»Dieses ist aber anders, das kann ich sehen.«

Perry legte eine Hand auf seinen Rücken und brachte Tomek zum Stehen.

»Es ist das Lächeln in deinem Gesicht, Sohn. Diesen Blick habe ich noch nie gesehen. Aber sag's nicht deiner Mutter. Das würde sie nur aufscheuchen.«

Und das wollte er nicht.

»Oh, und gut gemacht mit den Blumen. Sie sehen toll aus. Gib sie aber lieber mir.«

Tomek reichte seinem Vater den Strauß und beobachtete, wie er die Küche betrat. Sobald die Tür hinter seinem Vater geschlossen war, wartete Tomek. Er sammelte sich. Fuhr mit den Fingern über die Kanten der Karte, die er ein paar Minuten zuvor hastig auf dem Armaturenbrett geschrieben hatte.

Vorbereitet trat er vor und öffnete die Tür. Wie erwartet, am Vorabend ihres Geburtstags, bearbeitete seine Mutter Izabela Rindfleisch mit einem Nudelholz. Sie machte *rolada*, ein traditionelles polnisches Gericht. Eingelegte Zwiebeln, Gurken und Wurst, eingerollt im Rindfleisch, mit einer Portion *kluski*, einer Zusammenstellung von in Wasser gekochten Kartoffelpüree-Bällchen. Ein Geburtstagsgeschenk an sich. Eines seiner Lieblingsgerichte. Obwohl er es in verschiedenen Restaurants probiert und sich sogar die Mühe gemacht hatte, es selbst zuzubereiten, schmeckte nichts jemals so wie das, was seine Mutter zubereitete.

Seine Mutter trug ihre Schürze um den Hals, und die Ärmel ihres Pullovers waren bis zum Ellbogen hochgekrempelt. Auf ihrer Nase saß eine dünne Brille, und ihre Haare sahen so makellos aus wie immer. Sie war eine Frau, die auf sich achtete, und als ehemalige Besitzerin eines Nagelstudios wusste sie, wie das ging. Tomek hatte großen Respekt vor seinen Eltern. Sie waren beide selbstgemachte, erfolgreiche Menschen. Nachdem sein Vater bei einem Junggesellenabschied nach Polen gereist war, hatte er sich dort verliebt und war geblieben. Dann hatten sie in relativ schneller Folge drei Kinder bekommen und erkannt, dass die Lebensqualität und die wirtschaftlichen Aussichten in England viel besser und vielversprechender waren, also waren sie alle umgezogen, um neu anzufangen. Es war anfangs nicht leicht gewesen – man hatte ihm erzählt, dass es Monate gab, in denen sie mit wenig bis gar keinem Essen lebten – aber sie hatten durchgehalten. Und jetzt ernteten sie die Früchte.

»*Cześć, Mama*,« sagte Tomek. Er bewegte sich langsam auf sie zu und gab ihr einen Kuss auf die Wange. »Wie geht's dir?« Als sie nicht antwortete, fügte er hinzu: »Ich habe dir eine Karte mitgebracht.«

»Danke«, sagte sie. Kalt wie immer. Obwohl sie seit weit über vier Jahrzehnten im Land lebte, blieb ihr Akzent bestehen.

»Du hattest keine Lust, dieses Mal Papa kochen zu lassen?«

»Nein.«

»Vielleicht dann zu deinem Siebzigsten.«

»Falls er so lange überlebt.«

Tomek ging zum Waschbecken und nahm sich ein Glas Wasser. »Tut mir leid, dass ich morgen nicht dabei sein kann. Bei der Arbeit ist was dazwischengekommen. Wir werden das ganze Wochenende voll ausgelastet sein.«

»Ist schon gut.«

»Freust du dich darauf?«

»Nicht besonders. Niemand wird gerne älter.«

»Hast du alles vorbereitet?«

»Ich denke schon.«

»Gut.« Tomek nahm einen Schluck, um die Stille zu überbrücken. Er fürchtete sich oft davor, allein hierherzukommen, ohne seinen älteren Bruder Dawid als Gesellschaft. Er heiterte nicht nur die Stimmung auf, sondern war auch ein guter Schutzschild, ein perfekt großer Bruder, hinter dem man sich verstecken konnte. »Wann kommt morgen die Brady-Bande?«

»Nenn sie nicht so.«

»Na gut. Dann eben die Flintstones.«

»*Przestań*. Hör auf damit. Warum musst du immer so unhöflich sein?«

»Es war nur eine Frage, Mama.«

Eine Frage, die ein bisschen zu weit ging. Aber er war nicht bereit, das zuzugeben.

»Du hast immer etwas Lustiges zu sagen. Nicht jeder will die ganze Zeit lachen und Witze machen.«

»Aber es ist in Ordnung, wenn Dawid sie so nennt? Nur nicht, wenn *ich* es tue.« Tomek warf die Karte angewidert auf die Arbeitsplatte. »Nichts ist jemals gut...« Er hielt inne und konnte den Satz nicht beenden. Stattdessen räusperte er sich und wandte sich an seinen Vater. »Ich bin mit guten Absichten und in gutem Glauben hergekommen. Langsam wünsche ich, ich hätte es nicht getan.«

»Diese Sprache!«, rief seine Mutter. Sie knallte das Nudelholz auf die Arbeitsplatte und funkelte ihn an.

»Von allem, was ich gerade gesagt habe, ist das das Einzige, was dir auffällt? Meine verdammte Scheißsprache.«

»Also gut!« Perry klatschte in die Hände, unterstrich die Stille und Atmosphäre und stellte sich zwischen sie. Der Einzige, dem es je gelungen war, die Spannung in Tomeks und seiner Mutter zerbrochener Beziehung zu mildern und zu entschärfen. »Ich glaube, der ganze Stress bekommt uns nicht. Das tut unserer Gesundheit nicht gut. Tomek, du hast bestimmt eine lange Rückfahrt. Und du willst sicher rechtzeitig für dein Date heute Abend zu Hause sein.«

Tomek, der bemerkte, dass sein Vater ihn ansprach, antwortete träge. »Ja. Ja, du hast wahrscheinlich Recht, Papa.«

»Lass mich dich zur Tür bringen.«

Izabela wandte ihre Aufmerksamkeit wieder dem Rindfleisch zu. »War schön, dich zu sehen, Mama«, rief er ihr zu. Dann: »Oh, und mir geht's gut, danke der Nachfrage.«

Sie erreichten die Haustür mit wenigen Schritten. Wut und Zorn brodelten unter Tomeks Oberfläche. Er griff nach dem Türgriff und hielt ihn fest, als hätte er Angst, loszulassen. Sein Vater legte eine bestärkende Hand auf seinen Rücken, sanfter, als er es von Bauarbeiterhänden erwartet hätte.

»Sie ist gestresst«, sagte er.

»Seit dreißig Jahren?«

»Du weißt, wie sie um diese Jahreszeit ist.«

»Ja. Und ich weiß, wie *du* bist. Und wie *Dawid* ist. Nichts im Vergleich zu ihr. Ich weiß nicht, was ich noch tun kann.«

»Sie sucht noch immer, Kumpel. Das tun wir alle. Eines Tages...«

»Wird ihr Wunsch in Erfüllung gehen und ich werde verschwunden sein.«

»Sag das nicht.«

»Ich komme dem einen Schritt näher und gehe jetzt. Wie wär's damit?«

Keine Antwort.

»Schön, dich zu sehen, Papa. Wie immer. Pass auf dich auf. Und grüß Dawid und die Kinder von mir.«

Sein Vater erwiderte mit einem Lächeln. »Yabba dabba doo...« Dann schloss er die Tür.

KAPITEL
FÜNFZEHN

Tomek hatte eine Ablenkung gebraucht. Eine starke. Und als er The Grove betrat, ein mediterranes Restaurant auf dem Hügel mit Blick auf die Themse, hing diese Ablenkung an seinem Arm. Nachdem er das Haus seiner Eltern verlassen hatte, war Tomek nach Hause geeilt, hatte geduscht, sich umgezogen, Katie abgeholt und war mit ihr hingefahren. In der kurzen Zeit, die sie nach der Arbeit zu Hause gewesen war, hatte sie es geschafft, einen Blazer in ihrem Kleiderschrank zu finden, dazu ein Hemd und eine schöne Jeans. Es war schlicht, dezent und dennoch fand er, dass sie schöner und atemberaubender aussah als manche Frauen, mit denen er ausging und die deutlich weniger anhatten. Auf der Fahrt war sie gut drauf gewesen und hatte ihn sofort von dem Desaster seiner Familienbeziehungen abgelenkt. Und jetzt, wo er am Tisch saß, mit Blick auf den Fluss, die funkelnden Lichter von Kent in der Ferne und einem Glas Bier in der Hand, verdrängte er die Gedanken an seine Eltern noch weiter in den Hintergrund. Sie waren das Letzte, woran er denken wollte, wenn Katie vor ihm saß.

»Ich bin froh, dass du endlich den Mut hattest, mich einzuladen«, sagte sie, während sie an ihrem Wein nippte. Der rote Lippenstiftabdruck verdunkelte sich im Schatten des Glasrandes.

»Irgendjemand musste es ja tun. Hab nicht gesehen, dass du in nächster Zeit zum Telefon gegriffen hättest.«

»Ich war beschäftigt.«

»Und du glaubst, eine Mordermittlung ist so einfach wie sich den Hintern abzuwischen?«

»Das wüsste ich nicht.«

»Weil du dir noch nie den Hintern abgewischt hast, oder...?« Tomek hob verführerisch eine Augenbraue.

»Es gibt vieles, was ich noch nie getan habe. Das gehört *definitiv* nicht dazu. Für was hältst du mich?« Falls sie von seinem Kommentar beleidigt war, ließ sie es sich nicht anmerken. Tatsächlich hatte er das Gefühl, dass es ihr gefiel.

»Hoffentlich weiß ich bis zum Ende des Abends genau, wofür ich dich halten soll. Und wohin.«

»Du springst schon zum zweiten Date vor?«

Tomek grinste, während er mehr Bier trank. »Ich habe bereits die Hochzeit und die Beerdigung geplant.«

Was er allerdings nicht eingeplant hatte, war, wie voll das Restaurant werden würde. Sie waren nach acht angekommen, was für ihn früh, aber für die meisten anderen spät war, dachte er. Doch als sie ankamen, war es leer gewesen, und innerhalb von zehn Minuten waren sie von Familien umgeben. Vier Erwachsene. Sieben Kinder. Tomeks Vorstellung eines Albtraums. Es war schon schlimm genug, Dawids zehnjährige Drillinge ertragen zu müssen, die ständig jammerten und maulten. Bettelten um das iPad, bettelten darum, fernsehen zu dürfen, beschwerten sich, dass ein Bruder seine Schwester geschlagen hatte. Es war chaotisch, und jetzt musste er mehr als doppelt so viel davon direkt neben sich ertragen.

»Echt toll hier«, sagte er sarkastisch zu Katie, als Entschuldigung. »Ich hatte erwartet, dass es ruhiger sein würde.«

»Ach was. Was macht das schon aus, wenn man gutes Essen, guten Wein, gute Aussichten und noch bessere Gesellschaft hat?«

Das Essen, das sie bestellt hatten, kam innerhalb von Minuten. Ein Steak für Tomek und den Hummer für Katie.

»Kann ich eine Pommes probieren?«, fragte sie, die Gabel bereits in der Hand, bereit zum Diebstahl.

»Tut mir leid, aber nein. Wenn du Pommes wolltest, hättest du welche bestellen sollen.«

»Unhöflich.«

»Ich bin sehr beschützend, was mein Essen angeht. Besonders Fleisch an einem Freitag.«

»Warum?«

»Das ist so ein Familiending. Kein Fleisch am Freitag.«

»Aber den Rest der Woche ist es in Ordnung?«

»Laut Katholizismus – und meiner Mutter – ja. Genauso wie viele andere fragwürdige Dinge.«

»Was hat es damit auf sich?«

Tomek zuckte mit den Schultern. »Irgendwas mit Buße. Oder Jesus. Es ist normalerweise eines dieser beiden Dinge.«

»Du bist also ein gottesfürchtiger Mann?«

»Weit gefehlt. Aber meine Eltern sind ziemlich streng mit diesem Zeug.«

»Also bist du ein rebellischer Teenager, der sich mit Fleisch vollstopft, wenn Mama und Papa nein gesagt haben.«

»Vergiss nicht das heimliche Ausschleichen. Und das nächtliche Trinken.«

Davon hatte es in seiner Jugend viel gegeben. Zu viel, hatte sein Bruder gesagt. Aber alles hatte einen Grund. Eine Rebellion. Ein Hilfeschrei. Wie alles andere in seinem Leben.

»Erzähl mir von deinem Laden«, sagte er und schob sich eine Gabel voll Pommes in den Mund. »Ich bin fasziniert.«

»Dann macht das wenigstens eine Person. Die meisten Leute finden es einfach nur seltsam.«

»Oh, das ist es auch. Ich meine, ich hätte Schuluniformen nie als Geldmacher eingeschätzt – ich dachte immer, die würden direkt von den Schulen gekauft und verkauft – aber wenn es eine Marktlücke gibt...«

»Nicht so sehr eine Lücke. Eher eine... kleine Öffnung. Kennst du den Schlitz, den du in einem Sparschwein hast? Ungefähr so groß. Es wird mich nicht zur Millionärin machen, aber es zahlt die Rechnungen. Und ich bekomme ein bisschen extra obendrauf, das ich ausgeben kann, wie ich will. Außerdem bin ich mein eigener Chef, also kann ich tun, was ich will, wann ich will.«

»Das ist heutzutage eine mächtige Sache.« Tomek bewunderte sie sehr und erhob sein Glas für sie. »Während ich fast ganz unten in einer sehr langen Nahrungskette stehe, wie es manchmal scheint.«

»Nie daran gedacht, die sprichwörtliche Leiter hochzuklettern?«

»Wenn sie mich lassen.«

»Was soll das heißen?«

Tomek wusste nicht, wie er die Frage beantworten sollte. Dass es seine eigenen Fehler, seine eigene Selbstsucht, seine eigene Idiotie waren, die ihn daran hinderten, etwas Sinnvolles mit seiner Karriere anzufangen.

»Erzähl mir von *deinem* Job«, sagte sie zu ihm. Jetzt war er an der Reihe.

»Was möchtest du wissen?«

»Alle blutigen Details.«

»Je blutiger, desto besser?«

»So könnte man es ausdrücken. Hast du Fortschritte bei den Ermittlungen zu meinem Nachbarn gemacht?«

»Du kennst immer noch nicht seinen Namen?«

Katie errötete. »Ist das schlimm von mir?«

»Es macht dich zu einem schrecklichen Menschen. Einem der schlimmsten, die ich je getroffen habe, eigentlich.«

»Du bist selbst nicht so brillant.« Sie kicherte leise. Gerade laut genug, dass er es hören konnte. Spielerisch.

»Manchmal denke ich, meine Chefs sehen das genauso.«

»Wirklich?«

»Wir sind bei vielen Dingen nicht einer Meinung. Besonders bei diesem Fall. Zum Beispiel...« Tomek zögerte. Wie viel sollte er preisgeben? Wie viel *konnte* er preisgeben?

»Zum Beispiel, wenn du wüsstest, dass Timothy, sagen wir, ein Pädophiler und Vergewaltiger war, und jemand ihn genau aus diesem Grund ermordet hat, wie würdest du dich fühlen?«

Katie ließ das Glas um ihr Kinn kreisen, von der Frage überrascht. »Ich würde sagen gut. Gute Arbeit, gut gemacht.«

»Siehst du, ich bin anders. Ich finde nicht, dass das seine Ermordung rechtfertigt. Es ist niemals richtig, ein Leben zu nehmen.«

»Wie kannst du das sagen?« Sie wirkte beleidigt und senkte ihr Glas. »Wenn das der Fall ist und er die Dinge getan hat, die du gerade beschrieben hast, dann hat er jemandem *seine* Kindheit, *sein* Erwachsenenleben – *sein* Leben geraubt. Diese Person muss bis zum Tod mit dem Geschehenen leben. Was er getan hat, ist viel schlimmer.«

»Ich glaube, es ist anders für Frauen«, sagte er und bereute es sofort. »Diese Dinge passieren *euch*. Ich bin vom Prozess entfernt. Ich kann nie wissen, wie es ist, wenn mir so etwas passiert.«

»Aber du könntest wissen, wie es ist, wenn es jemandem passiert, den du liebst.«

Tomek dachte einen Moment darüber nach. Wenn er sich in die Lage seiner Mutter versetzte und ihr etwas zugestoßen wäre, wie hätte er sich dann gefühlt?

»Ich schätze, da hast du recht«, sagte er unverbindlich.

Katie rührte sich einen Moment, nahm sich Zeit, um sich zu beherrschen. Das Gespräch hatte sie offensichtlich verärgert, und Tomek fühlte sich dumm, dass er bereits einen Keil zwischen sie getrieben hatte.

»Nun, wir sind sowieso keinen Schritt näher dran, den Scheißkerl zu finden, der es getan hat, also ist das alles momentan nur theoretisch.«

»Ist das der Grund, warum deine Chefs dich nicht mögen?« fragte sie, wieder zum Spielerischen zurückkehrend. »Ich kann total verstehen, warum.«

»Manchmal habe ich das Gefühl, dass sie es auf mich abgesehen haben. Ein gutes Beispiel: Als ich neulich zu dir kam, haben sie mich nur geschickt, um mich für mein Zuspätkommen zu bestrafen.«

»Gut, dass sie das getan haben.« Ihre Augen glitzerten, als sie das Glas an ihre Lippen drückte. »Alles passiert aus einem bestimmten Grund.«

Was auch immer dieser Grund war, er hoffte, dass er bald auftauchen und sich ihm unübersehbar offenbaren würde. Nachdem sie ihre Hauptgerichte beendet hatten, wechselte das Gespräch zu Katies Familie, ein Thema, über das sie genauso schwer sprechen konnte wie Tomek. Sie kam aus einem militärischen Umfeld. Ihr Vater hatte in den Streitkräften gedient, und so war sie von Stadt zu Stadt gezogen. Sie und ihre Mutter hatten dadurch eine enge, fast schwesterliche Bindung entwickelt. Bis zu deren Tod vor fast zehn Jahren.

»Dad hat es nicht gut verkraftet«, sagte sie. »Er hat sich verrückt gemacht mit Dingen, die er tun konnte. Es war das Fehlen von jemandem zum Reden, das ihn wirklich über die Kante gebracht hat.«

»Oh.«

»Er hat sich ein paar Jahre später umgebracht. Der Bastard hat mich wirklich im Stich gelassen.«

»Das tut mir leid.«

Katie brauchte eine Weile, um zu antworten. Sie war offensichtlich in ihren Gedanken verloren, vielleicht beschwor sie Bilder von Mama und Papa. Von glücklicheren, angenehmeren Zeiten.

»Da fragt man sich, was der Sinn ist, oder?«, sagte er. »Liebe. Leben. Familie. Beziehungen. Freundschaften. Jeder enttäuscht dich irgendwann.«

»Aber zumindest haben sie dich großgezogen, und dafür kannst du nur dankbar sein für die guten Zeiten.«

Jetzt war es an Tomek, zu schweigen. Er wurde nachdenklich und dachte an das, was vor ein paar Stunden passiert war. Der Streit, die Art, wie seine Mutter mit ihm gesprochen hatte. Ihre Beziehung war fast am Tiefpunkt, was bedeutete, dass es nur einen Weg gab.

Nach oben.

»Alles in Ordnung?« Katie streckte die Hand aus und legte sie auf seine. Die erste körperliche Berührung des Abends. »Deine Brust hat sich eine Weile nicht bewegt, und ich mache mir Sorgen, dass du einen Schlaganfall hast.«

»Wenn dem so ist, dann bin ich glücklich, wenn dies das Letzte ist, was ich sehe.«

Es war peinlich, absolut peinlich, zehn von zehn auf der Peinlichkeitsskala, aber es funktionierte und brachte Katie zum Erröten.

»Mir geht's gut. Es hat mich nur zum Nachdenken über meine Eltern und meine Familie gebracht.«

»Leben beide noch?«

Tomek nickte.

»Dann hast du Glück. Und du solltest dir das jeden Tag vor Augen führen. Bist du ihnen nahe?«

Das war nun die Frage. Zählte es, wenn die Antwort nur zu fünfzig Prozent stimmte? War er bereit, ihr zu erzählen, was passiert war? Er hatte die Geschichte schon früher mit seinen Kollegen und Freunden geteilt, aber nicht die Geschichte in ihrer Gesamtheit, nicht seit langem. Nicht seit dem Therapeuten, der versucht hatte, ihm nach jener Nacht zu helfen, nachdem die Albträume begonnen hatten.

»Hast du Albträume?« fragte sie.

»Manchmal«, sagte er. »Nicht immer. Es ist zufällig. Es scheint keinen natürlichen Auslöser zu geben.«

»Worum geht es darin?«

Tomek atmete tief ein. Sammelte sich. Hier geht's los. Kein Zurück mehr. Zeit zu teilen. Geteiltes Leid ist halbes Leid und all das.

»Ich war neun und mein mittlerer Bruder war gerade in die weiterführende Schule gekommen. Er war elf. Unsere Schulen waren nahe beieinander in Hadleigh, und weil Mama und Papa spät arbeiteten, konnten sie uns nicht immer abholen. Also beschlossen sie, dass wir zusammen nach Hause laufen sollten. Dawid, mein älterer Bruder, war alt genug, um mit seinen Freunden zu gehen, und er wollte nichts mit uns zu tun haben. Außerdem war er in vielen Schulclubs nach dem Unterricht, also kam er nach Hause, wann immer er wollte. Aber nicht Michał und ich. Wir steckten miteinander fest. Er mochte es nicht, aber ich fand es schön. Ich hatte nicht viele Freunde im Klassenzimmer wegen der Sprachbarriere, und ich hatte keinen meiner Brüder auf dem Schulhof. Also war ich oft allein. Meine Nachmittage, beim Gehen mit M, waren die einzigen guten Teile meines Tages.«

Tomek starrte in den Vordergrund, unbewusst von Katies Bewegungen und ihrem schnell schwindenden Grinsen.

»Aber eines Tages ging einfach alles schief. Ich weiß nicht, was passiert ist. Ich versuche es seitdem zusammenzusetzen.« Eine weitere Pause. Er schluckte tief. Die Tischoberfläche vor ihm wurde immer verschwommener, bis sie nur noch ein Schleier war und durch dieselbe Dunkelheit ersetzt wurde, die er in seinen Albträumen sah. »Ich sollte ihn nach der Schule im Park treffen, wie jedes andere Mal. Das war unser Treffpunkt. Der Park. Weg von der Schule, damit seine Freunde ihn nicht sehen würden. Es machte mir nichts aus. Es war halt so. Aber aus irgendeinem Grund kam ich zu spät. Nicht viel, vielleicht eine halbe Stunde, fünfundvierzig Minuten. Die Lehrerin musste etwas mit mir besprechen – mein Verhalten im Unterricht – also rannte ich, um zu ihm zu kommen. Ich wollte ihn nicht warten lassen, und ich wusste, Mama würde toben, wenn wir zu spät kämen.«

Mittlerweile hatten sich die meisten Restaurantgäste, besonders die beiden Familien zu beiden Seiten von ihnen, davongemacht. Sie hatten ihr Essen gegessen, ein Durcheinander hinterlassen und waren gegangen.

»Als ich im Park ankam, wusste ich, dass etwas nicht stimmte. Ich konnte ihn nicht sehen. Normalerweise wartete er am Eingang auf mich, aber diesmal war er nicht da. Also ging ich hinein und nach einer Weile hörte ich diese Geräusche von den Schaukeln her. Ich schaute hin, aber es war zu dunkel, um genau zu erkennen, was vor sich ging. Mein Herz raste. Aber ich ging rüber. Da sah ich zwei Personen, die über meinem Bruder standen. Er lag da, bewusstlos. Tot. Sein Gesicht war zertreten worden. Sie hatten ihn mit Ziegelsteinen geschlagen. Sie hatten seine Schuhe und Knöchel in Brand gesetzt. Bleichmittel über sein Gesicht gesprüht. Es war...«

Tomek hielt inne. Die Bilder in seinem Kopf hatten aufgehört, sobald er den Park betreten hatte; der Rest der Geschichte war aus dem Gedächtnis erzählt worden. Aus den Worten in seinem Kopf, die er unzählige Male durchgegangen war.

Das Nächste, was Tomek wahrnahm, war Katies Berührung. Ihre Hand auf seiner. Sanft, fast flüchtig.

»Tomek, es tut mir so leid. Ich kann mir... ich kann mir nicht vorstellen, wie das für dich gewesen sein muss.«

»Ich war ein paar Jahre danach bei einem Therapeuten. Um die Albträume zu bekämpfen und zu verstehen. Aber es hat nicht funktioniert.«

»Haben sie jemals herausgefunden, wer es getan hat?«

Tomek nickte. »Sie haben einen Jungen aus der zehnten Klasse verhaftet, drei Jahre älter als Michał. Anscheinend fand er es einfach lustig. Dass es Spaß macht, meinen Bruder zu Tode zu prügeln.« Er schüttelte verzweifelt den Kopf. Es war lange her, seit er das letzte Mal an Jason Cartwright gedacht hatte. Und noch länger, seit er ihn zuletzt gesehen hatte. Grinsend von der anderen Seite des Tisches.

»Ich dachte, du hättest gesagt, dass zwei Personen beteiligt waren?«

»Hier wird es kompliziert.«

»Inwiefern kompliziert?«

»Aus irgendeinem Grund hat mein Gehirn sofort abgeschaltet und diese Gedanken, diese Bilder von dem, was ich gesehen habe, weggesperrt. Ich glaube, ich stand so unter Schock, dass ich sie nicht verarbeiten konnte, und ich konnte es nie richtig. Dadurch konnte ich die zweite Person nie identifizieren. Und die am Tatort gefundenen Beweise deuteten nur auf einen Angreifer hin. Die Polizei, die dem blinden Glauben eines neunjährigen Jungen folgte, glaubte mir deshalb nicht. Und was noch schlimmer ist: Meine Mutter auch nicht. Seit dieser Nacht ist unsere Familie zerrüttet. Meine Mutter gab mir die Schuld – und gibt mir bis heute die Schuld. Sie denkt, es ist meine Schuld, dass er gestorben ist. Wenn ich nur fünf Minuten früher da gewesen wäre, hätte ich ihn vielleicht retten können.«

»Das ist schrecklich. Du weißt doch gar nicht, ob sie nicht auch dich angegriffen hätten, wenn du früher da gewesen wärst. Dann hätte sie zwei Kinder verloren.«

Tomek wollte auf diesen Kommentar nicht antworten. Manchmal hatte er sich dasselbe gefragt, ob es schlimmer gewesen wäre...

Er fuhr fort: »Sie schaut mir immer noch nicht in die Augen und führt kein richtiges Gespräch mit mir, ohne dass jemand anders im

Raum ist. Alles nur, weil ich gesagt habe, dass es einen zweiten Angreifer gab. Sie hofft immer noch, dass sie ihn finden werden. Dass *ich* ihn finden werde. 'Sie sucht immer noch', sagt mein Vater. Sucht nach einem Abschluss. Und ich bin der Einzige, der ihn ihr geben kann. Aber es sind dreißig Jahre vergangen, und ich bin der Identität des anderen Jungen, der meinen Bruder getötet hat, immer noch nicht näher gekommen. Ich habe ihn gesehen – ich weiß, dass ich ihn gesehen habe.« Er tippte sich an die Schläfe. »Es ist nur irgendwo hier drin eingeschlossen, in diesem Scheißdreck von einem Gehirn.«

»Sei nicht dumm. Sei nicht so hart zu dir selbst. Nichts von dem, was passiert ist, ist deine Schuld. Du solltest dir keine Vorwürfe machen. Es gab nichts, was du hättest tun können. Und wenn deine Mutter dich nicht so lieben kann, wie du bist, dann solltest du dich ehrlich gesagt nicht mit ihr abgeben.«

»Wie denn? Sie ist meine Mutter. Sie hat alles aufgegeben, um uns beim Aufwachsen zu unterstützen.«

»Und schau, wie sie dich behandelt. Als ob du nicht existieren würdest.«

Es gab Zeiten, kurz nach dem Mord, in denen er darüber nachgedacht hatte, nicht zu existieren. Es in Betracht gezogen hatte. *Ernsthaft* in Betracht gezogen hatte. Sich aufzuhängen, sich in der Badewanne die Pulsadern aufzuschneiden, von zu Hause wegzulaufen und nie zurückzukommen. Wenn er nicht mehr da wäre, dann könnte er seine Mutter nicht mehr verärgern. Wenn er sie nicht verärgern könnte, dann könnte sie wieder glücklich sein. So wie sie es gewesen war, bevor er in ihr Leben getreten war.

Vielleicht klugerweise beschloss er, diese Information für sich zu behalten.

Als die Nacht und ihr Date schließlich zu Ende gingen, führte Tomek Katie mit ihrem Arm in seinem aus dem Restaurant und ging mit ihr zu seinem Auto. Der Himmel war klar, und die Sterne in der Nacht funkelten über ihren Köpfen und signalisierten die Hoffnung auf einen helleren Tag. Sie erinnerten ihn an ein Zitat, das er einmal gelesen hatte:

Wenn es regnet, suche nach Regenbögen. Wenn es dunkel ist, suche nach Sternen.

Manchmal war das leichter gesagt als getan.

Auf dem Weg zurück zu Katies Haus fuhr Tomek vorsichtig. Obwohl er nur ein Getränk gehabt hatte, war er sich bewusst, dass er wertvolle Fracht im Auto bei sich hatte (wertvolle Fracht, die jetzt sein dunkelstes Geheimnis kannte), und er wollte ihre Sicherheit gewährleisten. Als er vor ihrem Haus anhielt, war es nach Mitternacht. Irgendwie hatten sie es geschafft, den Abend zu verplaudern und sich kennenzulernen. Und am Ende war er von ihr fasziniert. Ihr Charme, ihre Haltung, ihre Intelligenz, ihre Eleganz. Alles an ihr. Deshalb hatte er abgelehnt, als sie ihn gefragt hatte, ob er noch auf einen Tee oder einen Absacker mit reinkommen wolle. Er wollte es nicht verderben, indem er in etwas hineinstürzte oder etwas tat, was sie beide später bereuen könnten.

»Außerdem«, hatte er gesagt, »wollen wir doch nicht, dass die Tochter deiner Freundin morgens an die Tür klopft, oder?«

Daraufhin hatte sie ihm spielerisch auf den Arm geschlagen und ihm dann einen Kuss auf die Lippen gegeben. Das war alles, was er heute Abend bekam. Und das war mehr als er brauchte.

Als er zu seinem Auto zurückhüpfte, kam er an Timothy Rosenthals Haus vorbei. Früher am Tag war entschieden worden, das Gebäude zu räumen und die Ressourcen besser anderswo einzusetzen. Sie hatten bereits alles gesammelt, was sie brauchten, und der Ort wurde nicht mehr als Tatort betrachtet. Doch Überreste der Polizeipräsenz waren geblieben; kleine Abschnitte weggeworfenen Polizeiabsperrbandes wehten lustlos im Wind; schmutzige Stiefelabdrücke, die in einer einzigen Linie in den und aus dem Zugang führten, beschmutzten die Einfahrt; und eine einzelne gelbe Beweismarkierung war neben der Haustür zurückgelassen worden.

Die Haustür.

Zunächst hatte Tomek nicht registriert, was er gesehen hatte. Er hatte sich geirrt. Die Markierung befand sich innerhalb des Gebäudes und nicht außerhalb. Das bedeutete, dass in ihrer Eile die SOCO- und Uniformteams vergessen hatten, abzuschließen.

Entweder das, oder jemand war eingebrochen.

Er konnte nicht glauben, dass seine Kollegen so unfähig gewesen sein sollten, ein Chaos zu hinterlassen, eine Beweismarkierung zu vergessen und zu vergessen, die Tür abzuschließen. Sicher, nach dem, was er mitbekommen hatte, waren sie nicht gerade scharf darauf, so viele Ressourcen für die Suche nach dem Mörder aufzuwenden, besonders wenn es sich um jemanden handelte, von dem sie glaubten, er hätte das Richtige getan, aber das war ein Schritt zu weit in Richtung Faulheit.

Wer auch immer dafür verantwortlich war, würde seinen Kopf auf einem Spieß haben.

Er trat vor. Zögernd, vorsichtig.

Und dann hörte er es. Das Geräusch von Schritten, Bewegung. Von drinnen.

Es gab einige Male, in denen ein Polizeibeamter bestimmte Situationen wie aus einem Film erlebte, und Tomek hatte seinen gerechten Anteil davon. Aber wenn es eine Sache gab, die er gelernt hatte – und in deren Mitte er sich direkt befand – dann war es, dass alle Rationalität, alle logischen Gedanken und Urteile verschwanden.

Er hätte jemanden um Unterstützung rufen sollen. Irgendjemanden. Katie. Gemeinen Nick. Sean. Rachel. Sogar Lauwarmen Tony. Aber seine Sinne waren fokussiert geworden, kurzsichtig in ihrer Absicht: herauszufinden, was vor sich ging.

Er wusste, dass Timothy Rosenthal nicht von den Toten zurückgekommen sein konnte. Das wäre lächerlich. Er hatte die Leiche *gesehen*. Dort liegend mit seinem Schwanz im Mund. Aber das hinderte den irrationalen Gedanken nicht daran, in seinen Kopf einzudringen. Würde der Phallus noch da sein, oder wäre er herausgefallen?

Die Antwort war etwas enttäuschend.

Direkt vor ihm, über den Esstisch gebeugt, blätterte eine maskierte Gestalt durch einen Ordner mit Dokumenten. Groß, dünn und schlaksig. Für einen kurzen Moment fragte sich Tomek, ob er Tony erwischt hatte. Dann erkannte er, dass die Gestalt hinter der Skimaske dunklere Augen hatte.

Er erkannte sie nicht.

»Wer bist du?«, fragte Tomek.

»Wer zum Teufel bist du?«

Er erkannte die Stimme auch nicht. Er war nicht mehr überrascht. Es war zu einem Merkmal seines Lebens geworden.

»Ich bin von der Polizei. Wer bist du und was machst du hier?«

Sobald Tomek dieses bestimmte Wort, *Polizei*, erwähnt hatte, griff die Gestalt nach einem Schieferuntersetzer auf dem Tisch und schleuderte ihn auf Tomek. Das Erste, was er spürte, war ein leichtes Stechen in der Ecke seiner Schläfe, gefolgt von der kraftvollen Schockwelle, die durch seinen Kopf ging. Der Schiefer landete mit einem Krachen auf dem Boden und splitterte entlang der Oberfläche. Bevor Tomek sich sammeln konnte, stürmte der Angreifer auf ihn zu, schlug wild mit der Faust zu und traf Tomeks Kinn. Als er wieder die Kontrolle gewonnen hatte – nicht nur über sein Gleichgewicht, sondern auch über seinen Stolz – und die Augen öffnete, war die Gestalt verschwunden. Und die Welt war rot geworden.

Er dachte daran, die Verfolgung aufzunehmen, wusste aber, dass er nicht weit kommen würde. In seinem Dinneroutfit hätte er mehr Erfolg gehabt, eine Goldmedaille bei den Olympischen Spielen zu gewinnen.

KAPITEL
SECHZEHN

Gary Kershaw war noch nie besonders gut darin gewesen, Ratschlägen zu folgen. Oder Regeln, was das betrifft. Besonders wenn sie von der Polizei kamen. Wer zum Teufel glaubten die, wer sie waren, ihn so einzuschüchtern, ihn in seinem eigenen Haus zu konfrontieren? Es war verleumderisch und lächerlich. Sie konnten alle in der Hölle schmoren.

Er war sich nicht ganz sicher, wann seine Vorliebe für kleine Jungen und Mädchen begonnen hatte. Vielleicht war es um die Zeit gewesen, als er in die Pubertät kam. Eine unnatürliche Anziehung hatte sich für diejenigen entwickelt, die jünger waren als er. Er war nicht wählerisch. Manchmal waren es Jungen, andere Male Mädchen. Je nachdem, wer am hübschesten war und wer ihm die meiste Aufmerksamkeit schenkte.

Das war der wahre Knackpunkt. Das war es, was ihn zunächst zu ihnen hinzog. Sicher, sie hatten ihr hübsches Haar, ihre hübschen Augen, ihre weiche Haut, unberührt von den Wegen der schmutzigen Welt. Aber es war die Aufmerksamkeit, die ihm gefiel. Und die Macht. Sobald sie anfingen, mit ihm zu sprechen, fühlte er sich wie ein Gott. Fähig zu Dingen, die er sich bis dahin nur vorgestellt hatte.

Seine erste sexuelle Begegnung mit einer Minderjährigen hatte im Wald stattgefunden. Margaret war ihr Name gewesen. Oder Maggie, wie sie sich gerne nennen ließ. Er war fünfzehn, und sie war erst zehn. Ein Altersunterschied von fünf Jahren, und man konnte es sehen. Sie waren Hand in Hand spazieren gegangen. Hatten geredet. Sich gegenseitig beruhigt. Natürlich hatte er gewusst, was passieren würde, aber sie nicht. Er hätte sie töten können, und sie hätte es nicht kommen sehen.

Aber *er* tat es. Weil er die Macht hatte.

Zuerst begann es mit einer Berührung. Seine Hand unter ihrem Oberteil. Nur um die Lage zu testen. Und als sie seine Annäherungsversuche nicht abgewehrt oder bekämpft hatte, war er zum nächsten Schritt übergegangen und zum nächsten. Bis er schließlich seinen Penis in ihren Mund gezwungen und ihr gesagt hatte, sie solle daran saugen.

Ihr kleines Geheimnis.

Für immer.

Das blieb bis heute bestehen.

Seitdem waren seine Methoden schlauer, hinterhältiger, diskreter geworden. Das Problem, mit dem er heutzutage konfrontiert war, war der enorme Altersunterschied. Und die allgemeine Öffentlichkeit, die jetzt raffinierter und sich der Risiken bewusster war, ihre Kinder unter die Obhut eines älteren Mannes zu stellen, hatte ihn daran gehindert, seinen Impulsen nachzugehen.

Und dann entdeckte er das Internet. Insbesondere Social-Media-Plattformen und das Darknet. Sie waren voll von Leuten wie ihm. Anders. Nicht böse, keine Monster, wie die Medien und alle sie darstellten. Anders.

Manchmal schrieben ihm die Mädchen und Jungen Nachrichten, manchmal war es umgekehrt. Sie brauchten jemanden zum Reden, jemanden, dem sie sich anvertrauen konnten. Er war mehr als glücklich, ihnen das zu ermöglichen.

Manchmal wollten sie sich treffen. Manchmal schickten sie ihm Fotos von sich, halbnackt. Hastig gemacht, weil sie Angst hatten, dass ihre Eltern oder Geschwister sie erwischen könnten. Das war ihm egal. Er behielt sie alle. Gespeichert auf einer Festplatte, aufbewahrt für einen späteren Zeitpunkt.

Die Festplatte, die die Polizei nie finden konnte.

Heute Abend hatte er seine Ausrüstung bereits vorbereitet. Die Kamera am Ende des Bettes auf dem Stativ. Der versteckte Videorekorder im Bücherregal. Die Flaschen Wasser und Gläser mit Softdrinks, bereits mit Alkohol und Rohypnol versetzt (eine Methode, die er in sein Ritual einbeziehen musste, als der Altersunterschied größer wurde). Und die brandneuen Laken, die am Morgen zerstört werden würden.

Wartend auf sie, wenn sie nach Hause kamen.

Er saß in einem nahegelegenen Park in seinem Auto. Zählte die Minuten, bis er sie sah und ihr die Tür öffnete.

Als sie endlich allein aus den Schatten hervortrat, spürte er, wie das Blut in seinen Penis schoss, und er war versucht, sie zu fragen, ob sie ihn so bald berühren wollte. Aber das würde den Spaß verderben. *Seinen* Spaß.

Stattdessen ließ er sie einsteigen, drehte das Radio leiser und fuhr los. Sicher, dass niemand sie gesehen hatte. Es war mitten in der Nacht, und jeder, der draußen war, hatte genauso viel zu verbergen wie er. Und diese verdammten Halbstarken vor seinem Haus würden auch kein Problem sein. Es war weit nach ihrer Schlafenszeit, und er hatte sie nicht gesehen, bevor er losfuhr.

Das Mädchen war kleiner, als er erwartet hatte. Aber hübscher. Viel hübscher. Ihr Haar war dunkelbraun, und ihre Augen waren in einem noch tieferen Schwarzton. Doch sie wirkten jugendlich, lebendig, voller Leben und Unschuld. All seine Lieblingskomponenten. Sie trug eine Strumpfhose mit einem niedlichen Jeansrock, der ein paar Zentimeter über ihren Knien saß. Obenrum trug sie eine weiße Bluse unter einer roten Parka-Jacke.

»Es ist kalt draußen, nicht wahr?«, sagte er zu ihr.

»Ja.«

»Soll ich die Heizung höher stellen?«

»Okay.«

Also tat er es pflichtbewusst und hoffte, dass sie bis zu ihrer Ankunft bei seinem Haus den Mantel ausgezogen haben würde.

Hatte sie nicht. Aber zu seiner Freude spielte das keine Rolle. Er hatte recht gehabt mit den Teenagern. Sie waren nirgends zu sehen. Und die Siedlung war totenstill. Seltsam für einen Freitagabend. Vielleicht waren sie alle irgendwo in der Stadt unterwegs. Besaufen sich und prügeln sich, während er sich auf eine Nacht voller Spaß und Ausschweifung mit einer Siebenjährigen vorbereitete.

Innerhalb von fünf Minuten, nachdem er das Mädchen in sein Haus gelassen hatte, hatte Gary Kershaw ihr zwei Getränke angeboten. Eines ohne, das andere mit Alkohol. Sie hatte keines davon angenommen.

Seltsam. Die Mädchen, die er früher mitgebracht hatte, waren normalerweise ganz wild darauf. Wie Süßigkeiten einem Baby geben. Vielleicht war sie schüchtern, nervös.

Aber das war in Ordnung. Damit konnte er umgehen. Er müsste nur etwas von seinem alten Charme hervorbringen.

Bevor er jedoch beginnen konnte, klingelte es an der Tür.

Das plötzliche, laute Geräusch erschreckte ihn. Er erwartete niemanden, also beschloss er, nicht zu antworten. Aber sie hörten nicht auf. Der konstante Ton begann ihn allmählich zu nerven. *Hartnäckige kleine Wichser*, dachte er.

»Bleib hier, okay? Ich schaue, was sie wollen, und bin in einer Minute zurück, okay?«

Das Mädchen sagte nichts, als er die Tür hinter sich schloss und die Treppe hinunterging.

Als er die Haustür öffnete, wusste er nicht, was er erwarten sollte. Aber es war nicht die vermummte Gestalt vor ihm, die ein Messer hielt und direkt auf seine Kehle richtete. Das Letzte, woran er dachte, bevor die Klinge über seinen Hals fuhr, war dieser Bastard von Polizeidetektiv, der ihn früher am Tag besucht hatte.

KAPITEL
SIEBZEHN

Tomek kam am nächsten Morgen mit höllischen Kopfschmerzen bei Gary Kershaws Haus an. Nicht einmal eine potenziell tödliche Dosis Aspirin und Paracetamol konnte die Schläge von Mike Tyson und Muhammad Ali lindern, die in seinem Kopf wüteten.

»Das kommt davon, wenn du dich in Dinge einmischst, die dich nichts angehen«, sagte DCI Cleaves neben ihm.

»Ich glaube, das ist wahrscheinlich das Netteste, was Sie je zu mir gesagt haben, Chef.«

»Dann wird's von hier an nur noch schlimmer, oder?«

Tomek war nicht sicher, ob er sich auf die Kopfschmerzen, ihre Beziehung oder die Leiche vor ihnen bezog.

»Ich glaube, er bekommt mehr Mitgefühl als ich.« Tomek zeigte auf den Mann, der auf ähnlich grausame Weise wie Timothy Rosenthal ermordet worden war. Wie bei Timothy war Garys Kehle durchgeschnitten worden, seine Kleidung war gestohlen worden, sein Führerschein und seine Vorstrafenakte lagen neben seinem Kopf, und sein Penis war entfernt und in seinen Mund gesteckt worden. Alles war gleich, nur dass es keine Löcher in seinem Körper gab und die Inschrift auf seiner Brust fehlte.

»Wie viel willst du wetten?«, fragte Nick.

»Einen Zehner?«

Die beiden Männer schlugen ein und bewegten sich um die Leiche herum.

»Wer hat ihn gefunden?«, fragte Tomek.

»Seine Bewährungshelferin.«

»Die große rote Warnung ist also an alle Kinderschänder und Vergewaltiger in der Gegend rausgegangen?«, fragte Sean, als er ins Wohnzimmer trat. »Die werden sich jetzt alle verstecken.«

»Oder es könnte daran liegen, dass sie kommen sollte«, sagte Tomek. »Er hat mir gestern gesagt, dass sie einen Besuch geplant hatte.« Als keiner der Männer antwortete, fuhr er fort: »Wann, schätzen wir, ist er gestorben?«

»Irgendwann in den frühen Morgenstunden. Das Blut auf dem Teppich ist noch nass, so viel ist es.« Die Pathologin, Christina Ferryman, trug einen dunkelblauen Schutzanzug. Christina war bis vor ein paar Monaten als Chris bekannt gewesen. Bis sie sich als transgender geoutet hatte. Sie bereitete sich jetzt auf ihre geschlechtsangleichende Operation vor. Und sie hatte Tomeks volle Unterstützung in dieser Sache. Aber nicht jeder konnte das von sich behaupten.

»Wann warst du bei Timothy Rosenthal fertig?«, fragte Nick.

Tomek durchsuchte sein Gedächtnis. Die Zeit, zusammen mit dem meisten, was passiert war, nachdem DC Hamilton und eine Gruppe von uniformierten Beamten eingetroffen waren, war verschwommen. Obwohl er ziemlich sicher war, dass er Timothy Rosenthals Haus, immer noch mit einer kalten Kompresse fest gegen seinen Kopf gedrückt, kurz nach 1 Uhr verlassen hatte.

»Was bedeutet, dass er möglicherweise kurz danach getötet wurde«, sagte Tomek laut denkend.

»Was ist daran bedeutsam?«, fragte Sean.

»Es bedeutet, dass wer auch immer im Haus war, wer auch immer mich mit einem verdammten Bierdeckel angegriffen hat, direkt hierher gekommen sein könnte und ihn ermordet hat.«

»Aber ich dachte, du hast gesagt, er hat ein bisschen mit den Armen gewedelt und eine verirrte Faust hat dich im Gesicht erwischt.«

»Das habe ich nie gesagt.«

»Es stand in Rachels Bericht.«

Tomek verdrehte die Augen. Jetzt würden alle wissen, dass er von einem Mann mit Wackelarmen niedergeschlagen worden war.

»Das sieht nach der Arbeit eines Mannes aus, der weiß, wie man einen anderen Mann überwältigt«, fügte DCI Cleaves hinzu.

»Stimmt. Aber er hat nicht erwartet, dass ich bei Rosenthal bin. Und ich habe auch nicht erwartet, dass er dort ist. Aber hierbei… hatte er es schon einmal getan. Er wusste, was er tat. Es war kalkulierter, vorbereiteter. Ich glaube nicht, dass man behaupten könnte, er hätte nicht schon geplant, dem armen Kerl den Schwanz abzuhacken und ihn ihm in den Mund zu stecken.«

Nick streckte seine Hand vor Tomek aus. »Du schuldest mir diesen Zehner.«

»Was?«

»Du hast ihn gerade ,armer Kerl' genannt. In meinem umfangreichen Wortschatz fällt das unter die Kategorie Mitgefühl. Du hast gerade deine eigene Wette verloren.«

»Verflixt und zugenäht.«

»Rück die Kohle raus.«

Tomek schlug die Hand seines Chefs weg. »Du bekommst es, wenn ich etwas Bargeld habe.«

»Ich habe dich noch nie im Leben mit Bargeld gesehen.«

»Eben.«

Ein lautes Klatschen überraschte sie und brachte ihr Gespräch zum Erliegen. Alle drei drehten sich zu Christina um, die mit zusammengepressten Händen dastand.

»Meine Herren, sollten wir nicht zum Hauptereignis zurückkehren?«

»Zur Matinee oder zur Abendvorstellung?«

»Du wirst die Abendvorstellung sein, wenn du nicht aufpasst.«

Christina drehte sich um, verließ das Wohnzimmer und führte sie ins Schlafzimmer. Auf dem Weg hinaus fiel Tomek etwas auf. Nicht ein bestimmter Gegenstand. Vielmehr das Layout des Esszimmers. Die Sauberkeit von allem. Die fehlenden Bierdosen. Die fehlenden Fast-

Food-Behälter. Es war, als hätte Gary in den Stunden zwischen Tomeks Besuch und seinem Tod eine Reinigungsfirma beauftragt. *Vielleicht hatte er sich auf die Ankunft seiner Bewährungshelferin vorbereitet,* überlegte er.

Im Obergeschoss fanden sie zwei Spurensicherer, die das Schlafzimmer untersuchten. Einer verpackte eine Reihe von Haarfollikeln in einem Beweisbeutel, während der andere ein Paar Trinkgläser auf dem Nachttisch abstaubte.

»Was hat das zu bedeuten?«, fragte Christina, als ob sich ihre Rollen vertauscht hätten.

Tomek inspizierte den Inhalt des Nachttisches. Eine leere Süßigkeitenverpackung und zwei Gläser Cola. »Er war ein durstiger Mann.«

»Oder er hatte Besuch«, ergänzte Sean.

»Ihr nehmt so oder so Proben, richtig?« Die Frage war an die Spurensicherer gerichtet, aber es dauerte eine Weile, bis sie reagierten.

»Natürlich. Das ist bereits erledigt, Sir.«

»Sehr gut«, sagte DCI Cleaves.

Nachdem sie die Besichtigung des Hauses abgeschlossen – und darüber gescherzt hatten, wie viel es bei Rightmove einbringen könnte – zogen sie ihre forensischen Anzüge aus und verließen den Tatort. Nick wurde auf dem Revier gebraucht und machte sich auf den Weg, während Tomek und Sean bleiben sollten, um die Nachbarschaftsbefragungen durchzuführen.

Tomek überlegte, ob er dagegen argumentieren sollte, wusste aber, wie die Antwort ausfallen würde. Dass er dank seiner früheren Arbeit in der Straße von Timothy Rosenthal als Experte galt. Dass er die Befragungen im Handumdrehen erledigen und innerhalb einer Stunde fertig sein könnte.

Das war alles schön und gut, aber wenn er sich die Palette an Zeugen vor ihm ansah, brauchte er keine pickeligen Teenager, die ihm erzählten, was er bereits wusste. Als er sich darauf vorbereitete, mit dem ersten seiner Zeugen zu sprechen, bemerkte er etwas aus dem Augenwinkel. Ein junger Junge, nicht älter als zehn, der das Wort

»Pädophiler« an die Seite von Gary Kershaws Auto sprühte. Tomek schaute ungläubig umher, dass niemand darauf aufmerksam geworden war. Schließlich pfiff er nach einem uniformierten Beamten, der gemächlich herüberkam, und sagte: »Will jemand etwas gegen ihn unternehmen?«

Der Beamte nickte, eilte hinüber und stoppte den Jungen mitten im Wort. Er war nur bis »Peeda« gekommen und hatte es falsch geschrieben. Ein Teil von Tomek tat es leid, ihn unterbrochen zu haben, während der andere Teil dachte, es sei besser, dass er das Wort nicht beendete, denn je früher sie ihn festnahmen, desto schneller könnten sie ihn zurück zur Schule schicken, wo er lernen würde, es richtig zu schreiben.

Nachdem das erledigt war, richtete Tomek seine Aufmerksamkeit auf jemanden, den er wiedererkannte. Den Jungen vom Vortag. Auf dem Fahrrad, mit den Taschen. Heute trug er eine andere Kleidung, eine, die ihn nicht belasten würde, falls die Polizei sich entscheiden sollte, ihn zu durchsuchen.

»Du weißt nicht zufällig, was passiert ist?«, fragte Tomek.

»Nee, Mann. Aber ich sag nicht, dass es 'ne schlechte Sache ist. Musste eines Tages passieren.«

»Was hast du gestern Abend gemacht?«

»Deine Mutter gefickt.«

»Klar.«

»Und dann bin ich direkt ins Bett gegangen. Hab nichts gesehen, hab nichts gehört. Wünschte, ich hätte was mitbekommen. Hätte das gerne gesehen.«

Nein, hättest du nicht, dachte Tomek. Er dachte an seinen eigenen Bruder. Wie es ihn auf mehrere Arten beeinflusst hatte.

Da er entschied, dass der Junge seine Zeit verschwendete, ging er weiter zu einem Mann, der ein paar Schritte hinter ihm stand. Er trug in jedem Ohr einen Ohrring, eine goldene Kette um den Hals und einen leichten Regenmantel, der seine Schultern ertränkte. Sein Name war Murray, und er war der Vater des kleinen Jungen.

»Was haben Sie gestern Abend gemacht?«

»Nichts. Ferngesehen.«

»Nicht ausgegangen? Niemanden gesehen?« Tomek konnte den Alkohol in seinem Atem fast schmecken.

»Bin nicht mehr in diesem Leben. Hab mich weiterentwickelt.«

»Sie haben also nicht gesehen, was hier passiert ist?«

»Nein. Aber ich schwöre, ich hab was Seltsames gesehen.«

Tomeks Interesse war geweckt.

»Ja. Ich schwöre, ich hab gesehen, wie dieses kleine Mädchen aus seinem Auto ausstieg und mit ihm reinging.«

»Und Sie wissen, wer dieser Mann ist? Sie wissen, was er in der Vergangenheit getan hat?«

»Klar.«

»Und Sie hielten es nicht für nötig, uns zu rufen?«

»Hab's versucht. Aber niemand hat abgenommen.«

Weil sie zu beschäftigt waren mit mir und diesem verdammten Salatfäusten.

»Sie dachten nicht daran, ihn aufzuhalten? Oder überhaupt einzugreifen, als Sie glaubten, ein kleines Mädchen könnte in Gefahr sein?«

Murray brauchte eine Weile, um zu antworten. Tomek konnte sehen, wie der Mann versuchte, eine Antwort zu berechnen, bei der er sich nicht selbst belastete. Dann roch Tomek einen Hauch von Gras, der durch die Siedlung wehte, und erkannte die Wahrheit. Wenn, wie er vermutete, Murray und seine Familie irgendeine Art von Drogengeschäft aus ihrem Zuhause betrieben, wäre das Letzte, was sie wollten, ein Haufen Polizisten, die in der Gegend – und in seinem Wohnzimmer – herumschnüffelten. Es war für ihn ein Jammer, dass sie sowieso schon da waren. Tomek dankte dem Mann für seine Zeit, machte sich dann eine Notiz, die Adresse an die Drogenfahndung weiterzugeben, und zog Sean beiseite.

»Der Typ da drüben behauptet, Gary hätte gestern Abend eine Minderjährige mit nach Hause gebracht.«

»Diese Leute... Ich hab's dir gesagt, die sind krank, Mann.« Sean schüttelte den Kopf. »Nachdem du ihm erzählt hattest, was mit Rosenthal passiert ist, hat er trotzdem so was gemacht. Der Abschaum hat bekommen, was er verdient.«

»Mag sein, aber wir müssen trotzdem herausfinden, wer dieses kleine Mädchen ist und wo sie jetzt ist. Ich habe das beunruhigende Gefühl, dass wer auch immer das tut, sie als Köder benutzt, um Leute wie Timothy Rosenthal und Gary Kershaw aus ihren Verstecken zu locken. Und es ist nur eine Frage der Zeit, bis jemand anderes darauf reinfällt.«

KAPITEL
ACHTZEHN

Es gab zwei Wege in die Polizeiwache von Southend. Und zwei Wege hinaus. Einer führte direkt auf den Hauptvorplatz, von wo aus die Gerichte links und die Rathausbüros rechts zu erreichen waren. Der zweite Weg war der weniger bekannte Eingang, der nur für aktive Mitglieder der Polizei reserviert war. Sie nutzten diesen Eingang typischerweise, wenn sie einen Gefangenen oder Straftäter von der Straße hereinbringen mussten und nicht wollten, dass neugierige Blicke der Öffentlichkeit dies mitbekamen. Der zweite Eingang war Tomeks Favorit. Nicht nur war er leichter zu erreichen (er mochte nicht unnötigerweise den ganzen Weg um das Gebäude herum gehen), er hatte auch einen abgeschrägten Zugang. Einen abgeschrägten Zugang, den er liebte, weil seine Knie nicht mehr das waren, was sie einmal gewesen waren.

Vor ihm wartend, gegen die Backsteinmauer des Gebäudes gelehnt, stand Abigail Winters vom *Southend Echo*. Die Publikation erschien seit den späten Sechzigern und war dafür verantwortlich, einige der dunkelsten Geheimnisse von Essex aufzudecken, während sie gleichzeitig redaktionelles Licht auf seine vielen Errungenschaften warf. Tomek kannte Abigail seit Jahren, ihre Beziehung war zu fünfundneunzig Prozent geschäftlich, zu fünf Prozent Vergnügen.

»Du weißt, dass du hier nicht sein darfst«, sagte er unbeeindruckt zu ihr. Es war eine ungeschriebene Regel, dass Journalisten auf der anderen Seite des Gebäudes auf ihre Neuigkeiten warten sollten.

»Das ist keine Art, eine alte Freundin zu begrüßen«, entgegnete sie. »Außerdem sind Regeln doch dazu da, gebroch zu werden?«

»Gebrochen«, korrigierte er. »Und nicht, wenn du den Nachmittag mit mir in einem Verhörraum verbringen willst.«

Sie öffnete ihren Mund und zeigte ihre Zunge. »Ich könnte mir schlimmere Arten vorstellen, meinen Tag zu verbringen.«

Tomek war nicht in der Stimmung für Flirtereien. Doch sie war es offensichtlich. Normalerweise wäre er voll darauf eingegangen. Aber jetzt nicht. Nicht mit den endlosen Schmerzen in seinem Kopf, nicht mit den zwei toten »Pädos«, für die er Gerechtigkeit finden musste, nicht mit Katie, die in seinem Gehirn herumschwamm wie ein Stück Plastik im Ozean – unsinkbar, unzerstörbar.

»Hör zu«, begann er, »ich habe nicht viel Zeit. Was brauchst du?«

Er konnte sehen, dass seine Schroffheit sie beleidigt hatte, aber es war ihm egal. Die fünfundneunzig Prozent waren jetzt auf sechsundneunzig gestiegen.

»Insider-Informationen.«

»Worüber?«

»Die Doppelmorde.«

»Welche?«

»Ach komm schon, Tomek. Spiel nicht den Dummen.«

»Tu ich nicht. Jeden Tag werden überall auf der Welt viele Menschen ermordet.«

Sie griff in ihre Tasche und zog ein kleines Notizbuch hervor. »Wie wäre es mit Timothy Rosenthal, tot aufgefunden in der Kleingartenanlage nahe dem Flughafen Southend? Oder Gary Kershaw, heute Morgen tot in seiner Wohnung gefunden?«

Tomek versuchte, die Überraschung in seinem Gesicht zu verbergen, aber mit wenig Erfolg.

»Klingt, als wüsstest du bereits alles, was du brauchst. Wozu brauchst du mich?«

»Für alles, was ich noch nicht weiß. Die saftigen Details. Zumindest ein Zitat. Das bist du mir schuldig.«

»Einen Scheiß bin ich dir schuldig. Wofür?«

Abigail zögerte, bevor sie antwortete. Tomek wusste warum, was, wann und wo. Aber er wollte es sich selbst nicht eingestehen.

»Mein Chef hat mir nach dieser Nacht solche Probleme gemacht«, sagte sie.

»Und das tut mir leid.«

»Tut dir der Kuss leid, oder tut es dir leid, dass *du* erwischt wurdest?«

Tomek überlegte, bevor er antwortete. Er wollte sie nicht verärgern, aber war das Ergebnis nicht so oder so dasselbe? Eine Ohrfeige, ein mürrischer Blick, vielleicht sogar ein Flüstern über ihn in der Zeitung. Mit diesen Dingen konnte er umgehen. Aber womit er nicht umgehen konnte, war, jemandes Gefühle unnötig zu verletzen.

»Es tut mir leid, dass ich nie eingegriffen habe, um es zu erklären«, sagte er. »Wenn du es mir gesagt hättest, hätte ich ihm erklären können, was passiert ist.«

»Ich brauche deine Hilfe nicht, Tomek. Ich bin durchaus in der Lage, auf mich selbst aufzupassen.«

»Außer wenn du ein Zitat von einem gutaussehenden und manchmal miesepetrigen Kriminalhauptkommissar brauchst?«

Sie sah die lustige Seite daran nicht. Obwohl er ihr das kaum vorwerfen konnte.

»Hör zu«, sagte er und kanalisierte wieder seinen inneren DCI Cleaves mit einem mächtigen Seufzer. »Es gibt nicht viel mehr zu wissen. Beide Opfer waren ehemalige Häftlinge.«

»Wofür?«

»Vergewaltigung. Pädophilie. Kinderpornografie. Sie waren nur ein weiteres Verbrechen davon entfernt, in die Geschichtsbücher einzugehen. Wirklich üble Sachen. Und die Art, wie sie starben, war noch schlimmer.«

»Manche würden argumentieren, dass es gerechtfertigt war.«

»Das ist genau das, was alle anderen zu denken scheinen.«

»Wer?«

»Das Team. Es gibt nur zwei von uns da oben, die meinen, dass wir ernsthaft nach dem Mörder suchen sollten. Und ich mag die Gesellschaft nicht, in der ich mich befinde.«

Sobald er es gesagt hatte, wurde ihm klar, dass er es nicht hätte tun sollen. Und das Glitzern in Abigails Augen sagte ihm, dass er es wahrscheinlich auch nicht hätte tun sollen. Ohne es zu merken, hatte er ihr gerade das Zitat gegeben, das sie brauchte. Und es war eines, das er nicht gerne verteidigen würde.

Beflügelt von ihrem Erfolg winkte Abigail ihm zum Abschied und ging zu ihrem Auto. Als sie außer Sichtweite war, betrat Tomek das Gebäude und machte sich auf den Weg zum Einsatzraum. Drinnen waren einige der leitenden Teammitglieder, minus DS Sean Campbell, der gebeten worden war, den Tatort bei Gary Kershaw zu überwachen. An der Spitze des Raumes standen DCI Cleaves und DC Anna Kaczmarek. Als Medienverbindungsbeamtin war es ihre Aufgabe, die Kommunikation mit der Presse zu erleichtern und zu überwachen. Sie war das Bindeglied zwischen dem, was das Team wusste, und dem, was die Öffentlichkeit wusste.

»Gut, dass du da bist«, sagte Nick zu Tomek, der als Letzter eintrat. »Der Grund, warum ich euch hierher gerufen habe, ist, dass, falls ihr es auf eurem Weg herein nicht bemerkt habt, die Schmierer wieder da sind. Einer von ihnen kam sogar hinten herum und versuchte, mir ein paar Fragen zu stellen.«

Jetzt fühlte Tomek sich beleidigt, gedemütigt, wie ein erstklassiger Idiot. Abigail hatte ihn glauben lassen, dass er der Einzige war, von dem sie Informationen wollte. Dabei machte sie in Wirklichkeit nur ihren Job. Und er war darauf reingefallen, mit Haut und Haaren.

»Ich und DC Kaczmarek haben unseren Plan für die Operation Highlander besprochen. Wir wollen eine Mediensperre, so lange wie möglich. Je strenger wir unsere Informationen kontrollieren können, desto besser. Nichts geht nach draußen, verstanden?«

Ach, Scheiße.

Jetzt hatte er sich wirklich in die Scheiße geritten. Da ihm bewusst war, dass er sich bereits auf dünnem Eis befand und ein falscher Atemzug genügen würde, um ihn einbrechen zu lassen, beschloss

Tomek, still zu bleiben. Es gab keine Garantie, dass Abigail seine Worte drucken würde. Noch gab es eine Garantie, dass sie ihn als Quelle nennen würde. Vielleicht geriet er nur voreilig in Panik. Aber seine Chancen standen nicht gut.

»Warum gehen wir in diese Richtung, Sir?«, fragte der lahme Tony langsam. Obwohl es ein Satz mit nur wenigen Worten war, hatte er es bereits geschafft, Tomek zu langweilen.

»Ich denke, es ist kein Geheimnis, dass einige Leute in diesem Büro stillschweigend mit dem einverstanden sind, was dieser Killer tut. Ich weiß, es ist nicht richtig, das laut zu sagen, aber ich habe das Gefühl, dass dies ein sicherer Raum ist, und wenn ich herausfinde, dass er es nicht ist, dann weiß ich, wen ich mir vorknöpfen werde.« Die Aussage war nicht an Tomek gerichtet, aber es fühlte sich an, als wäre es ein persönlicher Angriff. Das Ironische war, Nick hatte Recht. Er kannte Tomek zu gut. »Vergesst nicht, dass wir nur eine Gruppe von zehn sind. Stellt euch den Aufschrei vor, wenn die Worte 'Selbstjustiz' im World Wide Web veröffentlicht würden? Es gäbe einen Aufruhr. Jeder und sein Hund würden losziehen, um Pädophile und Vergewaltiger zu jagen. Nicht nur in Essex. Überall. Diese Person würde dem Durchschnittsbürger die Idee geben, dass sie das Recht hätten, jemanden zu ermorden, weil er ein Verbrecher ist.«

»Wir könnten es immer als Rekrutierungsaktion nutzen«, sagte Tomek. »Klingt für mich nach einer guten Marketingtaktik. Wir könnten ein paar mehr Leute gebrauchen.«

»Erste Position: Detective Sergeant.«

Tomeks Gesicht fiel in sich zusammen, während das aller anderen im Raum sich aufhellte.

»Witzig.«

»Nicht so witzig, wie du ohne Job sein wirst. Vergiss das nie.«

»Entschuldigung, Chef.« Die Stimme kam von der Tür. Tomek drehte sich um, um zu sehen, wer eingetreten war. Es war DC Hamilton.

»Ist es wichtig, Rachel?«, fragte DCI Cleaves seufzend. »Wir sind gerade mitten in einer Krisensitzung.«

Sie zögerte im Türrahmen. Ihre Unerfahrenheit – und leichte

Beklommenheit – gegenüber dem fiesen Nick leuchtete hell auf. »Es betrifft das, worüber Sie gerade sprechen, Sir. Die Medien.«

Tomeks Haut wurde eiskalt, sein Magen verkrampfte sich und sein Hintern spannte sich an. Wartend. Lauschend. Betend, dass seine Worte nicht schon auf Twitter oder einer anderen Social-Media-Plattform, bei der er kein Mitglied war, online gepostet worden waren.

»Was ist es?« Nick wurde schnell ungeduldig.

»Haben Sie schon mal von einem Typen namens Jimmy Hunter gehört?«

Der Raum verstummte und beantwortete damit ihre Frage.

»Er ist eine Online-Social-Media-Persönlichkeit. Eigentlich glaube ich, der Begriff heutzutage ist Influencer. Aber wenn das der Fall ist, dann müssen wir wirklich hoffen, dass er nicht Wind davon bekommt, was hier vor sich geht.«

»Komm bitte zum Punkt.«

»Natürlich. Entschuldigung. Laut seiner Facebook-Seite ist Jimmy Hunter ein Pädophilenjäger. Er organisiert Fallen; gibt vor, kleine Mädchen zu sein, nimmt Kontakt zu alten Männern und Pädophilen im Internet auf. Dann lässt er sich von ihnen groomen – *sie*, das kleine Mädchen, das er vorgibt zu sein – und wenn sie sich dann treffen wollen, dokumentiert er alles.«

»Himmel, Arsch und Zwirn«, sagte Nick und verschränkte die Arme vor der Brust. »Was manche Leute alles tun.«

»Er hat über zehntausend Follower, Sir.«

»Soll mich das beeindrucken?«

»Finden Sie nicht, dass das eine hohe Anzahl von Menschen ist? Seine Videos werden millionenfach angesehen. Wenn er von Timothy Rosenthal und Gary Kershaw erfährt, könnte er die Nachricht verbreiten, bevor wir es tun.«

»So ein Quatsch.«

Tomek hob seine Hand. Es war etwas, das er seit dem Verlassen des Schulklassenzimmers nicht mehr getan hatte, aber er fühlte sich aus irgendeinem unbekannten Grund dazu gezwungen. »Entschuldigen Sie, wenn ich wirklich begriffsstutzig klinge, wenn ich das sage, Chef, aber worüber reden Sie alle?«

»Wie bitte?«

»Warum reden Sie über seine Follower und Aufrufe? Sicherlich ist die Hauptsorge, dass er diese Männer groomed, während er vorgibt, kleine Mädchen zu sein. Was ist, wenn er tatsächlich *minderjährige* Mädchen benutzt, wenn er sie trifft?«

Endlich fiel der Groschen. »Oh, ich verstehe. Ja. Vielleicht hast du Recht.« Er wandte sich an DI Hunt. »Tony, ich brauche dich, um Jimmy Hunter für dein Team zu kennzeichnen und zu sehen, ob jemand mit ihm sprechen kann. Schau, was er weiß.«

»Verstanden.«

»In der Zwischenzeit werde ich bis auf Weiteres uniformierte Beamte vor jedem der Tatorte postieren. Wir können keine Wiederholung von letzter Nacht haben. Der arme Tomek hat nicht mehr viele Gehirnzellen zu verlieren.«

Das entlockte ein paar Lacher. Am deutlichsten von DI Hunt. Auf Tomeks Kosten. Wie immer.

»Danke, Chef. Lustig, wie derjenige mit den wenigsten Gehirnzellen gerade auf das Problem mit Jimmy Hunter hingewiesen hat. Nicht sicher, was das über den Rest von euch aussagt.«

Nick antwortete nicht. Stattdessen entließ er den Raum und schickte sie ihrer Wege.

KAPITEL
NEUNZEHN

Tomeks erste Anlaufstelle nach dem Meeting war ein Gespräch mit Cathy Sharpe. Der Bewährungshelfer von Gary Kershaw war zur Wache geschickt worden, um eine Zeugenaussage zu machen. Tomek war die glückliche Person, die sie aufnehmen durfte. DC Nadia Chakrabarti hatte ihm die Aufgabe in HOLMES 2 zugewiesen, was bedeutete, dass er keine Wahl hatte.

»Schön, Sie wiederzusehen, Herr Detektiv«, sagte sie, als er den Vernehmungsraum betrat.

»Gleichfalls. Ich habe Ihnen ein Glas Wasser geholt. Dachte, Sie könnten durstig sein.«

»Sie wissen ja, was man sagt, der Anblick von Leichen macht *wirklich* durstig.«

Tomek war nie in der Lage gewesen, Cathy einzuschätzen. Sie sprach tief, leise, fast monoton und ohne jede Variation. Was es unglaublich schwierig machte zu beurteilen, ob sie scherzte oder es ernst meinte. Unter allen Umständen. Folglich ging Tomek ihre Gespräche immer mit einer gewissen Beklommenheit und Angst an. Angst, er könnte das Falsche sagen und nicht erkennen, ob er es getan hatte.

»Erzählen Sie mir davon«, sagte er, als er sich ihr gegenüber setzte.

»Von Anfang an?«

»Vorzugsweise. Ich bin mir nicht sicher, wie man eine Geschichte rückwärts oder von der Mitte aus schreibt.«

Cathy nahm einen Schluck Wasser und atmete dann tief aus, fast spöttisch. »Ich sollte ihn heute Morgen sehen. Eine unserer Fürsorgekontrollen. Er hat in letzter Zeit Probleme gehabt, und ich wollte mich mit ihm treffen, hatte aber keine Zeit.«

Tomek kannte das Gefühl. Budgetkürzungen und Ressourcenknappheit bedeuteten, dass jeder im öffentlichen Dienst zehnfach so viel arbeitete. Und es gab kein Licht am Ende des Tunnels.

»Verflucht seien die Tories, wenn du meine Meinung hören willst«, bemerkte sie nebenbei und fuhr dann fort. »Ich weiß, dass er kein sehr gesunder Mann ist. Ich weiß, dass er seine Fehler hat...«

Fehler? Der Mann war ein Pädophiler. Das war kein Fehler. Das war eine Fehlfunktion höchster Ordnung. Tomek war sich nicht sicher, wie das jemals gerechtfertigt werden könnte. Es war klar, dass Cathy ein Maß an Empathie hatte, das er nicht teilte – und auch nie teilen würde.

»Aber er ist ein kranker Mann. Ich habe mein Bestes versucht, um Hilfe für ihn zu finden. Arbeit. Ein stabiles Einkommen. Aber er will nichts davon hören. Er ist mein schwierigster Straftäter. Und es ist ein Wunder, dass ich so lange durchgehalten habe.«

»Wenn Sie es nicht getan hätten, wer weiß, wann wir ihn gefunden hätten?«, entgegnete er.

»Wenn der Geruch so schlimm geworden wäre, würde ich vermuten.«

War das nicht die Wahrheit. Und wie viele weitere Leichen hätte es bis dahin gegeben?

»Sie haben also einfach an die Tür geklopft, und dann?«

»Nun, offensichtlich hat er nicht geantwortet, oder? Sonst wäre das ziemlich verrückt. Nein... er bewahrt einen Schlüssel unter der Fußmatte auf, also habe ich mich selbst reingelassen. Dann habe ich ihn dort gefunden.«

»Und wann würden Sie sagen, war das letzte Mal, dass Sie mit ihm gesprochen haben?«

Sie zögerte, um in ihrem Gedächtnis zu suchen und die

verschiedenen Akten der Straftäter in ihrem Kopf zu durchforsten. »Früher in der Woche. Montag, glaube ich, war es.«

»Also ungefähr vier Tage bevor er starb.« Tomek nickte, während er die Berechnung im Kopf anstellte. »Und hat er irgendwas darüber erwähnt, dass er sich diese Woche mit einem Freund oder alten Kollegen oder Bekannten treffen würde?«

Cathy schüttelte den Kopf.

»Und gab es irgendetwas Ungewöhnliches an der Wohnung, das Ihnen aufgefallen ist?«

»Sie war sauber. Ungewöhnlich sauber. Er ist im besten Fall ein fauler Hund, aber so habe ich es noch nie gesehen.«

»Sie würden also sagen, es war untypisch für ihn?«

»Ja, das würde ich sagen. Glauben Sie, er traf sich mit jemandem?«

Tomek antwortete nicht. Stattdessen lenkte er das Gespräch weiter. »Hat Gary Ihnen gegenüber jemals einen Typen namens Timothy Rosenthal erwähnt?«

Cathy durchsuchte wieder ihr Gedächtnis. Diesmal grub sie tiefer in den Akten, in ihren früheren Gesprächen. Tomek wusste, dass es viel verlangt war (er konnte sich kaum an die Details des Gesprächs erinnern, das er und Sean neulich im Pub geführt hatten), aber er hoffte, dass sie einen Einblick darin geben könnte, wie weit die Beziehungen zwischen Timothy und Gary gingen – etwas, das sie möglicherweise nicht auf ihren jeweiligen Festplatten finden würden.

»Es tut mir leid, Herr Detektiv«, sagte sie. »Aber er hat nicht viel geredet. Und wenn, dann sicher nicht über Timothy.«

»Sie kennen den Namen?«

»Natürlich kenne ich den Namen. Er steht auf meiner Liste.«

Eine Verbindung. Es war vielleicht nicht viel, aber es gab eine Verbindung zwischen den beiden Opfern. In seinem Kopf hatte er versucht, eine zu erkennen. Bis jetzt hatte er nicht über das Offensichtliche hinaussehen können; dass beide getötet wurden, weil sie verurteilte Vergewaltiger und Pädophile waren. Schlechte Menschen, die nach der Meinung von jemandem sterben mussten.

Aber das hatte nicht erklärt, woher der Mörder ihre Identitäten oder Adressen kannte.

Das war der Moment, in dem sich ihr Gespräch änderte. Plötzlich war Cathy von einer Zeugin zu einer potenziellen Verdächtigen geworden, zu einer möglichen Justizbehinderin. Sie war vielleicht nicht diejenige, die sie getötet hatte, aber sie könnte gewusst haben, wer es tat. Oder zumindest ihre Informationen an jemanden weitergegeben haben, der vielleicht wusste, was geschehen war.

»Würde es Ihnen etwas ausmachen, wenn ich kurz rausgehe?«, Tomek stand auf, ohne auf eine Antwort zu warten. »Ich kann Ihnen noch ein Wasser holen, wenn Sie möchten?«

Tomek schloss die Tür leise hinter sich. Falls er es lauter getan hätte, hätte es die Gedanken in seinem Kopf stören und sie auseinandertreiben können. Er brauchte einen Moment zum Nachdenken, um das Chaos in seinem Kopf zu ordnen. Bevor er einen einzigen Gedanken davondriften ließ, eilte er die Treppe hinauf zum Einsatzraum und fand DC Nadia Chakrabarti an ihrem Schreibtisch sitzend, in der einen Hand eine Flasche Diet Coke, während die andere vorsichtig auf der Tastatur tippte.

»Genau die Person, die ich suche«, sagte er zu ihr.

»Nach der Tatsache zu urteilen, dass sonst niemand hier ist, bin ich vermutlich die *einzige* Person, die du suchst.«

»Du bist meine einzig Wahre, Nadia. Und vergiss das nie.«

»Was willst du?«

»Cathy Sharpe. Stellt sich heraus, sie ist die Bewährungshelferin für sowohl Timothy als auch Gary. Ich möchte, dass sie zur Aktionsliste hinzugefügt wird. Jemand muss mehr darüber herausfinden, wen sie kennt, ob sie irgendwelche Verbindungen zu...« Tomek hielt inne. Natürlich hatte sie Verbindungen zu schlechten Menschen. Sie arbeitete beruflich mit ihnen. Es würde ihr nicht schwerfallen, einen verurteilten Mörder zu finden, der sowohl Timothy als auch Gary umbringt, wenn sie es brauchte. Vielleicht im Austausch für eine positive Empfehlung, eine helfende Hand bei einem Sozialhilfeantrag.

Aber was würde sie davon haben? Tomek hatte darauf noch keine Antwort.

Dann fiel ihm ein, dass er Nadia warten gelassen hatte.

»Lass einfach jemanden über sie nachforschen. Schau, ob sie jemanden von besonderem Interesse kennt.«

»Weiß Tony davon?«

»Noch nicht. Du kannst die Glückliche sein, die es ihm erzählt. Ich weiß, dass du eine Schwäche für ihn hast, besonders nach der-«

»Wage es ja nicht, zu erwähnen-«

»Weihnachtsfeier.«

»Arschloch. Jetzt verpiss dich.«

Tomek schenkte ihr ein freches Lächeln und ging dann zurück zum Verhörraum. Bevor er eintrat, erinnerte er sich, dass er das Wasser vergessen hatte, und eilte zurück, um einen Becher zu holen.

»Entschuldigen Sie die Wartezeit«, sagte er zu ihr.

»Alles in Ordnung?«

»Absolut. Nie besser. Ich muss Sie allerdings fragen, wo Sie letzte Nacht waren?«

»Wie bitte?«

»Ihr Aufenthaltsort letzte Nacht. Zwischen Mitternacht und zwei Uhr morgens.«

»Ich habe geschlafen.«

»Kann das jemand bestätigen?«

»Meine Smartwatch.« Sie hob ihr Handgelenk und nahm ihre Apple Watch ab. »Zeigt an, dass... ich in dieser Zeit gerade in meinen REM-Zyklus kam.«

»Und in der Nacht, als Timothy Rosenthal starb?«

Sie überprüfte es erneut. Diesmal hatte sie keine Antwort.

»Da trug ich sie nicht. Aber ich habe auch geschlafen.«

Tomek machte sich eine Notiz. Sie sagte vielleicht die Wahrheit, aber das bedeutete nicht, dass sie nicht jemand anderem Aufträge erteilt hatte. Jemandem mit mehr Erfahrung. Und es erklärte sicherlich nicht, warum Salat-Fäuste, wie Tomek ihn jetzt nannte, in Timothy Rosenthals Haus gewesen war. Die Theorie, dass mehr als eine Person beteiligt war, gewann in seinem Kopf an Gewicht.

Tomek dankte ihr für ihre Zeit, erwähnte, dass sie für den Fall weiterer Befragungen in der Gegend bleiben müsse, und schickte sie dann weg.

KAPITEL
ZWANZIG

Das Hämmern in seinem Kopf war fast bis zum Punkt der Ohnmacht angeschwollen. Unerbittlich und bösartig. Es waren mehrere Stunden vergangen, seit er zuletzt etwas getrunken oder Schmerzmittel genommen hatte, und es begann, seine Produktivität zu beeinträchtigen. Der späte Vormittag und frühe Nachmittag waren eine mühsame Plackerei gewesen. Allein das Ausfüllen des Zeugenaussageformulars hatte ihn eine Stunde gekostet, und es hatte ihn und DC Chey Carter noch länger gedauert, die stundenlangen CCTV-Aufnahmen durchzusehen, die die Teammitglieder von Gary Kershaws verschiedenen Nachbarn beschaffen konnten. Schließlich hatten sie einen Screenshot eines jungen Mädchens in einem roten Mantel gefunden. Das war alles, was sie hatten. Nichts davor, nichts danach. Das Standbild war verschwommen, und das Mädchen auf dem Foto hatte ihnen den Rücken zugewandt. Aber zumindest war es ein Anfang und ein Schritt in die richtige Richtung. Das stundenlange Starren auf den Bildschirm schien die Kopfschmerzen verschlimmert zu haben, und obwohl ihm eine Fahrt ins Krankenhaus angeboten wurde (wo er mindestens sechs Stunden hätte warten müssen), hatte er abgelehnt. Das hatte ihn allerdings nicht davon abgehalten, sich alle zehn Minuten darüber zu beschweren.

»Du bist so ein typischer Mann«, hatte Nadia gesagt.

»Ich dachte, du hättest gesagt, ich sei einzigartig.«

»Du kannst beides sein. Ein einzigartiges Arschloch und ein typisches männliches Arschloch. Das macht dich wohl zu einem Arschloch rund um die Uhr.«

»Ich wusste, es gibt einen Grund, warum ich dich mag, Nadia«, antwortete Tomek. »Du hast keine Angst, die Dinge beim Namen zu nennen. Und das respektiere ich. Dein Mann ist ein Glückspilz.«

Sie schnaubte und verdrehte die Augen. »Fang bloß nicht von *diesem* Arschloch an.«

Am frühen Nachmittag, als die Nacht hereinbrach, ließen die Kopfschmerzen gnädigerweise nach, und er fühlte sich widerwillig bereit für die Aufgabe, die ihm früher zugeteilt worden war. Die, die er so lange wie möglich aufgeschoben hatte: das Gespräch mit einem von Gary Kershaws Vergewaltigungsopfern, während Sean und Rachel mit den anderen sprachen.

Bevor er losfuhr, hatte Tomek die Fallakten durchgelesen, um sich mit den Fakten vertraut zu machen. Er wollte nicht überrascht wirken, wenn er sie bat, ihm die Ereignisse zum gefühlt hundertsten Mal zu schildern.

Harriet Montgomery lebte auf der anderen Seite von Southend in Shoeburyness, nahe am Wasser. Mit zwanzig Jahren wohnte sie immer noch bei ihren Eltern und scherzte darüber, als sie sich hinsetzten.

»Die Mieten sind heutzutage einfach so teuer, es ist unmöglich, etwas zu finden. Deshalb wohne ich noch bei Mama und Papa. Sie verlangen keine Miete von mir, und ich kann alles, was ich verdiene, sparen und zurücklegen.«

»Gut für Sie.«

»Ich mache mir manchmal trotzdem Sorgen um meine Generation, weil nicht jeder so viel Glück hat wie ich. Nicht jeder hat die gleiche Liebe, Unterstützung und Basis wie ich.«

Nein, ganz bestimmt nicht.

Während sie sprach, spielte sie mit ihren Fingern und zupfte an ihren perfekt manikürten Nägeln. Es war offensichtlich, dass sie beunruhigt war, zu viel nachdachte und sich Sorgen machte, was sie sagen sollte. Tomek ließ sie gerne reden und sich auf ihre eigene Weise beruhigen.

»Ich will nicht angeben oder so«, sagte sie.

»Das denke ich auch nicht. Wir haben einen Typen auf der Wache, der noch bei seinen Eltern wohnt. Obwohl ich glaube, das liegt daran, dass seine Mutter ihn unter Hausarrest gestellt hat. Aber Sie haben Recht, es ist nicht einfach.«

Und es war auch für Tomek nicht einfach gewesen, als er jünger war, rund um die Uhr arbeitete, um sich seine Hypothek leisten zu können, und an Mahlzeiten sparte, nur um sicherzustellen, dass er mit den Zahlungen Schritt hielt. Aber er hatte Opfer gebracht und war auf der anderen Seite angekommen.

»Wenn ich es schaffen kann, dann gibt es Hoffnung für alle.«

Aus der Küche hinter ihr drang ein Geräusch. Harriets Mutter war damit beschäftigt, das Abendessen für die Familie zuzubereiten, was Tomek knapp eine halbe Stunde Zeit gab, seine Fragen zu stellen und zu gehen.

»Es tut mir leid für den unangekündigten Besuch«, begann Tomek und wechselte mit einer einzigen Veränderung seines Tons zum Geschäftlichen. »Aber wir wollten mit Ihnen sprechen, bevor Sie etwas in den Nachrichten hören oder online erfahren.«

»Sie machen mir Angst.«

»Es geht um Gary Kershaw.«

Tomek wartete, während der Schock des Namens sich auf Harriets Gesicht abzeichnete. Hochgezogene Augenbrauen, geweitete Augen. Dann senkte sie den Blick zu Boden.

»Ich habe seit Jahren nicht mehr an ihn gedacht.«

»Das kann ich mir vorstellen. Heute Morgen wurde er tot in seinem Haus aufgefunden. Er wurde von jemandem ermordet, der, wie wir glauben, Menschen wie ihn angreift.«

»Sie können das Wort ruhig aussprechen, wissen Sie.« Dieses Feuer, diese Härte, war wieder in ihre Augen zurückgekehrt, als sie seinen Blick erwiderte. Die gleiche Härte, die nicht verraten hatte, dass sie den Grund für seinen Besuch kannte. Die gleiche Härte, die ihr geholfen hatte, das zu überwinden, was ihr passiert war. »Er ist ein

Vergewaltiger und Kinderschänder. Und wenn Sie mich fragen, hat er alles verdient, was er bekommen hat.«

»Wir wollten Sie nur informieren, bevor es in den Nachrichten erscheint. Und Sie warnen, dass Ihr Name möglicherweise wieder aufgewirbelt wird. Obwohl es unwahrscheinlich ist, wollten wir Sie darauf vorbereiten.«

»Ich weiß das zu schätzen, danke.«

»Und leider muss ich fragen...« Jetzt kam es. Der Teil, vor dem er sich gefürchtet hatte. »Wo Sie sich letzte Nacht zwischen Mitternacht und zwei Uhr morgens aufgehalten haben.«

»Das ist wohl ein Witz, oder?«

»Es tut mir leid. Wirklich. Aber es gehört zu unseren Ermittlungen. Routinefragen.«

»Ich bin ein Opfer. Sein Opfer. Wissen Sie, was er mir angetan hat?«

Tomek wusste es, aber er hatte das Gefühl, dass er es gleich noch einmal hören würde.

»Ich war ein Kind, als er mich fand. Er hatte mich im Park vor meinem Haus beobachtet, vor meiner Schule. Er hat mich *ausgewählt* wie ein Haustier im Zoogeschäft. Weißt du, wie krank das ist? Dann... dann hat er getan, was er getan hat.«

Tomek war froh, dass sie ihm die grausigen Details erspart hatte. Er war nicht sicher, ob er sie ein zweites Mal hätte ertragen können.

»Würden Sie bitte die Frage beantworten, Harriet? Nur damit wir Sie ausschließen können.«

»Ich war hier, okay? Ich war zu Hause. Schlafend. Mit meiner Mutter und meinem Vater und-«

In diesem Moment flog die Wohnzimmertür auf und ein kleines Mädchen, nicht älter als sieben - ungefähr mit derselben Größe, Statur und Haarfarbe wie das Mädchen auf dem Foto - sprang ins Wohnzimmer und auf Harriets Schoß. Tomek schaute zweimal hin und zog verstohlen das Foto des Mädchens im roten Mantel aus seiner Tasche.

»Mami, ich hab Hunger!«, sagte sie.

»Ich weiß, Schätzchen. Oma kocht gerade. Warum gehst du nicht in die Küche und schaust, ob sie Hilfe braucht?«

Das Mädchen sprang von Harriets Knie und rannte durch die Wohnzimmertür, ihre langen braunen Zöpfe wippten dabei hin und her. Harriet, mit der Miene einer Mutter, die ständig hinter ihrer Tochter herräumt, schloss die Tür hinter ihr. Tomek brauchte einen Moment, um zu verarbeiten, was er gesehen und gehört hatte.

Mami. Das junge Mädchen war Harriets Tochter. Entweder war das in den Fallakten ausgelassen worden, oder es war nie zur Sprache gekommen. Und dann rechnete er nach.

»Es tut mir leid«, begann er. »Aber ich muss fragen. Ihre Tochter... ist sie-?«

»Das Ergebnis meiner Vergewaltigung? Ja. Ich wurde mit Grace schwanger, als ich dreizehn war. Ja.«

»Weiß sie...« Tomek rang um die richtigen Worte. Er hatte sogar Schwierigkeiten zu begreifen, was Harriet und ihrer Familie widerfahren war. Wie viel sie durch die Geburt in so jungem Alter hatte opfern müssen. Alles wegen dem, was Gary Kershaw getan hatte.

»Nein, sie weiß es nicht. Und ich habe nicht vor, es ihr jemals zu sagen, also wäre ich Ihnen dankbar, wenn Sie seinen Namen nicht erwähnen würden, solange sie im Raum ist.«

»Natürlich. Selbstverständlich.«

Harriet wandte sich zur Küchentür um. Ihr Gesichtsausdruck verdüsterte sich und ihre Stimme wurde ernst. »Manchmal frage ich mich, ob sie wie er werden wird. Nicht so sehr im Verhalten, sondern wie sie aussieht. Seine Gesichtszüge. Seine Augen. Irgendetwas in der Art. Ich konnte die Bilder seines Gesichts seit jener Nacht nicht aus meinem Kopf bekommen. Ich glaube, ich könnte es nicht ertragen, wenn sie ihm wie aus dem Gesicht geschnitten wäre.«

Nach dem kurzen Blick, den er auf Harriets Tochter geworfen hatte, war Tomek fast sicher, dass sie sich keine Sorgen machen musste.

»Weiß... oder besser gesagt, *wusste* Gary davon?«

»Absolut nicht. Und jetzt muss er es nie erfahren.«

Ein leichtes Grinsen breitete sich auf ihrem Gesicht aus.

Was ihn beunruhigte. Und ihn zur Ermittlung zurückbrachte.

»Sie haben meine Frage von vorhin nicht beantwortet. Was haben Sie gestern Nacht gemacht?«

»Wir haben geschlafen. Ich, meine Mutter, Grace, mein Vater und...«

Harriet hielt inne, während sie die Liste in ihrem Kopf durchging.

»Wer hat gefehlt?«

Es dauerte eine Weile, bis sie wieder antwortete. »Mein Bruder. Donovan. Er... er sagte, er gehe aus, aber ich weiß nicht wohin.«

»Und er wohnt hier?«

»Er ist erst achtzehn. Wenn ich keine eigene Wohnung kriegen kann, kann er das definitiv nicht.«

»Wissen Sie, wo er jetzt ist?«

Harriet schüttelte den Kopf. »Ich hab ihn den ganzen Tag nicht gesehen. Ich war hauptsächlich bei der Arbeit, aber er kommt und geht. Sie wissen ja, wie Kinder in dem Alter sind. Feiern, Clubs.«

»Sie sind im selben Alter, wissen Sie.«

»Kaum. Ich musste erwachsen werden, und ziemlich schnell. Ich kann nicht dieselben Dinge tun wie er, nicht mit einer Siebenjährigen, die immer noch in meinem Zimmer schlafen will, weil sie nachts Angst bekommt.«

»Hat sie letzte Nacht bei Ihnen übernachtet?«

»Nein, aber...«

»Wenn ich Ihnen meine Karte gebe, könnten Sie sie an Ihren Bruder weitergeben und ihn bitten, mich anzurufen? Ich würde wirklich gerne mit ihm sprechen.«

Tomek reichte ihr eine Visitenkarte. Harriet betrachtete sie und fuhr mit dem Daumen über die scharfen Kanten. »Ich werde versuchen, daran zu denken«, sagte sie.

»Danke für Ihre Hilfe«, sagte er. Dann rief Harriets Mutter aus der Küche, dass das Essen in fünf Minuten fertig sein würde. Tomek nahm das als Zeichen zu gehen. Als er aufstand, zog er das Foto des Mädchens im roten Mantel aus seiner Tasche. »Sie erkennen das nicht, oder?«

Harriet warf einen Blick auf das Foto, unterzog es einer weniger intensiven Prüfung als seine Visitenkarte. »Nein, tut mir leid. Ich erkenne weder das Mädchen noch den Mantel. Tut mir leid.«

Tomek lächelte höflich und machte sich auf den Weg nach draußen. Auf der Türschwelle drehte er sich zu ihr um und sagte: »Ich weiß, dass es nicht meine Sache ist, und ich weiß, dass ich kein Recht habe so zu tun, als wüsste ich, was Sie durchmachen, oder wie Ihre Erfahrung ist, aber während Sie immer noch Ihre Eltern haben, die Sie lieben und alles für Sie tun würden, versuchen Sie für eine Weile, eine junge Erwachsene zu sein. Ich musste auch ziemlich schnell erwachsen werden, aber ich hatte nicht die liebevolle, fürsorgliche Beziehung zu meinen Eltern, die Sie haben. Und ich konnte in meiner Jugend nicht viel vom Nachtleben erleben. Ich konnte nicht die Erinnerungen schaffen, wie die meisten meiner Schulfreunde. Ich denke, wenn Sie es nicht tun, könnten Sie es eines Tages bereuen, wie ich.«

Das war der Grund, warum er es in seinen mittleren bis späten Zwanzigern nachgeholt hatte – Partys, Clubs, One-Night-Stands – und bis zu einem gewissen Grad immer noch mit vierzig Jahren tat.

»Wie gesagt«, fuhr er fort. »Nur etwas zum Nachdenken. Und vergessen Sie nicht, Ihren Bruder zu bitten, mich anzurufen.«

KAPITEL
EINUNDZWANZIG

Bis Tomek sein erstes Bier ausgetrunken hatte, war sein Kopfschmerz so gut wie verschwunden. Fast vierundzwanzig Stunden nachdem er begonnen hatte.

»Scheiß auf Paracetamol, scheiß auf Ibuprofen - alles Quatsch. Das wahre Heilmittel gegen Kopfschmerzen ist ein gutes, altmodisches Bier am Ende des Tages.«

»Darauf stoße ich an«, stimmte Sean zu.

Die beiden stießen mit ihren Gläsern an. Die nächste Runde ging auf Tomek, und er ging zur Bar, um für jeden ein weiteres Bier zu bestellen. Während er wartete, piepte sein Handy. Eine SMS von Katie, die fragte, wann sie ihn wieder treffen könne. Als er über eine Antwort nachdachte, breitete sich ein Lächeln auf seinem Gesicht aus. Jetzt stand es eins zu eins. Er hatte ihre erste Verabredung initiiert, und jetzt übernahm sie die Kontrolle für die zweite. Das gefiel ihm. Er wollte die Dinge auf die nächste Stufe bringen. Den ganzen Morgen, Nachmittag und Abend war sie in seinen Gedanken präsent gewesen. Wie er die Dinge in ihrem Haus belassen hatte. Wie er sich dafür verflucht hatte, nicht den Schritt gemacht zu haben, den er so verzweifelt machen wollte. Aber es war das Richtige gewesen. Es gab keinen Grund zur Eile. Und es würde eine Abwechslung sein, sich in einem langsameren, sanfteren Tempo zu bewegen.

Als die Biere vor ihm abgestellt wurden, Schaum an der Seite herunterlaufend, drückte er auf Senden und steckte das Handy in die Tasche. Es war beschlossene Sache. Am folgenden Abend. Gleiche Zeit. Anderer Ort. Nur sie beide. Diesmal etwas ruhiger und intimer. Keine schreienden Kinder oder Eltern.

»Warum grinst du so?«, fragte Sean. Der Glückspilz hatte genug Zeit gehabt, nach Hause zu gehen und sich umzuziehen, bevor er wieder ausging.

»Nur wegen Katie«, antwortete Tomek und versuchte, die Begeisterung in seiner Stimme herunterzuspielen. Ohne Erfolg.

»Was sagt denn das Mädchen von nebenan?«

»Wir sehen uns morgen Abend.«

»Wenn die Arbeit es zulässt.«

»Natürlich.«

»Du musst bei dieser Sache vorsichtig sein, Tom. Lass dich nicht so ablenken, dass du bei der Arbeit zu kurz kommst. Du willst doch nicht, dass Fiese Nick noch einen Grund hat, dir auf den Sack zu gehen.«

»Du tust so, als hätte er so eine Art Akte über mich oder so.«

»Die hat er. Und ich habe sie gesehen. Sie ist größer als dein Haus.«

Tomek lachte den Kommentar weg und trank von seinem Bier. Mit etwas Glück wären die Kopfschmerzen bis zum Morgen verschwunden, und er hätte Zeit für einen Lauf.

Die nächsten zehn Minuten verbrachten sie damit, über die Ermittlungen zu sprechen, wobei sie ihre Stimmen senkten, damit keiner der Gäste in der Nähe sie belauschte. Das Gesprächsthema war heikel, und er wollte nicht, dass jemand mit einer Neigung zur Gewalt oder einer Neigung zur Jagd auf Pädophile und Vergewaltiger auf Ideen kam.

Sean nutzte diese Zeit, um ihm von seinem Tag zu erzählen. Wie er mit Gary Kershaws erstem Opfer gesprochen hatte. Eine Frau, die jetzt Anfang vierzig war. Wie Gary ein Familienfreund gewesen war, wie er sie manipuliert hatte, wie er sich an ihr vergangen hatte. Und wie er dasselbe mit ihrem Bruder gemacht hatte. Die Pädophilie war es, die seine Handlungen normal erscheinen ließ. Wenn es nur ihr passiert wäre, hätte sie etwas gesagt, sich geäußert, es von den Dächern geschrien. Aber weil es ihnen beiden passiert war, war es normalisiert worden, *eine dieser Sachen.* Erst als ihr Vater Gary mit ihnen beiden erwischt hatte, hatte sie erkannt, wie falsch sie lag. Und wie viel Schmerz Gary ihrer Familie zugefügt hatte.

»Ansonsten gab es nichts weiter. Keine Spuren, keine anderen Zeugen. Die arme Frau lebte allein, und ihre ganze Familie war tot. Bis vor ein paar Jahren waren es nur sie und ihr Bruder. Aber als er starb, blieb sie als Einzige übrig. Und ehrlich gesagt, ich kann mir nicht vorstellen, dass sie etwas mit den Morden zu tun hat. Leider glaube ich nicht, dass Fiese Nick meinen Bericht morgen früh mögen wird. Zeit... verschwendet.« Sean leerte sein Bier und knallte es auf den Tisch, seine Frustration brodelte über.

»Ist dir aufgefallen, dass Fiese Nick in letzter Zeit gar nicht so fies war?«, fuhr Sean fort.

»Sprich für dich selbst. Ich bin nur ein Gespräch davon entfernt, dass die Leute denken, wir wären in einer Eheberatung.«

»Diese arme, arme Frau«, sagte Sean und schüttelte den Kopf. Und dann hielt er inne und starrte in die Ferne. Einen Moment lang dachte Tomek, er hätte ein Hirnaneurysma. Aber als er mit der Hand vor dem Gesicht seines Freundes wedelte, kam Sean zurück ins Hier und Jetzt.

»Alles klar bei dir, Kumpel?«

»Ja«, sagte er. »Alles gut.«

»Siehst nicht so aus.«

»Es ist nichts, nur... ich muss dir was sagen.«

Tomek wurde besorgt. Er befürchtete das Schlimmste. Vielleicht lag sein Freund im Sterben, hatte eine unheilbare Krankheit. Oder er verließ den Job und zog aufs Land.

»Du bist schwul?«, sagte Tomek scherzhaft. Sein Abwehrmechanismus lief auf Hochtouren. Er stellte oft fest, dass Witze oder unangemessene Kommentare in peinlichen und beunruhigenden Momenten ihn beruhigten. Leider galt das nicht für alle anderen im Raum.

»Hättest du wohl gerne. Ich wäre ein guter Fang.«

»Jeder Mann könnte sich glücklich schätzen, dich zu haben.«

Ein Moment der Stille fiel zwischen sie und drängte sie ein paar Zentimeter zurück. Tomek wartete mit angehaltenem Atem.

»Ich habe jemanden kennengelernt...«

Tomek brach in Gelächter aus und wälzte sich auf seinem Sitz, die Hand auf der Brust.

»Um Himmels willen, Mann. Du hättest mir fast einen Herzinfarkt verpasst. Verdammtes, *Ich habe jemanden kennengelernt.* Ich dachte schon, du wärst vom großen C getroffen worden. Aber ich schätze, das hier ist viel schlimmer. Das große B. Die große Beziehung...«

»Halt die Klappe. Du bist mit Katie auf dem gleichen Weg.«

»Die Liebe geht seltsame Wege, Sean. Ich zieh dich nur auf, du Trottel. Also, wer ist sie? Wer ist das unglückliche Mädchen?«

Sean schluckte und zog sein Handy heraus. »Du kennst sie. Hast sogar mit ihr gearbeitet.«

»Es ist doch nicht Dreifach-Wort-Punkte, oder?«

»Sei nicht ekelhaft.«

»Rachel?«

»Nein. Jemand anderes.«

Schließlich spuckte Sean den Namen aus, und es dauerte eine ganze Weile – länger als es vielleicht sollte – bis Tomek den Namen registrierte.

Abigail Winters. Journalistin des Jahres 2017 beim *Southend Echo.* Zunächst wusste Tomek nicht, wie er reagieren sollte. Sein erster Gedanke galt dem Kuss, den sie geteilt hatten, und wie schön er gewesen war. Flüchtig, leidenschaftlich, ein schnell geteilter Moment, der nie wirklich vergessen wurde. Ob er den Kuss vergessen hatte, war irrelevant. Was wirklich zählte, war, ob Sean davon wusste.

Er wählte seine nächsten Worte sehr sorgfältig.

»Das ist toll, Kumpel. Herzlichen Glückwunsch. Ich freue mich für dich.«

»Danke, Alter. Ich weiß das zu schätzen. Waren erst ein paar Dates, aber ich glaube, das hat Potenzial, weißt du.«

Ein breites, strahlendes Grinsen erblühte auf Seans Gesicht. Es war das erste Mal, dass Tomek ihn so glücklich sah. Abgesehen von dem Mal, als Tomek ihn an Halloween ins London Dungeon mitgenommen hatte. Sean war seit seiner Kindheit von Horrorfilmen fasziniert und hatte immer an Halloween-Partys teilgenommen. Und aus einem für Tomek unerfindlichen Grund betrachtete er das London Dungeon als den heiligen Gral des Schreckens und Horrors.

»Ich weiß, dass ihr beide in der Vergangenheit eure Schwierigkeiten hattet«, begann Sean. »Aber ich könnte wirklich deine Unterstützung dabei gebrauchen. Das ist neu für uns beide.«

»Natürlich, Kumpel. Absolut.«

Er wusste also nichts von dem Kuss. Nur von der Kälte und dem Gezänk, die darauf folgten. Tomek beschloss, es nicht zu erwähnen. Es war nicht wichtig, und nichts Gutes konnte daraus entstehen.

»Ich dachte sogar, wir könnten ein Doppeldate machen...?«

»Du willst, dass ich meine bessere Hälfte, DCI Cleaves, mitbringe?«

»Ich dachte eher an Katie, aber was auch immer dir gefällt.«

Das war ein interessanter Vorschlag, über den er nachdenken müsste. Und natürlich müsste er sie konsultieren. Er war nicht besonders angetan von der Idee, inmitten eines Liebesdreiecks zu sitzen, aber wenn Abigail vernünftig genug war, es für sich zu behalten, dann war er es auch. Und wenn jeder seine Rolle spielte, wo lag dann der Schaden?

»Apropos Nasty Nick«, begann Tomek, »hast du es ihm schon mitgeteilt? Etwas an seinem Wesen lässt mich vermuten, dass er vielleicht etwas weniger Schmeichelhaftes zum Interessenkonflikt zu sagen haben könnte.«

»Das ist ein Gespräch, auf das ich mich nicht freue.«

»Wie viel hast du ihr erzählt?«

»Nicht viel.«

»Aber genug?«

»Ja. Also fragte ich mich auch, wie viele Chancen du noch hast?

Denn je mehr er dich hasst, desto weniger wird er mich hassen, wenn ich es ihm sage.«

»Du wartest also nur darauf, dass ich Mist baue?«

»So ziemlich. Sollte nicht zu lange dauern, oder?«

Alles in allem dachte Tomek, dass Sean nicht allzu weit von der Wahrheit entfernt war.

KAPITEL
ZWEIUNDZWANZIG

Tomek erfuhr am nächsten Morgen, wie nah er der Wahrheit gekommen war. Nasty Nick hatte Tepid Tonys Entscheidung, ein Meeting um 8 Uhr anzusetzen, überstimmt und stattdessen allen Beteiligten an Operation Highlander eine Nachricht geschickt, die sie um sieben Uhr einbestellte. Ein weiterer Tag, ein weiterer verpasster Lauf. Die SMS war kurz nach vier Uhr morgens eingetroffen, was bedeutete, dass Nick kaum oder gar nicht geschlafen hatte. Was wiederum bedeutete, dass sein Kriegspfad noch breiter ausfallen würde.

Als Tomek zuerst das Büro betreten hatte, hatte er ursprünglich geplant, großen Abstand zu halten. Aber als DCI Cleaves ihm zu seinem Platz folgte, wusste er, dass das nicht möglich sein würde.

»Du bist zu spät.«

»Nein, bin ich nicht. Es ist fünf vor sieben.«

»Na toll. Du bist der Letzte hier. Was bedeutet, dass du zu spät bist.«

Tomek biss sich auf die Lippe.

Er blieb so, bis das Meeting begann. DCI Cleaves fing damit an, die Morgenzeitung zu verteilen. Je eine Kopie. Aufgeschlagen auf der Innenseite. Dann lud er denselben Artikel auf den Projektor am Kopfende des Raums. Bevor Cleaves fertig war mit dem Verteilen der

Zeitungen, begann Tomek zu lesen. Es dauerte nicht lange, bis er herausfand, warum das Meeting überhaupt einberufen worden war. Ein Kloß schwoll in seinem Hals an.

Die Schlagzeile lautete: *Polizei unbesorgt über Pädophilen-Killer.*

Darunter stand der Name des Autors des Artikels. Aber er wusste es bereits. Abigail Winters.

»Jemand«, sagte Nick, »hat komplett ignoriert, was ich und DC Kaczmarek gestern gesagt haben. Und niemand verlässt diesen Raum, bis wir ein Geständnis haben. Jemand muss jetzt für diesen Schlamassel geradestehen.«

Tomek wollte das nicht hören, also blendete er den Lärm aus und richtete seine Aufmerksamkeit auf den Artikel.

Am Donnerstagmorgen wurde die Leiche eines Sexualstraftäters, der kürzlich nach Verbüßung einer siebenjährigen Haftstrafe wegen Vergewaltigung entlassen worden war, tot in seinem Haus in Basildon aufgefunden. Das Opfer war auch in den achtziger und neunziger Jahren wegen Kindesmissbrauchs verhaftet und verurteilt worden. Dieser Gewohnheitskriminelle ist das zweite Opfer, das in derselben Woche ein ähnliches Schicksal erlitten hat.

»Ich möchte, dass ihr alle genau überlegt, mit wem ihr in den letzten vierundzwanzig Stunden gesprochen habt«, fuhr Nasty Nick in seinem bedrückenden Monolog fort. »Es braucht nur einen Hauch von etwas, damit sie sich darauf stürzen und es aufbauschen, zugegeben. Aber das hier...«

Tomek las weiter.

Gerüchte beginnen sich zu verbreiten, dass ein Selbstjustizler, der im Herzen von East Essex operiert, angefangen hat, den Job der Polizei für sie zu erledigen. Vielleicht ist es der Job, den sie selbst zu ängstlich sind zu tun. Das hindert sie jedoch nicht daran, dem zuzustimmen, was der Killer tut. Eine Quelle nahe der Ermittlung bemerkte, dass es nur ein paar Mitglieder des Mordermittlungsteams gäbe, die »denken, dass wir ernsthafte Anstrengungen unternehmen sollten, um den Killer zu finden«, was darauf hindeutet, dass der Killer ihnen und allen anderen in der Grafschaft einen Gefallen tut. Diese Menschen sind eine Bedrohung für die Gesellschaft, eine Gefahr für unsere Frauen und

Kinder. Und wenn die Polizei oder das Justizsystem nicht bereit sind, diese Menschen von ihren Krankheiten zu befreien, dann kann die Allgemeinheit nicht dafür verantwortlich gemacht werden, wenn sie die Dinge selbst in die Hand nimmt.

Tomeks Körper fühlte sich kalt an. Losgelöst. Tausend Meilen entfernt von seinem Verstand und Geist. Mit dem vagen Aroma von Limette, das am hinteren Teil seiner Sinne kitzelte. Abigail hatte ihn zwar nicht namentlich genannt, und sie hatte auch nicht seinen ganzen Satz wörtlich wiederholt, aber sie hatte den Nagel so hart wie möglich auf den Kopf getroffen.

»Un-verfickt-glaublich«, klagte DCI Cleaves weiter. Tomek hörte nur halb zu – achtete auf alle wichtigen Teile, typischerweise gekennzeichnet durch die Verwendung eines Schimpfwortes. »Ich glaube nicht, dass ihr die Schwere dessen versteht, was hier passiert ist. Und wenn ihr es nicht versteht, dann lasst mich es klarstellen, indem ich sage, dass diese Art von Verhalten vollkommen und absolut un-verfickt-akzeptabel ist.«

Tomek richtete seine Aufmerksamkeit wieder auf den Artikel, diesmal las er ihn mit einem genaueren Blick. Beim zweiten Durchlesen bemerkte er, dass einige Worte darin verdächtig nach Seans Sprachgebrauch klangen: Krankheit, Dinge selbst in die Hand nehmen. Die Art von Dingen, die sein Freund ihr vielleicht einmal beim Abendessen gesagt hatte, geblendet von seinem Penis und dem Alkohol, der durch seinen Blutkreislauf floss. Es war nicht unvorstellbar und auch nicht unplausibel.

»Wer war es?«

Nick blieb in der Mitte der Projektion stehen. Das Licht erleuchtete sein Gesicht in verschiedenen Schwarz-Weiß-Tönen.

»Jemand muss das bis acht Uhr zugeben, oder ihr bleibt alle hier. Und ich werde mit jedem einzeln sprechen.«

Tomek fühlte sich ein wenig verängstigt. Er hatte Nick noch nie so gereizt gesehen. Als er seinen Chef anstarrte und nach den Adern suchte, die aus seiner Stirn hervortraten, hielt Nick inne und zeigte auf ihn.

»Tomek. Willst du uns etwas sagen?«

Tomek stammelte einen Moment, die Worte stolperten über seine Zähne. Er warf einen Seitenblick auf Sean, der ihn hoffnungsvoll, verzweifelt anstarrte. Fast zu verzweifelt. Wie viel von dem, was Sean Abigail erzählt hatte, war im Druck wiederholt worden? Oder wie viel davon war sein eigenes Werk?

Sehr schnell wog er seine Optionen ab. Lügen und riskieren, am Ende entlarvt zu werden – in diesem Fall wären die Folgen zehnmal schwerwiegender. Oder dazu stehen, es zugeben und mit dem umgehen, was auch immer jetzt auf ihn zukommen würde.

Bevor er antwortete, schluckte er tief.

»Ich wurde auf dem falschen Fuß erwischt«, sagte er.

»Du was?«

»Abigail wartete gestern hinten. Ich habe ihr nicht zu viel erzählt. Ich habe nur geredet, und sie hat es aus dem Zusammenhang gerissen.«

»Welcher Zusammenhang ist das? Dass du ein totaler Vollidiot bist?«

»So ungefähr, Chef.«

Nasty Nick, der in vollem Fluss war, obwohl Tomek spürte, dass er noch viel mehr zu bieten hatte, wandte sich an den Raum. »Könntet ihr uns alle einen Moment geben?«

Ohne zu zögern räumten Tomeks Kollegen schweigend ihre Plätze und verließen den Raum. Im Vorbeigehen warf Sean seinem Freund einen entschuldigenden, tröstenden Blick zu. Als die Tür geschlossen war, erhob sich Tomek. Er wollte nicht im Sitzen eingeschüchtert werden.

»Setz dich«, bellte Nick.

Widerwillig folgte Tomek der Anweisung.

»Was hast du dir dabei gedacht?«

»Gar nichts.«

»Und du glaubst, das rechtfertigt dein Handeln?«

»Nein.«

»Wir sind erst ein paar Tage dabei, Tomek, und du hast der ganzen Welt erzählt, was hier vor sich geht.«

»Ich kann es wiedergutmachen.«

»Wie?«

»Sag du es mir. Alles, was du brauchst, werde ich tun.« Er ließ den Kopf in seinen Schoß sinken. So zusammengestaucht wurde er schon lange nicht mehr. »Ich kann es mir nicht leisten, von diesem Fall abgezogen zu werden.«

»Hättest du dir überlegen sollen, bevor du den Mund aufgemacht hast.«

»Lass mich erklären.«

»Du wirst noch viel mehr tun müssen.«

Tomek hob eine Augenbraue. »Du meinst...?«

»Du bleibst vorerst am Fall. Fürs Erste.« Er stürmte auf Tomek zu und hielt einen Finger nur Zentimeter vor dessen Gesicht. »Aber ich schwöre bei Christus und allem, was mächtig und heilig ist, dies ist deine letzte Chance. Von jetzt an bist du bei jedem verdammten Meeting früher da – vor allen anderen. Du reichst deine Berichte pünktlich ein. Du machst deinen Job und den aller anderen. Ich habe mich zu oft verbogen, und du wirfst es mir immer wieder ins Gesicht zurück. Ich kann das nicht tolerieren, Tomek, auch wenn du mir bedeut...«

Nick hütete sich, zu viel zu sagen. Obwohl er es nie ausgesprochen hatte, wusste Tomek, dass der grummelige Kerl ihn wie einen Sohn betrachtete. Sie waren nur zehn Jahre auseinander, aber nicht in ihrer Mentalität. Manchmal war Tomek so kindisch, dumm und leichtsinnig wie Nicks Sohn, der die Familie verlassen hatte, um zur Marine zu gehen. Nachdem er mit fünfzehn die Schule verlassen, sich mit den falschen Leuten eingelassen und in Dinge verwickelt hatte, für die sein Vater ihn hätte verhaften müssen, hatte Robbie Cleaves seine beiden Schwestern zurückgelassen, damit sie sich um ihre Mutter kümmerten, die ihn seither betrauerte. Tomek war damals dabei gewesen und hatte die Auswirkungen – sowohl die sichtbaren als auch die unsichtbaren – auf Nick und seine Frau miterlebt. Sie waren distanziert geworden, lebten nebeneinander her, und jeder gab sich selbst und dem anderen die Schuld. Es hatte eine toxische Beziehung geschaffen, und Tomek war derjenige gewesen, der geholfen hatte, sie zu kitten, irgendwie die Kluft zu überbrücken. Er war sich nicht ganz sicher, was er richtig gemacht hatte. Er schaute einfach ab und zu vorbei, schickte Grüße, sagte Hallo, wenn er sie sah. Er dachte nicht, dass es etwas Außergewöhnliches war, aber sie schienen offensichtlich anderer Meinung zu sein, und er würde nicht mit ihnen darüber streiten.

»Es tut mir leid, Nick«, sagte Tomek. »Von jetzt an sage ich kein Wort mehr zu irgendjemandem. Ich halte meine große Klappe.«

»Nicht so schnell, großer Junge«, sagte Nick und klopfte ihm auf den Rücken. Der Anflug eines Lächelns schlich sich zurück auf sein Gesicht. »Zuerst musst du dich öffentlich entschuldigen und erklären, was du wirklich gemeint hast.«

»Etwas, was die Tories nie hinbekommen würden.«

»Versuch, die Politik rauszuhalten.«

»Wann?«

»Um neun. Unten gibt es eine Pressekonferenz. Wir werden alle Informationen veröffentlichen – haben jetzt nicht mehr viel Wahl. Also setz am besten deine Denkkappe auf.«

KAPITEL
DREIUNDZWANZIG

Das Restaurant, das er für das Abendessen ausgewählt hatte, war eines seiner Favoriten. La Cocina, ein authentisches, schnörkelloses Steakhaus. Ihr Menü mit Steak und Pommes, einem Salat zur Vorspeise und einem Glas Rotwein war ein unverhandelbares Vergnügen. Das Restaurant befand sich seit fast fünfzig Jahren in Familienbesitz und lag im Herzen von Southend-on-Sea, abseits der Hauptstraße und der Hauptverkehrsader. Als einziges gehobenes Lokal in einer Stadt, die sich rasch zu einem der schlimmsten Wohnorte des Landes entwickelte, war Tomek überrascht, dass es so lange überlebt hatte. Er führte den Erfolg des Restaurants auf die Macht der Mundpropaganda zurück. Diejenigen, die es sich leisten konnten, mussten typischerweise vor dem Restaurant in einer Schlange warten und schauten dabei dümmlich durch die Fenster, während die Gäste ihr köstliches Festmahl genossen.

»Lass dich nicht von den Drogenabhängigen und Betrunkenen erschrecken«, hatte er zu ihr gesagt, während sie warteten.

»Die hatten wir in Cambridgeshire auch, weißt du. Die sind nicht nur euch vorbehalten.«

Als ob sie ein Besitz wären, eine Ware, die die Menschen in Essex zu schade waren zu teilen. Wie verwöhnte Kinder.

Drinnen wurden sie von einem Schwall warmer Luft begrüßt.

Tomek nahm ihr die Jacke von den Schultern und legte sie über die Rückenlehne ihres Stuhls, bevor er sie Platz nehmen ließ. Sie dankte ihm, und dann setzte er sich ihr gegenüber. Ein männlicher Kellner in schwarzer Hose, schwarzer Weste und weißer Schürze kam auf sie zu. Ohne zu fragen, schenkte er ihnen ein Glas Wasser ein und stellte einen Teller mit Brot zwischen sie. Sie bestellten ihre Getränke, und dann stürmte der Kellner verärgert zu seinem nächsten Kunden.

»Erinnert mich an meinen Chef«, sagte Tomek.

»Ich habe dich heute gesehen.«

»Tatsächlich?«

»Nun, nur einen Ausschnitt. Ich war auf der Website von *Essex Live* – es war ein wirklich *langsamer* Tag heute, aber das sind die meisten Tage – und dein Gesicht tauchte auf. Ich fand, du sahst schick aus.«

So hatte er sich nicht gefühlt. Die Pressekonferenz war eine der peinlichsten und einschüchterndsten Dinge gewesen, die er je getan hatte. Er hatte sein Bestes getan, um nicht die Online-Kommentare zu lesen oder zu überprüfen, was die Bewohner von Twitter zu sagen hatten, aber es war schwierig gewesen. Jetzt, da sie die Informationen über die Morde an Timothy und Gary öffentlich gemacht hatten, war es draußen. Im Äther. Für alle sichtbar. Damit sich jeder eine Meinung bilden konnte. Und das Beunruhigende war, dass die überwältigende Mehrheit der Kommentatoren gesagt hatte, dass es gut sei, dass Timothy Rosenthal und Gary Kershaw den Tod verdient hätten. Dass sie es selbst getan hätten, wenn sie gekonnt hätten. Die polarisierende Kraft der sozialen Medien wirkte sich nicht nur auf die psychische Gesundheit junger Kinder aus, wie er so oft gelesen hatte, sondern stachelte auch zu Gewalt an. Zu einer erschreckenden und unkontrollierbaren Form von Gewalt.

Er versuchte, nicht daran zu denken, und betrachtete stattdessen Katie im intimen Licht über ihnen. Heute Abend trug sie schlichte weiße Turnschuhe, Jeans und einen Blazer. Darunter ein schwarzes Seidentop. Ein einfacher, aber eleganter Look, in dem er sie rasch attraktiver fand.

»Schade, dass du dich für deine Aussage entschuldigen musstest«, fügte Katie hinzu.

»Vielleicht.«

Anscheinend gab es keine Chance, dass er die Arbeit vergessen konnte. Das Letzte, worüber er sprechen wollte, war die Pressekonferenz, aber wenn sie darauf bestand...

»Du darfst eine Meinung haben«, fuhr sie fort.

»Nicht, wenn du bei der Polizei bist.«

»Warum nicht?«

»Aus dem gleichen Grund, warum du es bei der BBC nicht kannst. Sie wollen nicht den Eindruck erwecken, Partei zu ergreifen. Ich dachte, du hättest gesagt, du hättest die Konferenz gesehen?«

Katie grinste. »Hab ich auch. Ich war nur ein bisschen abgelenkt.«

Ihr Bein streifte seines kokett, rieb auf und ab, bis er spürte, wie er hart wurde.

»Ich kann nicht für deine Ablenkungen verantwortlich gemacht werden, Fräulein Norton-Downs. Du musst sie selbst kontrollieren.«

Sie bewegte ihren Fuß näher an seinen Penis heran. »Und wenn ich das nicht kann?«

Bevor er antworten konnte, kam ihr Essen. Ein Teller, gestapelt mit mehreren Scheiben Steak und einem Berg Pommes. Medium für Tomek, durch für Katie. Ohne zu warten, machten sie sich darüber her und versuchten, die Unterhaltung zwischen den Bissen am Laufen zu halten. Sie lernten sich besser kennen, steigerten das Flirten, bis es fast überschwappte. Die sexuelle Spannung heute Abend war auf einem anderen Level, und Tomek war aufgeregt bei dem Gedanken, sie mit zu sich nach Hause zu nehmen. Er begann, eine Beziehung mit ihr zu sehen, etwas, wovor er sich seit seiner letzten Freundin vor über dreizehn Jahren zu sehr gefürchtet hatte.

»Ich hatte Beziehungen zu Leuten, die ich verhaftet habe, die besser endeten als mit ihr.«

»Was ist passiert?«

»Sie hat betrogen.«

»Das tut mir leid.«

»Schnee von gestern. Alles passiert aus einem Grund.«

Und dieser Grund starrte ihm ins Gesicht. Der dünne, subtil aufgetragene Eyeliner unter ihren Augen, die dicken, dunklen Wimpern, die ihre Intimität betonten. Er sabberte fast.

»Hast du jemals in einer Beziehung betrogen?«

Die Frage überraschte ihn.

»Kommen wir schon dazu?«

»Territorium für ein zweites Date, Kumpel.«

»Nein«, war die Antwort. »Ich habe nicht betrogen.«

Und das war die Wahrheit. Denn er befand sich nie in einer Beziehung oder Position, in der es als Betrug angesehen werden könnte. Er hielt die Dinge gerne offen, gegenseitig.

»Und du?«, fragte er. »Du bist doch keine kleine Heimzerstörerin, oder?«

»Die größte, die du je gesehen hast.«

Tomek war dankbar für den Sarkasmus in ihrer Stimme.

Nachdem sie ihr Abendessen beendet hatten, machten sie einen Spaziergang an der Strandpromenade entlang. Die kilometerlange Teerstrecke war übersät mit Teenagern und Gruppen von Kindern auf Fahrrädern. Rauchend. Trinkend. Teenie-Mütter, die ihre Kinderwagen schoben und von einer Spielhalle zur nächsten hüpften. Laute, betrunkene Essex-Jungs, die gerne einen tranken, egal an welchem Wochentag. Chavs, die vor den verschiedenen Geschäften herumlungerten, eine Tüte Fish and Chips in den Händen. Mit einer Handvoll zufälliger Pärchen dazwischen.

Als sie am Adventure Island Freizeitpark vorbeischlenderten, dem zweitbeliebtesten Ziel der Stadt (nach dem längsten Vergnügungspier der Welt), fuhr eine Gruppe von fünfzehn aufgemotzten, tiefergelegten Autos vorbei. Motoren dröhnend. Musik wummernd. Auspuffe spuckend. Berühmt für seine beliebte Autoszene, war Essex auch die Heimat des typischen Autoposers. Der junge Mann, der mit seiner Zeit nichts Besseres anzufangen wusste, als dem Vordermann dicht aufzufahren, auf die Bremse zu treten und zu hoffen, dass das Mädchen, an dem sie vorbeigefahren waren, ihnen nachgelaufen käme (und dass ihr Penis in der Zwischenzeit ein paar Zentimeter gewachsen sein könnte). Natürlich passierte das nie, aber es hielt sie nicht davon ab, es zu versuchen. In der wenigen anderen Zeit, die sie erübrigen konnten, trafen sie sich, gewöhnlich in Gruppen von dreißig bis fünfzig, und lieferten sich mitten in der Nacht Rennen auf verlassenen und leeren Straßen. Als würden sie ihre Lieblingsszenen aus dem *Fast and Furious*-Franchise nachspielen.

Tomek verachtete sie alle. Erstens hatte er nie die Faszination für einen Automotor oder dessen Design als etwas zum Darüberonanieren verstanden; und zweitens hatte er aufgehört zu zählen, wie viele Nächte er damit verbracht hatte, ihnen nachzujagen, nur damit die pickligen Teenager ihn an einem Kreisverkehr ausmanövrierten und übertrumpften. Als Profi, der ein Training in Ausweichfahrten erhalten hatte, hatte das sein Ego um einige Stufen gesenkt.

Nachdem die Autos verschwunden waren, brachte Tomek Katie zum Stehen. Sie gingen Arm in Arm, und er nahm seinen Mantel ab und legte ihn ihr über die Schultern.

»Danke«, sagte sie. »So ein Gentleman.«

»Ich nehme ihn zurück, wenn du undankbar darüber sein willst.«

Sie standen auf einem kleinen Steg entlang der Esplanade und blickten auf die Themsemündung hinaus. Heute Abend war der Himmel klar, und Dutzende von Lichtpunkten durchstachen den Himmel. Das sanfte Geräusch der Wellen, die gegen den Sand schlugen, hatte endlich den Lärm der Automotoren auf der anderen Seite des Freizeitparks übertönt.

»Das ist wahrscheinlich das Romantischste, was ich je getan habe«, sagte er.

»Oh Gott. Wirklich?«

»Ich stelle nur sicher, dass deine Erwartungen nicht zu hoch sind.«

»Ich muss mich nur vor dich stellen, deine Hände um meine Taille legen, und dann wird es sein, als wären wir auf der Titanic.«

»Oh mein Gott, ich liebe diesen Film!«

»Was?«

»Bester. Film. Aller Zeiten.«

»Ich... ich... ich hätte mir nie vorstellen können, dass du diesen Film magst. Niemals. In einer Million Jahren.«

»Glaub's ruhig, Baby.«

Sie drehte sich zu ihm um. Starrte in seine Augen. Er fühlte sich in ihnen verloren.

»Ich mag auch Bäder.«

»Verpiss dich.«

»Was? Sie entspannen mich.«

»Wer bist du überhaupt?«

»Oh, weißt du. Ich bin nur ein vierzigjähriges Mannkind mit einem tiefen psychologischen Bedürfnis nach ständiger Bestätigung und Bewunderung. Und wenn ich sie nicht bekomme, schlage ich aus und verletze Menschen auf eine Art, die ich nicht sollte.«

Katies Gesicht wurde ausdruckslos.

»War ein Witz.«

Er hoffte, dass er es gerettet hatte. Wenn ihre Reaktion ein Hinweis war, dann hatte er es.

Lächelnd sagte sie: »Ich kann das ändern. Du bist so etwas wie ein Rätsel, oder?«

»Eine ständige Überraschung, pflegte meine Mutter zu sagen. Und nicht immer im positiven Sinne.«

»Oh, ich meine das im positiven Sinne«, sagte sie. Und küsste ihn. Hart. Leidenschaftlich. Intim.

Es war das erste Mal, dass die beiden einander nahe waren, körperlich, intim. Und alles fühlte sich richtig an. Der perfekte Moment. Seine Finger bewegten sich an den Konturen ihres Körpers hoch und runter, strichen über die Satinbluse, die sich so weich wie ihre Haut anfühlte.

Ein Vorspiel zum Eigentlichen.

KAPITEL
VIERUNDZWANZIG

Es war Mitte Herbst, was typischerweise bedeutete, dass es stockfinster war, wenn Tomek für die Arbeit aufwachte oder zu seinem Morgenlauf aufbrach. Aber nicht an diesem Morgen.

An diesem Morgen musste er erst am Nachmittag bei der Arbeit sein. Und er hatte definitiv keine Lust, laufen zu gehen. Nicht nach dem Workout, das er in der Nacht zuvor gehabt hatte.

Er konnte sich nicht erinnern, wie spät es gewesen war, als sie endlich eingeschlafen waren, aber es war spät gewesen.

»Da hat jemand ein Lächeln im Gesicht«, sagte Katie zu ihm, als sie sich umdrehte. Halbnackt kuschelte sie sich unter die Decke, die Bettdecke bis zum Hals hochgezogen.

Tomek öffnete den Mund, um zu sprechen, aber ihm fiel nichts ein. Es war nicht normal für ihn, sprachlos zu sein. Eigentlich war es das komplette Gegenteil. Unheimlich abnormal. Und er war sich nicht sicher, ob ihm das gefiel.

»Frühstück? Ich glaube, ich habe noch Reis und Bohnen im Kühlschrank.«

»Das ist ja mal eine Auswahl.«

Mehr als das letzte Mädchen bekommen hat. Die bekam ein Taxi nach Hause.

Und den Wunsch für einen schönen Tag.

»Oder wir könnten im Bett bleiben... noch einmal.«

»Noch einmal? War letzte Nacht nicht genug?«

»Offensichtlich nicht.«

»Ich weiß nicht, woher du deine Energie nimmst.«

»Ich war seit etwa fünf Tagen nicht mehr laufen. Also liegt es eindeutig daran.«

»Eindeutig.«

Tomek ließ seine Hand tiefer unter die Decke gleiten und legte sie auf ihre Hüfte.

»Ich kann nicht«, sagte sie und schob ihn beiseite. »Auch wenn ich es *liebend* gerne würde, ich habe einen Laden zu führen. Erinnerst du dich?«

»Oh, ja.«

»Und du hast eine Mordermittlung zu leiten.«

»Oh, ja. Nur dass ich nicht derjenige bin, der sie leitet, also...«

»Spielt keine Rolle. Das *Nein* bleibt bestehen.«

Er respektierte ihren Wunsch und machte sich fertig für die Arbeit. Als er fertig war, brachte er sie zu ihrem Haus und kam dann nach Hause zurück. Er hatte etwas Zeit totzuschlagen. Ein paar Stunden nach seiner Einschätzung. Also rief er seinen Vater an. Es waren ein paar Tage seit dem Geburtstag seiner Mutter vergangen, und abgesehen von einer SMS, in der er ihr einen schönen Tag wünschte, hatte er mit keinem von beiden gesprochen. Das Gespräch dauerte nicht lange. Seine Mutter war im Garten beschäftigt, und sein Vater reparierte etwas in der Garage. Immer am Reparieren. Immer dabei, etwas zu reparieren, das kaputt war. Tomek fragte sich oft, ob sein Vater die Dinge absichtlich kaputtmachte, nur um einen Vorwand zu haben, den ganzen Morgen und Nachmittag in der Garage zu verbringen. Er hätte wahrscheinlich dasselbe getan, wenn er mit seiner Mutter verheiratet gewesen wäre. Dieser Gedanke blieb bei ihm. Aber nicht auf eine seltsame Weise. Stattdessen dachte er an Katie und seine Mutter. Wie verschieden sie waren. Wie die eine nett, lustig, mitfühlend war. Während die andere kalt, berechnend und in vielerlei Hinsicht herzlos war.

Die alte Binsenweisheit, dass Männer ihre Partnerin basierend auf ihrer Mutter aussuchen, war in seinem speziellen Fall falsch. Und *dieser* Gedanke brachte ein Lächeln auf sein Gesicht.

Obwohl es nicht lange anhielt.

Als er schließlich ins Büro kam, waren alle Gedanken an Katie und die Nacht, die sie miteinander verbracht hatten, verschwunden. Sein Optimismus für den Tag, zusammen mit dem Lächeln, war verflogen, als er erfuhr, dass er nach Derby fahren sollte.

»Timothy Rosenthals gestohlene Debitkarten wurden an einem Geldautomaten von jemandem benutzt, der hundertfünfzig Meilen entfernt ist«, erzählte ihm Lauwarmer Tony. »Und DCI Cleaves will, dass *du* dorthin fährst.«

»Ich frage mich, warum«, sagte Tomek sarkastisch.

Er kannte den Grund. Bestrafung. Eine Form der Folter. Die erste in einer langen Reihe langweiliger und weit entfernter Aufträge, die der SIO seiner Meinung nach für ihn geplant hatte.

Tomek war noch nie in Derby gewesen. Am nächsten war er dran, als er auf dem Weg nach Liverpool zum Junggesellenabschied eines Schulfreundes daran vorbeifuhr. Das Einzige, was er über den Ort wusste, war, dass sie eine unterdurchschnittliche Fußballmannschaft hatten. Was seine geografischen Kenntnisse des Landes betraf – einschließlich Schottland und Wales – war jede Stadt in seinem Kopf danach dokumentiert, ob sie eine Fußballmannschaft hatten oder nicht. Wenn man ihn gefragt hätte, wo Scarborough liegt, hätte er es auf der Karte zeigen und den Namen ihres Stadions nennen können. Seine enzyklopädische Gabe war sowohl erschreckend genau als auch nutzlos. Außer beim Quizabend im Fork and Spoon. Die einzige Zeit, in der es jemals nützlich war. Und selbst dann verloren sie normalerweise.

»Wir haben Überwachungsaufnahmen von dem Abschaum, wie er Geld vom Automaten abhebt, und wir haben das örtliche Team losgeschickt, um ihn zu finden«, fuhr Tony fort.

Tomek konnte das nicht ertragen. Erst *Mordereien*, und jetzt *Abschaum*. Es war, als wäre er ein Kind in einem erwachsenen Körper.

»Haben sie ihn schon gefunden?«

»Noch nicht. Aber sie sind dran. Sie wissen, wer es ist.«

»Sollte ich nicht warten?«

»Nein. DCI Cleaves möchte, dass du jetzt gehst.«

Tomek wollte das selbstgefällige Lächeln auf Tonys Gesicht am liebsten wegschlagen. Nicht nur mit einem Schlag. Sondern mit zehn. Vielleicht sogar zwanzig. Bis der schlaksige Bastard seinen Mund nicht mehr öffnen konnte.

»Klingt für mich nach Zeitverschwendung.«

»Nicht, wenn Nick dir sagt, dass du es tun sollst.«

Unglücklicherweise hatte der schlaksige Bastard recht. Als Tomek kurz nach dem Mittagessen in Derby ankam, nach einer nassen und elenden Fahrt auf der M1, hatte die Polizei von Derbyshire den Täter, der Timothy Rosenthals Debitkarten am Geldautomaten benutzt hatte, bereits ausfindig gemacht und verhaftet.

Sein Name war Martin Emerson, ein Mann Ende zwanzig, und er erinnerte Tomek an eine ältere Version von jemandem, den er aus der Grundschule kannte. Eine seltsame Gestalt, mit langen, dünnen blonden Haaren, die seine Augen bedeckten und ihn zwangen, seinen Kopf zur Seite zu neigen, als würde sein Kopf permanent davon hinuntergezogen. Nach dem, was er bei einer kurzen Vorstellung durch die Derbyshire Constabulary erfahren hatte, war Martin Emersons letzte bekannte Adresse bei seinen Eltern, und er war wegen verschiedener Herumlunger- und Unsittlichkeitsdelikte mehrfach in Polizeigewahrsam gewesen, außerdem wurde er dabei erwischt, wie er sich zur Schulschlusszeit zu nah an Schulen heranwagte. Nachdem sie die Stadt nach ihm durchsucht hatten, fanden sie ihn schließlich im Wohnzimmer seiner Eltern sitzend, wo er seine Comics las.

Tomek betrat den Vernehmungsraum und zog den Stuhl unter dem Tisch hervor.

»Hat dich jemand gefragt, ob du etwas trinken möchtest?«, fragte er. »Du wartest schon eine Weile.«

»Habt ihr Milch?«

»Wie bitte?«

»Milch.«

»Nein, ja, das habe ich gehört. Aber, was?«

»Ich hätte gerne Milch, wenn ihr welche habt.«

»Wir haben nur Wasser.«

»Also keine Milch?«

»Nein.«

»Das ist bedauerlich.«

Was bedauerlich war, war die Tatsache, dass Tomek überhaupt hier gelandet war. Schon jetzt spürte er, dass ihn ein langer Nachmittag erwartete. Einer, der bedeuten könnte, dass er es erst spät am Abend nach Hause schaffen würde. Oder schlimmer noch, in den frühen Morgenstunden. Nicht einmal die Aussicht auf eine ordentliche Portion Überstundenbezahlung machte das zu einem aufregenden Vorschlag.

Tomek ignorierte den Mann, verließ den Raum und kehrte mit zwei Bechern Wasser zurück.

»Ich habe nach Milch gefragt.«

»Das ist Milch. Es ist Essex-Milch, woher ich komme. Wir machen sie im Süden etwas seltsam.«

»Hmmm.«

Martin schien nicht beeindruckt. Das machte zwei von ihnen.

»Weißt du, warum du heute Nachmittag hier bist, Martin?«

»Ich glaube schon.«

»Würdest du es mir sagen?«

»Ich verstehe es aber nicht.«

»Lass uns es dann gemeinsam herausfinden. Warum denkst du, bist du hier?«

»Weil ich das getan habe, was ich tun sollte. Ich habe Anweisungen befolgt.«

»Welche-?«

»Aber wenn man tut, was einem gesagt wird, sollte das nicht bedeuten, dass man verhaftet wird.«

»Das hängt davon ab, was die Aufgabe ist. Wenn jemand dir sagt, du sollst jemand anderen töten, und du tust es, bedeutet das, dass du nicht verhaftet werden solltest?«

»Töten ist schlecht.«

»Und so ist es auch, die Debitkarte eines anderen zu benutzen. Das ist Betrug.«

Martin senkte seinen Blick auf seinen Schoß und begann, an seinen Fingernägeln zu zupfen. Der vollständige Rückzug deutete für Tomek darauf hin, dass er genau wusste, dass das, was er getan hatte, falsch war, es aber trotzdem getan hatte.

»Woher hast du die Debitkarten bekommen, Martin?«

»Vom Postboten.«

»Er hat sie dir gegeben?«

»*Sie* hat es getan, als *sie* an der Tür klopfte.«

Tomek verdrehte innerlich die Augen.

»Und waren sie an dich adressiert?«

»Ich glaube schon. Ich erinnere mich nicht. Habt ihr Milch?«

»Nein. Wir haben keine Milch. Wenn sie nicht an dich adressiert waren, dann-«

»Ich hätte wirklich gerne etwas Milch«, sagte Martin langsam und schaute immer noch in seinen Schoß. »Es hilft mir, mich zu beruhigen. Ich trinke sie am liebsten aus einem Karton. So schmeckt sie am besten.«

Himmel, Arsch und Zwirn, dachte Tomek, als er die Aufnahme pausierte, aus dem Raum trat und zum Empfangsbereich eilte. Nachdem er die Dame hinter dem Tresen gefragt hatte, ob sie Milch hätten, brach sie in Gelächter aus und tätigte einen Anruf. Einige Augenblicke später erfuhr er, dass sie keine hatten und dass jemand rausgehen müsste, um welche zu holen.

Fast zehn Minuten später hatte er den begehrten Liter Kuhmilch und kehrte in den Vernehmungsraum zurück.

»Das ist wirklich besondere Milch, diese hier«, sagte Tomek zu Martin. »Extra für dich gekauft.«

»Nur für mich?«

»Ja. Ich dachte, du würdest es nicht mögen, wenn andere Leute daraus getrunken hätten.«

»Nein, da hast du ganz recht.«

Ohne ein weiteres Wort zu sagen, riss Martin die Folienkappe vom Karton und hielt ihn an seinen Mund. Er legte seinen Kopf zurück, goss die Flüssigkeit seine Kehle hinunter und trank, bis nichts mehr übrig war. Ein Liter Milch war weg, so schnell, dass Tomek nicht einmal die Chance hatte zu sagen: »Ich hoffe, es schmeckt dir«. Nachdem er fertig war, atmete Martin laut aus und stellte den Karton behutsam auf den Tisch, als müsste das besondere Getränk geschätzt, fast schon verehrt werden.

In einem leichten Zustand der Verwirrung und des Unglaubens (er hatte schon einiges im Vernehmungsraum gesehen, aber nichts so Bizarres wie das) setzte Tomek die Befragung fort.

»Erzähl mir von dem Brief, den dir die Post*botin* gegeben hat.«

Die Milch schien Wunder bei Martin zu wirken. Getreu seinem Wort wurde er entspannter. Seine Schultern sanken herab, er ließ sich in den Stuhl sinken und war in der Lage, Tomeks Blick zu erwidern.

»Ich bin nicht sicher, woher er kam, aber ich habe den Brief neulich bekommen. Ich glaube, es war gestern. Mein Name stand darauf - daran erinnere ich mich jetzt. Ich bekomme normalerweise nichts von der Postbotin. Jedes Mal, wenn sie kommt, frage ich sie, ob sie etwas für mich hat. Manchmal gibt sie mir kleine Notizen, die ich öffne und lese, aber das sind nur Zettel, auf denen sie mir einen schönen Tag wünscht. Aber dieser war anders. Ich erinnere mich an das Lächeln auf ihrem hübschen Gesicht, als sie ihn mir überreichte. "Schau, Martin!", sagte sie. "Du hast dieses Mal tatsächlich Post bekommen. Ich wette, es ist wirklich wichtig". Und das war es. Es waren die Debitkarten von jemandem. Mr T Rosenthal, stand auf der Vorderseite einer der Karten. Daran erinnere ich mich.«

»Und was stand in dem Brief? Woher wusstest du, dass es wichtig war?«

»Weil in dem Brief stand, dass mir eine streng geheime Mission anvertraut wurde. Ich sollte auf Mr Rosenthals Karten aufpassen und heute Morgen, sobald die Banken öffnen, fünfhundert Pfund abheben.«

»Warum?«

»Das stand nicht im Brief.«

»Und was solltest du danach mit dem Geld machen?«

»Sie sagten, ich könnte etwas davon ausgeben. Also tat ich das. Ich kaufte meine Comics und ging damit in den Park vor der Schule. Aber dann wurde es zu kalt, also ging ich nach Hause, und das ist, als die Polizei mich fand.«

Tomek hielt einen Moment inne, um alles zu verarbeiten, was Martin gesagt hatte, und versuchte, den Überblick über all die losen Informationen zu behalten. Die Person hinter dem Mord hatte Timothy Rosenthals Debitkarten gestohlen, sie vermutlich zufällig an Martin geschickt und darauf gewartet, dass die Polizei - *er* - der Sache nachging. Die Spur war eine Sackgasse.

Es sei denn.

»Hast du den Brief noch, Martin?«

»Nein, ich glaube nicht. Ich habe ihn in den Mülleimer geworfen, als ich zur Bank ging.«

»Glaubst du, er könnte noch dort sein?«

Martin zuckte mit den Schultern. »Da müssten Sie die Müllmänner – oder Müll*frauen* fragen. Ich weiß nicht, wie deren Zeitplan aussieht. Aber wenn Sie es herausfinden, könnten Sie es mir bitte mitteilen? Ich hätte gerne solche Informationen.«

Tomek fragte sich warum, aber er hatte keine Lust nachzuhaken. Am Ende stimmte er zu, dass jemand von der Derbyshire Constabulary die Information weitergeben würde. Das war jetzt deren Problem. Und er hoffte, es würde die Frau am Empfang sein. Rache dafür, dass sie ihn so ausgelacht hatte.

»Zum Schluss«, sagte Tomek, »hast du in dem Brief irgendetwas gesehen, das verraten hätte, von wem er kam?«

Martin schüttelte heftig den Kopf. Große Haarsträhnen fegten von einer Seite zur anderen über sein Gesicht und verdeckten seine Augen und Nase.

»Wenn du mich anlügst, Martin, werde ich es herausfinden. Das weißt du, oder?«

»Oh ja. Das weiß ich sehr gut. Sie sind sehr gut in Ihrem Job, mein Herr. Sie alle sind es. Deshalb lüge ich die Polizei nicht an.«

Tomek beendete das Interview, und als er den Vernehmungsraum verließ, wünschte er sich unwillkürlich, dass jeder Gauner oder Verbrecher so ehrlich wäre wie Martin. Es würde ihr Leben bei der Polizei erheblich erleichtern, und alles, was es sie kosten würde, wären ein paar Liter Milch hin und wieder.

KAPITEL
FÜNFUNDZWANZIG

R*ennen. Diesmal renne ich. Der Beton unter meinen Füßen fühlt sich fester an, solider. Ich kann dieser Version der Ereignisse mehr* vertrauen als den anderen. *Meine Beine fühlen sich nicht wie Pudding an, sie fühlen sich nicht so an, als wüssten sie, was kommt. Stattdessen fühlen sie sich so steif und klar an wie der Beton. Sie wissen nicht, was um die Ecke ist. Wie könnten sie auch?*

Ich renne aus der Schule. Meine Tasche schwingt und schlägt gegen meinen Rücken. Ich kann das Geräusch von Bleistiften und Büchern und meinem ungegessenen Mittagessen darin hören, die einen Höllenlärm machen. Ich fluche, obwohl ich das nicht tun soll. Ich erinnere mich, dass ich dachte, Wenn Mama mich jetzt hören könnte, würde ich eine gescheuert bekommen. Definitiv mehr als eine.

Der Himmel wirkt diesmal heller. Nicht viel, vielleicht nur ein paar Schattierungen. Wie wenn man die verschiedenen Pigmentierungen am Make-up-Stand bei Boots betrachtet. Sie sehen alle verdammt gleich aus, aber man weiß, dass sie unterschiedlich sind, jede einzigartig. So sieht der Himmel heute Abend aus. Einzigartig. Besser, klarer, optimistischer als ich ihn je zuvor gesehen habe.

Fortschritt.

Und dann verschwindet alles wieder. Versinkt in der Fata Morgana von Farben. Ich kann die Jungs vor dem Kiosk nicht sehen. Sie sind nicht da. Ich weiß, sie sollten da sein, aber ich kann sie nicht sehen. Sie sehen aus, als wären sie irgendwo im Laden. Und jetzt verlässt jemand den Magnet-Laden gegenüber. Ein Paar. Sie sehen aus, als würden sie streiten. Sich über etwas zanken.

Der Wind weht der Frau die Haare ins Gesicht. Sie kann kaum sehen. Der Mann stürmt zum Auto und springt zuerst ein. Sie folgt ihm dicht dahinter. Dann fahren sie los. Als ich die Ausfahrt überquere, kommt das Auto auf mich zu. Sie können mich nicht sehen, weil ich zu klein bin und sie einen verdammten Panzer fahren. Zwei Meter über dem Boden.

Das habe ich noch nie gesehen.

Ist das der Grund, warum ich zu spät zu Michał kam? Hat ihre Entschuldigung mich aufgehalten?

Ich sage ihnen, dass es in Ordnung ist – mir geht's gut – und dann renne ich weg.

Weiter rennen.

Feste, klare Bewegungen, jetzt schneller und rhythmischer.

Ich habe nicht das Gefühl, dass es weit ist, aber das ist es.

Und dann ein Schnitt.

Ich bin im Park. Es ist jetzt merklich anders, dunkler. Die Geräusche sind verstärkter. Ich höre all die Dinge, die ich noch nie zuvor gehört habe. Wie die Geräusche der Vögel. Die Automotoren, die Motorräder. Das Klingeln eines Fahrrads hinter mir. All die Dinge, die ich nie zuvor wahrgenommen habe. Dort, verloren in meinem Kopf.

Es dauert eine Weile, bis ich wieder begreife, wo ich bin. Mein Atem vernebelt mein Gesicht. Es ist kalt, aber ich fühle die Kälte nicht. Das Blut hält mich warm. Und mein Mantel. Der, den Michał mir überlassen hat. Es ist sein Mantel, und ich habe ihn tot darin gefunden.

Bald wird er mit Blut bedeckt sein.

Und dann ein Schnitt.

Diesmal ist er mit Blut bedeckt. Seinem Blut. Sehr viel davon.

Michał liegt dort auf dem Boden. Sein Gesicht ist nicht wiederzuerkennen. Und doch ist es so klar wie nie zuvor.

Eine weiße Flüssigkeit hängt aus seinem Mund, Blasen bilden sich in der Mitte. Zuerst denke ich, es ist Speichel, aber später erfahre ich, dass es Batteriesäure ist. Und dass die Blasen gar nicht wirklich da sind.

Seine Augen sind keine Augen mehr. Sie sind nur noch rote Löcher, die aus seinem Gesicht geschnitzt wurden. Sie wurden mit der Stange auf dem Boden gestochen und gebohrt und ausgehöhlt.

Und Trümmer vom Ziegelstein und Erde, auf der er liegt, bedecken seinen Körper, vermischen sich mit dem Blut auf seiner Haut. Wie Kekskrümel, die auf eine heiße Schokolade gestreut werden. Schmutzig.

Die Geräusche sind verschwunden. Alle weg.

Außer dem Geräusch der Jungen, die schreiend davonlaufen.

Ich versuche, auf die Stimmen zu hören, aber ich erkenne sie nicht. Sie sind zu weit weg.

Und so ist auch Michał.

Hat er geschrien, bevor er starb? Oder starb er zu plötzlich?

Ich hoffe, diese Frage bald beantworten zu können.

Aber bevor ich das kann, kommt ein Schnitt.

KAPITEL
SECHSUNDZWANZIG

Der Albtraum war dieses Mal intensiver gewesen. Näher an der Realität als je zuvor. Er wusste nicht, warum, wie oder was die genaue Erinnerung an die Ereignisse beeinflusste, aber er wollte es herausfinden. Er hatte einen Verdacht, aber es war eine Theorie, die, wie jeder gute Polizist wusste, untersucht werden musste.

Die Ereignisse jener Nacht waren so lange weggesperrt gewesen, und er hatte immer wieder dasselbe wiederholt, sodass er vergessen hatte, was die Realität war. Die Geschichte war unzählige Male geschrieben und umgeschrieben worden, so sehr, dass er nicht mehr wusste, was er glauben sollte. Schon seit langem nicht mehr gewusst hatte, was er glauben sollte.

Der Verstand war eine launische Sache. Und das Gedächtnis noch mehr. Menschen waren in der Lage, sich selbst zu belügen, wenn es um bestimmte Versionen von Ereignissen ging. Ein kleines Detail, das hier fehlte, ein ausgeschmücktes Detail dort. Beim nächsten Mal ein völlig neues Detail.

Seine Version der Ereignisse von der Nacht, in der sein Bruder gestorben war, hatte ein ähnliches Schicksal erlitten. Aber jetzt verbesserten sich die Dinge. Sie veränderten sich. Die Geschichte wurde korrigiert.

Und es gab nur eine andere Veränderung, die er in seinem Leben vorgenommen hatte.

Katie.

Er wusste nicht wie oder warum, aber er vermutete, dass es an ihr lag.

Das G-Wort.

Glücklich. Wenn er an sie dachte, fühlte er sich innerlich warm. Wenn er mit ihr zusammen war, verstärkte sich dieses Gefühl. Er lächelte jedes Mal, wenn ihr Name auf seinem Handy erschien – selbst wenn sie ihm nur ein lustiges Meme schickte.

Zum ersten Mal seit langem fühlte er sich glücklich.

So glücklich, dass er bereit war, auf den Dachboden zu gehen und den Mantel seines Bruders zu finden. Den, den er getragen hatte, als er Michałs Leiche fand. Zu lange hatte er Angst davor gehabt, ihn zu sehen, ihn zu berühren, es in diesem Moment noch einmal zu erleben. Bis jetzt.

Der Mantel war winzig, halb so groß wie sein jetzt ausgewachsener Körper. Getrocknete Blutflecken bedeckten die Vorderseite und die Ärmel. Als er ihn anstarrte, erinnerte er sich mit wunderbarer Klarheit daran, wie er seinen Bruder gehalten und geschrien hatte. Seine Stimme war schwach, hochpitchig gewesen. Michał hatte schwer in seinen Armen gelegen und seine winzigen Muskeln belastet.

Das Kleidungsstück war ihm von der Polizei zurückgegeben worden. Nachdem sie die forensische Untersuchung abgeschlossen und keine Beweise gefunden hatten – außer Tomeks und Michałs DNA darauf – waren sie bereit, es ihm zurückzugeben. Es war seltsam; Tomek hatte keines von Michałs Spielzeugen oder seine Kleidung als Erinnerungsstück behalten wollen; stattdessen hatte er den Mantel seines Bruders gewollt. Als ob er wusste, dass dieser ihm dreißig Jahre später helfen würde, die Geheimnisse seines Geistes zu enthüllen.

Er war nah dran.

Wirklich nah.

Er konnte es spüren.

KAPITEL
SIEBENUNDZWANZIG

Zum ersten Mal in seiner Karriere bemühte sich Tomek ernsthaft, als Erster beim morgendlichen Meeting zu erscheinen. Es war für mehrere Stunden vor seinem Schichtbeginn angesetzt. Doch als er im leeren Büro ankam, bis auf Tony, den er nicht mitzählte, wurde ihm klar, dass Nick woanders war, außerhalb der Stadt.

»Er kümmert sich um persönliche Angelegenheiten«, hatte Tony gesagt.

Großartig. Ausgerechnet jetzt, wo er einmal das getan hatte, was von ihm erwartet wurde, war die Person, die er brauchte, nicht einmal verfügbar. Aber wenn er Tony richtig einschätzte, und davon war er ziemlich überzeugt, dann wusste er, dass der Mann Bericht erstatten würde. Tomek überlegte kurz, ihm ein Selfie zu schicken, um seine Anwesenheit zu beweisen.

Der Rest des Teams trudelte kurz darauf im Büro ein, jeder mit einem Kaffee in der einen und dem Handy in der anderen Hand. Verzweiflung spiegelte sich in ihren Augen wider. Die Ermittlung zehrte an ihnen. Seit der Pressekonferenz war der Druck von oben gestiegen, und der Mist begann, den Hang hinunterzurollen. Wenn die Oberen mit der Arbeit des Teams nicht zufrieden wären, gab es Gerüchte über die Einführung neuer Mitglieder, die Hilfe von der

Metropolitan Police und von weiter weg, vom Hauptquartier der Essex Police in Chelmsford, holen würden.

Das wollte niemand. Nicht einmal Tomek. Es ließ sie schwach aussehen, minderwertig, unfähig, ihren Job zu machen. Etwas, das keiner von ihnen ertragen konnte.

»Danke, dass ihr heute Morgen gekommen seid«, begann Lauwarmer Tony. In seiner Hand hielt er eine Tasse Tee. Tomek hatte ihm beim Zubereiten zugesehen, während er auf die anderen wartete. Es hatte ihn sowohl geschmerzt als auch schockiert, dass jemand so viel Zeit hatte, um eine Tasse Tee oder Kaffee zuzubereiten.

»DCI Cleaves kann heute nicht teilnehmen, also fangen wir ohne ihn an.« Tony zeigte auf die Tafel. Nichts hatte sich seit dem letzten Meeting verändert. »Es sieht ziemlich leer aus, Leute. Ich hasse es, das zu sagen, aber ich bin nicht beeindruckt. Es gibt jede Menge Spuren, denen wir nachgehen könnten. Hoffentlich habt ihr jetzt alle etwas für mich.«

Tony eröffnete die Diskussion.

Tomek fing an. Nachdem er ihnen erklärt hatte, dass Martin Emerson dazu gebracht worden war, ein Verbrechen zu begehen, sagte Rachel: »Wer auch immer das getan hat, muss gewusst haben, wofür er verhaftet wurde.«

»Was meinst du damit?«, fragte Tony.

»Seht ihr die Verbindung nicht? Zwei verurteilte Pädophile und Vergewaltiger wurden getötet. Martin scheint, nach Tomeks Beschreibung, auf dem richtigen Weg zu sein. Er ist nur noch nicht ganz dort. Also haben sie ihn, anstatt ihn zu töten, reingelegt, und jetzt wurde er verhaftet.«

»So habe ich das nicht betrachtet. Brillante Idee!« Tony schrieb Martins Namen zusammen mit einer kurzen Beschreibung dessen, was sie besprochen hatten, an die Tafel. Er führte das Meeting wie eine Schulstunde, bei der jeder Schüler Zusatzpunkte für eine gute Idee bekam.

»Die Auswirkungen davon sind weitaus ernster als bei Timothy Rosenthal und Gary Kershaw«, erklärte Tomek. »Der Mörder hat nicht nur Zugang zu Informationen über ehemalige Häftlinge, sondern irgendwie auch zu Polizeiakten.«

»Wie ist das möglich?«, fragte Sean.

»Es sollte eigentlich nicht möglich sein«, antwortete Rachel. »Offensichtlich haben nur wir und der Justizvollzugsdienst Zugang zu diesen Akten. Das Leck kommt von einer dieser beiden Stellen.«

»Das wird sein, wie ein Sandkorn im Ozean zu suchen«, sagte Sean.

Genau das befürchtete Tomek.

»DS Bowen«, begann Tony. »Ich will, dass du dich darum kümmerst. Vereinbare einen Termin mit HMP Chelmsford und schau, was sie dazu zu sagen haben.«

»Zu Befehl, Kapitän!« Tomek hob seine Hand zum Scheingruß. »Ich werde es heute Nachmittag erledigen, Sir.«

»Braver Junge. Danke.«

Das Gespräch wechselte zu Timothy Rosenthals Auto. Laut DC Chey Carter hatte eine Gruppe Teenager es ausgebrannt in der Mitte eines verlassenen Parkplatzes in der Nähe von Shoeburyness entdeckt. Die Forensik hatte jeden Zentimeter des Fahrzeugs untersucht, aber keine DNA-Spuren gefunden.

»Es ist schwer zu sagen, wann es in Brand gesetzt wurde. Das Brandermittlungsteam schätzt, dass es letzte Nacht zerstört wurde.«

»Ich frage mich, warum jetzt und nicht früher?«, fragte Tomek laut nachdenkend.

»Vielleicht haben sie Panik bekommen. Sahen die Pressekonferenz in den Nachrichten und merkten, dass sie es loswerden mussten.«

Tomek dachte noch mehr darüber nach. Die Zeit, die zwischen Timothy Rosenthals und Gary Kershaws Morden vergangen war, waren nur zwei Tage gewesen. Zwei Morde in so schneller Abfolge. Aber seit der Pressekonferenz vor mehreren Tagen hatte es nichts gegeben. Keine neuen Leichen. Nichts. Entweder plante der Mörder seinen nächsten Mord gründlicher, oder er war verscheucht worden. Etwas sagte Tomek, dass es Ersteres war. Und wenn die beiden vorherigen Morde die Fähigkeiten und das Auge fürs Detail des

Mörders demonstriert hatten, machte er sich Sorgen, was noch kommen würde.

»Apropos DNA-Beweise«, begann Tony, der den Rest des Teams offensichtlich ignorierte und allen anderen voraus dachte, »wo stehen wir mit dem Angreifer, der DS Bowen attackiert hat?«

Die Frage war ein bewusster Versuch, ihn zu verspotten, aber Tomek würde nicht darauf eingehen. Er würde Tony nicht die Genugtuung geben, ihm einen weiteren Grund zu liefern, ihn von den Ermittlungen zu suspendieren.

»Nirgendwo, Sir«, sagte Nadia und legte ihre Hände auf ihren Babybauch. Mehr als alle anderen sah sie am erschöpftesten aus. Koffer hingen unter ihren Augen, und ihre Haut wirkte vor Stress gerötet. »Ich habe die Beweise mehrmals durch das System laufen lassen, verschiedene Knoten und Beschreibungen gefiltert, aber nichts.«

»Enttäuschend, aber immerhin haben wir es aktenkundig gemacht.« Tony richtete seine Aufmerksamkeit wieder auf die Tafel, als ob er nach etwas anderem suchte, das er erwähnen könnte. Und dann hatte er es. Er machte ein kleines Geräusch, als es ihm einfiel. »Jimmy Hunter. Unser mysteriöser Pädophilenjäger. Wo stehen wir mit ihm?«

»Das Gleiche wie vorhin, Sir«, antwortete Oscar. Heute hatte sich Captain Actually für einen dreiteiligen Anzug entschieden, der seinen Körper eng umschloss und ihn aussehen ließ, als würde er zu spät zu einem betrunkenen Auftritt auf der Tanzfläche einer Hochzeitsfeier eilen. »Es scheint, dass unsere Suche nach Mr. Jimmy Hunter keine fruchtbaren Ergebnisse liefert. Nach allem, was wir wissen, scheint er nicht zu existieren.«

»Was soll das heißen? Er ist überall in den sozialen Medien. Ich habe sein Profil gesehen.«

»Das ist sein Alias, Sir. Wir können seinen echten Namen nicht ausfindig machen.«

»Das ist unglaublich. Er ist unser Hauptverdächtiger-«

»Seit wann?«, fragte Tomek plötzlich.

»Seit ich es sage. Und wir müssen ihn finden und so schnell wie möglich zum Verhör bringen. Irgendjemand da draußen muss wissen, wer er ist.«

KAPITEL
ACHTUNDZWANZIG

Chelmsford. Die Geburtsstätte des Radios. Auch die Geburtsstätte von Tomeks holpriger Beziehung zum Gefängnisdienst. Bei seinem einzigen vorherigen Besuch im HMP Chelmsford hatten er und ein Kollege im Rahmen einer Mordermittlung einen Häftling befragt. Sie hatten das Interview durchgeführt, die benötigten Informationen gesammelt und sich anschließend mit der Gefängnisdirektorin Hillary Pointer getroffen. Tomek, damals noch dümmer und naiver als heute, hatte eine Bemerkung über die Schwangerschaft der Direktorin gemacht. Die gar nicht existierte. Und wahrscheinlich auch nie existieren würde, es sei denn, sie würde anfangen, Männer zu mögen. Fassungslos über seine eigene Dummheit hatte Tomek schnell gelernt, diese Frage nie wieder zu stellen. Und dem Gefängnis so lange wie möglich fernzubleiben. Außer jetzt. Allerdings stellte er erfreut fest, dass Pointer inzwischen weitergezogen und durch eine Frau ersetzt worden war, die keine Ahnung hatte, wer er war.

»Freut mich, Sie kennenzulernen, Detektiv.«

Die Frau ihm gegenüber, Linda O'Hara, war eine schmächtige und hohläugige Gestalt, die ihn an seine Großmutter erinnerte, die früher in einem Gartencenter gearbeitet hatte. Der tiefe Stirnrunzeln in ihrem Gesicht verriet ihm, dass sie mit einer Gartenschere mehr Schaden anrichten könnte als jeder Gärtner. Sie wirkte erfahren – Tomek wusste nicht genau worin, aber er hatte nicht vor, es herauszufinden.

»Ganz meinerseits«, sagte er und versuchte, seine Stimme zu beruhigen. Alles, was er vor sich sehen konnte, war Hillary Pointer mit ihrem großen Bauch. Und der verlegene und entsetzte Blick auf ihrem Gesicht, nachdem er sie beleidigt hatte. »Ich weiß es zu schätzen, dass Sie sich Zeit für mich nehmen. Ich bin sicher, Ihr Terminkalender ist ziemlich voll.«

»Kein Problem. Ich habe ein bisschen darüber gelesen, woran Sie arbeiten, und es klingt übel.«

»Teuflisch ist das Wort, das ich benutzen würde, gnädige Frau. Aber nicht jeder stimmt zu.«

»So habe ich gehört.«

Als sie fertig war, öffnete sich die Bürotür und ein Mann von ähnlicher Statur und Größe wie Linda trat ein. Er trug Hemd und Krawatte und machte auf den ersten Blick den Eindruck eines Verwaltungsangestellten.

»Das ist Jonathan Marquis, unser Betriebsleiter. Er wird in der Lage sein, alle spezifischen Fragen zu beantworten, die Ihre Ermittlung betreffen.«

Tomek stellte sich vor, beendete die Höflichkeiten und schüttelte dem Mann die Hand. Sie war schwächer, als er erwartet hatte. Tatsächlich wirkten beide nicht wie die furchterregenden und imposanten Persönlichkeiten, die er als Leiter eines Gefängnisdienstes erwartet hatte. Er hatte sich halb vorgestellt, dass sie wie der Terminator und Fräulein Knüppelkuh aussehen würden. Stattdessen hatte man ihm Katzenberger und Gottschalk vorgesetzt. Aber wie er gleich feststellen sollte, ging es auf dieser Ebene der Nahrungskette nicht um die Kraft des Bellens, sondern um die Kraft des Bisses. Und beide hatten einen Biss, der stark genug war, um einen Bären zu erlegen.

»Ich muss sagen, ich bin ein wenig beunruhigt über dieses Treffen, Detektiv«, begann Jonathan. »Es ist eine Sache zu sagen, dass wir inkompetent sind, aber eine ganz andere zu behaupten, dass wir korrupt sind.«

»Der Mörder bekommt irgendwoher Zugang zu Informationen.«

»Und Sie haben alle anderen möglichen Ermittlungslinien ausgeschöpft?«

»Es gibt nur zwei Orte, an denen er die Hände darauf gelegt haben könnte. Über Ihre Systeme oder unsere.«

»Und Sie haben Ihre überprüft, oder?«

»Jemand tut das – oder hat es getan. Und jetzt bin ich hier und mache dasselbe.«

»Man sagt oft, dass Fäulnis immer von innen beginnt, Detektiv.«

Tomek spürte, wie sein Rücken sich versteifte. »Machen wir uns doch nichts vor, oder? Ihre Leute sind für solche Dinge genauso anfällig wie wir. Wenn nicht sogar mehr.«

»*Unsere Leute*«, sagte Linda tonlos. »Was meinen Sie mit *unseren Leuten*? Ihr Ton beleidigt mich, Detektiv.«

Nun, das lief ja gut.

»Wir können den ganzen Tag mit dem Finger aufeinander zeigen, und ich bin sicher, dass Sie gerne Ihre Zeit damit verbringen würden, aber nicht-«

»Wie bitte?« Diesmal verhärtete sich Lindas Gesicht. Das Gespräch nahm wirklich viel schneller Fahrt nach Süden auf, als er erwartet hatte. Sein großes Mistmaul stolperte ihm wieder einmal über die Füße. »Wir sind einer der am meisten unterfinanzierten und am wenigsten unterstützten Dienste im öffentlichen Sektor. Wir haben keine Zeit, so angesprochen zu werden. Wir sind alle sehr beschäftigt. Wir haben über tausend Häftlinge in unseren Zellen. Es ist überfüllt, aufrührerisch und gefährlich da unten – sowohl für meine Mitarbeiter als auch für die Gefangenen – aber ich bin sicher, wir können Platz für einen weiteren finden, wenn Sie so weitermachen.«

»Es gibt tatsächlich Platz«, unterbrach Jonathan und hielt seinen Blick auf Tomek gerichtet.

»Seit wann?«

»Einer unserer gefährdeten Gefangenen hat heute Morgen Selbstmord begangen.«

»Das tut mir leid zu hören«, sagte Tomek, der plötzlich in die

Realität zurückgeholt wurde. Ihr Streit war kleinlich. Ein Leben war verloren gegangen. Und es musste respektiert werden.

»Während der Frühstückszeit«, fuhr Jonathan fort. »Das Personal wollte ihn aus seinem Zimmer holen, fand ihn aber dort hängend wie einen gebrochenen Ast, still, leblos. Anscheinend haben sie einen Zettel in seiner Hand gefunden.«

»Einen Abschiedsbrief?« Tomek wurde neugierig, mehr zu erfahren.

»Nein. Eine Zeitung. Von gestern. Sie hatte die Gesichter und Namen Ihrer beiden Opfer darauf. Darunter standen zwei Worte. *Du bist der Nächste.*«

Es fühlte sich an, als ob Tomek die Luft aus den Lungen geschlagen worden wäre.

»Jemand hat ihm das geschickt?«, fragte er, obwohl es offensichtlich war.

»Wir ermitteln. Unsere Vermutung ist, dass es von innen kam. Es ist nicht möglich, dass es übersehen worden wäre, wenn es per Post geschickt worden wäre. Es wäre gescannt und beschlagnahmt worden.«

»Also hat ein Gefangener ihm das geschickt?«

»Sie kapieren schnell«, sagte Jonathan. »Wetten, Sie sind froh, dass Sie im richtigen Beruf sind.«

Tomeks Hand bewegte sich einen Bruchteil – nur einen Bruchteil – bevor er sich davon abhielt, dem Mann den Mittelfinger ins Gesicht zu zeigen. Der blöde Kerl machte sich über ihn lustig, und das gefiel ihm nicht. Aber es gab noch einen anderen Kampf zu führen, und bisher verlor er.

»Wir müssen eine Kopie dieser Notiz sehen«, sagte Tomek. »Wenn sie in irgendeiner Weise mit unserer Ermittlung zusammenhängt, fällt sie in unseren Zuständigkeitsbereich, und wir müssen übernehmen.«

»Sie bekommen Ihre Notiz, sobald wir sie intern bearbeitet haben.«

»Genauso, wie Sie das Leck behandeln werden?«

»Es gibt kein Leck, Detektiv«, sagte Jonathan, seine Stimme ruhig und entschlossen, während er jedes Wort deutlich aussprach. »Wir haben ein Team von drei Personen, die sich um die Daten unserer Gäste in der JVA Chelmsford kümmern, und ich kann persönlich für jeden Einzelnen von ihnen bürgen. Ich kenne sie in- und auswendig. Sie würden so etwas nicht tun. Was hätten sie davon?«

»Abgesehen von einem finanziellen Anreiz?«

Jonathan zuckte mit den Schultern, als ob ihm die Antwort auf seine eigene Frage gleichgültig wäre.

»Vielleicht geht es ihnen um die Berühmtheit, beim Töten einiger der schlimmsten Verbrecher des Landes mitgeholfen zu haben«, fuhr Tomek fort. »Ich bin sicher, das bringt einen ziemlich großen Ego-Schub mit sich.«

»Ist das der Grund, warum Ihr Team sich nicht darum kümmert, wer es ist?«

Tomek hatte gewusst, dass dieser Punkt zur Sprache kommen würde. Dieser Artikel. Dieser verdammte Artikel, der ihn wieder einholte.

»Sie schicken Sie auf eine wilde Gänsejagd, um Fragen zu Spuren zu stellen, die gar nicht existieren.«

Tomek verdrehte die Augen und zwang sich, seine Frustration in Lachen zu verwandeln. Es entwaffnete sie nicht nur, sondern verwirrte sie auch.

»Sie sind ein lustiger Mann, Jonathan.« Tomek erhob sich aus seinem Stuhl und machte sich auf den Weg zur Tür. Das war Zeitverschwendung gewesen, und er war nicht bereit, noch viel länger dort zu sitzen. »Vielleicht sind *Sie* ja nicht im richtigen Job. Vielleicht sollten Sie überlegen, in die Comedy-Branche einzusteigen. Veranstalten Sie ein paar Comedy-Abende vor Ihren *Gästen*. Mal sehen, wie lange Sie durchhalten. Und wenn Sie es tatsächlich zu etwas bringen, schicken Sie mir bitte eine Einladung. Sie finden mich dann hinten im Raum mit einem großen Schild, auf dem steht: 'Fick dich'.«

—

Alles in allem war es besser gelaufen, als Tomek erwartet hatte. Es war nicht schön gewesen und nicht aufschlussreich. Aber das war nicht das Feedback, das er Tony gegeben hatte. Er hatte dem Inspektor gesagt, dass der Gefängnisdienst der Sache nachginge. Und dann hatte er ihm von dem Selbstmord erzählt.

»Glaubst du, das hängt zusammen?«

»Wenn nicht, ist das ein verdammt großer Zufall.«

»Wie lange brauchst du zurück zur Dienststelle?«

Tomek sah auf die Uhr. 17 Uhr. Bis er auf die A12 käme, wäre es Stoßzeit.

»Eineinhalb Stunden, zwei wenn ich Glück habe.«

»Dann bleib dort. Ich komme mit einem Team rauf, und wir können uns heute Abend darum kümmern.«

»Heute Abend?«

»Ich bin daran interessiert, das so schnell wie möglich zu klären.«

»Verstehe.«

»Wir werden die Nachtschicht durchmachen, Baby!«

Tomek wurde bei dem Gedanken, die beiden könnten bis in die tiefe Nacht Seite an Seite arbeiten, während sie das Geheimnis des Selbstmords aufdeckten, fast schlecht.

Es ruinierte auch zum zweiten Mal in Folge Tomeks Pläne für den Abend. Er hatte auf einen weiteren entspannten Abend mit Katie in seiner Wohnung gehofft. Vielleicht einen Film, ein paar Snacks, sogar ein Glas Wein. Eng aneinander gekuschelt auf dem Sofa. Jetzt musste er das schöne Mädchen loswerden und durch einen Mann ersetzen, der aussah wie der Slender Man.

Es war fast Mitternacht, als Tomek aus dem Gefängnis nach Hause zurückkehrte. Er und Tony, sowie die beiden uniformierten Beamten, die mit ihm gekommen waren, hatten die Zeitung aus der Zelle des Opfers beschlagnahmt, die Zelle selbst durchsucht und dann mit allen auf dem Flügel gesprochen, die Zugang dazu hatten. Es hatte mehrere Stunden gedauert, aber am Ende hatten sie ihre Antwort gefunden.

Es war ein Streich gewesen. Ein Streich, der schief gegangen war.

Zwei der neuesten Zugänge im Gefängnis, beide wegen Raub und Körperverletzung angeklagt, waren von einer der Banden dazu gezwungen worden, als Teil ihres Aufnahmerituals. Das war alles. Eine Mutprobe, ein rituelles Schikanieren. Offensichtlich hatten die beiden Personen nicht geahnt, dass das Opfer sich das Leben nehmen würde, aber das bedeutete nicht, dass sie weniger schuldig waren. Und so wurden sie wegen Totschlags angeklagt.

Das Ergebnis war positiv. Obwohl sie keine Verdächtigen von ihrer Liste streichen konnten, war Tomek erleichtert, dass die Fälle nicht zusammenhingen. Er fühlte sich bereits schrecklich, weil die Pressekonferenz – die durch seinen eigenen Fehler verursacht worden war – der Bande überhaupt erst die Idee gegeben hatte. Es war unmöglich für ihn, sich nicht in gewissem Maße verantwortlich zu fühlen. Und er fürchtete nun, dass wenn andere Leute auf die gleiche Idee kämen, er teilweise dafür mitverantwortlich wäre. Eine Welle gnadenloser Selbstjustizmorde zu inspirieren, weil sie dachten, die Polizei kümmere sich nicht genug darum, sie zu stoppen.

KAPITEL
NEUNUNDZWANZIG

Tomeks erster freier Tag seit gefühlt einer Ewigkeit. Er konnte sich nicht mehr erinnern, wann er zuletzt einen gehabt hatte. Und er hatte noch zwei weitere vor sich.

Normalerweise hatte er nichts, womit er sich beschäftigen konnte, außer joggen zu gehen, Schlaf nachzuholen oder auf ein Fußballspiel am Abend oder, wenn er Glück hatte, tagsüber zu hoffen. Aber jetzt, wo Katie in sein Leben getreten war, konnte er an nichts anderes denken, als Zeit mit ihr zu verbringen. Es musste nichts Besonderes sein: kuscheln, fernsehen, am Strand entlangspazieren, in Chelmsford einkaufen. Einfach etwas anderes. Etwas mit ihr. Er würde es sich selbst nicht eingestehen, aber am meisten liebte er die Gesellschaft. Jemanden zum Reden zu haben; es gab nur so viel, was er zu seinen Bonsai-Bäumen sagen konnte, bevor er merkte, dass er völlig durchdrehte.

Jetzt musste er sich darüber keine Sorgen mehr machen.

Es war ein ungewöhnlich warmer und sonniger Mittwoch auf der Leigh Broadway, und die halbe Welt hatte dieselbe Idee gehabt. In die Einkaufsstraße strömen und Geld ausgeben, das sie nicht hatten, für Dinge, die sie nicht brauchten. Tomek hatte die Faszination für materielle Besitztümer nie verstanden. Er war ein einfacher Mann mit einfachen, grundlegenden (fast schon prähistorischen) Bedürfnissen und konnte ein nagelneues T-Shirt mindestens vier Jahre lang tragen, wenn er vorsichtig genug war. Fünf im absoluten Notfall. Katie hingegen brauchte jede Woche ein neues Outfit. Oder in Extremfällen sogar mehrere Outfits. Einen Laden zu führen, erklärte sie, bedeutete, dass sie jeden Tag frisch und sauber aussehen musste, falls ein Kunde hereinkam und sie in derselben Woche in derselben Kleidung sah. Außerdem half es ihr, sich gut zu fühlen und stärkte ihr Selbstvertrauen. Nicht, dass sie das nötig hätte, hatte er ihr gesagt.

Sie schlenderten Hand in Hand die Einkaufsstraße entlang, als sie ihn vor einem kleinen Geschenkeladen anhielt. Es war ein paar Türen von ihrem eigenen Laden entfernt, den sie mittwochs und donnerstags schließen musste (weil auch sie ihre obligatorischen zwei Ruhetage brauchte). Sie zeigte auf eine kleine Ecke der Auslage im Schaufenster. Ein kleines Buch, umgeben von Herzchen, starrte ihn an.

»Das habe ich in den sozialen Medien gesehen«, sagte sie.

»Was ist das?« Er konnte die Beklommenheit in seiner Stimme nicht verbergen.

»Ein Liebesbuch. Es soll angeblich Wunder für Beziehungen wirken.«

»Wird es meine Mutter dazu bringen, sich daran zu erinnern, wie man mich liebt?«

Sie schnalzte mit der Zunge und verzog das Gesicht. »Ich sagte Wunder, keine Wunderheilung.«

Tomek störte sich nicht an der Stichelei. Er hatte sich tatsächlich daran gewöhnt. Ganz zu schweigen davon, dass es half, wenn er zuerst darüber scherzte. So fühlten sich die Leute wohler, es machte es *akzeptabel*. Aber Katie war der Typ Mensch, der es trotzdem sagte. Er bewunderte das an ihr. Sie meinte, dass die Menschen heutzutage zu viel Angst hätten, ihre wahren Gefühle auszudrücken, aus Furcht, jemanden zu verletzen oder zu beleidigen. »Die Welt braucht mehr Arschlöcher«, hatte sie gesagt. Und er hatte zugestimmt.

»Was macht es?«, fragte Tomek und zeigte auf das Buch.

»Es *macht* gar nichts. Es gibt dir Tipps, wie du deine Beziehung und/oder Ehe wiederbeleben und auffrischen kannst.«

»Sind wir schon in dieser Phase? Wir hatten erst ein paar Dates.

Ich habe dich noch nicht einmal gefragt, ob du meine Freundin sein willst.«

»Die Antwort ist ja«, sagte sie rundheraus.

»Was?«

»Ja. Wenn oder falls du dich dazu durchringst, mich zu fragen, wird die Antwort ja sein.«

Tomek nahm den Hinweis auf und fragte sie, während er an seinem Kaffee nippte.

»So romantisch«, erwiderte sie. »Genau so habe ich es mir immer vorgestellt.«

»Hätte es auch nach dem Sex machen können...«

»Das wäre ja tragisch. Ich dachte, du hättest wenigstens etwas Anstand.«

Katie erklärte dann, dass das Buch Paaren vorschlug, zwei Dates zu unternehmen. Eines, das sich auf die Interessen des einen Partners konzentrierte, während das andere sich auf die des anderen konzentrierte. Tomek musste lange und intensiv nach seinem Interesse suchen. Er konnte sie nicht in einen Bonsai-Laden mitnehmen, da das langweilig und mühsam war. Er *könnte* sie jedoch zu RHS Hyde Hall in Chelmsford bringen, aber er war schon so oft dort gewesen, dass das Erlebnis abgestumpft war. Und dann wurde es ihm klar. Es gab einen Ort. Einen Ort, auf den er sich jedes Mal freute, wenn er dorthin ging. Einen Ort, der bei jedem Besuch anders war.

»Ein Fußballspiel.« Die Aufregung in seiner Stimme ließ es wie ein Quieken klingen.

Katie verdrehte die Augen. »Männer und ihr Fußball.«

»Es ist der große Einiger. Wie Bier.«

»Aber ich mag beides nicht.«

»Also bringst du mich dazu, dich zu fragen, ob du meine Freundin sein willst, und weigerst dich dann, die Dinge zu tun, die ich tun möchte. Ist das ein Vorgeschmack auf das, was kommt?«

»Darauf kannst du wetten, Baby.« Sie ergriff seine Hand. »Natürlich würde ich gerne mit dir zu einem Fußballspiel gehen. Aber es muss in der Nähe sein. Ich bin kein Fan von Zügen und noch weniger ein Fan von London.«

»Dann also Southend FC. Die mächtigen Shrimpers.« Tomek gab ihr einen Kuss auf die Lippen. »Was ist deine Date-Idee?«

»Kajakfahren.«

»Was?«

»Es ist wie Kanufahren, aber mit einer anderen Art von Paddel... und das Boot ist aus Plastik, nicht aus Holz.«

»Ich weiß, was Kajakfahren ist, Dummerchen. Es ist nur so, dass du das noch nie erwähnt hast.«

»Weil die Leute typischerweise so reagieren. Mein Vater nahm mich früher zum Rudern auf den Cam mit. Nachdem ich das Boat Race im Fernsehen gesehen hatte, habe ich mich darin verliebt.«

So wie ich mich in dich verliebe.

»Essex hat viele Orte, an denen man hingehen kann. Besonders im Herbst und Winter, wenn es neblig und kalt ist. Die Luft ist so frisch...« Sie atmete tief ein. »Es gibt nichts Vergleichbares.«

Tomek stimmte ihr zu, und gemeinsam fügten sie die Ereignisse in ihren Zeitplan ein. Das Kajakfahren würde zuerst kommen – morgen – aber auf den Fußball müssten sie warten.

KAPITEL
DREISSIG

Trotz der Neoprenschicht, die ihn angeblich schützen sollte, drang die Kälte bis in Tomeks Haut ein.

Katie hatte vorgeschlagen, früh am Morgen aufs Wasser zu gehen, wenn die Flut genau zwischen Ebbe und Flut stand. Das wäre angeblich der ruhigste Zeitpunkt. Tomek war anderer Meinung, während er sich ins Kajak quälte und mehrmals beinahe das Gleichgewicht verlor und kopfüber ins Wasser gefallen wäre. Das leblose Objekt zu verfluchen half auch nicht weiter. Als er endlich saß, eingesperrt in dem winzigen Plastikboot wie im Cockpit eines Kampfjets, kämpfte er mit der Schwimmweste, die in seinen Nacken drückte und seine Haut wundscheuerte. Er war erst seit zwei Minuten im Wasser und wollte schon wieder raus, seine Arme und Paddel in der Luft wie Bambis Beine. Katie hingegen war ein Profi; geschickt, geschmeidig und elegant mit ihren Zügen über das stille Wasser. Sie ließ es einfach aussehen. Aber für Tomek mit seinen breiten Schultern und noch breiteren Hüften war es alles andere als einfach. Eigentlich hätte er die Oberkörperkraft haben müssen, um mit seinem Körpergewicht umzugehen, aber nach ein paar Zügen verwandelten sich seine Muskeln in Wackelpudding, und er trieb einfach durch die vielen Flussarme. Die Sümpfe von Tollesbury boten eine der seltsamsten Landschaften, die er je gesehen hatte. Flach, so weit das

Auge reichte. Durchbrochen von unzähligen Segelbooten, die am Horizont herausragten wie die Barthaare im Gesicht eines Teenagers. Eine niedrige Wolke hatte begonnen, von Osten hereinzuziehen, und mit ihr sank die Temperatur.

Katie war ein paar hundert Meter voraus. Sie hatte offensichtlich Spaß. Tomek wollte ihr nicht die Freude verderben, also riss er sich zusammen und hielt inne. Gewann seine Fassung zurück. Und erinnerte sich daran, was der Ausbilder gesagt hatte, bevor er ins Wasser geplumpst war.

Langsam und stetig gewinnt das Rennen. Sie waren nur zu zweit, also gab es absolut keinen Grund, wettbewerbsorientiert zu sein; es lag einfach in seiner Natur. Er konnte es nicht ertragen, in irgendetwas der Zweitbeste zu sein. Der zweitbeste Bruder (was nach Michałs Tod eine Beförderung von Platz drei gewesen war); der Zweitbeste im Sportunterricht in der Schule; der Zweitbeste bei der Polizeiausbildung. Er stand gerne ganz oben auf dem Podium und blickte auf alle herab.

Schließlich, nach zehn Minuten des Versuchens, holte er Katie ein. Nicht zuletzt, weil sie langsamer geworden war. Inzwischen hatten sich die Muskeln in seinen Schultern und Armen verhärtet und sich an die ungewöhnlichen Bewegungen gewöhnt, die er ihnen abverlangte. Und er hasste es, es zuzugeben, aber er hatte tatsächlich ziemlich viel Spaß.

Alles war so still, so ruhig. Die Luft war frisch, mit einem Hauch von Salz. Anders als am Strand, anders als die Luft in Leigh-on-Sea, an die er sich so gewöhnt hatte. Hier war sie... weniger dicht. Leichter, schwebend. Genau wie er auf dem Wasser.

»Du kriegst den Dreh raus!« rief Katie ihm zu, als er kurz an ihr vorbeizog. Sie hatten sich durch eine der vielen Wasserstraßen bewegt, die sich durch die Sümpfe schlängelten, zu beiden Seiten von Marschland eingefasst.

»Ich lerne schnell«, antwortete er. »Eigentlich ganz einfach. Weiß gar nicht, wovor ich Angst hatte.«

»Lust auf ein Rennen?«

Tomek überlegte einen Moment. »Was bekommt der Gewinner?«

»Der Verlierer muss heute Abend kochen?«

»Bei mir oder bei dir?«

»Bei dir«, sagte sie. »Sophie und Caitlin machen einen Filmabend. Ich glaube nicht, dass sie von uns gestört werden wollen.«

Tomek stimmte zu. Das war die vernünftige Lösung für alle Beteiligten.

»Also, was sagst du? Machen wir ein Rennen?«

Tomek grinste und senkte leicht den Kopf. Dann stellten sie sich so nah wie möglich nebeneinander auf, auf und ab schaukelnd im Wasser.

»Wer zuerst bei dem Gebäude da drüben ist, hat gewonnen«, sagte Katie.

Tomek hob den Blick auf der Suche nach dem Bauwerk, das sie erwähnt hatte. Er hatte es zunächst nicht gesehen, aber dort inmitten der Sümpfe stand eine kleine Scheune oder ein Bootshaus, aus Holz und Ziegeln gebaut, mitten auf einer großen Grasfläche, über hundert Meter entfernt.

»Abgemacht«, sagte er.

Und dann ging es los.

Wie ein Pferd, das mit Ketamin vollgepumpt worden war, kam Tomek langsam aus den Startlöchern und verlor sein Gleichgewicht, als er von der Startlinie losschoss. Aber als er schließlich sein volles Tempo erreichte, war es sinnlos. Katie war bereits weit voraus. Zwanzig Meter vor ihm und der Abstand vergrößerte sich. Fünfundzwanzig. Dreißig. Es war vorbei, bevor es überhaupt begonnen hatte. Es schien, als hätte sie nur mit fünfzig Prozent ihrer Kapazität gepaddelt und hatte noch viel mehr zu geben.

Tomek hatte nie eine Chance.

Sie war bereits aus dem Wasser und watete durch den Schlamm, als er schließlich aufholte.

»Schauen wir uns das an?«, fragte Tomek keuchend.

»Du willst nicht?«

»Doch... Aber...«, sagte er zwischen Atemzügen. »Gib mir eine Minute. Ich bin fix und fertig.«

»Nach *dem* bisschen? Das war nichts. Du solltest es mal auf der

Themse versuchen. Es gibt eine Kajakschule in Westcliff, bei der ich dabei bin. *Das* ist hart.«

Er verlangsamte bis zum Stillstand, sein Körper neigte sich nach vorne, als er im Schlamm auf Grund lief. »Mein Körper ist für Rugby oder Fußball gebaut, nicht für so was. Ich wiege über hundert Kilo, und du fast nichts.«

»Es geht nicht darum, wie stark du bist«, erklärte sie ihm, während sie bereits auf festem Boden stand und ungeduldig auf ihn wartete. »Es geht alles um die Technik. Wenn du die erst mal drauf hast, kannst du alles machen.«

Tomek kletterte mit der Anmut eines betrunkenen Vaters, der auf einem Stuhl tanzt, aus seinem Kajak und watete durch den Schlamm zu ihr. Er hasste das nervtötend selbstgefällige Lächeln auf ihrem Gesicht. Sie war besser als er, und sie wusste es.

»Sei nicht so hart zu dir selbst«, sagte sie spöttisch. »Nicht jeder kann in allem gut sein.«

»Ist das so?«

Er zog einen Fuß aus dem Boden und platzierte ihn neben ihr, schlang seine Hände um ihre Taille und hob sie hoch. Ihre Schreie hallten durch die Sümpfe, aber niemand hörte sie. Niemand konnte hier draußen etwas hören. Und dann ließ er sie auf den Rücken fallen. Direkt in den Schlamm. Ohne es zu wollen, fiel er auf sie, seine Hände versanken im Boden.

Sie kamen Angesicht zu Angesicht. Nur Zentimeter voneinander entfernt. Kleine Flecken von Schlamm und Gras verschmutzten Katies Haar und Wangen, aber das störte ihn nicht. In diesem Moment wollte er sie küssen.

Also tat er es.

Trotz der Kälte waren ihre Lippen warm, zärtlich. Wie eine warme Umarmung. Er ging behutsam vor, als ihre Zungen miteinander in Berührung kamen, sich umeinander drehten, sich umeinander wickelten.

Als er sich zurückzog, sanken seine Hände tiefer in den Schlamm.

»Scheiße, ich stecke fest.«

»Oh nein, wir werden hier draußen sterben.«

Tomek nahm den Kommentar wörtlich.

»Im Ernst, du hattest es mit Mördern, Vergewaltigern und Pädophilen zu tun, und du hast Angst vor ein bisschen Schlamm?«

»Kein Kommentar.«

Mit einem kleinen Stöhnen befreite Katie eine seiner Hände und schob ihn von sich. Sobald er aus dem Schlamm heraus war, kletterte sie selbst heraus, und gemeinsam machten sie sich auf den Weg zu dem Gebäude. Es war ein einstöckiges Gebäude. Die Tür bestand aus Holz und begann zu verrotten. Sie quietschte, als Tomek sie öffnete. Als professioneller Polizeibeamter war er der Mutigere von beiden. Er besaß die Erfahrung, die sie nicht hatte, und betrat als Erster das Innere.

Das Bootshaus erinnerte ihn an sein Schlafzimmer. Groß genug für ein Doppelbett, aber das war's auch schon. Das Innere war leblos, leer. Bis auf eine Sammlung von Segelausrüstung, die dort zurückgelassen worden war, jahrelang aufgegeben. Dem Staub überlassen, um sich darauf niederzulassen.

»Wofür wurde dieser Ort genutzt?«, fragte er.

»Vielleicht als Zufluchtsort. Reparaturen für Boote auf dem Wasser. Oder es könnte während des Krieges als Wachturm gedient haben.«

Essex hatte eine entscheidende Rolle im Kampf gegen die Deutschen während des Zweiten Weltkriegs gespielt. Insbesondere die Ostküste, die aufgrund ihres flachen, dichten Marschlandes die Nazis an einer Invasion gehindert hatte. Das Gelände war für Menschen- und Fahrzeugtransport ungeeignet, und ihre U-Boote wären schon von weitem gesichtet worden, sodass ihnen nur der Luftweg blieb. Um der wachsenden Bedrohung durch Luftangriffe zu begegnen, waren mehrere Türme strategisch entlang der Küste platziert worden. Sie meldeten alle eingehenden Angriffe und stellten sicher, dass London rechtzeitig vorbereitet war. Von den meisten verbliebenen Wachtürmen wurden einige für moderne militärische Übungen wiederverwendet, andere wurden in Museen oder andere Attraktionen umgewandelt, während andere – wie der, in dem sie sich befanden – dem Verfall überlassen wurden.

Tomek fühlte sich privilegiert, dort zu stehen. In der kleinen Hütte, die vielleicht Dutzende von Leben geschützt, sie vor dem Tod durch Explosion bewahrt hatte. Dort zu stehen, wo einst die wahren Helden gestanden hatten.

»Faszinierend«, sagte er, in Gedanken versunken.

»Nicht wahr? Essex ist voll von solchen kleinen Orten.«

»Wie kommt es, dass du mehr darüber weißt als ich? Du bist nicht einmal von hier.«

»Weil ich *erkundet* habe. Ich komme mehr raus als du. Es ist ja nicht so, dass dein Job dir das erlaubt.«

Zeit für einen Berufswechsel? Er dachte nicht. Aber von nun an wollte er sich ernsthaft bemühen, die Grafschaft zu erkunden, die er sein Zuhause nannte. Ihre Geschichte aufdecken, ihre Geheimnisse erforschen. Aber zuerst wollte er nach Hause zurückkehren. Weg von der Kälte und in die Wärme. Es war ihm nicht bewusst gewesen, aber während er dort stand, untätig, hatten seine Muskeln aufgehört sich zu bewegen und sein Puls hatte sich beruhigt – all das hatte die Schutzwälle gegen die Kälte gesenkt, die nun zurückkehrte und durch seinen Neoprenanzug biss.

━━

An diesem Abend, nach zwei Duschen und vier Schichten später, fühlte sich Tomek endlich wieder warm. Als Strafe für das Verlieren des Rennens war er für das Abendessen verantwortlich. Als Siegerin hatte Katie um eine hausgemachte Paella gebeten. Eines ihrer Lieblingsgerichte. Da er selbst kein großer Fan von Paella war und sie noch nie zuvor zubereitet hatte, musste Tomek ein Rezept im Internet suchen. Während er den Reis unter das Fleisch rührte, goss er eine ungesunde Menge Gewürze über das Gericht und betrat dann das Wohnzimmer. Katie, in einem Pyjama-Set, das sie mitgebracht hatte, saß auf dem Sofa, ein roter Überwurf über ihre Schultern drapiert. Sie schaute fern. Eine heiße Schokolade wärmte ihre Hände.

»Sollte nicht mehr lange dauern«, sagte er und machte sich auf den Weg zu seinem Schreibtisch auf der anderen Seite des Raumes.

Der kleine Tisch bot einen Blick auf die Straße unten und war der Ort, an dem er oft unerledigte Arbeit abschloss, die er nicht im Büro erledigen konnte. Es war nicht oft, dass er Arbeit mit nach Hause nahm, aber diese Untersuchung war anders. Die Bekanntheit der Opfer und nun die erhöhte Aktivität rund um den Fall dank des Zeitungsartikels und der Pressekonferenz bedeuteten, dass der Druck von oben zunahm. Am Nachmittag hatte Tomek ein paar Blicke auf seine E-Mails geworfen und einige von Tony gesehen. Der Detective Inspector fragte nach Updates zu allem – von denen niemand etwas hatte. Der größte Knackpunkt in der Untersuchung, laut dem Tepid Master, war das Finden von Jimmy Hunter. Der Mann hatte einen Ständer für ihn, und nach der Ausdrucksweise in seinen E-Mails zu urteilen, wollte er seinen Kopf auf einen Spieß. Tony war überzeugt, dass er ihr Hauptverdächtiger Nummer eins war, aber Tomek war sich nicht so sicher.

»Ich dachte, du solltest heute nicht arbeiten«, sagte Katie zu ihm, als er seinen Laptop öffnete.

»Ich wünschte, ich müsste nicht«, antwortete er. »Es ist nur... Operation Highlander. Der SIO lässt nicht locker. Tony hat seine Eier in der Mangel.«

»Seid ihr der Lösung näher gekommen, wer dahintersteckt?«

Tomeks Lippen entfuhr ein Lachen. »Erinnerst du dich, als ich vorhin mit meinem Paddel herumgefuchtelt habe?«

»Ja.«

»Betrachte das als bildliche Darstellung unseres aktuellen Ermittlungsstands.«

»Willst du darüber reden? Manchmal hilft es, Dinge durchzusprechen, um sie im Kopf zu ordnen.«

Tomek konnte darin keinen Schaden sehen.

»Nach dem Essen«, antwortete er.

Zu seiner Überraschung hatten seine kulinarischen Fähigkeiten seine eigenen Erwartungen übertroffen. Die Paella war köstlich, und er betrachtete sie jetzt als eines seiner Lieblingsgerichte. Eines, das er in Zukunft wohl öfter kochen müsste, wie ihm später klar wurde. Nachdem sie fertig waren, ließen sie das Geschirr im Spülbecken stehen und wandten sich Tomeks Fallnotizen zu. Er brachte sie auf den neuesten Stand über alles.

»Wir haben keine klare Vorstellung, wer es ist. Nur eine Menge halbgarer, vager Vermutungen. Der Mörder hat keine DNA am Tatort hinterlassen, wir haben die Mordwaffe nicht, und wir wissen nicht einmal, wo das kleine Mädchen ist, das sie benutzen.«

»Wer sind eure Verdächtigen?«

Tomek erzählte es ihr. Über Cathy Sharpe, die Bewährungshelferin. Über ihren ehemaligen Gefangenen-Freund, den Chey auf Nadias Anweisung hin entdeckt hatte. Über Harriet Montgomery, Timothy Rosenthals Opfer. Über ihren Bruder, der in der Nacht von Timothys Tod nicht auffindbar war. Über Jimmy Hunter.

»Hast du je von ihm gehört?«

Katie schüttelte den Kopf. »Kann ich nicht behaupten. Ich bin nicht so viel auf Facebook.«

»Ich auch nicht. Ich sollte mich wahrscheinlich irgendwann dort anmelden.«

»Entschuldigung, was?«

»Ich sollte mich bei-«

»Du bist *nicht* auf Facebook?«

Tomek schüttelte den Kopf. Er hatte nie den Drang verspürt, große Mengen seiner Zeit damit zu verschwenden, zu sehen, was andere Leute so trieben.

»Twitter, Instagram, dieses neue...«

»TikTok?«

»Ja. Ich bin auf keinem davon.«

»Du bist so ein alter Mann, das ist unglaublich.«

»Ich habe Besseres mit meiner Zeit zu tun.«

»Wie zum Beispiel Verbrecher fangen?«

»Genau. Sonst befürchte ich, dass ich zu viel Zeit damit verbringe und vergesse, was wichtig ist.«

Katie lachte ihn aus und gab ihm dann einen Kuss auf den Kopf. Als wäre er ein Kind, das dafür belohnt wird, dass es seine Hausaufgaben pünktlich erledigt hat.

»Also gut, alter Mann«, begann sie. »Konzentriere dich. Was weißt du sonst noch über den Mörder?«

»An diesem Punkt bin ich mir nicht einmal sicher, ob es nur ein Mörder ist. Sie scheinen Zugang zu den persönlichen Daten der Opfer zu haben - sowohl ihre Adressen als auch ihr Vorstrafenregister. Diese Dinge tauchen nicht einfach aus dem Nichts auf. Sie müssen wissen, wo sie sie bekommen können.«

Tomek öffnete den Ordner, den er von der Arbeit mitgebracht hatte, und begann, die Fallnotizen durchzugehen, die er und der Rest des Teams getippt hatten. Jede davon war ein paar Tage zuvor von DC Kaczmarek vorbereitet und im Team geteilt worden.

Als Tomek durch die Seiten blätterte, fiel Katie etwas auf. Sie streckte ihre Hand vor ihm aus und tippte mit dem Finger auf das Dokument. Genau unter dem Foto von Gary Kershaw.

»Ich erkenne ihn«, sagte sie.

»Woher?« Besorgnis stieg in seiner Stimme auf.

»Ich schwöre, er kam neulich in meinen Laden.«

»Für eine Schuluniform?«

»Ja.«

»Und du bist sicher, dass er es ist?«

»Ich meine, er sieht ihm sehr ähnlich.«

»Hat er etwas gekauft?«

»Ja. Das ganze Set. Rock, Strumpfhose, Blazer, Hemd. Er sagte, es sei für seine Enkelin - sie bräuchte eine neue Uniform. Zuerst fand ich es seltsam, er war ein alter Mann, aber ich wollte nicht urteilen.«

»Vielleicht musst du das jetzt doch«, sagte Tomek, während seine Gedanken mit ihm durchgingen. »Wann ist das passiert?«

Katie ging in Gedanken zurück. »Ich glaube, es war am Freitag.«

»Am Tag seines Todes. Dieser kranke Bastard...«

Nach Tomeks Treffen mit ihm, bei dem er ihn über Timothy Rosenthals Tod informiert hatte, hatte Gary Kershaw die Warnung wenig beachtet und war in die Stadt gegangen, um sich eine Schuluniform zu besorgen. Tomek hatte keinen Zweifel daran, für wen sie bestimmt war. Das kleine Mädchen, das auf der

Überwachungskamera zu sehen war. Tomek durchsuchte die Akten nach dem Foto des Mädchens im roten Mantel.

»Das ist sie... Sie taucht bei beiden Morden auf. Ich denke, wir sollten unsere Aufmerksamkeit auf sie richten.«

Katie schaute ihn verwirrt an. »Hast du gerade 'Mordungen' gesagt?«

Verdammte Scheiße. Das hatte er. Unbeabsichtigt und auf eine nicht-ironische Weise. Wurde er immer mehr wie Tony? Erst teilten sie dieselben Überzeugungen, und jetzt benutzten sie dieselben Wörter. Er wollte nicht darüber nachdenken. Wenn er es war, dann könnte er genauso gut allen den Ärger ersparen und sich erschießen.

Tomek ignorierte den Kommentar und führte seinen Gedankengang fort. »Sie ist der Schlüssel zu allem«, sagte er. »Das kleine Mädchen. Sie weiß, wer dahintersteckt. Wenn wir sie finden, finden wir die Mörder.«

»Wo willst du sie finden?«

Tomek wusste es nicht. Wenn er die Antwort darauf gekannt hätte, würde er nicht in seinem Wohnzimmer sitzen und darüber nachdenken, sich zu erschießen.

»Hast du es schon bei den Schulen versucht? Sie muss doch in eine von ihnen gehen. Jemand wird sie erkennen.«

Tomek schaute zu ihr auf, seine Augen weit vor Bewunderung. Einen Moment lang sah sie ihn verwirrt an. Als hätte er ihr gerade einen Heiratsantrag gemacht.

»Du bist ein Genie. Die Schulen! Wie konnten wir nur so dumm sein, das zu vergessen? Sie muss zur Schule gehen. Und selbst wenn sie aus einer herausgenommen wurde, werden Leute sie gesehen haben. Leute werden sie erkennen - und den Mantel! Du bist ein Genie. Danke.«

»Du kannst dich revanchieren, wenn du willst?«

Tomek ließ sich das nicht zweimal sagen. Inspiriert von dieser neuen Erkenntnis, sprang er aus seinem Stuhl auf, hob sie vom Boden und trug sie ins Schlafzimmer. Es war die einzige Art, wie er Danke sagen konnte - und es auch so meinte.

KAPITEL
EINUNDDREISSIG

*S*chreien. *Immer dieses Schreien. Das schlimmste Geräusch, das ich je gehört habe. Die gleichen Schreie, die mir überallhin folgten.*

Immer wenn ich einen Fehler machte. Wenn ich das Geschirr nicht richtig abwusch. Meine Wäsche nicht aufsammelte. Den Toilettensitz nicht abwischte, bevor ich spülte.

Die Schreie, die mich bis zu meinem Tod begleiten werden.

Mamas.

Sie trägt eine lange Parkajacke zum Schutz vor der Kälte, aber die sieht eher stylish als praktisch aus. Es hatte nicht lange gedauert, bis sie den typischen Essex-Lebensstil angenommen hatte. Solange die Klamotten an deinem Körper mehr kosten als dein Haus, war alles in Ordnung. Dann passte man dazu. Papa half nicht gerade, mit seinem ganzen Geld, das er ihr gab, für sie ausgab.

Aber genug von ihnen.

Zurück zu den Schreien. Die Schreie sind diesmal schlimmer. Sie tun meinen Ohren physisch weh. So sehr, dass sie danach klingeln. Ich frage mich, ist das normal? *Aber ich habe zu viel Angst, etwas zu sagen. Ich will keine Ohrfeige bekommen. Mama verprügelt bereits die Polizisten, während sie versucht, ihren Lieblingssohn zu sehen. Ich werde nicht derjenige sein, der ihr im Weg steht.*

Sie ist zum Park gekommen, weil sie in Panik geraten ist. Als sie uns zu Hause nicht finden konnte, verließ sie das Haus, um nach uns zu suchen. In der Zeit vor Handys war sie sehr darauf angewiesen, dass die Leute sich an ihre Pläne hielten. Es dauerte nicht lange, bis sie anhielt und die Blinklichter sah. Zuerst hatte sie mich nicht einmal erkannt. Sie sorgte sich nur um Michał. Michał, den Großartigen.

Papa war unterwegs, aber es gab keine Möglichkeit zu wissen, wann er ankommen würde.

Die Polizei, es waren Dutzende von ihnen, die das Gebiet überfluteten. Sie hatten die Eingänge zum Park abgesperrt, und riesige Flutlichter waren um den Spielplatz herum aufgestellt worden. Ein weißes Zelt, so groß wie einer der Transporter, die die Polizei abgesetzt hatten, stand über Michałs Leiche. Schützte ihn. Aber es war sinnlos.

Sie bewegen sich jetzt schnell. Viel Geschrei, viele Diskussionen. Jemand sagt den anderen, was zu tun ist, wohin sie gehen sollen, mit wem sie sprechen sollen, aber seine Stimme wird von Mamas hysterischem Schreien übertönt. Jemand muss sie zum Schweigen bringen, erinnere ich mich zu denken. Die Polizei muss ihre Arbeit machen. Ich muss meine Arbeit machen. Ich bin derjenige, der alles gesehen hat. Ich kann derjenige sein, der ihnen hilft.

Und dann schneidet es.

Ich sitze auf dem Rücksitz eines Polizeiautos mit Papa. Mama war zu aufgelöst, um mit uns zu kommen, und ist in einem separaten Auto gefahren. Gut so. Papa hingegen wirkt ruhig, zurückhaltend, verarbeitet die Dinge still. Wir sind auf dem Weg zur Polizeiwache. Ich bin nicht in Schwierigkeiten, sagen sie mir. Sie wollen mir nur ein paar Fragen stellen. Aber ich weiß bereits, was sie mich fragen werden, und ich habe Angst, dass ich ihnen nicht sagen kann, was ich weiß oder was sie hören wollen.

Mein Magen beginnt zu schmerzen, sich zusammenzuziehen. Ich habe keine Worte dafür. Ich schaue zu Papa, aber er schaut nur aus dem Fenster. Also tue ich dasselbe und hoffe, dass es vielleicht einige Antworten für mich bereithält.

Die gelb-orangefarbenen Straßenlaternen ziehen schnell über uns hinweg, und ich tippe mit dem Finger jedes Mal, wenn eine von ihnen in den Fensterrahmen eintritt. Tipp, tipp. Sie kommen in schneller Folge.

Es hat angefangen zu regnen. Schwer, aggressiv. Genau wie Michałs Tod.

Ich schließe meine Augen und versuche mir vorzustellen, was passiert ist. Aber ich kann es nicht. Träume in Träumen existieren nicht.

Aber als ich meine Augen öffne, sehe ich etwas.

Eine Gestalt, in Schwarz gehüllt, von Dunkelheit umgeben. Steht dort am Straßenrand.

Das Bild wird schärfer.

Und dann schneidet es.

KAPITEL
ZWEIUNDDREISSIG

Tomek öffnete seine Augen und drehte sich auf die andere Seite, weg von dem Morgenlicht, das kurz nach 8 Uhr hereinkroch. Katie schlief tief und fest, aber das störte ihn nicht. Er nutzte die Gelegenheit, sie einen Moment lang anzustarren und schob den Zeitpunkt hinaus, an dem er aufstehen würde, um den Traum in sein Tagebuch zu schreiben. Diesmal war er lebhafter gewesen und hatte Szenen und Informationen enthüllt, die er noch nie zuvor gesehen hatte. Aber seltsamerweise hatte er es nicht eilig.

Die Antwort auf alles starrte ihn direkt ins Gesicht. Mit geschlossenen Augen. Solange sie an seiner Seite lag und in seinem Leben war, war er überzeugt, dass die Träume weitergehen würden. Und dass sie in Hülle und Fülle kommen würden.

Tomek zog die Bettdecke von seinem Körper und kämpfte darum, aus dem Bett zu kommen. Er hatte nicht viele Luxusgüter in seinem Leben. Das Sofa, die Stühle, der Rest der Dekorationen in seinem Wohnzimmer – das waren alles bescheidene, billige Kleinigkeiten, die er gekauft hatte, wann immer er konnte. Aber sein Bett... das war eine Investition. Eine, über die er viel zu lange nachgedacht hatte. Für ihn war Schlaf lebenswichtig. Wenn es einen besonders grausigen Fall gab, der ihn nachts wachhielt, und er nicht auf seiner Matratze schlief, dann hatte er so viel Chance einzuschlafen wie den London-Marathon in unter zwei Stunden zu laufen. Aber wenn er in seinem Bett lag, unter den Decken eingekuschelt, würde ihn nichts wecken, nichts würde stören. Nichts, worüber man sich Sorgen machen müsste.

Das einzige Problem kam am Morgen. Wenn es Zeit war aufzuwachen. Das war der größte Kampf. Besonders während dieser dunklen, deprimierenden Herbstnächte.

Er hatte seine schlechten Schlafgewohnheiten kurz nach Michałs Tod entwickelt. Die Albträume. Die Dunkelheit. Die stille Depression, der er sich nicht bewusst gewesen war und die ihn allmählich tiefer und tiefer in die Leere zog. Bis er ein schwaches Licht in Form eines Therapeuten gefunden hatte, der den Heilungsprozess begonnen hatte. Den Heilungsprozess, der nie abgeschlossen sein würde. Die Marathon-Ziellinie, die nie erreicht werden würde. Immer außer Reichweite.

Aber jetzt gab es ein Licht in seinem Leben. Ein helles, fluoreszierendes Licht, das vorher nicht da gewesen war. Ein Licht, das die Ziellinie erreichbarer erscheinen ließ.

In Reichweite.

Und nicht nur wurde Katie zu einem strahlenden Licht in seinem Privatleben, sie warf auch ein sehr wichtiges und andersfarbiges Licht auf die Ermittlung. Ohne ihre Einsicht hätte er niemals den Durchbruch gehabt, den sie am Vorabend erzielt hatten. Jetzt musste er nur noch DI Hunt davon überzeugen, dass es eine Ermittlungslinie war, die es wert war, verfolgt zu werden, und keine massive Verschwendung von Polizeiressourcen, wie er wusste, dass es sein könnte.

Ungeachtet dessen bereitete Tomek Katie an diesem Morgen, nachdem er sein Albtraum-Tagebuch fertig geschrieben hatte, ein Frühstück im Bett zu, um ihr zu danken.

KAPITEL
DREIUNDDREISSIG

»**G**uten Morgen, Chef.«

Tomek hatte Tony an seinem Computer sitzend überrascht, wie er mit den Augen nur wenige Zentimeter vom Plastikbildschirm entfernt auf seinen Monitor starrte.

»*„Guten Morgen... Chef"*?«, sagte Tony, nahm seine Brille ab und legte sie auf den Schreibtisch. »Wer bist du, und was hast du mit Tomek gemacht?«

»Chef?«

»Ich glaube nicht, dass du mich in der ganzen Zeit, die wir zusammenarbeiten, jemals Chef genannt hast.«

Er zuckte mit den Schultern. Wenn er Tony von seiner Geistesblitz überzeugen wollte, musste er nett spielen. Er würde ihm in den Arsch kriechen müssen. Etwas, das er bei Tony nie tun musste. Er stellte sich vor, dass er knochig war, ohne Fleisch und haarig. Aber das spielte keine Rolle. Es war Zeit, die Lippen zu spitzen.

»Ich bin heute einfach gut drauf, Chef. Das ist alles.«

»Ist es das große L-Wort?«

Tomek zögerte einen Moment. »Langeweile? Lethargie? Lepra?«

»Liebe, Tomek. Leidest du an dem, was die Kinder einen tobenden Hormonhaushalt nennen?«

»Das hat noch nie jemand so genannt, Chef.«

Tomek schloss die Tür hinter sich und trat in den Raum.

»Ich wollte dich zu etwas um Rat fragen«, sagte er.

»In meinem Alter ist da leider nicht mehr viel zu holen, fürchte ich.«

»Alter? Du siehst keinen Tag älter aus als fünfundfünfzig.«

Ein Grinsen schlich sich auf Tonys Gesicht. »Arschloch.«

Es war nicht das erste Mal, dass sie einander zum Lachen brachten. Das erste Mal war neulich Abend während ihrer Ermittlungen im Gefängnis HMP Chelmsford gewesen. In einem Raum eingesperrt zu sein, hatte sie gezwungen, zu plaudern, zu diskutieren und den anderen auf einer persönlicheren Ebene kennenzulernen. Etwas, das sie vielleicht schon vor mehreren Jahren hätten tun sollen. Tomek hatte die Situation mit seinem Bruder erklärt, und Tony hatte aufmerksam und mit Interesse zugehört. Er hatte weder gespottet noch geurteilt. Er hatte einfach verstanden. Und am Ende hatte er sich für seine frühere Bemerkung während eines der Teambriefings entschuldigt. Er hatte die Schwere des Geschehenen nicht verstanden und nicht beabsichtigt, ihn zu beleidigen. Tomek schätzte diese Geste, und dann waren sie zu Tony übergegangen. Der Mann war humorvoller und einzigartiger, als Tomek ihm zugetraut hatte. Er hatte seine gesamte Kindheit damit verbracht, dazugehören zu wollen, fand sich aber immer am Rande sozialer Gruppen wieder. Sein engster Freund während des Aufwachsens war der Familienhund gewesen. In gewisser Weise tat Tomek der Mann leid. Und er erkannte, dass das so vieles erklärte: die unbeholfenen sozialen Fähigkeiten, die unangemessenen Kommentare, das ständige Bedürfnis nach Anerkennung. Nach ihrem Gespräch hatte er begonnen, den Mann ein wenig mehr zu verstehen und zu schätzen. Er war verheiratet, ohne Kinder, und schien mit seinem Leben zufrieden zu sein. Aber Tomek spürte, dass da eine Sehnsucht nach mehr war, etwas Verborgenes unter der Oberfläche.

»Worüber willst du meinen Rat?«

»Kinder«, sagte Tomek.

»Da kann ich dir nicht helfen, Kumpel. Ich bin so unfruchtbar wie der Tag lang ist.«

Tomek lachte unbeholfen. »Ich erinnere mich, dass du das gesagt hast. *Genau* das, tatsächlich. Es geht um das Mädchen, das auf den Überwachungsaufnahmen zu sehen ist.«

»Richtig.«

»Gestern Abend hatte ich die geniale Idee, sie in der Schule zu finden.«

Tony überlegte einen Moment. »Dir ist klar, wie viele davon es in dieser Gegend gibt?«

»Vermutlich viele.«

»Und noch mehr Kinder. Ganz zu schweigen davon, dass sie auch außerhalb des Einzugsgebiets zur Schule gehen könnte. Canvey, Rochford, bis nach Colchester. Dieses Netz ist viel zu weit, fürchte ich. Außerdem konzentrieren wir unsere Bemühungen darauf, Jimmy Hunter zu finden.«

»Und wie läuft das?« Tomek konnte den Spott in seiner Stimme nicht verbergen. Wie sich herausstellte, hatte das Einschmeicheln bei Tony wenig Wirkung.

»Beschissen. Wir können ihn beim besten Willen nicht finden.«

»Warum verbringen wir dann nicht unsere Zeit damit, das Mädchen zu finden?«

»Ist dir klar, wie viele Ressourcen dafür nötig wären? Das Budget haben wir nicht.«

»Budget, Schudget, Tony. Wenn wir das Mädchen finden, finden wir den Mörder.«

»Und wenn wir Jimmy Hunter finden, finden wir den Mörder.«

»Da kannst du dir nicht sicher sein.«

Tony rieb sich die Augen, tief in Gedanken versunken. »Die Erfolgsaussichten sind mit dieser Hunter-Spur weitaus größer. Tut mir leid, Kumpel.«

Tomek würde kein Nein als Antwort akzeptieren.

»Was, wenn ich Recht habe und du Unrecht? Wenn du das von Nick genehmigen lassen kannst, dann überlasse ich dir die ganze Anerkennung dafür.«

Einen Versuch war es wert.

»Glaubst du, ich bin so billig?«

»Natürlich nicht. Ich denke nur, dass es etwas ist, was wir tun müssen. So *wirklich* tun müssen. Denn sie könnte in Gefahr sein. Das Wohlergehen eines Kindes ist viel wichtiger als das Wohlergehen von jemandem, der vielleicht als Nächstes auf der Liste des Mörders landet.«

Tonys Ohren spitzten sich. »Du änderst deinen Ton.«

Tomek war bereit, die Wahrheit – und seine eigenen Überzeugungen – zu biegen, wenn er dadurch bekam, was er wollte. »Sieh es so: Wenn wir zu den Schulen gehen, können wir sie an die Wichtigkeit erinnern, online sicher zu bleiben. Nicht mit Fremden zu reden. Kinder nutzen Geräte heutzutage in viel jüngerem Alter, und ihnen müssen einige Dos und Don'ts beigebracht werden.«

»Zum Beispiel nicht mit Pädophilen zu reden.«

»Hey, das hast du gesagt. Nicht ich. Brillante Idee.« Tomek hob seine Hände in die Luft, als würde er sich von der Idee distanzieren. »Vielleicht solltest du öfter welche haben«, scherzte er.

»Freches Arschloch.«

Ein weiterer Gedanke kam ihm. Es war einer, den er zu Beginn der Ermittlungen gehabt hatte, der aber inzwischen ruhte, im Hintergrund seines Bewusstseins wie das Gesicht des verschwundenen Mörders seines Bruders.

»Die Dokumente«, sagte er.

»Welche?«

»Die Vorstrafenregister und Bewährungsschreiben, die neben den Köpfen von Timothy Rosenthal und Gary Kershaw gefunden wurden.«

»Was ist damit?«

»Sie waren laminiert.«

Tony verdrehte die Augen und schlug seinen Kopf gegen den Tisch.

»Du und deine verdammte Laminierung. Du bist davon besessen.«

»Ja, weil *niemand* mehr laminiert.«

»*Wir* tun es, verdammt nochmal!« Tony erhob sich von seinem Stuhl und zeigte auf die Wand. Tomek war es nicht aufgefallen, aber von verschiedenen Stecknadeln und Büromaterialien hingen laminierte Papierstücke herab.

»Die waren neulich nicht da«, bemerkte Tomek.

»Stimmt, ich habe sie gerade aufgehängt, um dich zu verwirren. Sei nicht albern, du Vollpfosten. Die hängen schon immer dort. Du hast sie bloß nie bemerkt. Und jetzt hast du das Gelber-Auto-Syndrom und siehst sie überall.«

Tomek seufzte und öffnete seinen Mund, aber die Worte kamen nicht heraus. Es dauerte eine Weile, bevor er etwas anderes zu sagen hatte.

»Erinnerst du dich, was ich neulich gesagt habe? Es sind entweder Krankenhäuser oder Schulen, die Sachen laminieren. Schulen, Tony. Schulen...«

»Ja, danke, Tomek.« Er warf ihm einen spöttischen Blick zu, als hätte Tomek ihm gerade geraten, nicht zu vergessen auszuatmen. »Du denkst, dass jemand in einer Schule etwas mit der Sache zu tun haben könnte?«

»Vielleicht.«

»Und jemand in einer Schule mit einem kleinen Kind, möglicherweise sieben Jahre alt, mit einem großen roten Mantel...«

»Und mit einfachem Zugang zur Laminierung. Vergiss die Laminierung nicht.«

Noch eine Erinnerung zum Atmen. Noch ein unbeeindruckter Blick.

Tonys Zögern begeisterte Tomek so sehr, dass er begann, es in seinem Gesicht zu zeigen.

»Ist das ein Ja?«

Mehr Zögern. Dann: »Ich werde darüber nachdenken. Du wirst meine Antwort bis zum Ende des Tages haben.«

KAPITEL
VIERUNDDREISSIG

Der Schulbezirk von Southend-on-Sea bestand aus zweiundvierzig Grundschulen und zweiundzwanzig weiterführenden Schulen. Insgesamt vierundsechzig. Was sich, wie sich herausstellte, als eine viel größere Zahl erwies, als Tomek erwartet hatte. Und dieses Gebiet reichte nur bis Leigh-on-Sea und umfasste nicht Hadleigh, Benfleet, Canvey Island und darüber hinaus. Mit diesen Zahlen zusammen kamen sie auf insgesamt weit über hundert Schulen. Und da jede Schule mindestens einen Beamten der Kriminalpolizei oder einen uniformierten Beamten vor Ort benötigte, würde es nach Schätzungen mindestens einen Monat dauern, um jede Schule gründlich abzuhaken. Ohne Ausgangspunkt, ohne konkrete Vorstellung davon, wo das Mädchen im roten Mantel zur Schule gegangen sein könnte – wenn überhaupt –, begann es schnell nach einer schlechten Idee auszusehen.

Sie waren fast eine Woche in den sogenannten Schulrunden unterwegs, und sie waren der Identität des Mädchens noch immer nicht näher gekommen. Tomek hatte in den letzten fünf Tagen zehn Schulen besucht, mit den Schulleitern gesprochen, mit verschiedenen Lehrern, deren Kinder dieselbe Schule besuchten (glücklicherweise war diese Zahl deutlich niedriger und erforderte nicht so viel Arbeit), und dann den Rest der Schule in getrennten Versammlungen über die

Gefahren von Online-Nachrichten aufgeklärt. Als Teil der Genehmigung der Initiative durch Nick und der Unterzeichnung des Budgets hatte Tony dafür gesorgt, dass dies nicht verhandelbar war. Sie taten Gutes für die Gemeinschaft, anscheinend. Obwohl es seine Idee gewesen war, begann Tomek zu denken, dass das einzige Gute, das sie taten, für Nicks Quoten war. Er hatte Fragen zu beantworten, und wenn er zwei Fliegen mit einer Klappe schlagen konnte, dann würde er sicherstellen, dass er sie schlug.

Als Nächstes auf Tomeks Liste der zu besuchenden Schulen stand die Kents Hill Grundschule. Sein altes Revier.

Das Gebäude war viel kleiner, als er es in Erinnerung hatte, und der Spielplatz, der einst riesig und endlos ausgesehen hatte (im Alter von elf Jahren), wirkte begrenzt, die umzäunte Grenze vom Haupteingang aus sichtbar. Es war lange her seit seinem letzten Besuch. Viele Jahre lang hatte er es vermieden, daran vorbeizufahren oder zu laufen. Seine Erinnerungen an den Ort waren von dem getrübt, was seinem Bruder passiert war. Als er den Namen zuerst auf der Liste gesehen hatte, hatte er überlegt, ihn mit jemand anderem zu tauschen. Aber er hatte sich dagegen entschieden.

Es waren dreißig Jahre vergangen. Es wurde Zeit.

Und es bestand immer die Möglichkeit, sich mehr an jene Nacht zu erinnern. Mehr als das, was die Albträume zu bieten hatten.

Er ging in den Empfangsbereich. Zu seiner Rechten saß die Empfangsdame, eine Frau, die aussah, als hätte sie sich geweigert, die siebziger Jahre zu verlassen, hinter einem Glasfenster. Sie lächelte ihn an und war, nachdem sie gehört hatte, warum er da war, mehr als glücklich zu helfen. Während sie die Schulleiterin anrief, drehte Tomek ihr den Rücken zu und betrachtete die gegenüberliegende Wand. Es war eine Collage aus Klassenfotos. Dutzende von Kindern, auf Stufen sitzend, die Größten hinten, die Kleinsten vorne, mit rosigen Wangen und großen Augen, die in die Kamera starrten. Immun und naiv gegenüber den harten Realitäten eines kommenden Lebens. Tomek erinnerte sich daran, wie sein Foto gemacht wurde. Er war sich sicher, dass er es irgendwo im Haus seiner Eltern hatte. Es war sonnig gewesen, im Sommer, und sie alle trugen Polohemden mit dem lila

Logo auf der Brust. Tomek war angewiesen worden, hinten zu stehen. Einer der Größten im Jahrgang. Der Mittelpunkt des Fotos. Doch in Wirklichkeit hatte niemand mit ihm sprechen wollen, niemand hatte ihn ausgewählt, um in der Mittagspause Fußball zu spielen, niemand hatte die Chance genutzt, ihn kennenzulernen. Stattdessen hatten sie ihn schikaniert und gehänselt.

Tomek musterte die Gesichter der Kinder, die die Jahrgänge durchliefen. Er erkannte keinen der Lehrer wieder. Eigentlich logisch, wenn man bedenkt, dass es dreißig Jahre her war und viele von ihnen inzwischen entweder tot oder im Ruhestand waren. Der Gedanke machte ihn für einen Moment traurig. Aber es dauerte nicht lange, bis er unterbrochen wurde.

Am Eingang zur Aula stand eine Frau Anfang vierzig. Die Schulleiterin, vermutete er, nach ihrer Kleidung zu urteilen. Elegant, mit hochgekrempelten Blazerärmeln und in Stiefeletten mit Absatz. Vielleicht zu förmlich und anspruchsvoll für eine Grundschule, aber er respektierte bereits ihr Maß an Professionalität. Er konnte spüren, dass dies prägnant, schnell und zielgerichtet sein würde. Ob es produktiv sein würde oder nicht, blieb abzuwarten.

Nachdem sie sich als Vanessa Parris vorgestellt hatte, führte sie ihn in ihr Büro hinter dem Empfangstresen und bot ihm eine Tasse Tee an. Nachdem er abgelehnt hatte, nahm er auf einem entsetzlich unbequemen Stuhl aus einem groben, dunkelblauen Stoff Platz, der bei jeder Atembewegung seine Haut aufscheuerte.

»Schön zu sehen, dass sich die Stühle seit meinem letzten Besuch hier nicht verändert haben«, sagte er.

»Entschuldigung«, erwiderte Vanessa. »Die einzigen Personen, die ich oft hier drin habe, sind Schüler. Sie finden sie viel bequemer als die harten Plastiksitze, auf denen sie im Unterricht sitzen müssen.«

Vanessa sprach artikuliert, das Produkt einer angesehenen Bildung irgendwo außerhalb der Grafschaft. Sofort, aus der Art, wie sie saß – aufrecht, Brust herausgedrückt, Schultern zurück – wirkte sie wie eine Frau, die stolz auf ihre Position war und verbissen daran gearbeitet hatte, sie zu erreichen.

»Wie kann ich Ihnen heute helfen, Herr Kommissar?«

Tomek erklärte den Grund seines Besuchs. Er griff in seine Manteltasche und holte das Foto des Mädchens im roten Mantel hervor. »Sie erkennen diesen Mantel nicht zufällig? Haben Sie ihn vielleicht auf dem Schulhof gesehen, eines der Kinder, das ihn trägt, wenn es von der Schule abgeholt wird?«

Vanessa betrachtete das Foto mit der gleichen Aufmerksamkeit fürs Detail, mit der sie vermutlich ihre Schüler studierte. Methodisch, gründlich.

»Es kommt mir nicht bekannt vor. Die Haare leider auch nicht. Ich meine, wir haben viele Mädchen in dieser Schule mit dieser Haarfarbe. Das ist kaum einzigartig.«

Tomek war sich dessen bewusst. Es war die gleiche Antwort, die er von allen anderen bekommen hatte, mit denen er über die Angelegenheit gesprochen hatte.

»Was ist mit Lehrern, deren Kinder auf diese Schule gehen? Haben Sie solche?«

Vanessa schüttelte den Kopf. »Die sind alle mittlerweile weitergezogen.«

»Die Lehrer oder die Kinder?«

»Spielt das eine Rolle?«

Alles in allem tat sie es nicht.

»Es tut mir leid, dass ich frage...«, begann sie unbeholfen. »Aber ich erkenne Ihren Namen...«

Sie beendete nicht, was sie sagen wollte, weil Tomek wusste, dass sie es nicht konnte. Es war ein schwieriges Thema anzusprechen. Er beschloss, ihr eine helfende Hand zu reichen.

»Ja. Das bin ich. Also, nicht *ich*. Es war mein Bruder, der gestorben ist. Ich war nur derjenige, der ihn gefunden hat.«

Vanessas Gesicht wurde mitfühlend, und sie warf ihm einen Blick zu, den sie tausendmal benutzt hatte. Um verzweifelte und aufgebrachte Kinder zu trösten. Um zu zeigen, dass sie verstand. Ein Gesicht, das Empathie ausstrahlte. Ob falsch oder echt, das war ihm egal. Es war die Absicht, die half.

»Ich bin nicht sicher, ob Sie es wissen«, fuhr sie fort, »aber haben Sie es kürzlich gesehen?«

»Was gesehen?«

Bitte sag nicht seinen Körper. Bitte sag nicht seinen Körper.

»Seine Bank.«

»Wie bitte?«

»Er hat eine Bank in der Schule. Ihm zu Ehren gewidmet. Wussten Sie das nicht?«

Tomek war sprachlos. Es fühlte sich an, als wäre der Sauerstoff aus seinen Lungen geblasen worden, und er konnte seinem Gehirn nicht das liefern, was er brauchte, um richtig zu denken. Für eine lange Zeit saß er da und starrte auf den Kragen ihrer Bluse, unbeachtet der Schreie von Kindern, die draußen auf dem Spielplatz herumliefen.

Als er schließlich zu sich kam, bemerkte er, dass sein Mund offenstand und sich ein Speichelpool an seinen Zähnen gebildet hatte.

»Möchten Sie sie sehen?«

KAPITEL
FÜNFUNDDREISSIG

Tomek hatte den Anblick der Bank kaum aus dem Kopf bekommen, als er an der nächsten Schule auf seiner Liste ankam. In dieser war er noch nie gewesen, aber er hatte von ihr gehört. Southend High School for Girls. Wie der Name schon sagte, war es eine reine Mädchenschule im Norden von Southend, bestehend aus einer Grundschule für Kinder bis elf Jahre und einer weiterführenden Schule für Kinder ab elf Jahren. Da Nick darauf bestanden hatte, die Kinder von Southend zu schützen, hatte er die letzten zwei Stunden damit verbracht, mit ganzen Jahrgängen über die Gefahren und Fallstricke von Online-Nachrichten und sozialen Medien zu sprechen. Er hatte keine ausgefeilte PowerPoint-Präsentation oder ein Skript zur Unterstützung, nur die Gedanken in seinem eigenen Kopf – beeinflusst von der Schulung, die er vor einigen Jahren durchlaufen musste. Es hatte eine Weile gedauert, bis er sein eigenes Skript beherrschte, aber als er den elften Jahrgang erreicht hatte, hatte er es drauf. Das einzige Problem war, dass es den Schülerinnen völlig egal war. Die Altersgruppe, auf die sein Schutzkonzept hauptsächlich abzielte, interessierte das einen Scheißdreck. Sie waren anmaßende, ignorante Teenager, und als er über die Halle blickte, mit fast vierhundert liebestollen und hungrigen sechzehnjährigen Kindern, die zurückstarrten, war er dankbar, dass er dies nur für kurze Zeit tun musste. Er konnte sich nicht vorstellen, das täglich durchzustehen. Nicht so wie einige der professionellen Redner. Die Einstellung, die ständige Sucht nach ihren Handys; er konnte sehen, wie einige ihrer Gesichter ab und zu in einem weiß-blauen Schimmer aufleuchteten, während sie nicht sehr subtil ihren Freundinnen Nachrichten auf dem Schoß schrieben.

»Ich bin sicher, einige von euch haben kürzlich in den Nachrichten gesehen«, begann er, »dass ein Killer herumgeht und ehemalige Sexualstraftäter ermordet, die wegen Vergewaltigung und Pädophilie strafrechtlich verurteilt wurden. Was ich heute mit euch besprechen möchte, sind die Gefahren, wenn ihr online mit Leuten sprecht, die ihr nicht kennt.«

Tomek entschied von Anfang an, dass sie alt genug waren, um die Wahrheit zu hören. Sie mochten zwar ignorant sein, ja, aber sie waren nicht dumm. Sie würden seine Verhätschelung durchschauen, und wenn er ihren Respekt gewinnen wollte, musste er offen und ehrlich mit ihnen sein über die Realitäten dessen, was passieren könnte, wenn sie nicht vorsichtig wären.

»Beide Opfer wurden wegen Online-Grooming und Sex mit Minderjährigen verurteilt, und in den Ereignissen, die zu ihrem Tod führten, glauben wir, dass sie einem jungen Mädchen online Nachrichten geschickt haben und sich mit ihr treffen wollten.« Dies war ein Moment, in dem er sich wünschte, er hätte doch eine PowerPoint-Präsentation hinter sich, damit er einen Knopf drücken und ein Bild des Mädchens im roten Mantel zeigen könnte. Gefolgt von weiteren verstörenden Bildern von den Tatorten von Timothy Rosenthal und Gary Kershaw. »Diese Männer sind nicht allein mit ihren Taten. Es gibt Dutzende weitere da draußen, die versuchen, jüngere Jungen und Mädchen online zu finden und ihnen Nachrichten zu schicken, in der Hoffnung, sie schließlich zu treffen. Sie mögen lustig, harmlos und freundlich erscheinen, aber das sind sie nicht. Ihre Methoden bestehen darin, zu schmeicheln und zu täuschen. Vielleicht durchlebt ihr gerade eine schwierige Phase mit eurem Freund oder eurer Freundin, oder ihr hattet vielleicht einen Streit mit euren Eltern und braucht jemanden zum Reden. Sie werden zunächst als eure Freunde erscheinen. Aber dann, wenn ihr euch wohler fühlt, mit ihnen zu sprechen, und sie spüren, dass ihr offener mit ihnen seid, dann beginnen sie, nach Dingen zu fragen. Zuerst könnten es einige Fotos von euch sein. Dann könnte es zu Videos übergehen. Bis es schließlich dazu kommt, dass ihr sie trefft und euch der Möglichkeit aussetzt, vergewaltigt zu werden. Diese Männer kümmern sich nicht darum, wer ihr seid oder was ihr tut. Sie wollen nur eines.«

Tomek hielt seinen Finger in die Luft, um seinen Punkt zu unterstreichen. Er war leicht vom Thema abgekommen, aber er hielt es für notwendig. Die Kinder mussten es wissen.

»Wenn euch jemand kontaktiert, ist es am besten, es euren Eltern, Erziehungsberechtigten oder auch euren Lehrern zu sagen. Sie können euch dabei helfen, das Richtige zu tun. Falls nötig, wird es der Polizei gemeldet, und wir können von dort aus weitermachen. Aber wir erfahren von diesen Dingen nur, wenn ihr es uns sagt.«

In der Aula wurde es still. Das Rascheln von Hintern auf Sitzen und das ungeduldige Klopfen von Füßen auf dem Boden hörte auf. Ob er sie verblüfft oder gelangweilt hatte, konnte er nicht sagen. Alles, was zählte, war, dass sie ihm zugehört hatten.

Zumindest dachte er das.

»Mein Vater sagt, dass derjenige, der diese Morde begeht, es nicht verdient, gefasst zu werden«, sagte eines der unreifen kleinen Gesichter aus der Menge, ohne die Hand zu heben.

Tomek suchte nach der Besitzerin der Stimme, konnte sie aber nicht finden. »Dein Vater ist ein dummer Mann, wenn er das denkt«, sagte Tomek. Dann sprach er den Rest des Raumes an. »Und wenn jemand von jemand anderem weiß, der etwas Ähnliches sagt, dann ist der auch dumm. Gedankenlos einen anderen Menschen zu töten ist kein Weg, Rache oder Gerechtigkeit auszuüben. Dafür sind wir und das Justizsystem da.«

Eine Hand schoss in die Luft. Tomek zeigte darauf und fühlte sich, als würde er an einer Folge von *Question Time* teilnehmen. Obwohl er hoffte, dass er nicht wie einige der Diskussionsteilnehmer angegriffen werden würde, die er in dieser Sendung hatte zusammenbrechen sehen.

»Warum habt ihr die Person, die das getan hat, noch nicht gefunden?«, fragte die Stimme.

»Unsere Ermittlungen laufen«, antwortete Tomek. »Eine Mordermittlung ist ein langer und gründlicher Prozess.«

»Mein Vater sagt, ihr verzögert absichtlich, damit der Täter mehr Leute tötet, sodass ihr nichts tun müsst.«

Himmel, Arsch und Zwirn, dachte Tomek. *Hat der Vater von jedem etwas zu sagen?*

»Dein Vater weiß leider nicht, wovon er spricht. Hat jemand Fragen zu dem, was ich besprochen habe?«

Eine Flut von Händen schoss nach oben. Tomek zögerte, eine davon auszuwählen, aus Angst, dass wieder ein dummer Kommentar folgen würde. Er wagte einen Versuch und wählte ein Mädchen aus der ersten Reihe. Es war das erste Mal, dass er eine der Personen, mit denen er sprach, sehen konnte. Ihre Uniform war unordentlich – Krawatte zu kurz, Rock zu hoch, obere Knöpfe geöffnet – und ihr Make-up war dick aufgetragen.

»Ja?« sagte er zu ihr.

»Wie kommunizieren diese Leute?«

»Gute Frage. Es gibt verschiedene Wege, wie Sexualstraftäter online mit euch kommunizieren können. Aber sie wählen überwiegend soziale Medien dafür.«

»Also Sachen wie TikTok, Facebook, Instagram, Snapchat, Twitter?«

»Ja, genau.«

»Sind Sie auf irgendeiner dieser Plattformen, Herr Lehrer?«

»Oh mein Gott, Elizabeth, so etwas fragt man doch nicht!« sagte eines der Mädchen, die neben ihr saßen.

»Miss Wheeler, das reicht jetzt«, meldete sich ein Lehrer aus dem Schatten am hinteren Ende des Raumes.

»Nein, schon gut«, sagte Tomek und beruhigte die Aula mit ein paar Handbewegungen, bevor die Situation eskalieren konnte.

»Nein«, fuhr er fort. »Ich bin auf keiner der Social-Media-Plattformen.«

Er war bereit, zur nächsten Frage überzugehen, als sie fortfuhr: »Das ist schade. Sie hätten mir doch Direktnachrichten schicken können, Herr Lehrer, und ich hätte es niemandem erzählt. Es hätte unser kleines Geheimnis sein können.«

»Also gut, Elizabeth, das war's – komm schon, raus mit dir.«

Noch bevor das Mädchen auf den Beinen war, entschied Tomek, dass er selbst genug hatte, und verließ die Bühne unter tosendem Beifall und Gejohle.

Verdammte Teenager.

KAPITEL
SECHSUNDDREISSIG

»W ie ist es gelaufen?«

»Ehrlich gesagt, genau wie erwartet. Und das will nicht viel heißen.«

Schulleiterin Miranda Hartwell spitzte ihre Lippen, als würde sie für ein Fotoshooting posieren, während sie zuhörte. Er schätzte, dass sie etwa in seinem Alter war und fand, dass sie gut aussah für ihr Alter. Ordentlich, korrekt und vielleicht ein bisschen verklemmt. »Es tut mir leid, dass die Mädchen Ihnen nicht mehr helfen konnten, Herr Kommissar. Und es tut mir leid wegen Elizabeth. Überlassen Sie es uns, ein paar Worte mit ihr zu wechseln. Es ist ungewöhnlich, dass sie sich so benehmen. Ich muss zugeben, ich habe mich gefragt, wie sie auf einen Mann wie Sie reagieren würden, wenn er vor ihnen steht.«

Ein Mann wie er? Machte sie etwa Annäherungsversuche? Seit seine Beziehung mit Katie sich entwickelt hatte, hatte er kaum einen Gedanken an das breitere Spektrum des anderen Geschlechts verschwendet. Er war kurzsichtig geworden, mit Katie im Brennpunkt und schwarzen Rändern an den Peripherien.

»Unabhängig davon, wer gekommen ist, um mit ihnen zu sprechen«, sagte er in der Hoffnung, ihre Annäherungsversuche herunterzuspielen, »sollten sie aufmerksam sein. Es ist wichtig, dass sie lernen, was richtig und was falsch ist.«

»Erzählen Sie mir davon«, sagte sie. »Ich ermahne meine Tochter ständig, dass sie zu lange am iPad sitzt. Ich weiß, das ist meine Schuld. Aber es ist einfach so... *leicht*, es ihnen zu geben und weiterzumachen. Sie ist glücklich, ich bin glücklich. Und ich kann endlich mit meiner Arbeit vorankommen.«

Tomeks nächste Frage hatte in ihm gebrannt, seit ihrem ersten Satz. »Sie haben eine Tochter?«

»Ja. Ich bin alleinerziehend.« Ob unbewusst oder (wie Tomek vermutete) bewusst, strich Miranda über ihren Ringfinger und sah auf Tomeks gleichen Finger. »Das bin ich, seit sie ein Baby war. Ihr Vater wollte kein Teil ihres Lebens sein, und ich war froh, ihn gehen zu lassen.«

»Wie alt ist Ihre Tochter?«

»Sieben. Sie wird in ein paar Wochen acht. Januarkind. Steinbock. Sie ist sehr selbstständig...«

»Abgesehen vom iPad.«

Miranda ließ ein kleines Lachen hören. »Ja. Abgesehen vom iPad.«

Tomeks Gedanken liefen Amok, und er wollte nicht verraten, was in seinem Kopf vorging. Stattdessen ließ er seinen Blick durch den Raum schweifen, auf der Suche nach einem Foto des Kindes. Es war das erste Mal, dass er mit einer Lehrerin oder Schulleiterin sprach, die eine Tochter im gleichen Alter wie das Mädchen im roten Mantel hatte. Aber Miranda schien sicherzustellen, dass ihre Tochter nicht existierte. Keine Fotos, keine Kinderzeichnungen oder Andenken, die ihr von ihrer Tochter überreicht worden waren. Nichts, was darauf hindeutete, dass sie überhaupt ein Zuhause hatte, in das sie gehen konnte. Das war nicht ungewöhnlich, aber Tomek hatte von einer alleinerziehenden Mutter mehr erwartet.

Oder vielleicht war es genau das. Vielleicht war es das völlige Fehlen von persönlichen Gegenständen, das die Alarmglocken läuten ließ. Der Mörder hatte ein Kind als Köder bei den Morden benutzt. Und er hatte sich wiederholt gefragt, welche Art von Mutter das tun würde? Welche Art von Vater? Welche Art von Elternteil?

Die Art, die ihr Kind vernachlässigte und es lieber mit dem iPad spielen ließ, anstatt Bindungen zu ihm aufzubauen?

Tomek fand, dass das etwas weit hergeholt war. Aber jede noch so kleine Möglichkeit war es wert, verfolgt zu werden, wenn das bedeutete, einen gestörten und grausamen Mörder davon abzuhalten, weitere Opfer auf die Liste zu setzen.

»Gibt es sonst noch etwas, womit ich Ihnen heute helfen kann, Herr Kommissar?«

Tomeks Schweigen hatte sie erschreckt. In Sekundenbruchteilen war sie verschlossen, angespannt geworden und war bereits dabei, ihn aus dem Raum zu werfen.

»Geht Ihre Tochter auf diese Schule?«, fragte er und versuchte weiterhin, den Eindruck zu erwecken, er führe nur ein höfliches Gespräch.

»Nein. Sie geht auf eine andere Schule. Chalkwell Hall. Nicht weit von hier.«

Sie stand nicht auf Tomeks Liste, aber er notierte sie trotzdem.

»Sonst noch etwas?«

Er hatte einen wunden Punkt getroffen, und sie wollte ihn wirklich loswerden. In der Presse und im Internet hatte er begonnen, Gemurmel von Tastaturkriegern zu bemerken, dass die Polizei einen der ihren schütze. Jemanden, der verdächtigt wurde, entweder ein Vergewaltiger oder ein Pädophiler zu sein. Und indem sie den Mörder nicht verfolgten, erlaubten sie dem faulen Apfel innerhalb des Dienstes, zu entkommen oder unterzutauchen. Das Argument war völliger Schwachsinn, aber er wusste, wie weitreichend und überzeugend die Worte einiger weniger im Internet sein konnten. Und hier war er, ein erwachsener Mann, der Fragen über ihre siebenjährige Tochter stellte.

»Erkennen Sie das Mädchen auf diesem Foto?«

Tomek zog das Foto des Mädchens im roten Mantel aus seiner Tasche und hielt es vor Mirandas Gesicht. Sie studierte das Bild eine Weile, betrachtete es sorgfältig. Länger als all die anderen Personen, denen er das Foto gezeigt hatte. Entweder versuchte sie, einen Erkennungsblitz in ihren Augen zu verbergen, oder sie versuchte, die

Merkmale mit den mehreren hundert Kindern ähnlichen Alters abzugleichen, die sie täglich sah. Tomek konnte nicht sagen, welches es war.

»Nein«, antwortete sie. »Ich kann nicht sagen, dass ich sie erkenne. Haben Sie ein Bild vom Gesicht?«

»Leider nicht...«

Sie spitzte die Lippen und neigte den Kopf zur Seite. »Dann, nein, fürchte ich. Ich... ich glaube nicht, dass ich Ihnen viel helfen kann.«

Tomek zog das Bild zurück und steckte es wieder in seine Tasche. »Gut. Danke für Ihre Zeit. Ich melde mich, wenn wir Sie brauchen.«

KAPITEL
SIEBENUNDDREISSIG

Keine Nachrichten sind gute Nachrichten, wie man so schön sagt. Außer wenn man mitten in einer Doppelmordermittlung steckt. In diesen besonderen (und glücklicherweise recht seltenen) Fällen sind keine Nachrichten schlechte Nachrichten.

Keine Nachrichten bedeuteten, dass die Ermittlung ins Stocken geriet. Zu einem schnellen und unnachgiebigen Tod kam. Ein Felsbrocken, der den Berg hinunterrollte und nicht aufgehalten werden konnte, und das gesamte Team stand unten, starrte mit offenem Mund, wie angewurzelt. Wartete auf den unvermeidlichen Anfall von Depression und Erschöpfung. Was gebraucht wurde, war ein frischer Blick, eine neue Betrachtung der bisherigen Ereignisse. Aber leider war das für die Polizei von Essex nicht möglich. Alle anderen CID-Beamten aus Chelmsford und darüber hinaus waren ohnehin schon überlastet, und die Unterstützung, die sie schicken konnten, war wenig hilfreich.

Die Stimmung im Einsatzraum am Morgen nach Tomeks Treffen mit Schulleiterin Miranda Hartwell war düster. Tomek konnte die Gesichter seiner Kollegen fast in der Reflexion des Felsbrockens sehen, während dieser den Berg hinunterpurzelte. Soweit er sehen konnte, gab es kein Anzeichen eines Lächelns, keinen Hinweis auf eine gute

Idee. Während Tomek hingegen allen Grund hatte, glücklich zu sein, aufgeregt zu sein.

»Ich denke, ich werde anfangen«, begann er, als das Morgenmeeting startete. »Ihr schaut alle drein, als hättet ihr euren Vater gesehen, wie er sich mit einem Bein auf der Badewanne den Hintern rasiert. Den Mond anheult. Sowas muss niemand sehen. Nicht einmal Tony.«

Das entlockte dem Raum ein leichtes Kichern, einschließlich Tony, der nur mit den Augen rollte und Tomek weitermachen ließ. Schwieriges Publikum heute Morgen.

»Erstens möchte ich euch allen für eure Bemühungen danken, mit den Schulen und Lehrern zu sprechen. Ich weiß, es war viel Arbeit, aber ich denke, wir könnten etwas daraus gewonnen haben.«

»Was bedeutet, dass *du* offensichtlich etwas herausgefunden hast«, sagte Rachel. »Also warum erzählst du uns nicht, was es ist?«

Tomek hielt einen Moment inne. Ein wenig geschockt. Er hatte noch nie einen so scharfen Widerspruch von ihr erhalten. Irgendwas stimmte nicht.

»Eine der Schulleiterinnen, mit denen ich gesprochen habe, hat eine Tochter im ähnlichen Alter wie unser Mädchen im roten Mantel. Ich konnte sie nicht identifizieren oder mit dem Foto abgleichen, aber ich weiß, auf welche Schule sie geht. Chalkwell Hall.« Tomek ließ seinen Blick durch den Raum schweifen. »Wer hat sich darum gekümmert?«

Niemand hob die Hand oder sagte etwas.

»Jemand? Jemand? Bueller? Bueller?«

Seine Imitation aus *Ferris macht blau* war bestenfalls mittelmäßig, aber sie hatte die gleiche Wirkung wie im Film. Noch immer antwortete niemand.

»Also gut, dann lass es mich anders formulieren: Wer *sollte* zu der Schule gehen?«

Diesmal hob sich eine kleine Hand. Das kleinste Mitglied des Teams.

»Herr Pepper«, sagte Tomek. »Verstehe. Und warum hast du es nicht getan?«

»Beschäftigt, Sir.«

»Wenn du willst, dass wir dich einen Porsche Chey-enne nennen, dann musst du dir ein bisschen mehr Mühe geben, Kumpel. Denn im Moment könntest du nach einem Chey-nge im Beruf Ausschau halten.« Tomek seufzte und stemmte die Hände in die Hüften. Er weigerte sich zu glauben, dass er mit den vergangenen Monaten immer mehr wie Nasty Nick wurde. »Was hast du stattdessen gemacht?«

Chey schluckte, bevor er antwortete. »Wir haben Timothy Rosenthals Auto gefunden, Sir.«

»Wann?«

»Vor ein paar Tagen. Ich habe das untersucht.«

Tomek wandte seine Aufmerksamkeit Tony zu. »Wieso hat mir das niemand gesagt?«

Tony, der mit überkreuzten Beinen saß, entfaltete diese und stand auf. »Weil Chey damit zu mir kam. Du warst nicht hier, also habe ich mich darum gekümmert. Das ist alles.«

Trotz all ihrer Fortschritte, ein oder zwei Schritte vorwärts, fühlte Tomek, als hätte er sie gerade um zehn zurückgebracht. Es war nur eine kleine Unannehmlichkeit, aber Chey war als Detective Constable dafür verantwortlich, an Tomek zu berichten. Und wenn er über seinen Kopf hinweg ging, schätzte er das nicht.

»Was gibt's Neues zum Auto?«, fragte Tony und übernahm das Gespräch.

»Nichts, Sir. Es war schlimm ausgebrannt, und es wurden keinerlei DNA-Beweise am Tatort gefunden. SOCO hat jeden Zentimeter untersucht, aber sie können keine Hinweise darauf finden, wer es die ganze Zeit gefahren hat.«

»Wie lange stand es schon dort?«

»Wir vermuten eine Weile. Mindestens ein paar Wochen. Seitdem hat es in Strömen geregnet, Wind, Nebel. Sogar ein paar Füchse und Vögel haben reingeschissen. Überhaupt Beweise zu sammeln, war immer ein Ding der Unmöglichkeit.«

»Was ist mit den Nummernschildern?«, fragte Tomek.

»Gefälscht. Sie wurden irgendwann nach Timothys Tod

ausgetauscht. Ich habe versucht, sie über ANPR und CCTV zu finden, aber sie tauchen nicht auf. Als wären sie ein Geist.«

»Wo wurde es gefunden?«

»Mitten in einem Industriegebiet in Tilbury.«

»Wo täglich Hunderte von Menschen arbeiten und daran vorbeifahren?«

Chey zuckte mit den Schultern. »Es ist Tilbury, Sir. Dort könnte jemand dir ein Messer in die Brust rammen, und du würdest trotzdem wegschauen.«

Chey hatte einen Punkt, aber das bedeutete nicht, dass es das Ende des Gesprächs war. Oder das Ende *seiner* Ermittlung.

»Also muss jemand es abgestellt, angezündet haben, und dann was? An seiner magischen Lampe gerieben und nach Hause verschwunden?«

Cheys Gesicht verzog sich verwirrt.

»Ich frage, wie sie aus dem Industriegebiet herauskamen und zurück in welches Loch auch immer sie wohnen, ohne dass jemand sie gesehen hat.«

»Bin mir nicht sicher, Sir. Es gibt keine Kameras auf dem Gelände.«

Tomek verdrehte die Augen und seufzte innerlich. Verdammtes Tilbury. Lässt das Team wieder im Stich.

»Was ist mit der Mordwaffe?«, fragte er hoffnungsvoll, obwohl er wusste, dass es angesichts des bisherigen Gesprächsverlaufs nutzlos war. »Wurde etwas am Tatort gefunden?«

Chey schüttelte seinen Kopf und erzählte Tomek alles, was er wissen musste. Er konnte es nicht leugnen, er war enttäuscht von dem jungen Burschen. Anstatt ihn bloßzustellen, wie Nick es bei ihm getan hätte, entschied sich Tomek, mit der Tradition zu brechen und ihm eine Chance zur Wiedergutmachung zu geben.

»Geh zur Chalkwell Hall und schau, was du über Miranda Hartwells Tochter herausfinden kannst«, sagte er. »Hör dir an, was ihre Lehrer über sie zu sagen haben. Wahrscheinlich ist das Mädchen im roten Mantel schüchtern und zurückhaltend bei Gleichaltrigen, aber gewöhnt an den Umgang mit Erwachsenen.«

»Ja, Sir.«

»Eigentlich komme ich mit dir mit. Behalte dich im Auge.«

Von da an übernahm Tony die Diskussion und lenkte ihre Aufmerksamkeit auf Jimmy Hunter. Es gab immer noch keine Neuigkeiten über den Aufenthaltsort des schwer fassbaren Mannes, da sie seinen ursprünglichen Namen nicht herausfinden konnten. Aber sie kamen der Sache näher. Tony konnte es spüren. Es war noch zu früh, um den Namen ihres Hauptverdächtigen an die Medien weiterzugeben oder ihn online zu stellen. Sie mussten warten, bis sie absolut sicher waren.

Nach dem Ende des Meetings eilte Tomek in die Küche auf der Suche nach dem Wasserkocher, wo er Rachel bereits darüber gebeugt vorfand.

»Könntest du uns auch einen machen?«, fragte er höflich.

»Sicher.«

Immer noch die gleiche kalte, kurze Antwort, die sie ihm zuvor gegeben hatte.

»Alles in Ordnung?«

Rachel drehte sich zu ihm um. Ihre Stirn war gerunzelt, und die Farbe war aus ihren Wangen gewichen. Sie sah eher krank als frustriert aus.

»Wird es immer so sein?«, fragte sie langsam.

»Nein... ich bin durchaus in der Lage, meinen eigenen Kaffee zu machen.«

»Das meinte ich nicht. Ich meinte... die Ermittlung. Sie ist so... langsam. Es dauert viel zu lange, bis wir irgendwo hinkommen. Wir haben keine Hinweise, wir haben keine Ahnung, nach wem wir suchen.«

»Tony scheint zu glauben, dass wir hinter Jimmy Hunter her sind«, sagte Tomek.

»Er hat einen Ständer für den falschen Kerl. Ich weiß es, du weißt es.«

»Ich glaube, das kommt von oben. Du weißt ja, wie man sagt, Scheiße rollt bergab.«

»Und Geld und ein Einhorn auch, wenn man sie kräftig genug schubst, aber ich sehe im Moment keins von beiden.«

Tomek wusste nicht, was er ihr sagen sollte; er konnte ihr definitiv nicht das sagen, was sie hören wollte, weil er nicht wusste, was es war. »Erinnerst du dich, als du anfingst und ich dir sagte, dass die Dinge hier etwas langsamer laufen?«

»Ich dachte, du meintest Rennwagen statt Formel 1. Nicht verdammt gletscherhaft. Das würde ich von irgendwo im Norden erwarten, wo sie nur damit beschäftigt sind, Schafe und Kühe abzuwehren.«

»Wir machen hier das Gleiche«, sagte er. »Sie heißen die Menschen von Essex. Sie haben das gleiche Temperament und die gleiche Sturheit wie Schafe, und einige von ihnen können komplette Kühe sein.«

Sie lächelte. Zum ersten Mal heute lächelte sie.

»Mach keine Witze«, sagte sie. »Es ist einfach frustrierend.«

»Ich verstehe das. Es ist auch für mich frustrierend. Es ist für uns alle frustrierend. Wir sind nur mehr daran gewöhnt als du.«

»Ich mache mir Sorgen um ein drittes Opfer«, fuhr sie fort und senkte ihre Stimme.

»Was meinst du?«

»Der Killer war ruhig. Ich denke, er ist entweder untergetaucht oder bereitet den nächsten Mord vor. Es ist zu lange her, seit er zuletzt jemanden umgebracht hat.«

»Vielleicht haben wir ihn verscheucht. Sobald er hörte, dass wir einen von Londons Besten einschalten würden, ist er abgehauen.«

»*Tesco's Feinste*, eher.«

Ohne sie bevormunden zu wollen, sagte Tomek ihr, dass sie gute Arbeit leiste und dass sie durchhalten müsse. Die Antworten seien da draußen, sie müssten sie nur finden.

Glücklicherweise für Tomek konnte nichts, was sie sagen könnte, oder keiner ihrer Pessimismus, das Lächeln von seinem Gesicht wischen.

KAPITEL
ACHTUNDDREISSIG

Zwei Stunden später saßen sie in Harvey Princes Büro. Der Schulleiter der Chalkwell Hall Grundschule war ein schlanker Mann mit einem Adamsapfel so groß wie Tomeks Faust. Nasenhaare sprossen aus seinen Nasenlöchern wie kleine Fledermäuse, und seine Zähne waren gelblich verfärbt, entweder von einem Leben voller Zigaretten oder Brausebonbons. Von allen Schulleitern, die Tomek bisher gesehen hatte, wirkte er definitiv am wenigsten professionell und am wenigsten qualifiziert für diese Position. Aber er wollte nicht urteilen. Vielleicht waren Harveys Qualifikationen besser als die aller anderen Schulleiter zusammen.

Irgendetwas an Harvey Prince kam Tomek vage bekannt vor. Der Ansatz der schütteren Haare. Der dünne Bartschatten, auf einer Seite spärlich und auf der anderen vollständig. Die eingefallenen Wangen und der kantige Kiefer. Doch Tomek konnte ihn nirgendwo einordnen.

Und Harvey hatte es auch bemerkt; als sie sich zum ersten Mal begegnet waren, hatten sich Harveys Augen geweitet, fast bis zum Punkt der Angst. Sicher, es war ungewöhnlich, einen Polizeibeamten in einer Grundschule zu sehen, aber da war noch etwas anderes. Etwas, das sich hinter dem Vorhang seiner Augen verbarg.

Chey hatte eingreifen und sie vorstellen müssen, bevor die

Situation unangenehm wurde. Jetzt befanden sie sich in seinem Büro und warteten darauf, dass Harveys Assistentin ein Tablett mit Tee brachte. Sie kam kurz darauf.

Harvey dankte ihr und wartete, bis sie den Raum verlassen hatte, bevor er begann.

»Ich muss sagen, das ist ziemlich ungewöhnlich.« Seine Stimme überraschte Tomek. Sie war erstaunlich tief, und er sprach sehr gewählt. Viel zu gewählt für jemanden, der in Essex aufgewachsen war und dort lebte. Egal wie sehr man es versuchte, es gab immer ein Abrutschen, eine Regression in die übliche Sprechweise.

»Wir hoffen, dass Sie uns bei unseren Ermittlungen helfen können«, sagte Chey.

»Natürlich. Alles, was ich tun kann, um zu helfen.«

»Woher kommen Sie?«, warf Tomek ein. Er hatte eigentlich vorgehabt, Chey die wichtigen Teile besprechen zu lassen. Aber zuerst musste er seine eigenen Fragen loswerden.

»Ich wurde hier geboren, bin aber mit fünfzehn nach Kent gezogen«, antwortete Harvey.

»Sie kommen von der anderen Seite des Wassers. Mutig von Ihnen, hierher zurückzukommen.«

Harvey lachte leise und senkte den Kopf. »Nichts Besonderes dabei, wirklich. Die Häuser sind günstiger und es gab mehr Jobs.«

»Manchmal muss man dem Geld folgen«, sagte Tomek knapp.

»Leider ja.«

Chey brachte sie schnell wieder zum Thema zurück. Während er den Grund ihres Besuchs erklärte, beobachtete Tomek Harveys Reaktion. Das Gesicht des Mannes blieb völlig regungslos, während er die Worte aufnahm. Er verriet nichts. Ab und zu huschten seine Augen zu Tomek hinüber und verweilten dort einen Moment, bevor sie zu Chey zurückkehrten.

»Ich kann Ihnen versichern, dass mir bei Diana nie etwas Verdächtiges aufgefallen ist«, sagte Harvey, nachdem Chey geendet hatte. »Sicher, sie wirkt manchmal etwas schüchtern und zurückhaltend – schüchterner im Vergleich zu einigen der anderen Kinder – aber ich kann an kein ungewöhnliches oder verdächtiges

Verhalten denken. Seit diese Morde begonnen haben, sprechen wir mit den Schülern und erinnern sie daran, nicht mit Fremden zu reden oder in fremde Fahrzeuge zu steigen. Es ist schade, dass wir sie in der heutigen Gesellschaft daran erinnern müssen. Wenn sie etwas Seltsames oder etwas sehen, das ihnen Angst macht, bitten wir sie, sofort zu uns zu kommen.«

Tomek bezweifelte, dass Kinder unter sieben Jahren den Unterschied zwischen dem, was seltsam war, und dem, was potenziell gefährlich sein könnte, erkennen konnten. Aber was wusste er schon? Er fand es auch schrecklich, dass die Gefahr einer Entführung und Schädigung auf dem Heimweg von der Schule bis heute bestand. Aber andererseits wurden die Kinder in Amerika gezwungen, in den Schulfluren täglich das Davonlaufen vor Kugeln zu üben. Also wer gewann hier wirklich?

»Haben Sie jemals mit Dianas Eltern gesprochen, Herr Prince?«

»Nur mit ihrer Mutter. Der Vater ist nicht im Bild, glaube ich. Miranda und ich treffen uns regelmäßig mit anderen Schulleitern in der Gegend, um über Budgets, Vorschriften, Tipps zu sprechen.«

»Sie haben also Ihre eigene kleine WhatsApp-Gruppe und alles?« Cheys Tonfall brachte eine leichtere Note in das Gespräch, hoffentlich um Harvey zu beruhigen.

»Meine Güte, so viele. Heutzutage braucht jeder für alles eine WhatsApp-Gruppe. Ich verliere manchmal den Überblick.«

»Geht uns allen so.« Chey nahm einen kleinen Schluck Tee, ließ sich aber Zeit damit. »Würden Sie also sagen, dass Sie Miranda recht nahestehen?«

Die Daumenschrauben wurden angezogen. Tomek war beeindruckt.

»Ich meine, ja, wir verstehen uns gut. Aber das bedeutet nicht, dass wir involviert sind oder so etwas.«

»Nein, natürlich nicht. Aber sie vertraut Ihnen? Und ihre Tochter vertraut Ihnen?«

»Worauf wollen Sie hinaus?«

»Wir versuchen nur, einen Mörder zu finden, mein Herr. Die Person hinter den Morden an Timothy und Gary benutzte ein kleines

Mädchen als Köder, um die Opfer in den Tod zu locken. Sagen Ihnen diese Namen etwas?«

»Nein.«

»Ich habe Ihnen nicht ihre vollen Namen genannt...«, sagte Chey.

Die Schraube wurde weiter gedreht. Jetzt wurde es enger. Aber wenn er zu fest drehte, könnte der Holzrahmen splittern.

»Ich erkenne die Namen aus dem Fernsehen. Das ist alles. Ich kenne sie nicht persönlich.«

»Und Sie wären bereit, das zu Protokoll zu geben?«

Harveys Rücken versteifte sich. »Absolut. Ich hatte nie etwas mit diesen beiden Männern zu tun. Oder mit dem Mörder.«

Chey nickte nachdenklich. Tomek war beeindruckt.

»Und schließlich«, sagte er mit einem Hauch von Aufregung, als wäre ihm der Gedanke gerade erst gekommen, »Sie haben erwähnt, dass Sie die Schüler bezüglich verdächtiger Vorkommnisse angesprochen haben – ist tatsächlich jemand auf Sie zugekommen und hat etwas gemeldet?«

Harvey schüttelte den Kopf. »Nichts, was zu etwas geführt hätte. Wir hatten ein paar Anfragen von einigen Eltern bezüglich Abdul.«

»Abdul?«

»Ja. Er leitet den örtlichen Nachmittagshort. Für Kinder, deren Eltern spät arbeiten und sie nicht direkt nach der Schule abholen können.«

»Daher der Name.«

»Natürlich.«

»Und geht Diana in diesen Nachmittagshort?«

Harvey nickte. »Fast jeden Tag. Da ihre Mutter Schulleiterin an einer anderen Schule ist, fällt es ihr schwer, pünktlich Feierabend zu machen. Ich selbst habe das gleiche Problem. Der Struggle ist real, wie die Kids heutzutage sagen.«

Aber nicht die Kinder an deiner Schule, dachte Tomek. *Sie sind zu jung, um die Schwierigkeiten von irgendetwas zu kennen.*

Bevor sie gingen, dankten Tomek und Chey dem Mann für seine Zeit, sagten ihm, dass sie in Kontakt bleiben würden, und notierten die Kontaktdaten von Abduls Nachmittagshort. Draußen sangen die

Vögel ihren Nachmittagschor, und in der Ferne, inmitten des orange-rosa Himmels, flog ein Flugzeug vorüber. Es gab keine Wolken, und alles war still, ruhig.

Es würde ein angenehmer Abend werden.

»Also«, sagte Tomek, als sie am Auto ankamen. »Was hast du gedacht?«

»Ich denke, wenn er nicht aufgehört hätte, dich mit seinen Blicken auszuziehen, hätte ich mich vielleicht gezwungen gefühlt mitzumachen. Ich fühlte mich ein bisschen ausgeschlossen.«

Tomek grinste. »Vielleicht liegt es an meinem rauen guten Aussehen und meinem unwiderstehlichen Charme.«

»Nein, es liegt daran, dass du vierzig bist und dein Babygesicht dich zehn Jahre jünger aussehen lässt. Und die Bartfärbung...«

»Noch etwas?«

»Willst du, dass ich dir noch mehr Honig um den Bart schmiere?«

»Nein. Ich meinte über Herrn Prince.«

»Abgesehen davon, dass ich glaube, dass er mit dieser Miranda-Frau was am Laufen hatte, glaube ich nicht, dass er der Mörder ist, nein. Ich denke jedoch, dass unser Nachmittagshort-Ritter in glänzender Rüstung vielleicht noch ein oder zwei Dinge mehr wissen könnte.«

Tomek stimmte zu.

»Na dann«, fuhr Chey fort, während er vom Schulparkplatz fuhr. »Wie hab ich mich geschlagen? Mich rehabilitiert?«

Er warf Tomek ein freches Lächeln zu. Eines, das ihn an die Lächeln erinnerte, mit denen er sich früher aus Schwierigkeiten herausgewunden hatte.

»Nicht schlecht«, sagte er zurückhaltend. »Ein bisschen durcheinander mit deinen Fragen, aber ich denke, das hat dir diesmal in die Hände gespielt. Ich glaube, du würdest wahrscheinlich ein Befriedigend auf deinem Zeugnis bekommen. Immer noch Raum für Verbesserungen.«

KAPITEL
NEUNUNDDREISSIG

Tomek wurde durch den Duft von Chicken Tikka Masala und Pilavreis, der durchs Wohnzimmer zog, wachgerüttelt. Sein Magen knurrte. Katie stand in seiner Küche und bereitete das Fertiggericht zu, da sie beide zu faul zum Kochen waren. Auf dem Sofa neben ihm lag ihre Übernachtungstasche. Alles, was sie für ihren Aufenthalt im Hotel Bowen brauchte. Obwohl es sich langsam in Casa Bowen verwandelte. Und er fragte sich, wie lange es noch dauern würde, bis er nachgab und ihr einen Schlüssel überreichte. Das war jedoch ein Gedanke für ein andermal. Gerade ließ er die Ereignisse des Tages in seinem Kopf Revue passieren. Er grübelte und verarbeitete. Oft half es ihm dabei, auf die beschissenen Reality-TV-Shows zu starren, die heutzutage die Fernsehsender wie Chlamydien zu befallen schienen. Sie betäubten sein Gehirn und ermöglichten es ihm, abzuschalten und sich auf das Wesentliche zu konzentrieren. Ganz zu schweigen davon, dass sie auch für Katie liefen. Sie war ein begeisterter Fan von Shows wie *Made in Chelsea* und, obwohl er es hasste, deren Existenz überhaupt anzuerkennen, *The Only Way Is Essex*. Diese Sendung hatte Essex leider auf die Landkarte gebracht. Und nicht aus den richtigen Gründen. Sie zeichnete ein erbärmliches Bild von Essex, voller oberflächlicher Hohlköpfe, deren Stimmbänder auf fünfzig Prozent eingestellt zu sein schienen, und deren einzige Sorge im Leben darin bestand, gut auszusehen, die perfekte Frisur zu haben und sicherzustellen, dass sie keine Kohlenhydrate zu sich nahmen, bevor sie nach Marbella jetteten. Keine Kohlenhydrate vor Marbs, nannten sie es. Und jedes Mal, wenn er das hörte, wollte er sich erschießen.

Nein, selbst das wäre keine schnelle genug Flucht vor den blendenden Zähnen und Plastiktitten, die er ständig auf dem Bildschirm sah. Er müsste einen schnelleren Weg finden, sich selbst auszulöschen. Vielleicht ein Identitätswechsel. Jedes Mal, wenn er jemandem erzählte, dass er aus Essex stammte, gingen sie sofort davon aus, dass er in Brentwood wohnte, dem Drehort der Show, und dass er mit der Besetzung ins Bett hüpfte. Dass er sie besser kannte als sich selbst.

Bei näherer Überlegung schien die Pistole doch eine gute Idee zu sein.

Bevor er sich wieder auf seine Gedanken konzentrieren konnte, kam Katie mit seinem Teller Essen.

»Oh, wunderbar«, sagte er zu ihr. »Danke.«

»Ich werde meinen Michelin-Stern bald verdient haben.«

»Ja, ich habe gehört, dass sie die heutzutage billig verscherbeln. Ofen auf einhundertachtzig stellen, Timer auf dreißig Minuten, und schon hast du eine Auszeichnung.«

Katie schlug ihm spielerisch auf den Arm, und gemeinsam machten sie sich auf dem Sofa über ihr Abendessen her. Glücklicherweise verbrachten sie diese Zeit damit, über ihren Tag zu sprechen. Katies Tag war ruhig gewesen. Keine Veränderung zur Norm. Ein paar Kunden hier und da. Einige Zeitverschwender, während ein Kunde genug hatte, um sich jeden Tag der Woche ein brandneues Outfit zu leisten.

»Man konnte erkennen, dass sie Geld hatte«, fuhr Katie fort. »Und das Kind sah richtig verdreckt aus. Es hatte Schlamm im ganzen Gesicht, an den Händen und an den Ärmeln.«

»Manche Kinder spielen eben gerne im Dreck.« Tomek schaufelte sich einen Haufen Reis in den Mund. »Apropos Kinder... gestern ist mir das Verrückteste passiert.«

»Ach ja?«

»Ein Teenager hat mit mir geflirtet.«

Katie brach in Gelächter aus und spuckte dabei fast ihr Essen auf den Teppich. Sie schlug ihm auf den Arm, während sie versuchte, sich zu beherrschen. »Mach dir nichts vor, Tom.«

»Was? Es ist wirklich passiert.«

»Natürlich ist es das.«

»Doch! Ein Mädchen namens Elizabeth hat mich gefragt, ob ich in sozialen Medien unterwegs bin, und meinte, ich hätte in ihre DMs *sliden* können, was auch immer das heißen soll.«

»Direktnachrichten, Opa.«

»Ja. Na, da hast du's.«

»Also magst du jüngere Frauen, ja?«, fragte sie neckisch.

»Benimm dich. Ich habe schon alle in Gefahr gebracht, auf der Liste zu landen, mit all den Schulen, die sie besuchen mussten. Mich eingeschlossen.«

Katie wischte sich die letzten Essensreste von den Lippen und stieß ihn ans Bein. »Das wollte ich dir erzählen.«

»Du bist ein Pädophiler?«

»Halt die Klappe.« Sie verdrehte die Augen und stellte den Teller auf den Glastisch vor ihnen. »Ich wollte dir sagen, dass heute noch ein Typ reinkam. Er suchte nach einer Schuluniform. Er sagte, sie sei für seine Tochter.«

»Und...?«

»Nun, ich dachte, ich sollte es dir erzählen. Du weißt schon, nach dem letzten Mal.«

»Wie alt war er?«

Sie zuckte mit den Schultern. »Weiß nicht. Vielleicht Mitte dreißig.«

»Nicht völlig unglaubwürdig«, erwiderte Tomek.

»Ich weiß, aber er benahm sich seltsam. Er... grinste bei allem. Es war super merkwürdig. Hat mich etwas unwohl fühlen lassen.«

»Hast du ein Foto von ihm? Irgendeine Überwachungsaufnahme?«

Ihre Augen weiteten sich, als sie heftig nickte. Sie sprang ohne Vorwarnung vom Sofa auf, eilte in die Küche, um ihr Handy zu holen, und kehrte mit dem bereits auf dem Bildschirm angezeigten Bild zurück. Wenn Tomek ihr etwas hätte zeigen wollen, wäre er immer noch beim Entsperren des Bildschirms gewesen. Sie reichte ihm das Gerät und Tomek betrachtete das Bild sorgfältig. Vorsichtig.

Die Erkenntnis kam sofort. Die Angst und das Grauen folgten Momente später.

Er starrte zurück, grinsend wie ein Kind im Spielzeugladen: Jimmy Hunter.

KAPITEL
VIERZIG

Ich renne und renne. Die Schule. Der Laden. Die Kinder. Die Fahrräder. Sie sind alle da. Aber nicht klar. Stattdessen sind sie verschwommen, körnig, als hätte jemand sie mit einem dünnen Pinsel verwischt. Aber diesmal ist es mir egal, weil sich etwas anders anfühlt. Ich *fühle mich anders*. Als könnte ich das Blut um meine Ohren blubbern hören, den Atem, der durch meine Zähne bricht, in die freie Luft platzt und direkt vor mir zu Wasserdampf wird.

Ich spüre Dinge, die ich noch nie zuvor gespürt habe. Das ist alles neu für mich. Also renne ich und renne ich und renne ich.

Bis ich zum Spielplatz komme.

Höre all die Geräusche.

Das Schlagen, das Weinen, das Wimmern, das Murmeln unter ihrem Atem, das Gekicher, während sie meinem Bruder das Leben aus dem Leib treten. Ich höre alles. In 4K.

Nichts kann mich diesmal aufhalten. Sobald ich sie sehe, stürme ich auf sie zu. Sie bemerken mich nicht, bis ich nur noch etwa zehn Meter entfernt bin, wie ein Tiger, der in der Dunkelheit der Nacht auf seine Beute zustürzt. Als sie mich bemerken, ist es bereits zu spät. Ich habe ihre Gesichter gesehen. Nathan Burrows. Der rechts. Gekleidet in einer blauen Pufferjacke mit Jogginghose und knallweißen Schuhen. Er ist am auffälligsten und am dümmsten, weil er als Erster erwischt wurde.

Aber der andere... er ist da. In all seiner verschwommenen Herrlichkeit. Größer als der erste. Blond. Alles in Schwarz gekleidet. Mantel, Hose, Schuhe. Sogar Handschuhe.

Es ist unverkennbar, dass es zwei von ihnen sind. Zu lange habe ich mich selbst verurteilt, an meiner Erinnerung gezweifelt. Zu lange habe ich auf das gehört, was die Polizei mir gesagt hat. Sie wollten, dass es nur eine Person gibt, weil das die Beweise ergaben, und sie waren zu faul, nach dem Zweiten zu suchen.

Aber ich habe tief in mir drin schon so lange gewusst, dass es noch einen anderen gab.

Und jetzt habe ich ihn.

»Charlie!«

Ein Name, der dazugehört. Schwach, wie ein Echo.

Nathan ruft seinem Freund hinterher, während er ihm nachläuft.

»Warte!«

Als ich bei Michals Körper ankomme, bemerke ich neue Dinge. Schreckliche Dinge. Wie den Draht, den sie in seine Ohren und Nasenlöcher gesteckt haben. Aber diese interessieren mich nicht.

Alles, was mich interessiert, ist das Gesicht.

Und der Name.

Charlie.

KAPITEL
EINUNDVIERZIG

Tomek sprang die Treppe hinauf und stürmte ins Schlafzimmer. Er fand Katie dort liegen, nur in Unterwäsche, ihre Gliedmaßen hingen lose aus der Bettdecke heraus, verrenkt wie eine Stoffpuppe. Ihr Gesicht war tief ins Kissen gedrückt.

Er eilte zu ihr und rüttelte sie wach.

»Katie! Katie! Katie!«

Sie murmelte, als sie aus den Tiefen des Schlafes erwachte.

»Waaaasss?«

»Ich hab's geschafft. Ich habe ihn gesehen. Ich habe ihn gefunden.«

»Wen? Den Mörder?«

»Ja! Aber nein!«

Tomek konnte seine Aufregung nicht zurückhalten. Er fühlte sich wie ein kleines Kind im Disneyland. Er wollte in die Ferne sprinten, mit all den Superhelden und Disney-Prinzessinnen Freundschaft schließen und sich mit ihnen auf der Spitze der Achterbahn wiederfinden.

Er wollte Katie mit sich nehmen.

»Wovon redest du?«, fragte sie, während sie sich in eine bequemere Position brachte.

»Der Mörder. Der Mörder meines Bruders. Ich habe ihn *gesehen*. In meinen Träumen.«

Sie rieb sich den Schlaf aus den Augen. Und als die Erkenntnis endlich einsank, strahlte ihr Gesicht. Sie zeigte ihre Zähne und umarmte ihn. Zog ihn fest an sich.

»Das ist fantastisch! Das ist großartig! Was wirst du jetzt tun?«

»Den Bastard finden«, sagte er.

»Wie?«

»Ich weiß nicht. Aber jetzt habe ich einen Ausgangspunkt, ich weiß, wo ich anfangen kann.«

Tomek hatte sich schon lange damit abgefunden, dass er vielleicht nie die Identität des zweiten Mörders seines Bruders herausfinden würde. Und jetzt, wo er sie kannte, wusste er, dass es ein langer und mühsamer Prozess sein würde, ihn leibhaftig zu finden. Und es würde ein noch längerer Prozess sein, eine Verurteilung zu erreichen.

Aber er hatte einen Ausgangspunkt. Einen Ausgangspunkt, der dreißig Jahre in der Mache war.

»Das ist alles wegen dir.« Er legte beide Hände auf ihre Arme und drückte sie.

»Was – Was habe ich getan?«

»Du hast mir geholfen zu *sehen*. Seit du in mein Leben getreten bist, sind die Dinge klarer, schärfer geworden. Die Dinge haben angefangen, mehr Sinn zu ergeben. Und das ist alles wegen dir. Ohne dich, glaube ich nicht, dass irgendetwas davon möglich gewesen wäre.«

Katie schaute auf die Bettdecke. »Ich... ich habe nichts getan. Ich habe-«

»Sei nicht dumm. Das ist alles dank dir. Und ich könnte nicht glücklicher sein, dass du in meinem Leben bist. Ich liebe dich.«

Die Worte verließen seine Lippen, bevor sein Verstand sie verarbeitet hatte. Aber jetzt waren sie draußen, jetzt waren sie aus seinem Mund in die Welt gelangt, greifbar, in Reichweite, sie konnten nicht zurückgenommen werden.

Nicht, dass er das wollte.

Sie verbrachte so viel Zeit in seinem Haus, dass sie praktisch eingezogen war. Der Boden war übersät mit ihrer Kleidung, ihre Zahnbürste hatte Flecken auf dem Waschbecken hinterlassen, und ihre Haare waren überall in der Dusche. Aber es machte ihm nichts aus. Er liebte sie.

Er *liebte* sie...

Als die Worte in Katies Gesicht registriert wurden, hellte sich ihre Miene auf, ihre Augen verengten sich, ihre Wangen röteten sich. Dann beugte sie sich vor, packte seinen Hinterkopf und küsste ihn.

»Ich liebe dich auch«, sagte sie, als sie sich zurückzog.

Tomek warf einen schnellen Blick auf die Uhrzeit. 7:50 Uhr. Er musste in zwanzig Minuten das Haus verlassen.

Aber an diesem Morgen war es ihm egal, ob er zu spät kam.

KAPITEL
ZWEIUNDVIERZIG

Es herrschte eine Aufbruchstimmung im Einsatzraum. Eine Energie, die in den letzten Wochen gefehlt hatte. Aber nicht vollständig. Stattdessen hatte sie geschlummert, geruht. Gewartet auf den Durchbruch, den sie brauchten.

Ein Team von uniformierten Beamten war zu Jimmy Hunters Haus geschickt worden.

Und sie hatten ihn gefunden.

Er sollte bald zurück sein. Das bedeutete, dass Tomek, der das Verhör leiten würde (schließlich war er derjenige, der ihn aus seinem Versteck ausgegraben hatte), etwas Zeit zur Vorbereitung hatte.

Nach Katies Enthüllung am Vorabend hatte Tomek DC Anna Kaczmarek angewiesen, die Finanzdaten ihres Schuluniformgeschäfts zu durchsuchen, die Kartendaten von Jimmy Hunter zu finden und dann diese Informationen zu nutzen, um seine Adresse ausfindig zu machen. Es hatte etwas mehr als zwei Stunden gedauert, den Prozess abzuschließen. Lächerlich, wenn man bedenkt, dass es seit Beginn der Ermittlungen etwas weniger als drei Wochen gedauert hatte, ihn zu finden.

Jimmy Hunter war ein Alias, den er online benutzt hatte. Mit richtigem Namen Richard Williams (was Tomek unglaublich langweilig und fade fand), wohnte er ein paar Häuser von Gary Kershaws Haus entfernt, in der Wohnsiedlung in Basildon. Tomek hatte mehrmals versucht, sich den Mann am Tatort vom anderen Tag vorzustellen, war aber nicht in der Lage gewesen. Er war entweder auf der Jagd nach anderen Raubtieren oder versteckte sich. Tomek war entschlossen herauszufinden, was davon zutraf.

Es war kurz nach vier Uhr nachmittags, als Richard Williams auf der Wache angemeldet wurde. Die Tür zum Einsatzraum öffnete sich, und da stand, nach Luft schnappend, unfähig, die Aufregung in seinem Gesicht zu verbergen, Sean.

»Rate mal, was passiert ist?«

»Du hast wieder zu viel Red Bull getrunken?«

Sean verdrehte die Augen. »Das war *ein* einziges Mal, okay! Ein Mal!« Er eilte zu Tomek und drehte ihn auf seinem Stuhl herum, so dass sie einander gegenübersaßen. »Noch besser als alle Red Bulls der Welt. Es ist Richard...«

»Ja...? Was ist mit ihm?«

»Seine DNA. Als wir ihn gerade registriert haben, gab es einen Treffer mit seiner DNA für die Nacht, als du bei Rosenthal warst.«

»Dieser Mistkerl ist Salatfäuste? Der Bastard, der mich geschlagen hat?«

»Sieht aus, als hätte er noch viel mehr getan. Seine DNA wurde im Haus gefunden, erinnerst du dich? Er war derjenige, der herumgeschnüffelt hat.«

»Dieser verdammte kleine schwacharmige Idiot.«

▭

Richard Williams war genau so, wie Tomek ihn in Erinnerung hatte. Groß, dünn, fast trottelig. Aber jetzt war es schön, ihn in seiner ganzen Pracht zu sehen. Beleuchtet vom künstlichen Licht über ihnen. Und ohne seine Maske.

»Sie sind ein schwer zu findender Mann«, begann Tomek.

Neben ihm saß Rachel, und ihr gegenüber saß Williams' Anwalt.

»Vielleicht sind Sie einfach scheiße in Ihrem Job«, erwiderte Richard.

»Ich kann verstehen, warum Sie das denken könnten.«

»Ich habe mehr Raubtiere und Kinderschänder hinter Gitter gebracht als Sie alle zusammen.«

»Und trotzdem werden Sie nicht dafür bezahlt. Wenn Sie früher zu uns gekommen wären, hätten wir Ihnen sicher einen Job geben können. Wir sind immer auf der Suche nach neuen Talenten. Aber jetzt haben Sie sich einfach verhaften lassen. Haben es sich selbst verbaut.«

»Ich habe mir nichts verbaut.«

»Das werden wir sehen.« Tomek grinste, als er den Ordner vor sich öffnete. »Sie wurden wegen des Verdachts auf Mord an Timothy Rosenthal festgenommen. Möchten Sie uns jetzt etwas dazu sagen?«

Die Antwort war ein entschlossenes und schweigsames »Nein«.

»Sehr gut.« Tomek fragte ihn dann, wo er in der Nacht von Timothy Rosenthals Mord gewesen sei.

»Kein Kommentar.«

»Wir haben Beweise, die Sie am Tatort platzieren. Timothy Rosenthals Haus. Ihre Fingerabdrücke wurden am Tatort sichergestellt, und Ihre DNA wurde an mir gefunden, wo Sie mich angegriffen hatten. Haben Sie dazu etwas zu sagen?«

Wenn Richard Tomek von ihrer früheren Begegnung erkannte, zeigte sein Gesicht es nicht.

»Kein Kommentar.«

»Was ist Ihre Beziehung zu Timothy Rosenthal?«

»Kein Kommentar.«

»Gary Kershaw?«

»Kein Kommentar.«

Tomek konnte sehen, in welche Richtung das Interview ging. Eine endlose und eintönige Antwort von »kein Kommentar«, was ihm signalisierte, dass der Mann etwas zu verbergen hatte. Sie hatten ihn auf frischer Tat ertappt, als er mitten in der Nacht in Timothy Rosenthals Haus war und einen Polizeibeamten angegriffen hatte, also gab es keinen Grund für ihn, seine Anwesenheit und seine Schuld zu leugnen. Tomek spürte, dass mehr dahintersteckte.

Warum er dort war, in einem Tatort herumschlich. Und er wollte dem auf den Grund gehen.

»Unsere Beweise platzieren Sie dort, Richard. Es hat keinen Sinn, es zu leugnen. Was wir wissen wollen, ist, warum Sie dort waren. Haben Sie Timothy Rosenthal getötet, Richard?«

»Nein.«

»Was ist mit Gary Kershaw?«

»Nein.«

Zwei von zwei. Wie aus dem Nichts. Die Antworten überraschten Tomek, und es dauerte eine Weile, bis er seine nächste Frage formulierte. »Können Sie das beweisen?«

»Ja.«

»Was haben Sie dann in der Nacht nach seinem Tod in Timothy Rosenthals Haus gemacht? Wonach haben Sie gesucht?«

»Beweise.«

»Beweise wofür?«

»Dass er tot war.«

»Quatsch. Sie haben seine Akten durchsucht. Was war darin, das Sie zerstören mussten?«

Tomek hatte keine Gelegenheit gehabt, den Bericht darüber zu lesen, was in diesen Akten enthalten war (es war das Letzte auf seiner Liste der zu erledigenden Dinge gewesen, bevor Sean ihn unterbrochen und abgelenkt hatte), und er machte sich eine Notiz, sie in der Pause zu überprüfen.

»Ich wollte nichts zerstören. Wie ich schon sagte, ich suchte nach Beweisen.«

»Das Polizeiband und das Schild an der Tür waren nicht genug?«

Richard zögerte, seufzte tief durch die Nase, während er sich eine Antwort überlegte. »Es war für meine Follower.«

»Deine Follower?«

»Ja. Meine *Follower*. Die Tausenden von Menschen, die meine Facebook-Seite liken, und die vielen *Hunderttausende*, die all meine Videos anschauen.«

»Und diese Videos sind von deinen Sting-Operationen, richtig?«

»Ja.«

»Ich habe einige davon gesehen. Sie sind wirklich gut gemacht, das muss ich sagen.«

»Danke?« Die Intonation in Richards Stimme ließ erkennen, dass er nicht wusste, wie er darauf reagieren sollte.

»Und wie es aussieht, hast du eine Handvoll potenzieller Raubtiere hinter Gitter gebracht. Wie du schon sagtest, du sorgst dafür, dass mehr von ihnen weggesperrt werden als wir, und das ist lobenswert. Aber wie kommt ein Mann wie du vom Aufspüren, Fallenstellen und Dafürsorgen, dass sie ins Gefängnis kommen, dazu, sich in die trübe Welt des Mordes zu begeben? Hat dich irgendetwas über die Kante gebracht?«

»Ich habe sie nicht ermordet!«

»Wer dann?«

»Ich-« Richard hielt inne. Dann sagte er: »Ich weiß es nicht.«

Tomek ließ diesen Brocken des Gesprächs in der Luft hängen und führte es weiter. »Hast du Kinder, Richard?«

»Nein.«

»Hat jemand in deiner Familie Kinder?«

Richard zögerte. »Nein. Niemand in meiner Familie hat welche. Warum? Was hat das damit zu tun?«

Soweit es die Beweise gegen Richard Williams betraf, waren sie bestenfalls Indizienbeweise. Ja, sie hatten Beweise, die ihn für Tomeks Überfall belasteten, aber sie hatten keine Beweise, die ihn am Tatort der Morde an Timothy Rosenthal und Gary Kershaw platzierten. Genau genommen hatten sie keine Beweise, die *irgendjemanden* belasteten. Keine Augenzeugen. Keine DNA-Beweise (wenn sie welche gehabt hätten, wären sie bei seiner Verhaftung aufgetaucht). Und keine Mordwaffe. Aber sie mussten etwas finden.

Irgendetwas.

»Wir glauben, dass der Mörder einen Minderjährigen benutzt hat, um die Opfer in den Tod zu locken.«

»Ich wusste nichts davon.«

»Erzähl uns, was du weißt.«

Richard senkte den Blick auf den Tisch und starrte in den Vordergrund. Er massierte seine Daumen mehrmals in seinen Händen und bewegte sie über seine Handflächen, bis sie rot wurden. Tomek und Rachel warteten geduldig. Sie hatten es nicht eilig.

»Da ist diese Gruppe«, begann er, und Tomek machte sich bereit für das, was kommen würde, kaute auf seinem Zahnfleisch, als wäre es imaginäres Popcorn. »Sie ist auf Facebook. Eine Gruppe von Leuten wie ich.«

»Leute wie du?«

»Ja. Pädophilenjäger. Aber sie sind nicht alle wie ich. Es ist eine Gruppe von Menschen mit verschiedenen Hintergründen. Es gibt über zweihundert von uns, und jede Person bringt unterschiedliche Fähigkeiten mit.«

Fähigkeiten? Was war das? Eine Superhelden-Gruppe von Vigilanten-Pädophilenkillern?

»Die Gruppe ist, woher ich meine Ideen und Inspiration bekomme. Jemand postet die Details von jemandem, den sie verdächtigen, ein Raubtier zu sein, und ich nutze das, um meinen Hinterhalt vorzubereiten. Manchmal posten sie Sichtungen von Leuten auf der Straße, die sie konfrontiert haben. Es ist wie eine Nachbarschaftswache, aber für Pädophilenjäger.«

»Diskutiert ihr darüber, sie zu töten?«

Richard schüttelte den Kopf. »Ich überprüfe jedes Mitglied, und ich bin nie auf jemanden gestoßen, der erwähnt hat, einen Pädophilen zu töten. Wir wollen sie nur ins Gefängnis bringen und aus der Gesellschaft entfernen, damit sie niemandem mehr schaden können.«

»Nun, irgendjemand tötet sie«, sagte Rachel und sprach zum ersten Mal. »Ist es möglich, dass jemand in der Gruppe auf eigene Faust handelt?«

Richard zuckte mit den Schultern. »Möglicherweise.«

Tomek dachte, dass es keine Möglichkeit war; es war höchst wahrscheinlich, dass die Person, nach der sie suchten, irgendwo in dieser Online-Community lauerte. Es entlastete Richard jedoch nicht vollständig, und Tomek war darauf bedacht, ihn an diese Tatsache zu erinnern.

»Wie hat es also funktioniert?«, fragte er. »Du würdest ihnen die Informationen schicken, und dann würden sie sich darum kümmern? Oder war es umgekehrt - jemand schickte dir die Informationen über das Opfer, und du hast dafür gesorgt, dass sie nie wieder jemandem schaden? Ich schätze, das ist die perfekte Tarnung.«

»Warum sollte ich das tun? Das macht mich zum offensichtlichen Verdächtigen. Ich habe die Schule vielleicht ohne Abschluss verlassen, aber ich bin nicht dumm, Detektiv. Ich habe Ihnen gesagt, dass ich nichts mit ihren Morden zu tun hatte, und ich weiß nicht, wer sie getötet hat.«

Richard log. Tomek konnte es spüren. Das einzige Problem war, dass er nicht wusste, wie er es beweisen sollte.

»Wie heißt die Gruppe?«, fragte er.

»Die Königliche Gesellschaft für Extrembügeln.«

Tomek wäre fast in Gelächter ausgebrochen.

»Ist das ein Witz?«, fragte Rachel.

»Nein«, antwortete Richard streng.

»Ist 'Bügeln' zufällig ein Euphemismus für Töten?«

»Nein. Es ist eine echte Gesellschaft, die existiert, nur unter einem anderen Namen.«

Nachdem er sich innerlich gefasst hatte, stieg Tomek wieder in das Gespräch ein. »Und du dachtest, es wäre einzigartig und obskur genug, um sicherzustellen, dass nicht einfach jeder beitreten kann.«

»Genau. Wir mussten es geheim halten, unter uns. Wir wollten nicht, dass irgendwelche Raubtiere, die unter dem Radar geflogen sind, reinkommen und möglicherweise das, was wir taten, ihren kleinen Pädo-Kumpels verraten könnten. Und wir wollten definitiv keine Polizei reinlassen.«

»Aber einen Mörder in eure Reihen eindringen zu lassen, ist in Ordnung?«

»Und einen Kinderschänder in eure reinzulassen, ist genauso akzeptabel, oder?«

Tomeks Atem stockte. Es war das zweite Mal, dass er solchen Schwachsinn hörte, und er wurde zunehmend intoleranter dagegen.

»Wovon redest du?«

»Lies die Nachrichten und finde es selbst heraus. Einer von euren... ein Sexualstraftäter. Widerlich.«

Darauf hatte Tomek nichts zu sagen. Bevor Richard die Oberhand gewinnen konnte und bevor Tomek über den Tisch sprang und Vergeltung für den blauen Fleck an seinem Kopf und die pochenden Kopfschmerzen suchte, die ihn vierundzwanzig Stunden lang begleitet hatten, unterbrach Tomek das Interview und ließ Richard mit seinem Anwalt zurück, um ihren nächsten Aktionsplan zu besprechen.

Als Tomek zu seinem Schreibtisch zurückkehrte, fand er einen Umschlag mit seinem Namen darauf vor. Er riss ihn auf und zog die Karte heraus. Ihm entgegen starrte eine Illustration eines Geistes, der zu einem Publikum aus Kürbissen sprach. Neben den Augen des Geistes stand: "Du bist *geisterhaft* eingeladen". Tomek öffnete die Karte und las im Inneren:

An: Tomek und Katie,

Ihr seid herzlich eingeladen zur jährlichen Halloween-Party bei mir zu Hause. Wir werden leckere Häppchen, teuflisch köstliches Abendessen und eine fang-tastische Zeit haben.

Wann: 31. Oktober, 19 Uhr

Liebe Grüße, Nadia

Tomek schaute durch den Raum zu der schwangeren Frau, die an ihrem Schreibtisch saß und auf ihren Bildschirm starrte. *Gott sei ihr gnädig*, dachte er. Als Mutterfigur des Teams liebte sie es, Partys zu schmeißen und nutzte jede Gelegenheit, um ihre Rolle als beste Gastgeberin im Team zu festigen. Geburtstagsfeiern, Arbeitsjubiläen, und niemand konnte ihre legendären Weihnachtsfeiern vergessen, die bis in die frühen Morgenstunden dauerten. Bis hin zu ausgefalleneren Feiern wie Geburtstage der Partner und Jahrestage abgeschlossener Ermittlungen (natürlich zum Gedenken an die Opfer). Einmal hatte sie sogar den Jahrestag der Kastration ihrer Katze gefeiert. Er habe ein Jahr ohne seine Eier überlebt, hatte sie gesagt, und sie wollte ihn dafür würdigen, dass er so lange ohne sie ausgekommen war. Sie hatte dann hinzugefügt, dass die meisten Männer, die sie kenne, einschließlich ihres Ehemanns und Tomek, nicht einmal eine Minute ohne ihre Eier leben könnten, geschweige denn ein ganzes Jahr.

Er warf der Karte noch einen Blick zu, bevor er sie wieder auf seinen Schreibtisch legte. Er würde später darüber nachdenken. Jetzt war nicht der richtige Zeitpunkt. Stattdessen suchte er nach den Fallnotizen von Richard Williams' Besuch im Haus von Timothy Rosenthal. Doch bevor er sie durchlesen konnte, klingelte sein Telefon. Es war Harriet Montgomery, eines der Opfer von Gary Kershaw. Ein Knoten bildete sich in seinem Magen, als er den Namen erkannte; er hatte vorgehabt, sie und ihren schwer fassbaren Bruder zu kontaktieren, war aber durch andere Ermittlungszweige abgelenkt worden.

»Er ist verschwunden«, sagte sie ihm. »Niemand hat ihn seit drei Tagen gesehen oder mit ihm gesprochen. Wir machen uns alle langsam Sorgen. Glauben Sie, dass das etwas mit Ihren Ermittlungen zu tun haben könnte?«

»Nicht, wenn er kein Sexualstraftäter war«, sagte Tomek ohne den geringsten Anflug von Taktgefühl. »Ich meine, ich bin sicher, er wird schon irgendwann wieder auftauchen.«

»Können Sie uns helfen?« Wenn sie von seiner früheren Bemerkung beleidigt war, ließ sie es sich nicht anmerken.

Tomek blickte auf die Halloween-Karte vor ihm, seine Augen verloren sich im Orange des Kürbisses. »Ich kann heute Abend vorbeikommen, wenn Sie möchten? Ich muss hier nur noch etwas fertigstellen und dann komme ich vorbei.«

Das schien sie zu beruhigen, und nachdem er das Gespräch beendet hatte, eilte er zur anderen Seite des Raumes zu DC Oscar Perez. Er fand den Mann kerzengerade auf seinem Stuhl sitzend, sein Körper verkörperte die perfekte Haltung am Arbeitsplatz.

»Herr Perez«, begann Tomek und ließ die Akten auf Oscars Schreibtisch fallen. »Sie haben sich diese durchgesehen, nicht wahr?«

»Eigentlich waren das ich und DS Campbell, Sir.«

»Also waren es *Sie*, oder?«

»Und DS Campbell.«

Tomek gab schnell auf, diesen Kampf zu gewinnen, und fuhr fort. »Haben Sie etwas Verdächtiges darin gefunden? Irgendeinen Grund, warum Richard Williams sie mitten in der Nacht durchgesehen haben könnte?«

»Eigentlich nicht. Aber jetzt, wo Sie es erwähnen...« Oscar wandte seine Aufmerksamkeit dem Bildschirm zu. Wenige Sekunden später lud er ein Dokument in HOLMES 2 hoch. Es war eine Zusammenfassung der Beweise, die auf Timothy Rosenthals Laptop und Handy gefunden wurden. »Ich habe mir anfangs nicht viel dabei gedacht, aber jetzt, wo wir wissen, dass Jimmy Hunter eigentlich ein gewisser Richard Williams ist...« Als er pausierte, war Tomek sicher, dass er es absichtlich tat, als weitere Demonstration seiner Unausstehlichkeit.

Tomek lehnte sich vor und beobachtete, wie sein Kollege eine bestimmte Textstelle markierte. Und dann verzieh Tomek ihm jede kleine nervige Angewohnheit, die er über die Jahre gehabt hatte.

Mit den neuen Informationen bewaffnet klopfte er Oscar auf den Rücken und machte sich auf den Weg zum Verhörraum.

———

Die kurze Pause hatte Richard Williams und seinem Anwalt Zeit gegeben, ihren Aktionsplan zu besprechen. Und als Tomek in den Verhörraum zurückkehrte, stieß er auf eine Mauer des Schweigens. Als hätte Richards Anwalt ihn gezwungen, seinen Mund mit Sekundenkleber zu versiegeln.

Aber das störte Tomek nicht. Er war sicher, dass er die Beweise hatte, um ihn wieder zum Reden zu bringen.

Er legte einen Ausdruck auf den Tisch und schob ihn zu Richard hinüber. Er gab ihm Zeit, ihn durchzulesen. All die Zeit, die er brauchte.

Als seine Augen darüber glitten, klappte Richards Mund tatsächlich auf, und seine Augen weiteten sich auf die Größe von Esstellern.

»Möchten Sie das erklären?«, fragte Tomek.

Richard wollte nicht. Sein Mund mochte offen sein, aber die Worte kamen nicht heraus. Noch nicht.

»Wissen Sie, ich glaube, das ist es, wonach Sie gesucht haben.« Tomek griff in die Mappe und holte ein Foto heraus. Er schob es hinüber. »Und ich denke, Sie haben auch danach gesucht.«

Richard hatte nicht den Mut, das Foto von sich selbst anzusehen, wie er auf einer Parkbank mit einem kleinen, minderjährigen Mädchen saß.

»Ich dachte, Sie sagten, Sie hätten keine Kinder, Richard?«

»Ich... ich habe keine.«

»Und auch keiner Ihrer Freunde oder Familienmitglieder, sagten Sie.«

»Sie... sie haben keine.«

»Wer ist dann das Mädchen auf diesem Bild? Es kann keines der Mädchen sein, die Sie in Ihren Lockvogel-Operationen vorgeben zu sein, denn soweit ich verstehe, sind das alles Sie.« Tomek lehnte sich auf seinem Stuhl nach vorne und tippte mit dem Finger auf das Gesicht des kleinen Mädchens. »Also, wer ist sie?«

»Sie ist... eine Freundin.«

»Haben Sie viele kleine Kinder als Freunde, Richard? Was ist mit dieser hier? Ist sie auch Ihre Freundin?«

Tomek holte ein weiteres Foto hervor und schob es über den Tisch, wobei er es ordentlich neben das erste legte. Dieses Mal zeigte das Foto Richard, wie er Hand in Hand mit einem Mädchen ähnlichen Alters wie das erste durch einen Park ging. Enttäuschenderweise passte keines der Mädchen auf die Beschreibung des Mädchens im roten Mantel.

»Ist das der Grund, warum Sie in dieser Nacht in Timothy Rosenthals Haus waren?«, fragte Tomek. »Weil Sie nicht wollten, dass wir diese Fotos finden? Ist das der Grund, warum Sie Timothy Rosenthal getötet haben? Weil er Sie erpresst hat? Ist das der Grund, warum Sie all diese Lockvogel-Operationen eingerichtet haben – um die Schuld über das, was Sie getan haben und wer Sie sind, zu verbergen? Oder damit es ohne Konkurrenz mehr Beute nur für Sie gibt?«

Tränen bildeten sich in Richards Augen, und sein Gesicht begann sich zu verziehen. Seine Unterlippe zitterte und sein Kinn bebte. Das Weinen hielt an, während Tomek ihm erklärte, dass er wegen Grooming von Minderjährigen, des Mordes an Timothy Rosenthal, des Mordes an Gary Kershaw, Einbruchs und der Körperverletzung eines Polizeibeamten verhaftet sei.

KAPITEL
DREIUNDVIERZIG

Tomek hatte es geschafft, noch vor Sonnenuntergang aus dem Büro zu schleichen. Allerdings hatte er den dummen Fehler begangen, während der Hauptverkehrszeit loszufahren. Was eine zehnminütige Fahrt nach Shoeburyness hätte sein sollen, hatte sich in dreißig Minuten verwandelt, und als er ankam, waren die Straßen bereits von Laternen beleuchtet und die Temperaturen drastisch gesunken.

Harriet Montgomery öffnete ihm die Tür in ihrem Trainingsanzug, wobei der Pullover von einer Schulter hing und den Träger ihres BHs sichtbar machte. Dunkle Augenringe hingen unter ihren Augen und ihre Haut wirkte blasser als bei ihrem letzten Treffen. Ganz zu schweigen davon, dass sie dünner aussah, ausgemergelter. Es dauerte einige Sekunden, bis sie sein Erscheinen an ihrer Tür registrierte.

»Ach, Sie sind es«, sagte sie schließlich.

»Haben Sie jemand anderen erwartet?«

»Nein...«

»Macht es Ihnen etwas aus, wenn ich hereinkomme?« war seine höfliche Art zu fragen, ob er aus der Kälte kommen könne.

Mit ihrer Aufmerksamkeit ganz woanders (so weit weg vom

gegenwärtigen Moment wie möglich), trat Harriet beiseite, um ihn durchzulassen. Diesmal begutachtete er das Haus beim Eintreten genauer. Die Schuhe, die unordentlich auf dem Boden lagen, die Kleidung, die in einem Haufen auf der Treppe abgeworfen worden war, die Staubschicht, die das Treppengeländer bedeckte. Selbst im Flur war es weit entfernt von seinem Besuch vor nur wenigen Wochen. Das Haus war totenstill. Kein Brutzeln oder Scheppern kam aus der Küche. Kein Trippeln kleiner Füße auf den Dielen im Obergeschoss.

Und dann, als er ins Wohnzimmer trat, erfuhr er, warum.

Vier verzweifelte, schockierte und niedergeschlagene Gesichter starrten zu ihm auf. Jedes sah schlimmer aus als das andere. Er fühlte sich, als würde er mitten während einer Naturkatastrophe ein Traumazentrum betreten. Vor ihm waren zwei Gesichter, die er erkannte, und zwei, die er nicht kannte.

Die beiden, die er nicht kannte, gehörten zu Männern. Beide, so vermutete er, waren die Männer der Familie. Harriets Bruder und Vater.

»Danke, dass Sie gekommen sind«, sagte ihre Mutter, als sie aufstand, um ihm die Hand zu schütteln. »Wir wissen es wirklich zu schätzen, dass Sie sich die Zeit nehmen, uns zu treffen.«

Tomek schüttelte ihre Hand langsam, zögernd, während er seinen Blick durch den Raum schweifen ließ. Je länger er dort stand, desto mehr fühlte er sich, als würde er mitten in einen Manson-Kreis treten. Er bereitete sich still und innerlich auf das Schlimmste vor.

»Bitte, nehmen Sie Platz.«

Vorsichtig tat Tomek, wie ihm geheißen, und behielt ein Auge auf der Tür, das andere auf dem kleinen Mädchen, das neben Harriets Mutter saß. Seit Tomek sie zuletzt gesehen hatte, hatte sich Harriets Tochter fast verdoppelt, und sie schien kaum wiederzuerkennen. Harriet, die ihm folgte, fand einen Platz neben ihrem Vater und legte die Hände auf ihre Knie, starrte in den Teppich. Währenddessen legte ihre Mutter eine tröstende Hand auf ihre Schulter.

»Wie Sie sehen können, Herr Kommissar«, begann sie und zeigte auf ihren Sohn. »Unser Donovan wird nicht vermisst. Aber wir brauchen Ihre Hilfe.«

»In Ordnung...«

»Seit Sie hier waren und seit die Nachricht herauskam, dass Gary Kershaw eines der Opfer dieses Selbstjustiz-Mörders war, den Sie am Hals haben, leidet unsere Harriet. Sie leidet schwer.«

Das konnte Tomek sehen. Sie wirkte wie ein Schatten ihrer selbst.

»Es spielt keine Rolle, wie sie an das Zeug gekommen ist, wir müssen sie nur davon runterkriegen.«

»Um welches Zeug geht es genau?«

»Heroin.«

Tomek fühlte sich nicht wohl dabei, dass Harriets Tochter anwesend war. Jemand so Junges, der einem so erwachsenen und potenziell belastenden Gespräch beiwohnte.

»Verzeihen Sie«, sagte er, »aber was genau soll ich Ihrer Meinung nach tun?«

»Sie haben sie in diese Lage gebracht. Wir wollen, dass Sie sie da rausholen.«

»Ich?«

»Ja. Mit Ihrem Foto und Ihren Fragen.«

»Es wäre so oder so herausgekommen, dass Kershaw gestorben ist. Ich kam nur vorbei, um Sie zu warnen, bevor die Nachricht Sie erreicht.«

»Ja, und jetzt sehen Sie, wo wir stehen.«

Tomek nahm sich einen Moment, um sich zu sammeln. Er konnte nicht glauben, was er da hörte.

»Es tut mir leid, aber ich sehe nicht, wie das meine Schuld sein soll. Obwohl ich volles Mitgefühl habe, denke ich nicht, dass mir die Schuld zugeschoben werden sollte.«

»Also sind Sie nicht bereit zu helfen?«

»Natürlich möchte ich helfen. Aber ich bin mir nicht sicher, *wie* genau. Das Einzige, was ich vorschlagen kann, ist, mit einem unserer Berater zu sprechen, der Vergewaltigungsopfern und Opfern von Gewaltverbrechen hilft. Sie haben ein Team von Leuten, die Ihnen mehr Orientierung bieten können als ich, fürchte ich. Hat Harriet schon früher unter Drogenmissbrauch gelitten?«

Ihre Mutter nickte langsam, dann wandte sie sich ihrer Tochter zu, die weiterhin niedergeschlagen und abwesend wirkte. »Ja, aber nicht so schlimm wie jetzt. Damals konnten wir es unter Kontrolle halten. Aber das ist sieben Jahre her.«

Sieben Jahre. Genau um das Alter, als sie die Vergewaltigung erlitten hatte. Er konnte sich nicht vorstellen, wie das Leben für sie in diesem Alter gewesen sein musste. Hinzu kam die Tatsache, dass sie gerade in die Pubertät gekommen war. Die Hormone, die chemischen Ungleichgewichte, das Leiden, die Veränderungen ihres Körpers, die Veränderungen ihres Lebens. Und wie sie schon in so jungen Jahren Drogenmissbrauch entwickelt hatte... Gary Kershaw hatte das verursacht. Gary Kershaw war für alles verantwortlich gewesen. Und es war ekelhaft, wie schnell sich alles verändert hatte. Wie sie noch vor wenigen Wochen sprudelnd, lebendig und beseelt gewesen war, und jetzt sah sie aus, als würde sich die letzte ihrer Seele darauf vorbereiten, ihren Körper zu verlassen.

»Ich werde in jeder möglichen Weise helfen«, sagte er plötzlich. »Sie haben meine Handynummer, und ich werde Sie mit einigen Leuten in Kontakt bringen. Ich werde mit meinem Vorgesetzten sprechen und sehen, ob wir noch mehr tun können, um zu helfen.«

»Danke«, sagte Harriets Vater. Seine Stimme war tief und respektvoll. Tomek war überrascht von ihm; er hatte nicht geschrien, er hatte Tomek nicht bedroht oder eingeschüchtert. Keiner von ihnen hatte das getan. Vielleicht hatten sie im Laufe der Jahre erkannt, dass nichts davon einen Sinn hatte. Dass es nichts brachte. Dass Mitgefühl und Zurückhaltung die einzigen Wege waren, um im Leben voranzukommen.

Tomek respektierte sie enorm.

Er wandte sich Harriets Bruder zu.

»Sie werden also nicht vermisst?«

Sein Gesicht hellte sich auf, als er verlegen lachte. »Nein, überhaupt nicht. Tut mir leid, dass ich Sie neulich verpasst habe. Nur ein Missverständnis. In der Nacht von Gary Kershaws Mord habe ich die kleine Gracey mit dem Auto ausgefahren. Sie wollte Rennen fahren, also sind wir nach Canvey Island gefahren. Wir kamen erst in den frühen Morgenstunden zurück.«

»Ja«, fügte Harriets Mutter hinzu. »Und wir haben mit ihm darüber gesprochen. Glauben Sie mir, es wird keine nächtlichen Ausflüge mehr geben, bis alles wieder normal ist.«

Was auch immer für diese Familie »*normal*« *war,* dachte Tomek, während er sich verabschiedete und zum Auto zurückging.

KAPITEL
VIERUNDVIERZIG

Zwei Tage waren vergangen, seit Richard Williams verhaftet und wegen seiner umfangreichen Liste an Straftaten angeklagt worden war. Und das Team war immer noch keinen Schritt näher daran, die Beweise zu finden, die ihn mit dem Mord an Timothy Rosenthal in Verbindung bringen würden. Ja, sie hatten die DNA-Beweise, die belegten, dass er zum Zeitpunkt von Tomeks Ankunft im Haus gewesen war, aber nichts deutete darauf hin, dass er derjenige gewesen war, der Timothys Penis abgetrennt und in seinen Mund gestopft hatte. Keine Fasern, keine Fingerabdrücke, keine Haarfollikel. Nichts. Ein Forensik-Team war geschickt worden, um Richards Haus zu analysieren, wo sie seinen Laptop und Zahnbürstenproben sichergestellt sowie einige weitere Proben seiner Kleidung genommen hatten. Alles, was sie in die Hände bekommen konnten, solange sie Zugang dazu hatten. Jetzt war es nur noch ein Geduldsspiel, um zu sehen, welche Ergebnisse die digitale Forensik-Gruppe aus Richards elektronischen Geräten ziehen konnte.

Seither hatte sich die Dringlichkeit innerhalb des Teams beruhigt. Sie hatten ihren Mann. Alles, was sie jetzt noch tun mussten, war sicherzustellen, dass sie es innerhalb des vorgegebenen Zeitfensters beweisen konnten.

Aber Tomek war nicht überzeugt.

»Ich sage nicht, dass er völlig unschuldig ist«, begann er und sprach dabei zum ganzen Raum während ihrer morgendlichen Besprechung. »Offensichtlich sind die Fotos von ihm und den Mädchen und dass er mir eins über die Rübe gegeben hat, unwiderlegbar, aber ich glaube einfach nicht, dass Richard Timothy getötet hat. Oder gar Gary Kershaw.«

»Erklär dich.« Nick, der in den letzten Tagen mit bürokratischem Unsinn beschäftigt gewesen war, hatte ihnen endlich die Ehre seiner Anwesenheit geschenkt.

»Ein paar Gründe. Die laminierten Ausdrucke für-«

»Du und deine verdammte Laminier-Faszination«, unterbrach Tony und verdrehte die Augen. »Du hast einen Ständer dafür und lässt nicht locker.«

»Und du hast einen Ständer für Richard Williams.« Ihre Blicke trafen sich, keiner war bereit nachzugeben. »Mal sehen, wer am Ende den größten Ständer hat, ja?«

»Ein guter altmodischer Ständer-Wettbewerb. Aufregend!« sagte Nadia zu jedermanns Überraschung. Als sie bemerkte, dass der Raum sie anstarrte, traf sie die weitere Erkenntnis dessen, was sie gesagt hatte. »Sorry, das sind die Hormone. Die spielen mit meiner Gehirnchemie und lassen mich denken, dass alles, was ihr Jungs sagt, urkomisch ist. Babygehirn lässt einen die verrücktesten Dinge tun.«

Das Team kicherte leise. Tomek und Tony starrten sich weiterhin an.

»Zweitens«, fuhr Tomek fort, »glaube ich nicht, dass Richard Timothy getötet hat, weil er nicht fast vierundzwanzig Stunden nach dem Mord zum Haus des Mannes gegangen wäre - *nachdem* wir und der Rest von Essex' Besten das Haus durchsucht hatten. Ich denke, er hat erst *nach* den Morden davon erfahren, sah seine einzige Chance, an die Akten zu kommen, die Rosenthal über ihn hatte, und nutzte sie. Er riskierte, erwischt zu werden, um sicherzustellen, dass er nicht erwischt wird.«

»Du denkst, der Mörder hat mit ihm kommuniziert?« fragte Nick.

Tomek zuckte mit den Schultern. »Ich denke, wir werden es

herausfinden, sobald die digitale Forensik mit der Durchsicht seiner Geräte fertig ist.«

Eine kurze Stille, dann erhob sich eine Hand in die Luft. Die von DC Perez. »Eigentlich«, sagte der Captain, »sind sie bereits fertig.«

Nick klatschte laut in die Hände. Der Klang hallte durch den Raum. »Fantastische Neuigkeiten, Captain! Und?«

Oscar rutschte in seinem Stuhl in eine bequemere Position und legte einige Notizen auf den Tisch vor sich. »Ich fürchte, es ist eine Mischung aus Gutem und Schlechtem. Auf der positiven Seite konnten sie Beweise dafür finden, dass Richard Mädchen online angebahnt hat. Er schrieb ihnen auf Facebook, TikTok und Instagram Nachrichten und gab vor, ein Freund oder Kollege ihrer Eltern zu sein. Ziemlich harmlose Sachen zunächst, bis er sie um ein Treffen bat. Er erzählte seinen Opfern, dass er die Beziehung ihrer Eltern besprechen müsse. Dass sie eine schwere Zeit durchmachten und dass sie sich immer auf ihn verlassen könnten. Natürlich nahmen die Dinge dann eine unangenehmere Wendung, aber das Endergebnis war dasselbe. Wir wissen nicht, ob es zu sexuellen Handlungen zwischen Williams und den Mädchen kam.«

»Wissen wir, wer sie sind?« fragte Nick.

»Ja. Ihre Namen und Kontaktinformationen stehen auf ihren Profilseiten.«

»Großartig. Dann möchte ich, dass du und Anna mit den Familien sprechen. Lasst sie wissen, was passiert ist.«

Tony räusperte sich, bevor er sprach. »Sieht eines der Mädchen aus wie das Mädchen im roten Mantel?« Die Hoffnung und Aufregung in seiner Stimme waren offensichtlich.

Es dauerte eine Weile, bis Oscar antwortete. »Ich glaube nicht. Richard mochte sie… älter. Das jüngste Mädchen ist laut den Daten zwölf Jahre alt. Was sie außerhalb unserer Altersgruppe setzt.«

»Mistkerl.«

»Sprecht trotzdem mit ihnen, bietet ihnen jede Unterstützung an, die sie brauchen«, fügte Nick ruhig hinzu. Dann: »Bitte, Oscar, fahre fort.«

»Richtig, Sir. Nun die schlechten Nachrichten… Sie haben seine

Dateien durchgesehen und keine Erwähnung oder Nachrichten zwischen ihm und jemand anderem gefunden, die sich auf die Morde beziehen. Es gibt nichts, was darauf hindeutet, dass er es allein oder mit jemand anderem geplant hat. Nichts.«

»Und du bist sicher?« fragte Tony.

»Ich bin sicher, dass das die Information ist, die vor mir liegt, *ja*.«

Wenn er ein »eigentlich« hätte einfügen können, hätte er es getan. Aber etwas hielt ihn zurück, und der Rest des Raumes spürte es.

Nick schritt ein, bevor Tony im Kreis laufen konnte. Was so einfach, so klar erschienen war, schien jetzt wieder weit offen zu sein. Und der Mann konnte damit nicht umgehen.

Oscar fuhr fort. »Es ist nicht *alles* zum Verzweifeln. Es gibt über zweihundert Mitglieder der Royal Society for Extreme Ironing. Die digitale Forensik hatte nicht die Zeit, jeden einzelnen zu durchforsten – das ist eigentlich unsere Aufgabe – aber was sie getan haben, ist, die Namen zu exportieren und sie basierend auf dem geografischen Standort abzugleichen. Laut diesem Bericht sind sie zuversichtlich, dass es nicht weniger als vierundzwanzig Personen aus Essex in dieser Gruppe gibt. Zwölf Prozent. Eine der größten Sektionen.«

»Meine Güte, wir hassen Vergewaltiger und Kinderschänder hier wirklich, oder?« bemerkte Tomek flapsig.

»Aber nicht so sehr, wie ich diese Mistkerle unten an der Strandpromenade hasse«, sagte Chey. »Diese Bastarde haben mir zu viel für eine Tüte Pommes berechnet. Und sie hatten zu viel Essig drübergekippt!«

Der Raum starrte ihn an, ihre fassungslose Stille war unermesslich. »Ja, weil das *genau* das Gleiche ist«, sagte Nick mit leichter Stimme. Zu Tomeks Überraschung fand der Hauptkommissar die lustige Seite der Bemerkung. Kam er allmählich auf den Gedanken, etwas... spaßiger zu sein? Oder war es nur, wenn Chey etwas Witziges sagte?

»Noch etwas hinzuzufügen?«, fragte Nick Oscar, um das Gespräch wieder in die richtige Bahn zu lenken.

»Noch eine Sache. In seinem Interview sagte Richard, dass er alle Mitglieder überprüft, um die Gruppe vor verdeckt arbeitenden Pädophilen und dergleichen zu schützen. Und das stimmt auch. Jeder kann identifiziert werden. Außer einer Person. Ein Charlie Hampton.«

Tomeks Ohren spitzten sich. Der Name ließ die Alarmglocken in seinem Kopf schrillen. Charlie. Charlie. Der gleiche Name wie der Junge in seinen Träumen. Der gleiche Name wie die Person, die seinen Bruder getötet hatte. Es konnte doch nicht dieselbe Person sein, oder? Er wusste, dass die Chancen astronomisch gering waren, und selbst die Idee war lächerlich... aber er hatte dreißig Jahre lang Hoffnung gehegt. Er würde sie jetzt nicht schwinden lassen.

»Das einzige Problem ist«, fuhr Oscar fort, »dass Charlie Hamptons Standort laut der technischen Zauberei, die das digitale Forensik-Team anwenden konnte, meilenweit entfernt ist. Unten in Exeter.«

»Exeter?«

»Der Ort am Meer, Sir«, fügte Sean harmlos hinzu.

»Ja, danke dafür, Sean. Also ist diese Person nicht überprüft und kommt aus Exeter. Wenn es niemanden gibt, den wir befragen können, dann müssen wir es vorerst dabei belassen. In der Zwischenzeit muss mit jedem einzelnen dieser vierundzwanzig Personen gesprochen werden. Wir müssen wissen, was sie wissen, und wir müssen es schnell wissen.«

KAPITEL
FÜNFUNDVIERZIG

Tomek erhielt die Namen der zwei Extrembügler, wie sie genannt wurden, mit denen er sprechen sollte, kurz nach dem Meeting. Rachel war zu seinem Schreibtisch gekommen und hatte ihm die Details gegeben – natürlich erst, nachdem sie über die Halloween-Party gesprochen hatten. Das schwebte immer noch im Hintergrund von Tomeks Gedanken. Jedoch stand es bei allen anderen im Vordergrund. Auch bei Rachel, die bereits über die Ausschweifungen aufgeklärt worden war, die typischerweise bei dieser heiß erwarteten Veranstaltung stattfanden.

»Weißt du schon, was du anziehen wirst?«, hatte sie ihn gefragt.

Er hatte geantwortet, dass er es nicht wüsste. Dass er wahrscheinlich im gleichen Kostüm wie immer gehen würde. Locher-Tomek. Ein Kostüm, das aus drei blutigen Löchern auf der rechten Seite seines Körpers bestand. Ein Kostüm, das von einer Episode von *The Office* inspiriert worden war und das stets mit Augenrollen und der Aufforderung, sich im nächsten Jahr mehr Mühe zu geben, quittiert wurde.

»Anscheinend ist das Thema 'dein schlimmster Albtraum'«, hatte sie hinzugefügt.

Tomek dachte nicht, dass es angebracht wäre, als toter Bruder aufzutauchen. Obwohl er fand, dass als Timothy Rosenthal oder Gary Kershaw zu erscheinen durchaus passender wäre.

———

Der erste Name auf seiner Liste war Kenny O'Malley. Der Extrembügler war das Gegenteil von dem, was Tomek erwartet hatte: ein mürrischer sechzigjähriger Mann, der nichts Besseres zu tun hatte, als seine Zeit im Internet damit zu verbringen, Fremde zu beschimpfen, ohne je praktisch etwas dagegen zu unternehmen.

Die Realität sah ganz anders aus. Erstens trug Kenny, als er Tomek die Tür öffnete, einen Anzug. Das war schon mal besser als der fleckige Trainingsanzug, den sich Tomek vorgestellt hatte.

Und als Tomek sich vorgestellt hatte, antwortete Kenny ruhig und sanft. Eine Verbesserung gegenüber der unzufriedenen Aggressivität, auf die er sich vorbereitet hatte.

Kenny O'Malley war Datenanalyst bei einem FinTech-Unternehmen in der Stadt und hatte bis zu seinem siebenundzwanzigsten Lebensjahr an der Universität Bristol studiert, mit einem Abschluss in Betriebswirtschaft und einem Master in Unternehmensanalyse. Kurz gesagt, er war ein intelligenter Mann. Aber welche Rolle er genau in der Extrembügler-Gruppe spielte, wusste Tomek nicht. Er beabsichtigte, es herauszufinden.

»Tee? Kaffee?«, fragte Kenny, als er Tomek ins Wohnzimmer führte.

»Ein Glas Wasser ist in Ordnung, danke.«

Kenny kehrte einen Moment später zurück, kaum genug Zeit für Tomek, die teure Einrichtung des Wohnzimmers zu erfassen.

»Ich hoffe, alles ist in Ordnung«, sagte Kenny, als er sich auf dem Sofa gegenüber niederließ. »Obwohl, nach Ihrer Geduld zu urteilen, ist nichts ernsthaft falsch.«

»Es ist beides, ja und nein, Herr O'Malley.«

»Na gut. Lassen Sie hören.«

»Sagen Ihnen die Namen Timothy Rosenthal und Gary Kershaw etwas?«

»Die Namen kommen mir nicht bekannt vor, Detektiv. Haben Sie zufällig Fotos von ihnen? Ich bin besser mit Gesichtern.«

»Gut, dass Sie fragen.«

Tomek griff in seine Tasche und zeigte die Fahndungsfotos von den ursprünglichen Verhaftungen der Straftäter. Der Blitz des Erkennens war deutlich auf Kennys Gesicht zu sehen, als hätte er gerade einen Zwanzig-Pfund-Schein auf dem Boden liegen sehen. Und dann hatte er cool getan, gleichgültig, während er versuchte, den Zwanziger subtil aufzuheben und in seine Tasche zu stecken, ohne dass es jemand bemerkte. Unglücklicherweise für ihn war Tomek aufmerksam genug, um es zu bemerken. Es war nicht seine größte Stärke, aber im Laufe der Jahre war ihm klar geworden, dass es eine Fähigkeit war, die man perfektionieren konnte, und nicht eine, mit der man geboren wurde.

»Nee, die kommen mir nicht bekannt vor«, sagte Kenny O'Malley.

»Sind Sie sicher?«

»Sollte ich sie kennen?«

»Nun, ihre Gesichter sind in den letzten Wochen online und im Fernsehen aufgetaucht. Es sei denn, Sie haben unter einem Stein gelebt.«

»Ich hatte viel mit der Arbeit zu tun.«

»Und was ist das genau?«

»Ich bin Datenanalyst.«

»Ja, und was ist das *genau*?«

»Ich schaue mir Daten an.«

»Richtig.«

»Und analysiere sie.«

»Großartig.«

»Und dann gebe ich meine Analyse weiter.«

»Oh, also nicht nur Datenanalyse? Man könnte Sie auch einen Datenanalyse-Informations-Weiterleiter nennen.«

»Es besteht kein Grund, sarkastisch zu werden.« Kennys Gesicht wurde flach, unbewegt.

»Und es besteht kein Grund, sich dumm zu stellen. Ich versuche nur, Ihnen ein paar Fragen im Zusammenhang mit einer Mordermittlung zu stellen.«

»Habe ich etwas falsch gemacht?«

»Das ist es, was Sie mir hoffentlich sagen können.« Tomek ließ seinen Blick durch das Wohnzimmer schweifen. Zu dem kunstvollen Spiegel über einem Holzofen. Zu der Ziegelmauerfassade, die ihn umgab. Zu dem teuren Mahagoni-Bücherregal auf der anderen Seite des Raumes, gefüllt mit Büchern aller Formen, Farben und Größen. Dann wandte sich Tomek wieder Kenny zu; das Gesicht des Mannes blieb gelassen. »Wissen Sie, für einen Extrembügler hatte ich erwartet, zumindest *ein* Bügeleisen auf Ihrem Kaminsims zu sehen.«

Bei der Erwähnung dieser zwei Worte erweiterten sich Kennys Pupillen und seine Stirn pulsierte.

»Ich bin mir nicht sicher, wovon Sie sprechen, Detektiv.«

»Interessant. Aber wissen Sie, dass das Belügen eines Polizeibeamten als Straftat angesehen werden kann, besonders wenn es etwas mit Ermittlungen zu einem Doppelmord zu tun hat?«

Nach der dünnen Schweißschicht zu urteilen, die sich auf Kennys Stirn zu bilden begann, wusste er plötzlich genau, wovon Tomek sprach.

»Was mir Kopfzerbrechen bereitet ist, wie ein Datenanalyst praktisch in einer Gruppe mitwirken kann, die darauf ausgerichtet ist, Pädophile und Vergewaltiger zu jagen und ins Visier zu nehmen. Vielleicht können Sie mir da weiterhelfen?«

Kenny O'Malley saß in fassungslosem Schweigen da. Seine Brust hatte aufgehört sich zu bewegen, und seine Nasenflügel blähten sich nicht mehr.

»So wie ich das sehe, und korrigieren Sie mich, wenn ich falsch liege, analysieren Sie – wie Sie es mit Ihren eigenen Worten sagen – die Daten und geben Ihre Erkenntnisse weiter. Im Kontext der Royal Society of Extreme Ironing bedeutet das, dass Sie die Daten hinter einem potenziellen Ziel analysieren und die Wahrscheinlichkeit bewerten, mit der Jimmy Hunter Erfolg haben wird, ihn in eine Falle zu locken. Klingt das ungefähr richtig?«

Selbst wenn Kenny O'Malley antworten wollte, war er dazu nicht in der Lage, weil die Synapsen in seinem Gehirn gerade auf Hochtouren arbeiteten, nur um ihn wieder zum Atmen zu bringen.

Tomek griff in seine Tasche und holte sein Handy heraus. Er entsperrte es und scrollte zu seinem Notizbereich. »Hier ist etwas, das Sie letzte Woche gesagt haben. „Da er sich in einem Umkreis von sechshundert Yards zur nächsten Schule befindet, würde ich die Wahrscheinlichkeit, dass er in die Falle tappt, auf fünfundneunzig Prozent schätzen". Warum die fehlenden fünf?«, fragte Tomek. »Ich meine, Sie haben fast zehn Jahre studiert, sich in Ihrem Unternehmen hochgearbeitet, einen Abschluss *und* einen Master erworben, nur um zu dem Schluss zu kommen, dass ein ehemaliger Pädophiler, der innerhalb von sechshundert Yards einer Schule lebt, wahrscheinlich wieder angreifen wird. Das ist ja wohl kaum Raketenwissenschaft, oder?«

»Bin ich hier verhaftet?«

Tomek beschloss, die Frage nicht zu beantworten. Am besten ließ er ihn schmoren und zu Gott beten, dass er es nicht war.

»Was haben Sie von der Gruppe?«, fragte Tomek.

»Wir säubern die Straßen. Und wir-«

»Ja, und Sie machen anscheinend einen besseren Job als wir. So höre ich es immer wieder. Aber was haben *Sie* persönlich von Ihrer Beteiligung? Stolz? Zufriedenheit? Oder gibt es auch einen finanziellen Vorteil dabei? Ich habe die Einnahmen gesehen, die Jimmy Hunter mit seinen Videos auf den verschiedenen Plattformen macht, und ich habe das Drecksloch gesehen, in dem er lebt. Also stimmt da etwas nicht. Teilt er es gleichmäßig unter euch allen auf, oder basiert es auf eurem individuellen Einsatz bei der Fangoperation? Ich kann das leicht herausfinden, ich habe mich nur gefragt, ob Sie so freundlich wären, mir die Zeit zu sparen.«

»Nicht unbedingt.« Kenny O'Malleys Angst und Besorgnis begannen zu verfliegen. Die Tatsache, dass Tomek ihn noch nicht verhaftet hatte, bedeutete, dass er es nicht tun würde, und ärgerlicherweise hatte Kenny nicht lange gebraucht, um das herauszufinden.

Aber Tomek war noch nicht aus dem Kampf ausgestiegen.

»Haben Sie irgendeine Ahnung, wer Timothy Rosenthal und Gary Kershaw getötet haben könnte? Nach dem, was ich in der Gruppe und in Ihren Nachrichten auf der Plattform finden konnte, sieht es so aus, als hätten Sie ihre Wahrscheinlichkeit für wiederholtes Fehlverhalten auf hundert Prozent geschätzt. Sie sind die einzigen beiden mit einer so prestigeträchtigen Auszeichnung. Warum ausgerechnet diese beiden?«

Tomeks Frage wurde mit Schweigen beantwortet.

»Sie hatten doch nicht zufällig etwas mit ihren Morden zu tun, oder?«

»Ich analysiere die Daten...«

»Und geben Ihre Erkenntnisse weiter, ja.« Tomek verdrehte innerlich die Augen. »Danach waschen Sie Ihre Hände in Unschuld und überlassen es jemand anderem, die Drecksarbeit zu erledigen?«

Keine Antwort.

Tomek hatte genug. Er dankte dem Mann für seine Zeit, überreichte ihm eine Visitenkarte und sagte ihm, dass er sich bald bei ihm melden würde.

Tomek hatte nicht die Absicht, den Mann zu verhaften. Er war nicht der Mörder. Er war nur der Datenanalyst. Aber das bedeutete nicht, dass er nicht in Betracht ziehen würde, ab und zu die Daumenschrauben anzuziehen. So viel Analyse wie möglich aus dem Mann herauspressen, bis er die Informationen weitergeben könnte.

KAPITEL
SECHSUNDVIERZIG

Ein Knoten von der Größe eines Fußballs hatte sich in Tomeks Magen gebildet. Heute würde ein Tag der Premieren werden.

Das erste Mal, dass er seinen Eltern eine Freundin vorstellte. Und das erste Mal, dass er den Todestag seines Bruders persönlich mit ihnen begehen würde. Jedes Jahr erhielt er seine Einladung. Jedes Jahr lehnte er ab. Stattdessen ging er zum Tatort seines Bruders und setzte sich auf die Schaukeln, schwang leise im Wind. Dachte nach, überlegte, sprach manchmal mit seinem Bruder. Jedes Mal ohne Antwort zu bekommen. Bis heute konnte er sich nicht dazu überwinden, das Grab seines Bruders zu besuchen.

Heute Abend wusste er, worauf er sich einließ. Eine Nacht voller Austausch – Erinnerungen, Momente, Gelächter, Witze. All die Dinge, die er nicht wollte. Nichts davon würde Michał zurückbringen. Überhaupt nichts. Er trug all diese Gedanken bereits in seinem Kopf. Er musste sie nicht immer wieder hören, dieselben Geschichten zehnmal wiederkäuen, nur um seine Mutter zufriedenzustellen.

Aber heute Abend hatte Katie darauf bestanden. Sie hatte es als dämonisch und geschmacklos bezeichnet, dass er die Einladung so lange ausgeschlagen hatte. Sagte, dass es ihm helfen könnte, die Wunden zu heilen, die Brücken wieder aufzubauen.

Er machte sich nicht viel Hoffnung.

Sie hielten vor dem Haus, umgeben von Dunkelheit, und stiegen aus dem Auto. Beide waren schick gekleidet. Tomek in einem hellblauen Hemd mit Jeans, die seinen Hintern enger umschlossen als ein Schlagzeugfell. Und Katie in einem dunkelblau-aber-nicht-ganz-schwarzen Kleid, das alle richtigen Stellen betonte. Sie wollte nicht aussehen, als ginge sie zu einer Beerdigung, kam dem aber so nahe, dass Tomek fast in Erwägung gezogen hatte, auf dem Weg dorthin beim Leichenschauhaus vorbeizuschauen.

Sie klopfte an die Tür. Wenige Sekunden später wurde sie von Dawid, Tomeks älterem Bruder, geöffnet. Trotz des Altersunterschieds von fünf Jahren sah Dawid so jung aus wie – wenn nicht sogar jünger als – Tomek. Es war, als besäßen sie alle ein Benjamin-Button-Gen, das den Alterungsprozess hemmte. Und Tomek hasste ihn dafür. In seiner Kindheit war Dawid immer der Athletischere, der Gutaussehendere, der Intellektuellere, der Erfolgreichere gewesen. Derjenige, zu dem alle aufschauten, den sie am höchsten auf den Sockel stellten. Und das hatte Tomek dazu verdammt, von den Rängen aus zuzusehen, wie Dawid all die Meilensteine erreichte, die Tomek nie schaffen konnte.

Eine erfolgreiche Karriere, auf die seine Eltern stolz waren. Die Heirat mit einer wunderschönen und ebenso erfolgreichen Frau. Eine Familie mit drei Drillingsjungen.

Dawid der Heilige.

Dawid der verdammte Held.

»Guten Abend«, sagte Dawid, trat hinunter, um Tomek zu begrüßen und umarmte ihn. »Hast du zugenommen?«, fragte er. »Definitiv mehr Speck an den Liebesgriffen seit ich dich das letzte Mal gesehen habe.«

»Ja«, antwortete Tomek. »Wahrscheinlich das Gewicht, das du verloren hast. Du siehst krank aus, Alter.«

»Aneta hat mich auf so eine Diät gesetzt.«

»Eine von denen, wo du überhaupt nichts isst und dich dann wunderst, warum dein Körper zusammenbricht? Anscheinend voll im Trend heutzutage.«

Dawid wandte seine Aufmerksamkeit Katie zu und lächelte überschwänglich. »Und wen haben wir hier?«

»Sie ist vom Innenministerium«, sagte Tomek. »Sie ist gekommen, um deinen knochigen Arsch abzuschieben und dich dahin zurückzuschicken, wo du hergekommen bist.«

»Oh, ich kann es kaum erwarten!«

Dawid und Katie stellten sich einander vor und umarmten sich. Ein bisschen zu lang für Tomeks Geschmack, aber er beschloss, nichts zu sagen. Dawid bedeutete ihnen, zuerst das Haus zu betreten, und führte sie in die Küche im hinteren Teil, wo der Rest der Gesellschaft wartete. Tomek war kaum durch die Tür getreten, als er von einer Salve Nerf-Gun-Geschosse angegriffen wurde. Die kleinen Schaumstoffprojektile trafen seine Brust, seinen Oberschenkel und seinen Schritt, was ihn vor Schmerz zusammenkrümmen ließ. Die Täter dieses verheerenden Angriffs waren seine Neffen. Kristian, Patryk und Jakub, zehn Jahre alt.

»Was zum Teufel ist hier los?«, schrie Tomek, als er gegen die Wand knallte.

»Ausdrucksweise!«, donnerte die Stimme seiner Mutter von der anderen Seite des Raumes.

»Ich wurde in die Eier geschossen!«

»Ich schieße dir gleich in die Eier, wenn du dich nicht benimmst. Jetzt entschuldige dich bei ihnen.«

Widerwillig, mit dem Gefühl, gerade fünfunddreißig Jahre in die Vergangenheit versetzt worden zu sein, tat er, was ihm gesagt wurde. Dann begrüßte er seine Familie mit einer kurzen, unbeholfenen Umarmung für seine Schwägerin, die Neffen und schließlich seine Mutter. Als er zu seinem Vater kam, umarmte er den Mann am längsten und gab ihm einen herzlichen Klaps auf den Rücken. Von allen war er immer am frohsten, ihn zu sehen.

»Alle, das ist Katie. Katie, das sind alle.«

Die Kinder stellten sich als Erste vor. Sie taten dies, indem sie ihren Bauch mit Geschossen anpeilten und drohten, das Feuer zu eröffnen.

»Nein!«, schrie sie. »Nehmt das ganze Geld und lauft! Schießt nur nicht!« Und dann zog sie eine imaginäre Pistole und feuerte Schüsse auf sie alle ab.

Zu seiner Überraschung brachen die Opfer auf dem Boden

zusammen und hielten sich Bauch und lebenswichtige Organe. Es war das erste Mal, dass er das sah. Normalerweise, wenn er das Feuer auf sie eröffnete (manchmal mit einem Arsenal aus genervten und unbeeindruckten Blicken), stachen und schossen sie weiter auf ihn ein, bis er schließlich für fünf Minuten den Toten spielte. Aber nicht bei ihr – innerhalb von Momenten hatte Katie sie bereits für sich gewonnen. Überraschend effizient für jemanden, der keine Kinder mochte, bemerkte er.

»Das Essen ist in zehn Minuten fertig«, rief Tomeks Mutter. »Ihr seid genau zur richtigen Zeit gekommen.«

Die richtige Zeit, dachte Tomek. Nah genug am Essen, dass sie den Smalltalk hinter sich bringen konnten, bevor ihre Münder mit Essen gefüllt waren. Zweifellos würde er sich irgendeine Ausrede einfallen lassen, um früh zu gehen.

Auf dem Menü hatte seine Mutter heute Abend ein paar polnische Platten vorbereitet, eine Auswahl an kaltem Fleisch, das zu Röllchen geformt war, Käse in Würfeln und Scheiben, und halbierte Kiełbasa-Stücke, alle auf einem Bett aus Salat angerichtet. Sie hatte insgesamt drei Platten gemacht, wohl wissend, dass am Ende der Mahlzeit nichts davon übrig bleiben würde. Und sie hatte Recht: Es war ein Kampf ums Essen. Hände stürzten sich aus allen Winkeln auf die verschiedenen Teller mit Essen. Und Tomek war, zu Katies offensichtlichem Entsetzen, der Schlimmste von allen. Ohne es zu merken, hatte er sie ignoriert und sich an allem bedient, was er in die Finger bekommen konnte. Während sein Teller voll war, blieb ihrer leer. Und auf dem Tisch war für sie kaum noch etwas zum Auswählen übrig.

»Du egoistischer Mistkerl«, rief Dawid von der anderen Seite. Dann hob er seinen Teller zu ihr und forderte sie auf, sich zu bedienen. »Mein Bruder war schon immer so. Denkt immer nur an sich, nie an andere.«

»Besonders wenn es ums Essen geht«, fügte seine Mutter hinzu. »Sieht aus, als hätte er sich zu Hause auch an allem bedient.«

»Ja, danke, Mama.«

Katie lehnte Dawids Angebot ab und nahm stattdessen etwas von Tomeks Teller.

»Musst du zu Hause für Tomek kochen, Katie?«, fragte seine Mutter.

Der Knoten in Tomeks Magen zog sich fester zusammen. Das war's. Der Teil des Abends, vor dem er sich gefürchtet hatte. Das Verhör durch seine Familie. Von allen Seiten. Schüsse, die viel stärker und verletzender waren als jede Nerf-Kugel.

»Wir teilen uns die Aufgaben«, sagte sie mit einem leichten Anflug von Zurückhaltung. Als ob zu viel zu sagen sie beide irgendwie in Schwierigkeiten bringen könnte. »Aber Tomek ist ein guter Koch.«

»Wenn er will, da bin ich sicher.«

Tomek sagte nichts. Er hatte nichts zu sagen. Er aß weiter und genoss sein Essen. Im Laufe der Jahre hatte er gelernt, die Sticheleien auszublenden und die Kommentare zu ignorieren. In der nächsten halben Stunde konzentrierten sie sich auf Dawid und wie gut es ihm im Leben ging. Als Versicherungsmakler war er von Jahr zu Jahr erfolgreicher. Gut für ihn. Tomek konnte sich beim besten Willen keinen Scheißdreck darum scheren.

Und sobald sich das Gespräch auf ihn und seine Karriere verlagerte, begann er wieder abzuschalten.

»Wie läuft deine Ermittlung, Tom?«, fragte sein Vater.

Dieser Mann, von allen, war der Einzige, der ihm eine Antwort entlocken konnte. Er fühlte sich gezwungen zu antworten.

»Langsam«, antwortete er. »Wir haben unseren Hauptverdächtigen verhaftet, aber ich bin immer noch überzeugt, dass es da draußen noch einen weiteren Verdächtigen gibt, an den wir noch nicht gedacht haben.«

»Glaubst du, ihr habt den Falschen erwischt?«

»Das würde ich nicht sagen. Ich habe einfach das Gefühl, dass es mehr als einen gibt, das ist alles. Jemand, irgendwo, hilft ihm.«

»Lass es gut sein, Tomek«, fügte seine Mutter hinzu.

»Wie bitte?«

»Du und zwei Killer. Du denkst immer, dass noch jemand anders beteiligt ist. Erst war es dein Bruder, und jetzt-«

Tomek warf seine Serviette auf den Teller und stieß sich mit so viel Kraft vom Tisch ab, dass sein Stuhl umkippte.

»Wo gehst du hin?«

»Nach Hause.«

»Du gehst nirgendwo hin«, begann sie, aber es war bereits zu spät. Tomek hatte Katie aus ihrem Sitz gehoben und ging zur Tür. »Du kannst den Tisch nicht verlassen! Wenn du jetzt gehst, respektierst du nicht nur uns nicht, sondern auch deinen Bruder.« Seine Mutter blickte himmelwärts.

Tomek blieb in der Tür stehen. Die Schleusentore der Wut begannen sich zu öffnen. Und er musste gehen, bevor er etwas sagte, was er bereuen würde, aber als er den Mund öffnete, kam ihm jemand zuvor.

»Es tut mir leid«, sagte Katie, ihre Stimme bestimmt und streng. »Ich weiß, dass es nicht meine Aufgabe ist, das zu sagen, aber die Art und Weise, wie Sie Ihren Sohn behandeln, ist abscheulich, und Sie sollten sich schämen. Sie alle. Er ist nichts als freundlich, sanft, fürsorglich, und er ist erwachsener, als Sie ihm je zugestehen. Es hat viel Mut gekostet, heute Abend herzukommen. Wussten Sie, dass er sich immer noch die Schuld für das gibt, was seinem Bruder passiert ist? Dass kein Tag vergeht, an dem er nicht an ihn denkt. Ich bin sicher, es ist dasselbe für den Rest von Ihnen; Sie sind nicht die Einzigen, die an diesem Tag einen Angehörigen verloren haben. Er auch. Und er war derjenige, der ihn gefunden hat. Haben Sie jemals innegehalten, um sich in *seine* Lage zu versetzen, zu sehen, was *er* sieht, zu fühlen, was *er* fühlt, zu denken, was *er* denkt? Natürlich nicht, weil Sie alle noch an der Schuld festhalten, die Sie ihm zuweisen. Es sind dreißig Jahre vergangen. Ich denke, es ist Zeit, dass Sie alle weitermachen.«

Stille. Tiefe, wunderbare Stille. Tomek kämpfte gegen das Lächeln auf seinem Gesicht an und zog sie aus dem Raum, bevor jemand antworten konnte. Sie hatte ihnen die Meinung gesagt, ihnen genau erklärt, wie sie sich fühlte, und in diesem Moment verliebte er sich immer tiefer in sie. Zu seinen Eltern zu kommen, war vielleicht nicht die beste Entscheidung gewesen, aber es war sicherlich die richtige gewesen.

KAPITEL
SIEBENUNDVIERZIG

Mehr Rennen. Mehr Schreien. Mehr vom Gleichen.

Diesmal nichts Neues. Was mich überrascht. Mum und Dad und Dawid konnten meine Gedanken am Ende nicht durcheinanderbringen. Sie haben keinen Einfluss auf meine Erinnerungen, meine Albträume, woran ich mich erinnere. Ich könnte sie alle hinter mir lassen und würde mich trotzdem noch an die groben Umrisse des Gesichts erinnern. Und an den Namen.

Charlie.

Char-Leigh.

Aber die eine Konstante bleibt. Die eine Person, die mich glücklich macht und mir die Energie und den Fokus gegeben hat, die Träume weiter zu erforschen. Wir haben nicht so viel darüber gesprochen. Sie weiß, dass es ein schwieriges Gespräch für mich ist, aber sie hat so viel Verständnis gezeigt. Ich bin so froh, dass sie in mein Leben getreten ist. Ohne sie könnte Michals Mörder für immer verloren sein. Und jetzt haben wir etwas Hoffnung.

Ich *habe* etwas Hoffnung.

Und möge es lange so bleiben.

Katie, du wirst das nie lesen, aber ich liebe dich. Ich liebe dich, ich liebe dich und ich liebe dich.

Jetzt schaue ich mir wie ein richtiger Mann etwas Fußball oder eine brutale Fernsehsendung an.

KAPITEL
ACHTUNDVIERZIG

Mittagszeit. Das Knurren von Tomeks Magen übertönte alle anderen Geräusche im Büro. Das Tippen, die diskreten Telefongespräche, das ständige Klicken der Computermäuse.

Aber er war zu beschäftigt, um sich zu ernähren. Die Entdeckung der Online-Gruppe hatte jeden wachen Gedanken, jede Handlung und jeden Atemzug des Teams vereinnahmt. Sie alle waren entschlossen, den Mörder zu finden. Und Tomek hatte die letzten Stunden damit verbracht, das Nachrichtenforum zu durchforsten, jede Zeile, jeden Satz, jede fehlende Interpunktion und jeden Grammatikfehler zu lesen. Der Killer versteckte sich irgendwo in der Gruppe, und wie ein Kammerjäger musste er das Ungeziefer herauslocken.

Es erwies sich jedoch als schwierig. Obwohl sich die Gruppe in einem abgelegenen Teil des Facebook-Ökosystems befand, wo nur sehr wenige (wenn überhaupt) Augenpaare sie sahen, waren die Mitglieder überraschend verschwiegen. Eine Kombination aus Einwortantworten und zustimmenden Phrasen. Hier und da die gelegentliche Frage. Ein Satz, der den Namen eines potenziellen Ziels preisgab. Aber nichts Konkretes. Nichts, was darauf hindeutete, dass sich ein Mörder unter ihnen befand.

Es war schwer, sich nicht geschlagen zu fühlen, und so versuchte

Tomek, sich mit einem Subway von der Hauptstraße aufzumuntern. Ein BLT, sein Favorit. Mit extra Käse, Mayo und Jalapeños.

Als er an seinen Schreibtisch zurückkehrte, fiel ihm etwas auf, das ihm den Appetit verdarb.

Eine Nachricht war im Forum gepostet worden, während er nicht im Büro gewesen war.

Ironers. Harrison Coady. Frisch aus dem HMP Winchester entlassen. Wird nach Leigh-on-Sea verlegt für eine sicherere Zukunft. Einer, den man im Auge behalten sollte. Will ihm jemand einen Besuch abstatten?

Tomek las den Beitrag zweimal, dreimal. Durchsuchte sein Gedächtnis nach einer ähnlichen Formulierung wie bei der letzten. *Will ihm jemand einen Besuch abstatten?* In all den Nachrichten und Kommentaren und Beiträgen, die er verschlungen hatte, hatte er diese Worte noch nie zuvor gesehen. Wendeten sie sich an den Killer? Forderten sie ihn auf, Harrison Coady endgültig zu erledigen?

Tomek sprang von seinem Stuhl auf und raste zu Tonys Büro. Er trat ohne zu klopfen ein und fand Tony, wie er sich in einer kompromittierenden Position kratzte.

»Himmel, Tomek«, sagte der Mann, während er seine Hand aus seinem Hintern zog. »Hattest du als Kind keine Türen?«

»Nicht in der Einöde des postkommunistischen Polens, Sir.«

Tony seufzte und verdrehte die Augen. »Was willst du?«

»Ich will nie wieder deine Hand berühren, wenn es dir recht ist.«

»Halt die Klappe. Was ist so wichtig, dass du nicht klopfen kannst?«

»Ich glaube, es gibt ein weiteres Opfer am Horizont.«

Ohne zu warten, stürmte Tomek auf die andere Seite des Schreibtisches und streckte die Hand nach Tonys Computermaus aus. Zum Glück hielt er sich zurück, bevor er sie berührte.

»Mach du das. Ich fass das nicht an, nachdem ich gesehen habe, wo deine Hand war.«

»Es war *außerhalb* der Hose«, sagte Tony, während er den Computerbildschirm mit einem Klick der Maus aufweckte.

»Das macht es auch nicht besser«, antwortete Tomek und begann dann, Tony zum Facebook-Beitrag zu dirigieren.

Er gab dem Mann ein paar Momente Zeit, die Information zu lesen und zu verarbeiten. Als er das tat, klappte sein Mund auf und sie starrten einander an.

»Was denkst du, Sir?«

»Dass Harrison Coadys Leben in Gefahr ist.«

Tony stand ruckartig von seinem Sitz auf, aber Tomek hielt ihn zurück. »Wo willst du hin?«

»Wir müssen ein Team zu seinem Haus schicken, um ihn zu warnen.«

Tomek sprang auf die andere Seite des Schreibtisches und versperrte Tonys Ausgang. »Lass uns kurz innehalten«, sagte er. »Ich habe eine Idee. Aber bevor du irgendwohin gehst, solltest du dir erst die Hände waschen.«

—

»Also los, lass hören.«

Tony, Sean und Rachel waren alle ins Büro von DCI Cleaves gerufen worden, um Tomeks Idee anzuhören.

Er schluckte, bevor er begann. »Wenn es eine Sache gibt, die ich über Pädophile weiß, und zugegeben, es ist etwas, das ich erst kürzlich gelernt habe, dann ist es, dass sie, egal wie sehr man sie vor der potenziellen Gefahr für ihr Leben warnen möchte, nicht bereit sind, etwas dagegen zu unternehmen. Gary Kershaw zum Beispiel... er versuchte immer noch, sich mit dem Mädchen im roten Mantel zu treffen, obwohl er wusste, was mit Timothy Rosenthal passiert war. Das Gleiche könnte hier mit Harrison Coady passieren.«

»Was ist also dein Vorschlag?«, fragte Nick.

»Dass wir ihn unter Beobachtung stellen. Nur ein paar von uns, die auf ihn aufpassen und sicherstellen, dass niemand kommt, um ihm zu schaden.«

»Du schlägst vor, dass wir ihn als Köder benutzen?«

»Ich kanalisiere meinen inneren Jimmy Hunter«, antwortete er sarkastisch.

»Hoffentlich nicht die dunklere, pädophile Seite«, kommentierte Sean mit einem freundlichen Schlag auf den Arm.

»Guter Spruch.«

Aber Tomek fand die Sache nicht lustig. Bei seiner Durchsuchung der Extreme Ironing Facebook-Gruppe hatte er mehrere Hinweise und Erwähnungen entdeckt, dass eine Person innerhalb der Polizei angeblich auf der falschen Seite des Kinderspielplatzes stand. Und jede Erwähnung hatte sein Blut zum Kochen gebracht.

»Denkst du, wir sind aus Geld gemacht?«, fragte Nick mit einem schweren Seufzer.

»Du vielleicht nicht. Aber der Dienst schon.«

»Nicht mit dem Budget, das wir bereits für die süße Summe von absolut gar nichts in dieser Ermittlung ausgegeben haben. Was du vorschlägst, ist eine Scheißmenge an Überstunden.«

»Jemandes Leben könnte in Gefahr sein, Sir. Wollen Sie nicht alles tun, was Sie können, um das zu verhindern?«

Nick überlegte einen Moment. Rieb seine Hände aneinander. Seufzte. Er wusste, dass Tomek ihn an den kurzen und lockigen Haaren hatte. Eine glaubwürdige Lebensbedrohung war Grund genug, eine Überwachungsoperation zu rechtfertigen. Unabhängig davon, für wen es war.

»In Ordnung«, sagte er schließlich. »Aber ihr wechselt euch alle ab. Wir werden Harrison Coady ein paar Tage beobachten und sehen, wie es läuft. Wenn bis dahin nichts passiert, ziehe ich euch alle ab.«

KAPITEL
NEUNUNDVIERZIG

Es war lange her, seit Tomek das letzte Mal den Southend Football Club gesehen hatte. Über zwanzig Jahre, um genau zu sein. Oder vielleicht sogar mehr, auch wenn er nicht gerne über die genaue Zahl nachdachte. Es war ein besonderer Schulausflug mit seiner Schulfußballmannschaft gewesen, und er war einer der Balljungen während des Spiels Southend gegen Doncaster. Er konnte sich noch an das Brüllen der Menge erinnern, die Atmosphäre, das Adrenalin, das er jedes Mal spürte, wenn der Ball in seine Richtung kam. Das gesteigerte Gefühl, wenn der Ball im Netz landete. Das Spiel endete 3:1 für Doncaster, aber es war ein Abend, den er nie vergessen würde.

Und er hoffte, dass der heutige Abend genauso sein würde.

Southend gegen Woking.

Zehntausend Fußballfans aus Surrey und Essex kamen in der National League zusammen, der niedrigsten professionellen Liga im englischen Fußball. Den Höhepunkt seines jüngsten Erfolgs hatte Southend Mitte der 2000er Jahre erreicht, als sie in der Championship spielten und Manchester United an einem kalten Novemberabend mit 1:0 besiegten. Seitdem war ihr Niedergang nichts weniger als katastrophal. Aufgrund einer Reihe finanzieller Schwierigkeiten und Transferverbote befand sich das Stadion, Roots Hall, in einem desolaten Zustand, die Mitarbeiter und Spieler hatten seit Monaten keine Gehälter mehr bekommen, und infolgedessen war die Mannschaft rasch in der Fußballpyramide abgerutscht und hatte ihren tausenden Anhängern Herzschmerz bereitet.

Tomek wusste, wie es sich anfühlte, wenn sein Team abstieg. Es war West Ham öfter passiert, als er zugeben wollte, aber sie hatten sich immer wieder in die oberste Liga zurückgekämpft. Er konnte sich nicht vorstellen, wie es sich anfühlen musste, durch die Stufen des englischen Fußballs zu sinken.

Der Sport war eine Leidenschaft seiner gesamten Existenz. Seit er laufen konnte, kickte er mit seinen Brüdern im Garten oder auf dem Feld gegenüber ihrem Haus. Sie kassierten regelmäßig Ärger, weil sie die Gewächshäuser der Nachbarn zertrümmerten und den Ball gegen deren Autos schossen. Zugegeben, er war nicht gut genug, um es zum Profi zu schaffen (was einst sein Traum gewesen war, wie bei den meisten Jungen in einer bestimmten Entwicklungsphase), aber die Leidenschaft und ein gewisses technisches Können waren vorhanden. So sehr, dass er es bis ins mittlere Alter fortgeführt hatte. An den Wochenenden, wenn der Job es zuließ, spielten er und Sean für den Southend Police Football Club. Sie hatten ihre eigenen Trikots, und seine Position war im Mittelfeld. Der Anker auf dem Platz. Der Kommandeur. Der Kapitän. Er hatte Katie gefragt, ob sie ihm beim Spielen zusehen wollte, aber aufgrund der Öffnungszeiten des Ladens konnte sie nie, was schade war, denn er hätte sie gerne dabei gehabt, um vor ihr anzugeben und sein Gefieder wie ein Pfau zu präsentieren.

Eng aneinander gedrängt, um die Kälte abzuhalten, schlängelten sie sich durch die Drehkreuze an den Toren und bahnten sich ihren Weg zu ihren Plätzen inmitten der Hunderte aufgeregter Fans. Tomek hatte ihnen je ein Glas Cola und einen Hotdog gekauft. Es war nicht viel, aber es gehörte zu dem authentischen Fußballerlebnis, das er ihr bieten wollte.

»Hast du bisher Spaß?«

Was von ihrem Gesicht zu sehen war – hinter dem Schal, der Mütze und der Kapuze – sagte ihm, dass die Antwort nein lautete. Sie war zu steif gefroren, um sich richtig zu bewegen. Er zog sie näher zu sich heran, legte seinen Arm um sie, rieb ihre Arme und küsste sie auf die Stirn.

Die Kälte im Winter war der wahre Test für die Unterstützung eines Fans. Manchmal wurde das Wetter grauenhaft – Sturmböen, Schnee, Temperaturen unter null, Regen – aber er hielt durch und besuchte weiterhin die Heimspiele von West Ham, wann immer er konnte. Und die Menschen, mit denen er die Liebe zum Sport teilte, die Fremden in der Bar, die betrunkenen, nervigen, aber liebenswerten Arschlöcher im Zug nach Hause – sie waren wie eine verrückte und einzigartige Familie für ihn. Fußball war sein Ausweg. Und er liebte jede Sekunde davon. Sieg oder Niederlage.

Katies Kälte hielt jedoch nicht lange an. Kurz nach dem Anpfiff sah er, wie sie mitging, schrie und die Spieler anfeuerte, wenn jemand eine knackige Grätsche hinlegte oder aufs Tor schoss. Die meisten Regeln und Taktiken gingen über ihren Kopf hinweg, und sie bat ihn fast ständig um Erklärungen, aber das schien ihn nicht zu stören. Sie sah aus, als würde sie Spaß haben, und das war alles, was er sich wünschen konnte.

Als die Halbzeit kam, hatte sich ihr Stirnrunzeln geglättet. Und am Ende des Spiels hatte es sich in ein Lächeln voller Wärme und Aufregung verwandelt. Endstand: 3:1 für Southend.

»Sie gewinnen nicht immer«, sagte er ihr, als sie anfingen, das Stadion zu verlassen.

»Vielleicht haben sie es nur für mich getan.«

»Ich habe ihnen gesagt, dass du kommst. Deswegen haben sie sich besonders angestrengt.«

Kurz darauf befanden sie sich inmitten einer jubelnden und betrunkenen Southend-Menge, die durch das Stadion wogte. Tomek ließ sich mitreißen und begann, mit ihnen zu singen. Ein Mann neben ihm, der mutigste Mann im Stadion, dessen T-Shirt verschwunden war, starrte Tomek an und sang einen Sprechgesang. Bier in der Hand. Tomek legte seinen Arm um ihn, und gemeinsam sangen sie in einem grauenhaften Falsett.

Zwei Fremde, die Unsinn redeten und sangen.

Zwei Fremde, Arm in Arm, die schworen, dass sie einander liebten.

Zwei Fremde, die sich nie wieder treffen würden, aber in diesem Moment etwas Besonderes geteilt hatten.

Das war die Schönheit des Sports. Deshalb liebte Tomek ihn.

Als sie das Gelände verließen, zerstreuten sich die tausenden Fans durch die Straßen von Southend, zurück in ihr Leben. Einige gingen zum Bahnhof, andere zum Taxistand in der Hauptstraße, während Tomek und Katie zum Parkplatz gingen.

Zu seiner Überraschung war er leer. Bis auf eine Frau, die neben ihrem Auto stand, direkt neben Tomeks Wagen.

Er erkannte sie zuerst nicht, aber dann, als ihre Gesichtszüge sichtbar wurden, wünschte er, er hätte es nicht getan.

»Tom!«, sagte sie. »Was machst du denn hier?«

»War gerade beim Spiel.« Tomek zog Katie näher an sich heran. Er konnte spüren, wie ihr Körper sich anspannte. »Was machst du hier?«

»Das Gleiche wie du.«

»Lassen sie dich jetzt über Sport schreiben?«

Abigail grinste verschmitzt und sah ihn kokett an. »Wir müssen irgendwie unseren Lebensunterhalt verdienen. Wir sind nur ein Team von fünf Leuten. Wir sind die Augen und Ohren von Southend, wie man so schön sagt. Wir müssen alles sehen und hören können.«

»Das kann ich mir vorstellen.« Ein Moment peinlicher Stille legte sich zwischen sie wie ein Felsbrocken, unpassierbar und unbeweglich. Abigail machte keine Anstalten zu gehen, und Tomek konnte seine Füße nicht mehr spüren. Also steckten sie dort fest. »Entschuldigung«, begann er, »wo bleiben meine Manieren? Abigail, das ist Katie, meine Lebensgefährtin. Katie, das ist Abigail, die Reporterin, die mich in ihrem Artikel über Operation Highlander in die Pfanne gehauen hat.«

Abigail ignorierte den letzten Kommentar und schüttelte Katie die Hand. Alles sehr förmlich. »Also das ist die glückliche Dame«, sagte sie. »Sean hat mir so viel von Ihnen erzählt.«

»*Und* über den Fall, nehme ich an«, sagte Tomek, bevor Katie antworten konnte.

»Er teilt mit mir, was er kann.«

»Aber Sie stellen ihn nicht in Ihren Berichten bloß?«

»Das ist, weil ich es nicht nötig habe.«

»Und es hilft, wenn man miteinander schläft...«

Abigails Augen funkelten auf, und Tomek wusste sofort, wie ihre Antwort ausfallen würde. Aber es war zu spät. Die Kugel hatte die Kanone verlassen, und es gab kein Aufhalten der bevorstehenden Zerstörung. »Du hattest deine Chance vor langer Zeit«, sagte sie.

Tomeks Haut überzog sich mit Gänsehaut. Er wusste, dass es unmöglich war – absolut unmöglich –, dass Katie nichts davon gehört hatte. Dass das Lächeln auf ihrem Gesicht nur Show war und dass sie wartete, bis sie im Auto saßen, um das volle Ausmaß ihrer Wut freizusetzen. Ob diese sich gegen ihn oder Abigail richten würde, blieb abzuwarten.

—

Er fand es kurz nach dem Verlassen des Parkplatzes heraus.

»Du hast versucht, mit ihr zu schlafen, nicht wahr?«

Jetzt geht's los, dachte er.

»Nein. So war das nicht.«

»Wie war es dann?«

»Ein dummer betrunkener Kuss einmal bei einer Preisverleihung. Sie wollte mehr daraus machen. Ich nicht.«

»Und seitdem ist nichts passiert?«

Tomek zögerte. »Sie hat es versucht, aber ich habe ihr immer abgesagt. Um es... professionell zu halten.« Er schenkte ihr versehentlich ein unbeholfenes, bitte-schrei-mich-nicht-an Lächeln.

»Jetzt ist nicht der Zeitpunkt, um dein verdammtes Ego zu streicheln, Tomek. Und wer glaubt sie eigentlich, wer sie ist, dass sie dich *Tom* nennt? Niemand hat dich je so genannt. Mit Ausnahme deines Vaters vielleicht. Aber nicht ich. Nicht deine Mutter, dein Bruder. Glaubt sie, sie wäre etwas Besonderes?«

Das musst du sie schon selbst fragen.

Bei nochmaliger Überlegung war das wahrscheinlich keine gute Idee.

»Sie versucht nur, Scheiße zu schüren«, sagte er zu ihr. »Sie ist

Journalistin, das ist es, was sie tut. Sie stellt sich zwischen dich und etwas anderes, um zu bekommen, was sie will. Wie neulich, als sie mich um eine Stellungnahme bat. Sie hat mich praktisch in die Ecke gedrängt.«

»Oh, das hat dir sicher gefallen, oder?«

»Was?«

»Ihr wieder so nahe zu sein.« Katie schaute aus dem Fenster, unfähig, ihm in die Augen zu sehen. »Du lügst besser nicht«, fuhr sie fort, »oder ich schneide dir die Eier ab. Ich mag keine Lügner und ich mag keine Betrüger. Wenn ich herausfinde, dass du...«

»Ich habe nichts getan, ich schwöre. Du bist einfach albern. Es ist lange her, und ich habe es so schnell wie möglich beendet. Außerdem ist sie jetzt mit Sean zusammen...«

Tomek wusste nicht, was er dem noch hinzufügen sollte; er hoffte, es würde ausreichen, um ihre Befürchtungen etwas zu zerstreuen. Als sie zu seiner Wohnung zurückkamen, ging sie direkt ins Bett und ließ ihn allein, um fernzusehen. Ihr erster richtiger Streit. *Sein* erster richtiger Streit seit langem. Und er wusste nicht, wie er damit umgehen sollte.

Also beschloss er, es ruhen zu lassen, es in den hintersten Winkel seines Geistes zu schieben und zu vergessen. Genau wie er es mit allem anderen in seinem Leben getan hatte.

KAPITEL
FÜNFZIG

Speck mit seiner salzigen und fettigen Köstlichkeit heilte alles. Kater, Depressionen, Hunger.

Sogar Streitereien.

Aber nicht, wie er gleich feststellen würde, diesen Streit.

Als er in die Einfahrt fuhr, schnappte er sich die 12er-Packung Räucherspeck vom Beifahrersitz und schaltete den Motor aus. Während er seinen Haustürschlüssel ins Schloss steckte, knurrte sein Magen. Er konnte den Speck, das Ei und den Toast schon förmlich riechen.

Als er die Tür öffnete, fand er Katie auf dem Sofa sitzend vor, die Arme vor der Brust verschränkt, ein Bein über das andere geschlagen, das nervös auf und ab wippte. Der Blick blanker Wut auf ihrem Gesicht.

»Was machst du wach?«, fragte er sie. »Ich habe versucht, dich nicht zu wecken, bevor ich-«

Neben ihr, hinter ihrem Bein versteckt, lag ein Damenslip. Rosa. Spitze. Mit einer kleinen Schleife vorne. Sie hielt ihn in die Luft und erwartete offensichtlich, dass er wusste, was das war.

»Willst du...? Ich wollte uns erst Frühstück machen, aber ich schätze, ich-«

»Ich habe das im Sofa gefunden, du Mistkerl.«

Uh-oh.

»Und das ist nicht deiner?«

»Natürlich ist das nicht meiner. Ich würde niemals so etwas Billiges wie das hier tragen! Schau es dir an, da ist ja kaum was dran!«

Doppeltes Uh-oh. Ein verdammt großes Uh-oh.

»Mit wem schläfst du? Mit wem hast du hinter meinem Rücken gevögelt?«

Trotz der Obszönität und der Aggression in ihrer Stimme war Katie seltsam ruhig. Das machte ihm mehr Angst, als wenn sie Teller nach ihm geworfen oder ihn angeschrien hätte. Er spürte, dass der volle Zorn ihrer Wut kurz davor war, über ihn hereinzubrechen.

»Mit... niemandem«, sagte er langsam, während sein Verstand fieberhaft versuchte herauszufinden, woher der Slip kam und wem er gehörte.

Und dann fiel es ihm ein. Molly. Das Mädchen von der Nacht, als Timothy Rosenthal ermordet wurde.

Hatte er in dieser Nacht mit ihr geschlafen? Er konnte sich nicht erinnern. War sie vollständig bekleidet gewesen, als er sie ins Taxi gesetzt hatte? Er glaubte schon. Er war in solcher Eile aufgebrochen, dass er keine Zeit gehabt hatte, das zu überprüfen.

»Wer ist sie? Antworte mir.«

»Das ist ein Missverständnis«, sagte er und wusste, dass keine Antwort ausreichen würde, um sich aus dem sehr tiefen Loch, in dem er sich befand, herauszugraben. »Der wurde versehentlich hier gelassen. Von jemandem vor langer Zeit. Irgendeine Molly...«

»Also hast du nicht nur jedes Mädchen in Essex geküsst, sondern sie auch noch gevögelt!«

»Absolut nicht.«

»Für mich sieht es verdammt noch mal genau danach aus.«

»Ja.« Er nickte und versuchte, eine Antwort zu finden. »Ich kann sehen, warum du das denken könntest. Aber das ist definitiv nicht der Fall. Definitiv nicht.«

»Sieht aus, als hättest du einen Anfall von Definitiv-Sagen«, meinte sie mit unbewegtem Gesicht. »Das wird dich jetzt nicht retten. Nichts kann das, es sei denn, du erklärst dich.«

Und so tat er es. Er erzählte ihr alles in allen Einzelheiten. Was in jener Nacht passiert war. Wie es kurz nach Timothy Rosenthals Mord passiert war und wie er gezwungen gewesen war, sie in aller Eile loszuwerden.

»Hast du überhaupt keinen verdammten Respekt?«

»Natürlich habe ich den.«

»Schwachsinn. Du bist ein Schwein. Ein typischer Kerl, genau wie alle anderen.«

»Katie...«

»Ich wusste, dass du genau wie alle anderen bist. Ich dachte wohl, ich könnte dich irgendwie ändern...«

»Katie, bitte.«

Sie ignorierte ihn, und als sie vom Sofa aufstand, warf sie ihm den Slip ins Gesicht und stürmte dann die Treppe hinauf. Wenige Minuten später kam sie vollständig angezogen mit ihrer Tasche in der Hand wieder herunter. Sie sagte nicht auf Wiedersehen, als sie ihn mit den zwölf Scheiben Speck zurückließ.

KAPITEL
EINUNDFÜNFZIG

Tomek und Sean waren an der Reihe, für die nächsten zwölf Stunden in einem zivilen Polizeiwagen inmitten einer belebten Wohnstraße im Herzen von Leigh-on-Sea zu sitzen. Zur Vorbereitung hatten sie ein Picknick mit allerlei Köstlichkeiten mitgebracht. Ein Sixpack Coladosen, leere Flaschen zum Urinieren, eine Großpackung Walkers Chips und eine Cadbury-Pralinenschachtel. Es gab auch ein paar Nudelsalate und Tesco-Fertigmahlzeiten, die mit ihnen im Auto lagen, aber darauf waren sie nicht besonders scharf. Sie hatten nur Augen für das gute Zeug (oder das schlechte, je nach Perspektive).

»Willst du was trinken?«

»Gerne.«

Tomek griff nach hinten und riss die Packung Coca-Cola-Dosen auf. Dann reichte er Sean eine. Das Zischen der sich öffnenden Dose hallte durch den Fahrgastraum, und er nahm einen Schluck. Sobald der kühle, erfrischende Geschmack seine Lippen berührte, wünschte er sich, woanders zu sein, in einem Biergarten zu sitzen, mit Fußball im Hintergrund und einem Peroni in der Hand. Die Sonne auf seiner Haut zu spüren.

Stattdessen saß er in einem fünfzehn Jahre alten Volvo, auf einem Sitz, der von mehr Hintern abgenutzt worden war, als das Auto

Kilometer auf dem Tacho hatte, umgeben vom Geruch von Schweiß und Zigaretten, der sich in den Stoff eingerieben hatte.

Sean hob die Dose in die Luft. Tomek musste nicht gesagt werden, was zu tun war.

Klonk.

»Das haben wir schon lange nicht mehr gemacht«, sagte Sean.

»Ich glaube, *das* haben wir noch nie gemacht.«

»Nein, ich meinte nur wir beide. Ein paar Dosen in der Hand, weitere im Kofferraum. Ich war seit Wochen nicht mehr im Pub.«

»Ich auch nicht«, sagte Tomek und fühlte, wie ihn eine Welle von Schuldgefühlen überkam. Seit seine Beziehung zu Katie sich zu ihrem aktuellen Stand entwickelt hatte, hatte er seinen besten Freund vernachlässigt. In den letzten Wochen hatten sie sich nur wenig gesehen – weder bei der Arbeit noch privat. Vielleicht war jetzt die Zeit gekommen, um aufzuholen.

Nicht dass sie etwas anderes zu tun hätten.

»Vielleicht sollten wir das jetzt immer so machen«, fuhr Sean fort. »Den Rest unseres Lebens Cola statt Bier trinken.«

»Vielleicht werden wir für all das zu alt«, antwortete Tomek.

»Fürs Pub?«

»Ja. Vielleicht. Keine Ahnung.«

Sean schnaubte. »Wow, es ist wirklich ernst, oder? Hätte nie gedacht, dass ich diese Worte aus deinem Mund hören würde.«

»Verpiss dich.«

»Hast du schon ihre Familie kennengelernt?«

»Zählt ihre Mitbewohnerin und deren Tochter? Die habe ich schon ein paar Mal gesehen.«

»Wow. Die erweiterte Familie. Dann *muss* es ja wirklich gut laufen zwischen euch beiden.«

Das war eben das Problem. Das tat es nicht. Ganz und gar nicht. Genau das Gegenteil eigentlich. Und Tomek wusste nicht, was er dagegen tun sollte. Er wusste nicht, wie er damit umgehen sollte. Schlimmer noch, er wusste nicht einmal, wie er darüber reden sollte. Sean war sein engster Freund, seit über fünfzehn Jahren, und wenn er nicht mit ihm reden konnte, mit wem dann?

Stattdessen sollte er es verinnerlichen und selbst damit klarkommen. Mit niemandem reden, alles in sich verschließen. Das war das Problem, mit dem er und Millionen anderer Männer konfrontiert waren. Er mehr als jeder andere; es war alles, was er sein ganzes Leben lang gewohnt war. Nie in der Lage zu sein, seine Gedanken und Gefühle mit seiner Familie, seinen Freunden zu besprechen. Weil sie es nicht verstehen würden. Wie hätten seine dreizehnjährigen Kumpels (das Alter, in dem er richtige Freunde fand) jemals verstehen können, was mit seinem Bruder passiert war und wie er sich dabei gefühlt hatte, wenn selbst ein bezahlter Fachmann es nicht konnte? Wie hätten seine Eltern, die ihm jeden Tag die Schuld für das Loch gaben, das über Nacht in ihrem Leben entstanden war, es jemals verstehen können, wenn sie ihm nicht einen Funken Fürsorge oder Mitgefühl gezeigt hatten?

Damals war er gezwungen gewesen, mit seinen Gedanken, Emotionen und Gefühlen allein fertig zu werden.

Und jetzt würde es nicht anders sein.

»Ja«, sagte er. »Es läuft ziemlich gut.«

Noch eine Lüge. Nicht nur gegenüber Sean, sondern auch sich selbst gegenüber. Aber die schlimmste Lüge, die er sich selbst erzählte, war, dass er es vielleicht verdient hatte. Dass es seine Schuld war, dass seine Beziehung außer Kontrolle geriet. Seine Schuld, dass er all diese Fehler in der Vergangenheit gemacht hatte – mit Abigail, mit Molly. Seine Schuld, dass er nie in der Lage gewesen war, eine stabile Beziehung länger als ein Wochenende aufrechtzuerhalten.

Weil es das war, was er verdiente.

Das Universum bestrafte ihn für Michał.

»Was ist mit dir und Abigail?«, fragte Tomek in der Hoffnung auf einen Themenwechsel.

Sean zuckte mit den Schultern. »Meh.«

»Oh, das tut mir leid, Alter.«

»Ja. Sie ist in den letzten Tagen distanziert gewesen. Kann ich ihr nicht verübeln. Ich war beschäftigt, und sie auch. Aber... wenn ich ehrlich bin, glaube ich, dass es wegen dir ist.«

In seiner Stimme lag keine Anklage oder Wut, nur ein Hauch von Verzweiflung.

»*Mir?*«, fragte Tomek, als ob er nicht bereits wüsste, warum.

Sean stellte die Coladose in den Getränkehalter der Mittelkonsole. »Sie hat mir von dem Kuss erzählt...«

»Ah...«

»Ich weiß, es ist lange her, und ich bin nicht sauer auf dich oder so – du kannst als Single machen, was du willst – aber sie scheint immer noch daran zu hängen. Sie redet ständig über dich, fragt nach dir. Anscheinend hat sie dich neulich beim Spiel gesehen.«

»Ja.«

»Nach dem, was sie erzählt hat, klang es, als hättet ihr euch mit den Augen ausgezogen und dann das Echte auf dem Rücksitz des Autos gemacht.«

»Tut mir leid, Kumpel...« Tomek machte eine Pause. Er überlegte, ob er Sean von Katies Reaktion erzählen sollte. Immerhin, wenn Sean mutig genug war, offen mit ihm zu sein, dann sollte er dasselbe tun. Aber dann überlegte er es sich anders. Vielleicht ein anderes Mal. »Ehrlich gesagt, es war ein Fehler in jener Nacht. Ich hätte es nicht tun sollen, und nur damit du es weißt, ich habe seitdem nie wieder etwas versucht. Würde ich auch nie.«

Sean lächelte trotz des Schmerzes in seinen Augen. »Ich weiß, Alter. Und ich weiß das zu schätzen. Du bist ein guter Kumpel.«

»Wie geht's jetzt weiter? Hast du immer noch Lust auf dieses Doppeldate?«

»Vielleicht sollten wir das machen«, sagte Sean mit einem Kichern. »Lassen wir die beiden aufeinander los, während wir uns zur Bar davonschleichen.«

»Und uns ein paar Dosen Cola holen.«

Sean hob seine Dose in die Luft und sie prosteten auf die Idee.

———

Kurz darauf verloren sie das Zeitgefühl. Die Stunden vergingen mit

Aufholen, Schwelgen in Erinnerungen und dem Reden von völligem Unsinn, bis sie in Gelächter ausbrachen.

Erst als die Uhr auf dem Armaturenbrett 19 Uhr anzeigte, erwachte die Straße zum Leben. Pendler, die von ihren langweiligen und eintönigen Jobs in der Stadt zurückkehrten; Kinder, die vom Spielen auf den Feldern mit ihren Freunden nach Hause kamen. Und Harrison Coady, der das Haus in einer dicken Steppjacke verließ.

»Bewegung«, sagte Tomek, sobald er den Schatten durch den Lichtkegel der Straßenlaterne vor seinem Haus huschen sah.

»Frag mich, wohin der kleine Teufel geht?«, sagte Sean, während er den Motor startete.

Bis zu diesem Zeitpunkt hatte es keine Aktivität an Coadys Haus gegeben, und Tomek hatte sich gefragt, ob er die richtige Entscheidung getroffen hatte, die Überwachungsaktion durchzuziehen. Aber da die vorherigen Morde in der Dunkelheit stattgefunden hatten, schienen sich seine Überzeugungen als richtig herauszustellen.

»Alle Monster kommen nachts zum Spielen raus«, sagte er.

Sie beobachteten, wie Harrison Coady vom Bordstein hüpfte und zu seinem Auto auf der anderen Straßenseite eilte. Glücklicherweise war er in der gleichen Richtung geparkt wie sie, sodass sie ihm folgen konnten, ohne Gefahr zu laufen, ihn zu verlieren, während sie auf der Straße manövrierten.

Tomek kam nicht auf die Idee, dass Coady auf dem Weg zu seinem Tod sein könnte, bis sie zehn Minuten später im Chalkwell Park ankamen.

Schweiß kroch über Tomeks Haut, als er beobachtete, wie Coady aus dem Auto stieg und, von Dunkelheit umhüllt, seinen Weg durch den Eingang zu einer Bank in der Nähe einer großen Eiche schlängelte.

»Was sollen wir tun? Bleiben oder gehen?«

»Jetzt ist nicht der richtige Zeitpunkt, um Texte von The Clash zu zitieren«, sagte Tomek, während er die Autotür öffnete und zum Parkeingang ging.

Er blieb direkt vor dem Tor stehen. Eine Gestalt, etwas kleiner als Harrison, hatte sich neben ihm auf die Bank gesetzt. Tomek kniff die Augen zusammen, um besser sehen zu können. Das schwache Licht machte es fast unmöglich. War das das Mädchen im roten Mantel oder jemand anderes? Beobachtete der Mörder vom Rand aus und wartete darauf, über Coady herzufallen?

Und dann dämmerte es ihm, dass dies nicht mit den vorherigen Morden übereinstimmte. Es war zu offen, zu offensichtlich. Zu früh. Zugegebenermaßen war Timothy Rosenthal in einer Kleingartensiedlung gestorben, aber das war mitten in der Nacht gewesen und an einem Ort, der nur von Spannern und denen, die gerne zuschauten, frequentiert wurde. Der Chalkwell Park hingegen war ein beliebter Ort für Teenager, Hundebesitzer und Nachtläufer. Ganz zu schweigen davon, dass es erst sieben Uhr war und der Verkehr rund um den Park viel größer war als der an der Kleingartenanlage.

Nein, hier wartete kein Mord auf seine Ausführung.

Hier versuchte Harrison Coady, seinen Kick zu bekommen.

Tomek machte sich auf den Weg zur Bank, bewegte sich zügig, aber so leise wie möglich. Mit Sean im Schlepptau.

Als er sich ihnen näherte, wurden die Gesichtszüge des jungen Mädchens deutlicher. Sie war jung, ja, aber nicht so jung wie das Mädchen im roten Mantel. Er schätzte ihr Alter auf dreizehn, vielleicht ein oder zwei Jahre jünger. Sie hatte langes blondes Haar, das zu einem Pferdeschwanz gebunden war, und war eher für den Sommer gekleidet als für die herbstliche Kälte, die durch die Bäume fegte.

»Du siehst heute Abend sehr hübsch aus«, sagte Coady aus der Ferne. »Hat deine Mutter dich was gefragt, bevor du gegangen bist?«

Bevor das Mädchen antworten konnte, kamen Tomek und Sean vor ihnen zum Stehen.

»Harrison Coady?«, begann Tomek.

»Oh, Scheiße.«

»Oh, Scheiße, in der Tat.« Tomek blitzte seinen Dienstausweis vor Coadys Gesicht auf, aber im schwachen Licht war es für ihn schwer zu erkennen. Ungeachtet dessen wusste er, wer Tomek war, und er wusste, wofür er da war.

»Ich...«

»Ich denke, wir bringen dich besser zur Wache, meinst du nicht auch?«

Tomek wandte sich an den Teenager. »Geht es dir gut?«

Sie nickte.

»Du bist jetzt in Sicherheit, okay? Mein Kollege bringt dich zum Auto, und wir rufen deine Eltern für dich an. Dann bringen wir dich zur Wache und stellen sicher, dass alles in Ordnung ist.«

Ohne etwas anderes zu sagen, stand das Mädchen auf und folgte Sean zum Fahrzeug. Als sie gingen, konnte Tomek hören, wie Sean Verstärkung anforderte.

»Du konntest dir einfach nicht helfen, oder, Kumpel?«, fragte Tomek.

»Du weißt nicht, wie das ist...«

Das stimmte. Tomek wusste es nicht. Und er wollte nie wissen, wie es war, dieselbe Art von Krankheit zu besitzen wie Coady, Rosenthal und Kershaw. Sie waren alle sehr kranke Männer, die nicht besser zu werden schienen, egal wie viel Zeit sie im Gefängnis verbracht hatten.

Als Tomek Coady in den Streifenwagen bugsierte, der fünf Minuten später eintraf, fragte er sich, ob irgendjemand jemals von seiner Krankheit geheilt werden könnte.

KAPITEL
ZWEIUNDFÜNFZIG

Annalise Keesing hatte die Wahl zwischen einer heißen Schokolade, Wasser oder einer Dose Fanta. Sie entschied sich für die heiße Schokolade. Die Dreizehnjährige saß in einem der beiden Sensibilitätsräume der Polizeistation. Im Raum befanden sich zwei Sofas, ein Fernseher und ein Schminkspiegel. Bei ihr waren ihre Eltern, die zu beiden Seiten saßen und ihre kostbare Tochter beschützten. Der Raum war für Opfer sexueller Übergriffe konzipiert und speziell dafür eingerichtet, sie zu beruhigen und zu entspannen, bevor sie gezwungen wurden, den Schrecken dessen, was ihnen widerfahren war, noch einmal zu durchleben.

Angesichts des Alters und Geschlechts des Opfers musste Tomek die Befragung auf einem Bildschirm im Einsatzraum verfolgen. Das bedeutete auch, dass DC Chakrabarti und DC Kaczmarek als Familienverbindungsbeamtinnen die einzigen waren, die sie befragen durften.

Sie betraten zusammen ungezwungen den Raum und begrüßten die Familie herzlich.

»Können wir Ihnen noch etwas bringen?«, fragte Nadia. »Tee für die Mama? Papa?«

Niemand wollte etwas, außer dass sie das Ganze so schnell wie möglich hinter sich bringen und nach Hause gehen könnten.

»Also, Annalise, wir möchten dir ein paar Fragen stellen, wenn das für dich in Ordnung ist?«, fuhr Nadia fort, nachdem sie sich in ihren Stuhl gesetzt hatte. Sie saß mit einer Hand auf ihrem Bauch und der anderen auf der Armlehne des Sessels.

»Das ist okay«, antwortete Annalise selbstbewusst, ohne einen Hauch von Furcht oder Angst in ihrer Stimme.

»Kennst du den Namen des Mannes, mit dem du dich heute Abend getroffen hast?«, fragte Nadia.

»Er sagte, er heiße Harrison... Harrison Coady.«

»Das stimmt. Und wie kam es zu eurem Treffen im Park?«

»Er hat mich gefragt, ob ich dorthin kommen möchte. Wir hatten schon ein paar Tage vorher miteinander geschrieben.«

»Wie habt ihr kommuniziert?«

»Über Snapchat.«

Snapchat. Die Social-Media-App, bei der Nachrichten und Fotos kurz nach dem Öffnen und Lesen gelöscht werden. Die App, die es schwierig machen könnte, belastende Daten wiederherzustellen.

»Und welche Art von Dingen hat Herr Coady zu dir gesagt?«

»Er sagte, ich sei hübsch.«

»Verstehe.«

»Und dass ich seiner Meinung nach ein Model sein sollte. Er meinte, er arbeite für eine Modelagentur.«

»War das der Grund, warum er dich treffen wollte?«

»Ja. Aber er sagte, es sei streng geheim und ich dürfe niemandem davon erzählen.«

Annalises Eltern spannten sich neben ihr an. Tomek beobachtete, wie ihr Vater unruhig auf dem Sofa herumrutschte und gegen den Drang ankämpfte, etwas zu sagen.

»Und ich muss diese Frage stellen, aber nimm dir Zeit zum Antworten, wenn du sie brauchst... Hat Herr Coady dich jemals gebeten, ihm Fotos zu schicken?«

Annalise brauchte keine Zeit; sie nickte sofort. Ein kleines Keuchen kam von einem ihrer Elternteile. Das Gesicht ihres Vaters verzerrte sich vor Schmerz, und das ihrer Mutter erschlaffte vor Schock.

»Warst du auf diesen Fotos nackt?« Diesmal war es Anna, die die Frage stellte.

»Fast. Ich war in Unterwäsche. Ich fühlte mich nicht wohl dabei, mehr auszuziehen.«

»Hat er danach gefragt?«

»Er wollte meine Vagina sehen.«

Wieder ein Keuchen. Mehr Verzerrung.

Tomek wurde übel und er schluckte schwer, um das Gefühl wieder hinunterzudrücken. Er war sich nicht sicher, wie viel davon er noch ertragen konnte.

Das Gespräch dauerte weitere dreißig Minuten. Jede verstreichende Minute brachte weitere Enthüllungen über Harrison Coadys Verderbtheit mit sich. Und mit jeder Minute wuchs Tomeks Respekt und Bewunderung für das Mädchen. Sie trug sich kraftvoll und selbstbewusst, beantwortete alle Fragen von Anna und Nadia ohne zu zögern.

Bis sie zur letzten Frage kamen.

Ob es noch etwas gäbe, was sie hinzufügen wolle.

»Eigentlich«, begann sie und zögerte dann für eine ungewöhnlich lange Zeit.

»Der Polizeibeamte, der in den Park kam...«, fuhr sie fort.

Tomek spürte, wie die Temperatur im Einsatzraum sank. Wen meinte sie? Und was würde sie als Nächstes sagen?

»Der Mann, der bei Harrison Coady geblieben ist...«

Oh, Scheiße.

»Was ist mit ihm?«, fragte Nadia langsam.

»Wie hieß er?«

»DS Tomek Bowen, ich glaube, den meinst du.«

»Ja. Der ist es«, sagte sie. »Ich habe ihn erkannt.«

»Okay...«

Worauf wollte sie hinaus?

»Er kam neulich in meine Schule. Southend High School for Girls. Er sprach über die Gefahren, mit Fremden im Internet zu kommunizieren.«

Tomek atmete erleichtert aus – ein Seufzer, auf den selbst Nasty Nick stolz gewesen wäre.

»Moment mal«, unterbrach Annalises Vater. »Ein Polizeibeamter kommt in deine Schule und warnt dich vor Gesprächen mit Fremden in sozialen Medien, und du machst es trotzdem? Annalise – wie konntest du nur so dumm sein?«

»Ich... ich... ich wollte helfen...«

»Wobei helfen?«

»Damit die Polizei die schlechten Menschen da draußen fangen kann.«

»Aber was, wenn sie dich nicht gefunden hätten?«, fragte ihr Vater. »Was, wenn sie nicht dort gewesen wären? Es ist ein Wunder, dass sie da waren. Dir hätte etwas Ernstes und Gefährliches passieren können. Du dummes, dummes Mädchen!«

Dann brach Annalise in Tränen aus und schluchzte an der Brust ihrer Mutter. Ihre Mutter zog sie näher an sich und streichelte ihr Haar. Da sie spürten, dass die Familie etwas Zeit für sich brauchte, verließen Anna und Nadia den Raum. Einige Augenblicke später kehrten sie in den Einsatzraum zurück.

Als sie eintraten, fanden sie Tomek, der auf den Fernsehbildschirm starrte. Er versuchte zu verarbeiten, was er gehört hatte. Eines der Kinder, die er informieren und aufklären wollte, hatte ihn völlig ignoriert und sich in Gefahr gebracht. Er hatte unbeabsichtigt das Leben eines Kindes in Gefahr gebracht. Und er hätte sich nie verziehen, wenn ihr etwas zugestoßen wäre.

KAPITEL
DREIUNDFÜNFZIG

» I hr Vater hatte recht«, begann Nick. »Es war ein Wunder, dass ihr beide dort wart.«

Tomek sah das nicht so. Konnte es nicht.

Egal wie er es betrachtete, er hatte das Leben dieses Kindes in Gefahr gebracht.

»Unsinn«, sagte Nick zu ihm. »Du hast sie gerettet.«

»Aus einer Situation, in der sie sich nie befunden hätte, wenn ich nicht gewesen wäre.«

Nick ging um den Schreibtisch herum und legte eine Hand auf Tomeks Schulter. »Mach dir keine Vorwürfe, Kumpel. Sie ist wohlauf, sie ist in Sicherheit – das ist die Hauptsache. Was Harrison Coady betrifft, der wird bald wieder dorthin zurückkehren, wo er hingehört.«

»Was jetzt, Chef?«, fragte Sean neben ihm.

Die beiden waren am nächsten Morgen als Erstes in Nicks Büro gerufen worden. Es war eine unruhige Nacht für beide gewesen, während sie Coadys Festnahme verarbeitet und ihn bis in die frühen Morgenstunden verhört hatten. Sie hatten überlegt, für ein paar Stunden Schlaf nach Hause zu gehen, waren aber stattdessen im Büro geblieben. Tomek hatte sich einen bequemen Platz auf seinem Schreibtisch gesucht, um die Augen zu schließen, während Sean die kluge Idee gehabt hatte, auf dem Sofa im Verhörraum zu schlafen, in dem Annalise befragt worden war.

Ein Klopfen an der Tür ertönte, bevor Nick antworten konnte.

»Ich habe gerade gehört, was passiert ist«, sagte Lauwarmer Tony, als er eintrat und hinter Tomeks Schulter stehen blieb. »Gut, dass ihr da wart, als es passierte.«

»Ja«, antwortete Tomek, der sowohl unter Niedergeschlagenheit als auch Müdigkeit litt.

»Kann mir nicht vorstellen, was passiert wäre, wenn ihr nicht dort gewesen wärt.« Er zögerte. »Keine Spur von unserem Mörder, der im Hintergrund lauerte?«

Tomek schüttelte den Kopf. »Es war nicht diese Art von Treffen. Er ist immer noch da draußen. Irgendwo.«

»Und jetzt müssen wir alles daransetzen, herauszufinden, wo«, sagte Nick und stellte damit das Offensichtliche fest.

»Irgendwelche Ideen, Chef?«, fragte Sean.

Tomek kam eine in den Sinn.

»Die Schule«, sagte er, bevor jemand anders die Chance dazu hatte. »Die Schulleiterin. Ihre Tochter. Cathy Sharpe...«

Es war alles irgendwie miteinander verbunden.

»Wovon redest du?«

»Cathy Sharpe war die Bewährungshelferin von Timothy Rosenthal und Gary Kershaw. Beide starben, während sie unter ihrer Aufsicht standen. Ich habe letzte Nacht nachgesehen, und Harrison Coady wurde gerade ihrer Liste hinzugefügt.«

»Du denkst, sie tötet sie?«

»Vielleicht, vielleicht auch nicht. Aber sie weiß mehr über sie als jeder andere. Und sie hat einen Freund, der ein ehemaliger Häftling ist. Charlie Hampton. Klingelt da was? Das ist der gleiche Name wie das mysteriöse Konto in der Royal Society of Extreme Ironing. Neulich hat Chey sich intensiv mit Cathy Sharpes Leben beschäftigt. Herausgefunden, dass sie seit Jahren mit diesem Charlie Hampton zusammen ist. Er wurde vor nicht allzu langer Zeit wegen schwerer Körperverletzung verhaftet. Chey hat auch herausgefunden, dass Miranda Hartwell, die Schulleiterin von Southend High, mit Cathy verwandt ist. Sie sind Cousinen. Ganz zu schweigen davon, dass Miranda eine Tochter hat. Eine Siebenjährige. Geht nach Chalkwell. Und ich glaube, es ist nicht zu weit hergeholt zu vermuten, dass sie Annalise Keesing als Köder für Harrison Coady benutzt haben könnte. Um uns auf eine falsche Fährte zu locken. Warum sollten wir nach einem dreizehnjährigen Mädchen suchen, wenn unser einziger Anhaltspunkt ein Mädchen in einem roten Mantel ist?«

»Haben wir Annalise Keesings DNA genommen?«

Tomek nickte. »Und wir haben nichts gefunden, was mit der Haar-DNA übereinstimmt, die an einem der früheren Tatorte gefunden wurde.«

»Also ist sie nur eine Anomalie.«

»Um uns auf eine falsche Fährte zu locken, ja. Das glaube ich.«

Nick dachte einen Moment darüber nach, mit einem langen Seufzer. Dann sah er zu Tony und suchte nach weiteren Einsichten. »Was meinst du, Hunt?«

»Ich denke, es ist plausibel«, antwortete er. »Aber wo fangen wir an – bei der Schulleiterin oder bei Cathy Sharpe?«

»Wir holen sie alle rein«, sagte Nick.

»Und vergiss den Freund nicht«, fügte Tomek hinzu. »Jemand muss ihn finden.«

KAPITEL
VIERUNDFÜNFZIG

Cathy Sharpes Freund hieß Charlie Hampton.

Und hübsch war er keineswegs. Er sah aus, als hätte er in seinen dreißig Lebensjahren an mehr Tagen Heroin in seine Venen gespritzt, als er überhaupt gelebt hatte. Er war ein dünner, hohler Schatten eines Mannes. Ein Team von uniformierten Beamten war zur gleichen Zeit zu seiner Adresse geschickt worden, als Cathy und ihre Cousine Miranda Hartwell abgeholt wurden. Keiner von ihnen war bisher verhaftet worden, aber während das Team sie befragte (man hatte entschieden, Charlie Hampton als Letzten zu verhören), waren mehrere Durchsuchungsbefehle für ihre Wohnungen genehmigt worden. Die Suche nach Beweisen, die sie mit einem der Tatorte in Verbindung bringen könnten, lief auf Hochtouren.

Und bisher sah es nicht gut aus.

Beide Frauen hatten jede Beteiligung an den Morden bestritten. Ja, es war unglücklich, dass Cathy beide Opfer kannte, aber sie bestritt vehement jedes Fehlverhalten. Und was Miranda Hartwell betraf, die Schulleiterin der Southend High School for Girls, so behauptete sie, mit ihrer Tochter beschäftigt gewesen zu sein, die sich nicht wohl gefühlt hatte. Während Tomek auf grünes Licht für die Befragung von Charlie Hampton wartete, hatte das Team die Alibis von Miranda und Cathy überprüft. Bisher so weit so gut –

alles stimmte. Und es gab immer noch nichts, was sie mit dem Verbrechen in Verbindung brachte, einschließlich der DNA des am Tatort gefundenen Haares. Es passte zu niemandem – nicht zu Miranda, nicht zu Cathy und nicht einmal zu Mirandas Tochter Diana.

Beide Frauen waren freigelassen worden, bis die Ermittlungen abgeschlossen waren.

Alle Hoffnungen ruhten nun auf der Wahrscheinlichkeit, dass Charlie Hampton allein an der Ermordung von Timothy Rosenthal und Gary Kershaw beteiligt war. Und dann musste man es beweisen.

Diese besondere Aufgabe fiel Tomek zu. Eine, die er genoss.

»Danke, dass Sie gekommen sind«, begann er.

Der Mann ihm gegenüber hatte die Vorsichtsmaßnahme getroffen, einen Anwalt zu finden. Und zu Tomeks Überraschung hatte dieser zu Beginn kein „Keine Aussage"-Interview empfohlen. Das bedeutete, er würde reden. Und hoffentlich all seine kleinen Geheimnisse ausplaudern.

»Ihr habt mir ja auch nicht wirklich 'ne Wahl gelassen, oder?«, sagte Charlie und kratzte an den Narben in der Beuge seines Unterarms. »Ich hab nichts Falsches getan.«

»Das festzustellen ist unsere Aufgabe«, erwiderte Tomek. »Sie können es uns leichter machen, indem Sie uns sagen, was Sie wissen.«

»Ich weiß, wie das läuft. Ich war schon mal hier, wissen Sie noch.«

Charlie Hampton war es gewesen. Vor etwas mehr als zehn Jahren. Wegen schwerer Körperverletzung. Angriff auf einen Mann, der die folgenden sechs Monate im Koma verbracht hatte, bevor er sich schließlich erholte. Hampton war zu vier Jahren Gefängnis verurteilt worden und hatte drei dieser Jahre im HMP Chelmsford verbracht, den Rest seiner Strafe im HMP The Mount, Hertfordshire.

»Wann begann Ihre Beziehung mit Cathy Sharpe?«, fragte Tomek.

»Ungefähr zwei Monate, nachdem ich rauskam.«

»Und sie war Ihre Bewährungshelferin, ja?«

»Ja.«

»Und Sie sind seitdem zusammen?«

»Ja.«

»Und wie würden Sie sagen, läuft Ihre Beziehung zu Frau Sharpe?«

Ein Moment des Zögerns, während er eine Antwort kalkulierte. »Gut. Ich hab keine Einwände. Wieso, haben Sie auch mit ihr gesprochen?«

»Ich bin nur neugierig, das ist alles. Und wie sieht es mit Ihrer Beziehung zu ihrer Arbeit aus? Teilt sie Einzelheiten mit Ihnen?«

»Nein. Das kann sie nicht. Und sie ist nicht so dumm, ihre Karriere wegzuwerfen. Davon gibt's heutzutage nicht mehr so viele.«

»Absolut.« Tomek machte eine Pause, um zwischen Charlie und seinem Anwalt hin und her zu schauen. »Hat sie jemals etwas davon mit nach Hause gebracht?«

»Ständig. Sie hört nie damit auf.«

»Und Sie waren nie versucht, einen Blick in ihre Fallnotizen zu werfen, zu sehen, wer auf ihrer Liste steht?«

»Warum sollte ich das wollen?«

Tomek ignorierte die Frage und schaute wieder auf seine Notizen.

»Sagen Ihnen die Namen Timothy Rosenthal und Gary Kershaw etwas?«, fragte er.

Die Antwort kam sofort. »Ich wusste, dass Sie danach fragen würden. Ja, ich kenne die Namen. Aber nicht, weil ich sie umgebracht habe. Cathy hat sie ein paarmal erwähnt. Sagte, sie hasste es, sie zu sehen, weil sie sich jedes Mal schlecht fühlte, wenn sie zu ihnen ging. Obwohl sie weit außerhalb ihrer Altersklasse war, hatte sie immer noch das Gefühl, dass sie sie jedes Mal ausziehen und mit den Augen ficken würden, wenn sie ihnen einen Besuch abstattete.«

»Und wie hat Sie das fühlen lassen?«

Charlie zuckte gleichgültig mit den Schultern. »Sie kann auf sich selbst aufpassen.«

»Wie hat es Sie fühlen lassen, dass sie mit solchen Leuten arbeitete?«

»Ich meine, verstehen Sie mich nicht falsch, ich mochte es nicht. Wir hatten ein paar von denen, während ich drin war. Sie wurden oft verprügelt, ein bisschen rumgeschubst, aber ich wollte nichts damit zu tun haben. Ich hab einfach versucht, den Kopf unten zu halten und meine Zeit abzusitzen, damit ich so schnell wie möglich da rauskam.«

Das stimmte überein. Laut Charlies Gefängnisberichten war ihm wegen guter Führung eine vorzeitige Entlassung empfohlen worden.

»Da war aber dieser eine Typ, der einen Hass auf Timothy Rosenthal hatte, während wir zusammen dort waren.«

»Sie waren zur gleichen Zeit wie Rosenthal im Gefängnis?«

»Kurz, ja. Ganz am Ende meiner Zeit dort, bevor ich verlegt wurde. Tiny Tim haben sie ihn genannt. Nicht weil er klein war, sondern weil sein Schwanz die Größe einer Eichel hatte, und sie machten immer Witze darüber, dass es Sinn ergeben würde, dass er kleine Kinder fickte und so. Aber einer der Gefängniswärter hasste ihn, konnte ihn einfach nicht ausstehen. Er hat mir sogar erzählt, dass er davon fantasierte, ihn in seiner Zelle zu verprügeln, wenn niemand hinsieht. So viele von ihnen waren bestechlich, dass er sogar Angebote von einigen Häftlingen bekommen hatte, es für ihn zu erledigen. Aber er sagte nein, dass er es selbst machen wollte.«

»Was ist mit ihm passiert?«

»Ich glaube, die Oberen haben Wind davon bekommen und dann wurde er in irgendein Gefängnis oben in Newcastle verlegt.«

»Kennen Sie seinen Namen?«

»Darryl Peters.«

Tomek notierte sich den Namen und durchsuchte sein Gedächtnis. Nichts kam hoch. Aber er speicherte es für später.

»Gibt es sonst noch etwas, woran Sie sich über Darryl Peters erinnern?«, fragte Tomek langsam, wobei Aufrichtigkeit aus seiner Stimme triefte.

»Nicht im Moment, aber ich werde darüber nachdenken.«

Tomek ging zum nächsten Thema des Interviews über. Die Royal Society of Extreme Ironing und das anonyme Profil, das in seinem Namen eingerichtet worden war. Es war Tomek nicht sofort aufgefallen, dass es sich um dieselbe Person handelte, bis er den Namen erkannt hatte. Aber als er danach gefragt wurde, bestritt Charlie jedes Wissen. Er hatte noch nie von Extreme Ironing gehört und sagte, dass es wie eine Gruppe für Fitness-Freaks klinge. Wie sein Name in die

Gruppe gekommen war, darauf hatte er keine Antwort. Nur, dass jemand es in seinem Namen eingerichtet hatte.

Tomek nickte nachdenklich und fuhr fort. Er holte das Foto des Mädchens im roten Mantel heraus und schob es über den Tisch.

»Erkennen Sie das Mädchen auf diesem Foto?«

Charlie betrachtete das Bild kurz. »Nicht besonders«, sagte er und schob es zurück zu Tomek. »Ziemlich schlechte Qualität, nicht wahr?«

»Es ist das Beste, was wir haben. Und Sie sind sicher, dass Sie weder die Haare noch den Mantel erkennen?«

»Sicher. Obwohl, wenn ich darüber nachdenke...« Er nahm das Foto zurück und betrachtete es noch einmal aus einem anderen Blickwinkel. »Wie alt ist sie auf diesem Foto?«

»Wir vermuten zwischen sechs und acht.«

Charlies Gesicht überzog sich mit einem glasigen Schleier, während er weitere Berechnungen in seinem Kopf anstellte. »Nun, und zitieren Sie mich nicht hierbei, aber ich war etwa vier Jahre drinnen. Als ich ging, vor etwa sieben Jahren, genau als ich ging, erinnere ich mich, dass Darryl sagte, er habe eine Tochter. Seine Frau hatte gerade ein paar Wochen zuvor entbunden. Nun, ich weiß nicht, wo sie ist oder wie sie jetzt aussieht, aber das ist etwas, worüber ihr Leute nachdenken solltet.«

Tomek war fassungslos. Der Mann machte ihren Job für sie. Oder er versuchte, jeden Verdacht von sich abzulenken und auf Darryl Peters zu schieben.

Aber Tomek war gespannt zu sehen, wie er mit der nächsten Frage umgehen würde. Er nahm ein weiteres Foto aus dem Dokument und behielt es vorerst mit der Rückseite nach oben. Dieses war am frühen Nachmittag während der forensischen Durchsuchung von Charlie Hamptons Grundstück aufgenommen worden.

Er drehte es um und schob es rüber.

Zuerst zeigte Charlies Gesicht Schock, dann Verwirrung, gefolgt von kurzer Wut.

»Das habe ich in meinem Leben noch nie gesehen.«

»Dieser Gegenstand wurde in Ihrem Garten gefunden«, sagte Tomek. »Versteckt hinter Ihrem Schuppen.«

»Das habe ich in meinem Leben noch nie gesehen. Auf keinen Fall. Ihr Leute wollt mir was anhängen. Ich wusste, ich hätte niemals herkommen sollen, ey.«

»Auf der Klinge wurden sowohl Timothy Rosenthals als auch Gary Kershaws Blut gefunden. Haben Sie dazu etwas zu sagen?«

»Fickt euch«, spuckte Charlie aus.

Und damit endete das Interview. Tomek fühlte sich leicht schuldig, als er den Mann anklagte und ihm seine Rechte vorlas. Er war offen, ehrlich und, ganz ehrlich, unglaublich hilfsbereit gewesen. Aber es gab keine Möglichkeit, die Tatsache zu umgehen, dass die Mordwaffe in seinem Garten gefunden worden war. Wenn er sich irgendwie aus diesem Loch herauswinden wollte, würde er mehr brauchen als einen schweigenden Anwalt, der nichts sagte.

Er würde ein Wunder brauchen.

Und, wie es sich anhörte, Darryl Peters auch.

KAPITEL
FÜNFUNDFÜNFZIG

Die Wohnung begann sich ohne Katie leer anzufühlen. Es waren erst ein paar Tage vergangen und schon vermisste er ihre Anwesenheit. Genau wie das Haus.

Die Küche war in einem erbärmlichen Zustand. Ungewaschenes Geschirr lag in der Spüle. Kaffeetassen mit Kaffeeresten am Boden, auf denen sich Schimmel und andere schädliche Bakterien sammelten.

Der Rest der Wohnung sah auch nicht viel besser aus. Stapel von Wäsche, die darauf warteten, gewaschen zu werden, lagen auf den Rücklehnen der Esszimmerstühle; Staubschichten schützten die Möbel vor seiner Berührung.

Es war nicht so, dass sie die Wohnung für ihn aufgeräumt oder ihm gesagt hätte, es zu tun. Es war so, dass er sich inspiriert gefühlt hatte, aufzuräumen und auf sich zu achten, als sie da gewesen war. Dass er einen Grund dafür gehabt hatte. Jetzt, ohne ihre Übernachtungen, war er in alte Gewohnheiten zurückgefallen und lebte in seinem eigenen Dreck. Und als er die Pappschachtel der Fertigmahlzeit anstarrte, die im Ofen kochte, wusste er genau, was er damit machen würde.

Sie auf der Arbeitsplatte liegen lassen und darauf warten, dass die magischen Putzkobolde nach ihm aufräumen und sie in den Mülleimer werfen würden.

Die magischen Putzkobolde, die niemals kommen würden.

Gerade als er die Pappschachtel auf die Küchentheke stellte, ertönte die Türklingel in der ganzen Wohnung. Der plötzliche Klang ließ ihn zusammenzucken, und sein Puls beschleunigte sich. Ein Besucher stand vor der Tür. Einer, den er nicht erwartet hatte. Katie?

Oder es war der Mörder, der es auf ihn abgesehen hatte.

Die Antwort war weder das eine noch das andere. Da stand auf der anderen Seite der Tür, genauso spärlich bekleidet wie beim letzten Mal, als er sie gesehen hatte, Molly. Ihr Haar war in einer helleren Weißnuance gefärbt und ihre Zähne passend dazu. Sie lächelte ihn aufgeregt an.

»Molly...«, sagte er. »Was machst du...?«

»Ich habe deine Nachricht bekommen«, sagte sie mit hoher Stimme.

»Meine Nachricht? Ich erinnere mich nicht...«

»Auf Insta. Über meine Unterwäsche.«

Was ging hier vor? Träumte er? Verursachte der Schimmel in seinen Kaffeetassen, dass er eine lebhafte und klare Erscheinung des Mädchens halluzinierte, das er nicht sehen wollte?

»Ich habe dir nicht auf Insta geschrieben«, antwortete er. »Ich habe nicht mal einen Account.«

»Guter Witz«, sagte sie und akzeptierte kein Nein als Antwort.

»Wofür hast du gesagt, bist du hier?«

Sie blitzte ihn mit einem frechen Grinsen an und legte verstohlen eine Hand auf ihre Hüfte. »Für die Unterwäsche, die ich hier gelassen habe«, sagte sie kichernd. »Ich dachte, vielleicht könnte ich reinkommen und sie anprobieren... um sicherzugehen, dass sie wirklich mir gehört.«

Nun, wenn sie es nicht war, dann war dies ein großes Missverständnis.

»Nein...«, sagte er, ohne absichtlich schroff sein zu wollen.

Aber es funktionierte nicht. Mollys Gesicht fiel in sich zusammen, und sie sah entmutigt aus, wie ein Kind, dem gesagt wurde, es müsse warten, bevor es vom Tisch aufstehen darf.

»Tut mir leid«, sagte er und ruderte zurück. Aber der Schaden war angerichtet. »Es ist kompliziert. Hier, warte hier.«

Er drehte ihr den Rücken zu und sprintete in die Wohnung. Er verbrachte die nächsten zwei Minuten damit, hektisch nach der Unterwäsche zu suchen, die Katie zwischen den Sofakissen gefunden hatte. Bewusst, dass er sie draußen in der Kälte warten ließ. Aber die Alternative war viel schlimmer: sie hereinzubitten und sie dann loswerden zu müssen.

Schließlich fand er das Wäschestück inmitten des Wäschehaufens auf der Rückenlehne eines Stuhls und sprintete die Treppe hinunter. Er hielt den Slip in die Luft, als wäre er eine Art Trophäe.

»Ist das der richtige?«

»Wie viele andere hast du da oben?«

Ach verdammte Scheiße, dachte er. *Fang du nicht auch noch damit an.*

»Danke...«, flüsterte sie.

Der Schmerz in ihrer Stimme ließ ihn sich schlecht fühlen, und für einen Moment dachte er daran, sie hereinzulassen. Aber dann besann er sich eines Besseren. Die Folgen wären den Lohn nicht wert.

Obwohl ihn etwas beunruhigte.

»Kannst du mir bitte die Nachrichten zeigen, die ich dir auf Instagram geschickt habe?«

»Ähm...«

»Ich will nur schauen. Keine Sorge, ich werde nicht deine anderen Nachrichten ansehen.«

Nachdem sie eine gefühlte Ewigkeit in ihrer Tasche herumgewühlt hatte, holte sie ihr Handy heraus und reichte es ihm. Tatsächlich, da war in der oberen linken Ecke des Chats ein Foto von ihm, mit seinem Benutzernamen daneben: TomekBowen_DS.

Es ließ sich nicht bestreiten, dass es wie er aussah, sich anhörte wie er, und für alle praktischen Zwecke er war. Aber woher kam es? Jemand musste es in seinem Namen eingerichtet haben. Und dann fiel es ihm ein.

Katie. Sie war die einzige Person, die von der Unterwäsche gewusst hatte. Sie musste Molly eine Nachricht geschickt haben und so getan haben, als wäre sie er.

Aber warum? Was war der Zweck davon? War es eine Art Test,

oder war sie einfach verrückt genug, einen Polizeibeamten zu imitieren, ohne die Konsequenzen zu bedenken?

Bevor er weiter darüber nachdenken konnte, wurde ihm das spärlich bekleidete Mädchen bewusst, das vor ihm stand und sich nach ihrem Handy zurücksehnte.

»Tut mir leid«, sagte er und lachte unbeholfen. »Wie hast du mich gefunden?«

»Du bist als vorgeschlagener Freund aufgetaucht.«

»Verstehe.«

»Also habe ich dir geschrieben und... Nun, hier bin ich.«

»Großartig. Ich glaube, ich muss meinen Benutzernamen ändern, wenn ich Inspektor werde. Kann man das machen?«

»Ja«, sagte sie, als ob das Allgemeinwissen wäre. Als ob es so offensichtlich wäre wie dass nach eins die zwei kommt.

Tomek dankte ihr für das Abholen der Unterwäsche und winkte sie dann weg. Er schloss die Tür, bevor sie das Ende der Einfahrt erreicht hatte. Der Ofen piepte in der Küche. Sein Abendessen war fertig.

Aber gerade als er seine Gabel in die Tesco Finest Spaghetti Carbonara tauchen wollte, klingelte es erneut an der Tür.

Was hat sie jetzt vergessen? dachte er bei sich, während er nach unten ging. Diesmal langsamer.

Er öffnete die Tür. Erstarrte. Dort stand eine andere Frau. Vollständig bekleidet, mit dunkelbraunem Haar und leicht verfärbten Zähnen.

»Katie... was machst du...?«

»Kann ich reinkommen?«

Natürlich konnte sie. Sie konnte haben, was immer sie wollte. Einschließlich der Tasse Tee, um die sie bat, als sie sich auf das Sofa setzte.

»Hier, bitte schön«, sagte er, als er ihr den Tee reichte.

Er wippte mit dem Bein auf und ab, während er darauf wartete, dass sie sprach, dass sie erklärte, was sie hier tat. Alle Gedanken an Molly und das Instagram-Konto und die Nachrichten waren aus seinem Kopf verschwunden und befanden sich irgendwo in der Sonne mit dem Rest der Instagram-Models.

»Ich hoffe, ich störe nicht«, sagte sie.

»Nein, überhaupt nicht. Nur das traurigste Abendessen der Welt und der traurigste Mann der Welt. Aber, um ehrlich zu sein, Molly war gerade hier – aber nur, um ihre Unterwäsche abzuholen.«

»Ich weiß.«

»Was sagst du da?«

»Ich weiß es. Ich habe ihr eine Nachricht geschickt. Ich habe dich getestet.«

»Mich getestet?«

Von allen Tests, die er in seinem Leben gemacht hatte – GCSEs, A-Levels, seine Sergeant-Prüfung, sogar der Fragebogen, den er ausfüllen musste, als er sich bei seinem neuen Hausarzt angemeldet hatte – war keiner so bizarr und surreal wie dieser. Was sollte er sagen?

Zum Glück antwortete sie für ihn.

»Bitte reagier nicht über«, sagte sie. »Ich wollte nur sehen, wie du dich verhalten würdest. Wie ehrlich du warst. Ich wollte sehen, ob du das tun würdest, was ich dachte.«

»Und das wäre?« Obwohl er die Antwort bereits kannte; er wollte es nur von ihr hören.

»Ich dachte, du könntest mit ihr geschlafen haben.«

Er legte eine Hand auf ihren Oberschenkel und drückte sanft. »Natürlich nicht. Ich habe dir gesagt... ich habe dich nie betrogen.«

Ihr Gesicht strahlte auf, als sie sich vorbeugte, um ihn zu küssen.

»Und jetzt weiß ich, dass du es auch nie tun wirst.«

KAPITEL
SECHSUNDFÜNFZIG

Ich weiß nicht, was passiert.

Nichts ist diesmal klar, außer den kleinen Wichsern, die vor dem Kiosk rumhängen. Die sind glasklar von der anderen Straßenseite aus zu erkennen. Ich kann sogar die Adidas- und Nike-Trainingsanzüge sehen, die sie tragen, und die Flecken auf der Vorderseite ihrer Pullover. Die Abschaum-Typen.

Abgesehen davon ist nichts klar.

Seltsamerweise gehe ich. Als ob nichts wäre. Als ob ich überhaupt nicht zu spät dran bin. Als ob mein Bruder nicht kurz davor wäre zu sterben.

Und dann ein Schnitt.

Das Blut ist überall. Alles, was ich sehen kann, ist das rote Glitzern auf dem Kies, als würde jemand mit einem Infrarotlicht darüber leuchten. Und es ist auch überall an meinen Händen. Als wäre ich derjenige, der ihn zu Tode geprügelt hat.

Stille. Niemand ist da. Ich bin mir nicht einmal sicher, ob mein Bruder da ist oder ob ich auf mein eigenes Blut starre.

Und dann ein Schnitt.

Ich bin im Auto, fahre entlang. Papa sitzt mit mir hinten. Mama ist woanders, so viel kann ich herausfinden. Es gibt keine Musik im Auto, *kein Radio. Nur der Klang der Stille, während wir alle unseren Gedanken nachhängen. Aber das Blut ist immer noch da.*

Ich schaue aus dem Fenster, aber ich kann nichts sehen. Das Gesicht ist weg – und seine Züge. Ich glaube nicht einmal, dass ich mich daran erinnern könnte, wenn es mir direkt ins Gesicht starren würde.

Und dann ein Schnitt.

Zur Polizeiwache, sitze dem Polizisten gegenüber. Er stellt mir Fragen. Sagt mir, dass es nur einen Angreifer gab. Dass es nicht zwei gewesen sein können. Dass ich mir Dinge eingebildet haben muss.

Lustig. Denn wenn er während meines Traums in meinem Kopf wäre, dann würde er sich irren.

Denn im Moment sehe ich einen Scheißdreck.

KAPITEL
SIEBENUNDFÜNFZIG

Der Zug nach Newcastle hatte drei Stunden länger gebraucht als nötig. Bei Peterborough gab es eine Streckensperrung von King's Cross aus. Eine fünfstündige Reise, die acht Stunden gedauert hatte. Fast eine ganze Schicht saß er im Zug und langweilte sich zu Tode. Er hatte etwas Arbeit mitgenommen, fand es aber fast unmöglich, irgendetwas zu erledigen, da er gegen die Person neben ihm gepresst war und seine Kniescheiben bei jeder seitlichen Bewegung des Zuges langsam abgeschliffen wurden. Ganz zu schweigen davon, dass die Fallnotizen, die er mitgenommen hatte, sensibel und vertraulich waren – er konnte es sich nicht leisten, dass neugierige Augen sich herüberlehnten und einen Blick auf das warfen, was er las.

Also musste Darryl Peters' Profil warten.

Und Darryl selbst auch.

Der Gefängnisbeamte war abgeholt und kurz vor Tomeks geplanter Ankunft zur Polizeistation von Northumbria gebracht worden. Der arme Kerl fragte sich wahrscheinlich, wofür er hergebracht worden war.

Und Tomek konnte es kaum erwarten, es ihm zu sagen. Es war Tomeks Aufgabe, in den Norden zu reisen, ihn zu befragen und dann zurück nach Southend zu bringen, falls er weitere Befragungen für gerechtfertigt hielt. Und nachdem Charlie Hampton über Darryls

Ansichten ausgepackt hatte, war er fast zuversichtlich, dass der Ex-Pat aus Essex ein letztes Mal nach Hause zurückkehren würde.

Die Polizeistation von Northumbria war nur wenige Gehminuten vom Bahnhof entfernt und befand sich an der Ecke einer belebten Kreuzung. Das große rote Backsteingebäude schimmerte in tiefem Orange, als die Sonne im Norden unterging. Er wurde von einer Frau mit feurig rotem Lockenhaar empfangen, die über die Verspätung noch verärgerte wirkte als er selbst.

»DS Bowen?«, fragte sie direkt auf den Punkt. Kein Blödsinn.

»Der bin ich.«

»Sie sind spät dran. Er wartet schon auf Sie. Kommen Sie.«

Tomek fühlte sich wie ein Schüler, der in den hinteren Teil einer Prüfungshalle gescheucht wird, als er ihr durch die unzähligen Türen und Korridore folgte, bis sie schließlich vor dem Verhörraum ankamen. Drinnen war Darryl Peters, allein.

»Perfekt«, sagte Tomek, als er den Raum betrat. Er dankte der Frau dafür, dass sie ihm gezeigt hatte, wohin er gehen musste, und schloss dann die Tür hinter sich. »Entschuldigung für die Verspätung. Ich hoffe, sie behandeln Sie hier gut.«

»Ich habe mein Wasser«, sagte er.

Darryl Peters war ein Mann weit in seinen Vierzigern, sah aber fast doppelt so alt aus. Der Halbkreis aus Haaren an den Seiten seines Kopfes ergraute, sein Bauch hatte die Größe eines Strandballes, und sein Hals war... nun ja, fast nicht vorhanden. Seine Brust hob und senkte sich langsam, aber schwer. Als ob jeder Atemzug eine Herausforderung wäre. Beim ersten Eindruck glaubte Tomek nicht, dass er in das Gesicht eines Mörders blickte. Er konnte sich auch nicht vorstellen, dass der Mann die Gefangenen in einem Gefängnis beaufsichtigte. Aber er hatte in der Vergangenheit den Fehler gemacht, jemanden zu unterschätzen. Und er war immer froh, wenn Menschen ihn überraschten.

»Wissen Sie, warum Sie hier sind?«, fragte Tomek. »Hat man Ihnen das erklärt?«

Darryl Peters bewegte seinen Kopf. War das ein Nicken oder ein

Schütteln? Tomek konnte es nicht sagen. Anstatt den Mann zu fragen, um sein Gesicht zu wahren, erklärte er es trotzdem.

»Sie wurden wegen des Verdachts auf Mord an Timothy Rosenthal und Gary Kershaw festgenommen. Sie wurden auch wegen des Verdachts festgenommen, vertrauliche Informationen an die Öffentlichkeit weitergegeben zu haben. Möchten Sie etwas dazu sagen?«

»Ich will einen Anwalt.«

▭

Bastard. Der Bastard hatte Tomek eine weitere Stunde warten lassen, bis ein Anwalt eintraf und die beiden das Gespräch besprachen. In dieser Zeit hatte Tomek einige Bekanntschaften geschlossen. Leute, die er in der Station angesprochen hatte und die nicht zu beschäftigt aussahen. Eine war eine Frau, die er in der Kantine gefunden hatte, während sie vier Löffel Zucker in ihren Tee schüttete. Der andere war ein Mann, der sich einen Kit Kat in den Mund stopfte, während er einen der vielen Korridore entlangging. Vier-Zucker war überrascht gewesen, einen "Ausländer" zu sehen, wie sie ihn nannte, und sie hatten kurz über den Zweck seines Besuchs gesprochen; während Kit-Kat-Mann (was ungefähr vier Löffeln Zucker entsprach, wenn nicht mehr) in einsilbigen Antworten geantwortet und sich weiter das Gesicht vollgestopft hatte, während er mit Tomek sprach. Jetzt wusste Tomek, warum er lieber mit Frauen als mit Männern sprach. Nicht nur, dass er sich mehr zu ihnen hingezogen fühlte, er fand sie auch netter. Solange er nicht wie ein Creep rüberkam, merkte er, dass sie offener für ihn waren. Besonders wenn sie ihn als exotischen Außenseiter sahen.

Einen exotischen *Ausländer.*

Als Tomek in den Verhörraum zurückkehrte, fühlte er sich nicht mehr so verärgert über die Verspätung, wie er es bei seiner Ankunft gewesen war.

»Wo waren wir?«, fragte er, als er seinen Ordner auf den Tisch legte. »Ja, richtig. Timothy Rosenthal und Gary Kershaw. Ich denke, das ist der beste Ausgangspunkt. Kennen Sie eine dieser Personen?«

»Keine Aussage.«

»Wie wäre es, wenn wir uns auf einen nach dem anderen konzentrieren? Das macht es einfacher für Sie.« Tomek machte eine Pause, um die Reaktion des Mannes zu beobachten; wenn dort irgendwelche Emotionen waren, gingen sie hinter den mehreren Hautfalten verloren. Tomek schob Timothy Rosenthals Fahndungsfoto über den Tisch. »Erkennen Sie dieses Gesicht?«

»Keine Aussage.«

Dann Gary Kershaws.

»Keine Aussage.«

»Unsere Unterlagen zeigen, dass Herr Rosenthal während seiner Zeit in der JVA Chelmsford einmal in Ihrer Betreuung war. Klingelt da etwas bei Ihnen?«

»Ich sehe viele Menschen.«

Ein Riss, ein Riss, der Tomek innerlich zum Lächeln brachte. Und Tomek würde so viel wie möglich von seiner Hand in diesen Riss stecken und ihn weit aufbrechen.

»Da bin ich mir sicher. Aber wie Sie sicherlich zustimmen werden, gibt es manche Menschen, manche Gesichter, die man nie vergisst. Das sind besondere Menschen. War Timothy eine besondere Person für Sie?«

»Keine Aussage.«

Und genauso schnell hatte er ihn wieder verloren. Egal, Tomek war bereit, so lange zu warten, wie nötig. Er hatte sich bereits damit abgefunden, dass er höchstwahrscheinlich die Nacht draußen in Newcastle verbringen musste.

»Wir haben eine *ziemlich* zuverlässige Quelle, die besagt, dass Sie Herrn Rosenthal sehr gut kannten«, fuhr Tomek fort. »So gut, dass Sie bereits wussten, wie Sie ihn ermorden würden.«

Tomek wartete auf eine Reaktion. Er bekam keine. Kaum überraschend, wenn man bedenkt, dass Darryl es gewohnt war, mit gemeineren Hunden mit größerem und beängstigenderem Biss als Tomek umzugehen. Also musste er vielleicht seine Taktik ändern.

Anstatt ein aggressiver Rottweiler zu werden, musste er sich in einen Labrador-Welpen verwandeln und an Darryls Herz appellieren.

Glücklicherweise hatte er genau das Richtige. Aber es musste noch warten.

»Wir haben auch weitere Beweise, die darauf hindeuten, dass Sie beide Männer unglaublich gut kannten.« Tomek zeigte Darryl mehrere Screenshots von den Beiträgen, die Darryl in der Gruppe der Royal Society of Extreme Ironing gepostet hatte. Da sein Standort auf seiner Facebook-Seite auf Newcastle geändert worden war, tauchte er nicht in der Liste der vierundzwanzig Personen auf, die in Essex ansässig waren, und war aus dem Rahmen ihrer Ermittlungen gefallen. Er stand auf der Liste der Personen, mit denen man sprechen sollte, nur weiter unten auf der Prioritätenliste, und niemand hatte daran gedacht, ehemalige Bewohner zu überprüfen, die möglicherweise aus der Grafschaft weggezogen waren.

»Dies sind die Wohnadressen von Herrn Rosenthal und Herrn Kershaw. Erkennen Sie sie?«

»Keine Aussage.«

Tomek zeigte die Tatortfotos. Insbesondere die Nahaufnahmen der Penisse der Opfer in ihren Mündern.

»Dies sind dieselben Personen, die kurz nach der Veröffentlichung dieser Informationen tot aufgefunden wurden. Wissen Sie zufällig etwas über diese Morde? Darryl?«

Keine Antwort.

Und als er gefragt wurde, wo er in den Nächten des Todes beider Männer war, hatte er immer noch nichts zu sagen.

Tomek tippte mit einem schweißnassen Finger auf die Screenshots.

»Könnten Sie bitte den Namen auf diesen Screenshots vorlesen, Darryl? Nein? Soll ich es für Sie tun?« Tomek räusperte sich, als wäre er ein unbeeindruckter Schullehrer, der gerade zwei Kinder beim Flüstern in der letzten Reihe erwischt hatte. »Der Name des Profils lautet *Darryl Peters*. Und wenn man dieses Profil aufruft, erscheint die folgende Seite.« Ein weiterer Screenshot. Diesmal einer vom persönlichen Profil von Darryl. »Das sieht Ihnen doch sehr ähnlich, nicht wahr?«

Keine Antwort.

»Sie denken wahrscheinlich, dass jemand dieses Profil in Ihrem Namen eingerichtet hat, und Sie könnten Recht haben. Aber als wir das Profil genauer untersuchten, gab es dort sicherlich viel Hass. Sie mögen Pädophile oder Sexualstraftäter wirklich nicht, oder?«

Immer noch keine Antwort.

»Aber vielleicht das Interessanteste dort waren die Fotos Ihrer Tochter...«

Diesmal gab es eine Reaktion. Eine Gesichtsreaktion. Tomek war nicht überzeugt, dass es Überraschung war. Eher... Angst. Angst vor der Andeutung hinter dem Kommentar.

Er schob das Foto des Mädchens im roten Mantel über den Tisch. Darryl nahm es auf und inspizierte es.

»Erkennen Sie das Mädchen auf diesem Foto?«

Darryl konnte seinen Blick nicht von dem Mädchen losreißen. »Keine Aussage.«

»Ist das Ihre Tochter?«, fragte Tomek.

»Keine Aussage.«

»Sie sehen sich fast identisch. Aber wir mussten sichergehen. Also haben meine Kollegen in Essex der kleinen Patricia einen Besuch abgestattet, und während sie dort waren, haben sie ein paar Proben genommen. Wissen Sie, was das wirklich Interessante ist, Darryl?«

Blut strömte in Darryls Wangen, und ein Schweißtropfen bildete sich über seiner Stirn. Seine Atmung war angestrengt geworden, hörbar und beängstigend anzusehen. Tomek war teilweise besorgt, dass der Mann jeden Moment einen Herzinfarkt erleiden könnte, und war darauf bedacht, dies zu klären, bevor es so weit kam.

Als Darryl nicht antwortete, fuhr er fort.

»Wir haben einige Proben mitgenommen. Nichts Großes, nur ein bisschen Haar von der Haarbürste Ihrer Tochter, und es stellte sich als Übereinstimmung heraus. Ihre DNA wurde an den Tatorten der Morde an Timothy Rosenthal und Gary Kershaw gefunden. Wissen Sie zufällig etwas darüber?«

Atmen. Mehr schweres, angestrengtes Atmen.

»Und was noch wichtiger ist als all das, ist, dass Ihre Frau, als wir mit ihr sprachen, sagte, Sie seien die ganze Woche vor und nach ihrem Tod in Essex gewesen, um Ihre Tochter zu besuchen. Nun, wenn Sie mich fragen, klingt das so, als ob Sie vielleicht ein wenig mehr darüber wissen könnten, was mit ihnen passiert ist, als Sie mir heute Abend erzählt haben. Ich möchte also wissen: Gibt es irgendetwas anderes, was Sie hinzufügen oder zu diesem Zeitpunkt sagen möchten?«

»Keine Aussage.«

KAPITEL
ACHTUNDFÜNFZIG

Eine gut erledigte Arbeit war ein Grund zum Feiern.

Die Feier bestand in diesem Fall aus einem Drink mit Vier Zucker in einer lokalen Bar.

Nachdem er das Verhör abgeschlossen und den ganzen Papierkram bis zehn Uhr erledigt hatte, war Tomek ihr auf dem Weg aus der Polizeiwache begegnet.

»Kennst du zufällig ein anständiges Hotel, wo ich übernachten könnte?«, hatte er gefragt.

»Es gibt eine niedliche kleine Pension auf der anderen Seite des Bahnhofs. Solange es dir nichts ausmacht, alle paar Minuten vorbeifahrende Züge zu hören?«

Tomek machte das nichts aus. Und nachdem sie ihm das Hotel gezeigt hatte, wo er ein Zimmer für die Nacht buchte, brachte er seine Taschen ins Zimmer und traf sie in der Lobby.

»Du hattest keine Lust, mit deinem Kumpel nach Essex zurückzufahren?«, fragte sie, als sie das Hotel verließen.

Wenn der Kumpel, von dem sie sprach, Darryl Peters war, dann lautete die Antwort nein. Nach seiner Anklage war er auf die Rückbank eines Polizeiwagens gesetzt worden und befand sich gerade auf dem Weg zurück nach Essex. Nach Tomeks Berechnungen würde er in den frühen Morgenstunden nach einer hoffentlich langen, mühsamen und schlaflosen Fahrt ankommen. Nichts weniger als das, was er verdiente.

»Das ist ein Grund zum Feiern«, sagte Tomek zu ihr. »Ich werde mich nicht mit dem Feind abgeben.«

»Kluge Entscheidung.«

Die Bar, in die sie ihn führte, lag ein paar Straßen vom Hotel entfernt. Und während er lief, spürte er, wie die Kälte des Nordens immer tiefer in seine Haut eindrang, bis auf die Knochen. Sein Atem bildete Nebel vor seinem Gesicht, und er zog den Reißverschluss seiner Jacke bis zum Hals hoch.

»Jetzt weiß ich, warum sie euch Südländer Weicheier nennen«, sagte sie scherzhaft.

»Und jetzt weiß ich, warum sie euch Nordländer unverschämte kleine Mistkerle nennen.«

»Es braucht einen, um einen zu erkennen«, sagte sie, als sie die Straße überquerten.

Als er endlich zu ihr aufschloss, sagte er: »Ich habe deinen Namen nie erfahren...«

»Freya. Freya Nightingale.«

Tomek schüttelte ihre Hand und stellte sich vor. »Mit einem Namen wie Freya würdest du gut zu den feinen Pinkel im Süden passen, besonders in London.«

»Und du kennst einige von denen, oder? Glaubst du, du könntest mich vorstellen? Ich habe gehört, dass manche der Sexpartys, die sie dort unten veranstalten, ziemlich wild sind.«

Tomek hielt sich für einen guten Menschenkenner, besonders wenn es um Frauen ging. Aber diese hier war genauso schwer zu lesen wie Katie, als er sie zum ersten Mal getroffen hatte.

Vielleicht war das, was ihm an ihr gefiel...

Der Ort gehörte zu einer nationalen Kette und war voller Menschen. Auf der linken Seite befand sich die Bar, an der sich Schlangen von Leuten anstellten, um ihre Getränke zu bekommen, und auf der rechten Seite war der Sitzbereich. Die Einrichtung war im Dschungel-Stil gehalten. Bambusstäbe säumten die Wände, mit Flüssen aus grünen Blättern und Ranken, die sich durch sie schlängelten. Kleine Palmen standen in den Ecken des Raumes, und Dschungeltier-Attrappen hingen von der Decke. Im Hintergrund spielte ein DJ irgendwo im Gebäude den neuesten House-Track.

Sie fanden einen Tisch für zwei, der versteckt in der Ecke stand, und nach einem kurzen Blick auf die Speisekarte ging Tomek, um die Getränke zu bestellen. Ein Cosmopolitan für sie, ein JD mit Cola für ihn. Er kam fast fünf Minuten später zurück.

»Diese Getränke sollten das Warten wert sein«, sagte er.

»Oh, ja. Das sind sie. Die Gesellschaft ist auch nicht schlecht.«

»Da ist die Jury noch unentschieden.«

Der flirtende Schlagabtausch war für ihn offensichtlich, aber er war vorsichtig, nicht zu weit zu gehen. Soweit er wusste, waren er und Katie noch ein Paar. Ein beschädigtes und kaputtes Paar, zugegeben, aber dennoch ein Paar. Und er wollte nichts tun, was das gefährden könnte.

Außerdem war nichts dabei, neue Leute kennenzulernen...

»Also erzähl mir von dir, Tomek. Woher kommst du und welches Team unterstützt du? Wenn du irgendwas anderes als die mächtigen Toon sagst, fürchte ich, müssen wir diesen Abend kurz halten.«

»Ich bin ein Hammers-Mann, durch und durch.«

»Viel Glück in der Championship«, sagte sie.

»Es ist noch ein langer Weg. Benimm dich.«

Das Fußballgespräch war erfrischend. Etwas, das er mit Katie nicht haben konnte. Etwas, das er auch mit vielen anderen Frauen, die er traf, nicht haben konnte. Aber Freya war anders. Sie hatte sogar ein Tattoo von Newcastle Uniteds Emblem auf ihrer Schulter.

»Wie betrunken warst du, als du das bekommen hast?«

»Nicht annähernd so betrunken, wie ich hätte sein müssen«, antwortete sie. »Wie lange bist du schon bei der Truppe?«

»Lange genug. Ich jage immer noch dieser Inspektor-Position hinterher.«

»Sie wird kommen, keine Sorge. Du musst nur geduldig sein. Ich habe meine erst letztes Jahr nach fast fünfzehn Jahren bekommen.«

Tomek versuchte, ihr Alter im Kopf zu berechnen, aber die Kombination aus Alkohol, Freya vor ihm und die Aufregung über die

Ermittlung, die langsam zum Abschluss kam, ließ ihn schnell das Interesse verlieren. Bevor er es wusste, hatten sie bereits ein Getränk geleert. Als nächstes war Freya an der Reihe. Das Gleiche noch einmal. Während er wartete, warf er einen Blick auf sein Handy. Dann wurde ihm bewusst, dass er Katie nicht geschrieben hatte, dass er über Nacht bleiben würde. Hatte keine Zeit gehabt.

Sie antwortete fast sofort.

Und du denkst erst jetzt daran, mir Bescheid zu sagen? Unglaublich. Ich habe mir Sorgen um dich gemacht.

Ihre Sorge hatte sich in insgesamt fünfzehn Nachrichten und sechs verpasste Anrufe niedergeschlagen. Der Mangel an Vertrauen in ihrer Beziehung wurde jeden Tag deutlicher. Anfangs hatte er gedacht, es sei seine eigene Schuld, ein Produkt seiner Geschichte mit anderen Frauen. Aber jetzt begann er zu erkennen, dass es vielleicht überhaupt nicht sein Problem war.

Wo bist du?

Sobald die Nachricht durchkam, verdrehte er die Augen. Es folgte eine weitere.

Mit wem bist du zusammen? Du bist doch nicht mit jemandem zusammen, oder?

Er wusste, wie er damit umgehen musste: Handy ausschalten und ignorieren. Da er nicht für eine Übernachtung gepackt hatte, wurde ihm klar, dass er die perfekte Ausrede hatte: kein Handyladegerät, mit dem er sein Gerät aufladen konnte.

Schluck das, Katie.

Während die Nacht voranschritt und der Alkoholspiegel in ihrem Blut deutlich anstieg, stellte Tomek fest, dass er an etwas saugte. Er wusste nicht, was es war, aber man hatte ihm zuverlässig mitgeteilt, dass es der beste Cocktail in Newcastle sei. Und was Cocktails betraf, stimmte er zu, dass es der beste war, den er in dieser speziellen Postleitzahl getrunken hatte.

Als er das nächste Mal auf seine Uhr schaute, war es fast Mitternacht. Irgendwie hatte er es geschafft, zwei Stunden in der Gesellschaft einer völlig Fremden zu verbringen, ohne auch nur einen einzigen unangenehmen Moment mit ihr zu teilen. Es fühlte sich gut an, wieder auszugehen, schön, erfrischend. Und nicht ein einziges Mal hatte er an Katie gedacht, nicht seit er sein Handy ausgeschaltet und sie allein gelassen hatte.

Das war, bis Freya das Thema Beziehungen ansprach.

»Ich glaube, ich stehe immer auf die Arschlöcher, weißt du«, sagte sie.

»Ja. Ich hasse sie. Erzähl mir davon.«

»Am Anfang sind sie alle heiß und so. Sie gehen mit dir aus, behandeln dich gut. Und dann *bumm*, sie sehen dich am nächsten Morgen und das war's, *tschüss*.«

Tomek saugte kräftig an seinem Strohhalm.

»Es gibt keine guten Typen mehr da draußen«, fuhr sie fort. Dann bemerkte sie, dass sie eher mit sich selbst als mit Tomek sprach. »Hast du jemanden in deinem Leben?«

Dann erzählte Tomek ihr von Katie. Darüber, wie sie angefangen hatten, wie sie sich kennengelernt hatten. Und wie sich die Dinge entwickelt hatten.

»Das Mädchen von nebenan entpuppt sich als Psycho. Die Geschichte hab ich schon mal gehört«, spottete Freya. »Aber so wie es klingt, bist du nicht besonders glücklich.«

»Was meinst du?«

»Gerade eben. Als du über sie gesprochen hast, habe ich dich nicht ein einziges Mal lächeln sehen. Vielleicht am Anfang, als du das erste Mal über sie gesprochen hast, aber zum Schluss nicht mehr.«

Das war aufschlussreich. Und er hatte nicht einmal bemerkt, dass er es getan hatte.

Freya stellte ihr Glas auf den Tisch und rückte näher zu ihm.

»Wie wäre es, wenn wir es auf die Probe stellen...«

Tomeks Körper spannte sich an, als sie näher kam. Er wusste, worauf das hinauslief...

Und, schlimmer noch, er wusste, worauf *er* sich einließ...

Sie legte eine Hand auf seinen Schoß.

»Wenn du sie wirklich liebst und dir etwas an ihr liegt«, begann sie, »dann wirst du mich das nicht tun lassen...«

Und dann lehnte sie sich vor und küsste ihn. Ihre Lippen auf seinen. Ihr Körper an seinem.

Ihre Zunge in seinem Mund.

Dann seine Zunge in ihrem.

Bevor er es wusste, knutschten sie auf dem Stuhl im hinteren Teil des Raumes. Hände, die betasteten und berührten, die Konturen der Körper des jeweils anderen fühlten. Unfähig, sich zu kontrollieren.

Er war sich nicht sicher, ob es die berauschende Mischung aus Alkohol und Aufregung von der Ermittlung war, oder ob es sein eigener Hass auf seine Beziehung war, der ihn auf diesen unwiderruflichen Kurs gelenkt hatte, aber er wusste, dass er ihn zu Ende gehen musste.

Was ihn jedoch am meisten überraschte, war der extreme Mangel an Reue, den er nach dem Geschehenen empfand.

Zweifellos würde sie kommen, sobald der Alkohol aus seinem System gewaschen war.

»Ich schätze, wir haben unsere Antwort...«, sagte Freya, als sie sich zurückzog und ihre Lippen abwischte.

»Ich dachte, du hättest gesagt, es gäbe keine guten Männer mehr auf der Welt.«

»Und ich schätze, du hast meinen Standpunkt bewiesen«, antwortete sie. »Aber die Welt wird nicht von euch regiert, weißt du. Wir haben auch fünfzig Prozent Mitspracherecht bei den Dingen. Und wir dürfen auch ab und zu Arschlöcher sein, wenn wir wollen.«

Tomek fühlte sich benutzt. Wie ein Bauer. Ein Kinderspielzeug. Sie hatte leichte Beute entdeckt, reif zum Pflücken, und hatte sich auf ihn gestürzt. Aber war es anders als alles, was er in der Vergangenheit getan hatte? Jetzt erlebte er einfach, wie es sich anfühlte, wenn der Spieß umgedreht wurde.

KAPITEL
NEUNUNDFÜNFZIG

Es war die Nacht der Halloween-Party, und Tomek hatte kaum Zeit gehabt, die Ereignisse der vergangenen Nacht in Newcastle zu verarbeiten. Seit seiner Rückkehr war es pausenlos weitergegangen. Besprechungen, Meetings mit Tony und Nick, Aufzeichnungen tippen, Berichte einreichen.

Ohne Unterbrechung.

Aber es hatte sich alles gelohnt.

Sie hatten ihren Mörder. Oder, wie er vermutet hatte, *Mörder*.

An diesem Nachmittag waren Darryl Peters und Charlie Hampton wegen der Morde an Timothy Rosenthal und Gary Kershaw angeklagt worden. Sie hatten die Mordwaffe in Hamptons Garten gefunden und die DNA, die Darryl Peters' Tochter mit dem Mädchen im roten Mantel verband. Und die Beweise waren unterschrieben, versiegelt und an die Staatsanwaltschaft übergeben worden, damit sie die nächste Phase des Verfahrens vorbereiten konnten. Zudem hatten sie herausgefunden, dass Darryl Peters' Tochter dieselbe Schule wie Miranda Hartwell besuchte, die Chalkwell Hall Grundschule, was die Verbindung zwischen den beiden Männern weiter stärkte. Das Team war zuversichtlich, dass es ein positives Ergebnis geben würde, und mit etwas Glück würde um zehn Uhr das ganze Land wissen, wer die Mörder von Timothy Rosenthal und Gary Kershaw waren.

Und Tomek war überglücklich, erleichtert.

»Wenn das kein Grund zum Feiern ist, dann weiß ich auch nicht!«, rief Nick am Ende seiner Rede. Er hatte gerade die letzten fünf Minuten damit verbracht, ihnen zu gratulieren, ihnen für ihre harte Arbeit zu danken und Tomeks wichtige und entscheidende Maßnahmen hervorzuheben. Leider gab es keine finanzielle Belohnung oder auch nur das Angebot eines zusätzlichen freien Tages; nur den Stolz und die Ehre zu wissen, dass er eine bedeutende Rolle gespielt hatte. Beides nahm Tomek gerne an.

Stolz und Ehre waren im Moment Mangelware.

Nachdem er nach dem Kuss ins Hotel zurückgekehrt war, hatte Tomek diesen Moment aus seinem Gedächtnis verbannt. Es gab Wichtigeres, auf das er sich konzentrieren musste. Aber jetzt, da diese Dinge erledigt waren, kamen die Bilder, Gedanken und Gefühle des Kusses wieder in ihm hoch. Und dann dachte er zum ersten Mal an Katie. Wie sehr er sich für seine Taten hasste. Wie er ihr Vertrauen verraten hatte. Wie er sie belogen und genau das getan hatte, was er versprochen hatte, nicht zu tun.

Und er hatte keine Entschuldigung dafür.

Aber bevor er weiter darüber nachdenken konnte, nahm Nadia Nicks Platz am Kopfende des Wohnzimmers ein und übernahm sofort die Kontrolle über den Abend.

»Ich hoffe, ihr seid alle auf ein paar Spiele vorbereitet«, sagte sie, begierig darauf, den Abend von der Arbeit wegzuführen und zu ihrer Vorstellung von Spaß überzugehen. »Die Nacht ist noch jung und wir haben noch viel vor!«

Nadias Haus war für das Event hergerichtet worden. Sie hatte sich selbst übertroffen, es auf ein anderes Level gehoben. Spinnweben hingen von den Gesimsen und Türrahmen; Skelette baumelten über den Türen; Grusel-Gummibonbons waren über den Boden und die Möbel verstreut; und im Vorgarten hatte sie eine Szene aus *Beetlejuice* nachgestellt, die Tomek bei seiner Ankunft fast zu Tode erschreckt hatte.

Das erste Spiel des Abends war »Rate, was in der Kiste ist«. Ein einfallsloser Titel, aber dennoch ein unterhaltsames Spiel. Fünf

Plastikboxen waren mit schwarzen Bettlaken bedeckt und mit grausigen und gruseligen Körperteilen gefüllt, und jeder Spieler musste aufschreiben, was seiner Meinung nach darin war. Der Gewinner war derjenige mit den meisten richtigen Antworten.

»Da sind doch keine echten Körperteile drin, oder?«, fragte Nick mit einem leichten Anflug von Besorgnis in seiner Stimme. »Wir werden doch nicht Timothy Rosenthals Penis finden, oder?«

»Der Verlierer muss seinen eigenen opfern«, sagte Tomek, zu einem Chor von Gelächter.

Er war der Letzte, der an der Reihe war. Als er an die Reihe kam, hatte er den Vorteil, alle anderen schreien und sich winden gesehen zu haben, als ihre Hände mit dem Inhalt der Boxen in Berührung kamen. Und er hatte bereits berechnen können, was sich darin befand. Aber als echter Showman spielte er seine Rolle und schrie jedes Mal, wenn seine Hand hineinging. Am Ende reichte er seine Vermutungen ein und wartete auf das endgültige Urteil.

Die Ergebnisse waren da.

Box 1: Spaghetti Gruselognese, so gestaltet, dass sie Därmen ähnelten.

Box 2: Hackfleisch für das Gehirn (obwohl es sich für Tomek, als er an der Reihe war, eher wie Erbrochenes anfühlte).

Box 3: eine abgetrennte Fingerrequisite, mit Knochen und tropfendem Blut (nicht zu verwechseln mit Timothy Rosenthals oder Gary Kershaws Penis).

Box 4: Murmeln, die mit Gleitmittel beschmiert waren, um Augen zu imitieren (wiederum nicht zu verwechseln mit dem Rest der Genitalien der Verstorbenen).

Und schließlich Box 5: ein Duo aus elfenbeinfarbenen Krempling-Pilzen, die das Ebenbild eines Paares Brustwarzen waren.

Das letzte hatte alle anderen im Team verwirrt, aber nicht Tomek. Und für seine Bemühungen erzielte er respektable zehn Punkte. Damit wurde er zum Champion gekrönt.

»Natürlich hast *du* die Brustwarzen erraten«, sagte Nadia, als sie ihm seine Süßigkeiten-Trophäe überreichte. Ein Ausdruck der Enttäuschung breitete sich auf ihrem Gesicht aus. »Das hat mich so lange zum Nachdenken gebracht. Ich dachte, ich könnte euch alle reinlegen.«

»Vielleicht nächstes Jahr, Nads.« Tomek beugte sich vor und gab ihr einen Kuss auf die Wange. Als er sich zurückzog, verfing sich die lange, dunkelgrüne Perücke ihres Meerjungfrauenkostüms in Tomeks Mund, und er spuckte sie aus.

Die Kostüme, die zu sehen waren, waren vielleicht die besten und durchdachtesten, die er je gesehen hatte. Trotz des Drucks der vergangenen Wochen hatten sie alle Zeit gefunden, sich Mühe zu geben. Außer Tomek, der das Team bereits über seinen anhaltenden Mangel an Einsatz vorgewarnt hatte.

Nadia war als mörderische Meerjungfrau verkleidet, mit ihrer langen grünen Perücke, ihrem hautengen, blutbefleckten Overall, der ihren Babybauch zur Geltung brachte, und ihrer Axt, die mit Hirnmasse bedeckt war.

Gemeiner Nick hatte eine besonders gemeine Mischung gewählt. Er war als Jimmy Savile verkleidet, komplett mit Stock, Brille und Zigarre. Eine passende Wahl, angesichts des Falls, den sie gerade abgeschlossen hatten.

Oscar hatte wie immer sein übliches Kostüm getragen. Dasselbe wie in den letzten fünf Jahren. Ein Superheldenkostüm mit dem Buchstaben »A« auf seiner Brust. Captain Actually war sein Name, Captain Actually war sein Wesen.

Sean, mit seiner ein Meter dreiundneunzig großen Statur und Schultern in der Größe von Abrissbirnen, hatte sich als sexy Terminator verkleidet. Es war das übliche Terminator-Kostüm, mit Make-up und Waffe inklusive, aber weil es ihm so klein war - obwohl es die größte verfügbare Größe war - zeigte es etwas zu viel Haut an seinem Bauch und den Armen.

Lauwarmer Tony hatte beschlossen, den Spitznamen zu verkörpern, den Tomek ihm gegeben hatte (und von dem Tomek nicht wusste, dass er ihn kannte), und hatte sich als Slender Man verkleidet. Ein einfaches Outfit, bestehend aus einem schwarzen Anzug mit übergroßen Ärmeln und einem weißen Morphsuit darunter, der sein Gesicht bedeckte. Der Morphsuit war ein Einteiler aus dünnem

Material, durch das der Träger sehen und atmen konnte. Das einzige Problem war das Essen... und das Pinkeln. Tomek gab ohne zu zögern zu, dass das Ensemble ihm eine Heidenangst einjagte.

Chey, als jüngstes Mitglied des Teams, trug einen roten Overall mit einer schwarzen Netzmaske. Auf der Maske befand sich das Symbol eines weißen Dreiecks. Als er nach der Inspiration dahinter gefragt wurde, nannte er den Netflix-Hit *Squid Game*. Da er der Einzige war, der die Show gesehen hatte, konnte auch nur Chey sie zu schätzen wissen.

Zuletzt war da Rachel, die für ihre erste Halloween-Party mit dem Team recht erwartungsgemäß auf Nummer sicher gegangen war. Sie hatte es einfach gehalten mit einem Hexenhut und Besen, etwas Kunstblut hier und da, und einem schwarzen Umhang, um das Ensemble zu vervollständigen. Es war nicht viel, aber es war mehr Aufwand als bei Tomek.

Mit fortschreitender Nacht absolvierten sie weitere Spiele, die für sie vorbereitet worden waren: Das Mumien-Rennen, bei dem die Teilnehmer, deren Beine mit Toilettenpapier zusammengebunden waren, gezwungen waren, zur Ziellinie am anderen Ende des Flurs zu rennen; Geister- und Kürbis-Bowling, ein Spiel, das absolut kein Können erforderte, sondern nur rohe Gewalt, da man einen Kürbis die Bowlingbahn hinunterwerfen und so viele Klopapierrollen wie möglich umwerfen musste; Steck die Spinne ans Netz, ein Spiel, bei dem sie mit fortschreitender Nacht keine Augenbinden mehr brauchten, da sie ohnehin schon überall doppelt sahen; und schließlich eine interessante Runde Kürbis-Twister, eine gruselige Variante des beliebten Spiels.

Natürlich hatten sie als Erwachsene daraus Trinkspiele gemacht, und die Verlierer der Runde wurden gezwungen, zwei Blut-Shots zu trinken, die eine kreativ benannte ungesunde Dosis Campari waren.

Am Ende hatte Tomek zwei Spiele gewonnen und lag mit Tony an der Spitze. Die Entscheidung fiel in einem Duell namens Stirn-Detektiv. Jeder Spieler musste den Namen einer beliebigen Person, tot oder lebendig, oder jemanden, den sie kannten, auf einen Post-it-Zettel schreiben und ihn auf die Stirn des anderen klatschen. Tomek verspürte große Befriedigung, als er Tony auf den Kopf klatschte. Es war kaum eine fesselnde Zuschauersportart, also hatte Nadia, um es aufzupeppen, zwei neue Regeln eingeführt: Sie hatten jeweils fünf Fragen, die sie stellen konnten, um ihre Vermutung zu lenken, und sie mussten es tun, während sie auf der Stelle joggten.

Das Spiel erforderte keine besondere Geschicklichkeit, nur ihre Fähigkeit, aus einer Reihe von Fragen eine Antwort zu entschlüsseln und abzuleiten. Als Detektive war das ihr täglich Brot. Ihr Tagesjob aus gutem Grund. Und Tomek konnte es kaum erwarten, Tony darin zu schlagen.

Er war als Erster an der Reihe, die Fragen zu beantworten.

»Bin ich berühmt?« fragte Tony.

Tomek hielt seinen Blick auf den Namen gerichtet, den er auf Tonys Stirn platziert hatte. »Das hättest du wohl gern... Aber ja. Du bist berühmt.«

»Bin ich... ein Sänger?«

»Nein.«

»Ein Schauspieler?«

»Nein.«

»Ein Politiker?«

Tomek schaute auf die Stelle, wo Tonys Augen sein sollten. »Kenn dein Publikum, Alter. Was weiß ich schon über Politiker?«

»Du hast Recht. Bekomme ich noch eine Frage?«

»Nein!« kam das Echo aus dem Rest des Raumes hinter ihnen.

»Das war's, deine Zeit ist um«, sagte Nadia und trat zwischen sie. »Tony, du musst raten.«

»Was? Wieso! Das waren nur vier Fragen.«

»Nein, waren es nicht.« Dann hielt sie ihre Finger hoch, während sie zählte. »Bist du berühmt? Nein. Bist du ein Sänger? Nein. Bist du ein Schauspieler? Nein. Bist du ein Politiker? Nein. Kann ich noch eine Frage stellen? Das sind fünf. Und nein. Also musst du jetzt raten.«

»Das ist Betrug!«

Nadia keuchte übertrieben. Tomek sprang sofort zu ihrer Verteidigung. »Stellst du die Integrität unserer Gastgeberin und

Spielleiterin in Frage, Tony? Das ist doch ein sofortiger Ausschluss, oder?«

Eine Welle von Spott und Buhrufen hallte vom hinteren Teil des Raumes wider. Die Rufe, den Spieler aus dem Spiel zu entfernen, waren überwältigend.

Nadia brachte sie mit einer Handbewegung zum Schweigen. Und für einen Moment war der Raum gefesselt, wartete mit angehaltenem Atem auf ihr Urteil.

»Lasst die Spiele weitergehen!«

Tomek seufzte und stöhnte, als sein Konkurrent die Faust in die Luft stieß und feierte, als hätte er gewonnen.

»Du musst dich trotzdem noch entscheiden«, erinnerte Tomek ihn.

»Es könnte buchstäblich jeder sein.«

»Ja, das ist *buchstäblich* der Sinn.«

Tony überlegte einen Moment, während Dutzende von Namen durch seinen Kopf wirbelten. »Madonna?«

Tomek konnte nicht anders. Er lag auf dem Boden, wälzte sich vor Lachen und hielt sich den Bauch, bevor er es wusste.

»Madonna? Welchen Teil von 'kein Sänger sein' hast du nicht verstanden?«

»Ich hab in Panik geraten! Mir ist niemand anders eingefallen.«

»Das ist aufschlussreich. Sehr aufschlussreich.«

Aber dann war Tomek an der Reihe. Und die Schwere der Situation lastete auf seinen Schultern. Es stand viel auf dem Spiel. Die Ehre, für ein ganzes Jahr zum Champion ernannt zu werden. Der Stolz, Tony eins auszuwischen, auf einer wohl wichtigeren Skala als je zuvor.

»Bin ich am Leben?« fragte Tomek.

»Ja«, antwortete Tony.

»Männlich?«

»Nein.«

»Kenne ich diese Person?«

Durch den weißen Morphsuit runzelte Tony die Stirn.

»Ja.«

Er war auf der richtigen Spur.

»Ist diese Person Teil unseres Teams?«

»Nein.«

Letzte Frage. *Gut, Tomek. Denk nach. Nimm dir Zeit dafür.*

Im Hintergrund klingelte die Türklingel. Jemand hinter ihm verließ den Raum, um zu öffnen, aber Tomek bekam das nicht mit. Er hörte sie nicht, wie sie den Raum betraten.

»Bin ich...«

»Tomek?«

»... Katie?«

Er sagte ihren Namen, ohne sie zu sehen. Dann drehte er sich auf der Stelle und sah sie im Türrahmen zum Wohnzimmer stehen.

»Was zum Teufel?« fragte Tony, aber Tomek hörte ihm nicht zu. »Wie hast du sie erraten?«

Tomek entfernte den Post-it von seiner Stirn und sah Katies Namen. Er zerknüllte ihn zwischen seinen Fingern und ließ ihn auf den Boden fallen.

»Was machst du... was machst du hier?«

»Ich wurde eingeladen, oder?«

»Ja... Natürlich wurdest du das. Es ist nur...«

Sie trug ein mit Blut bedecktes Rotkäppchen-Kostüm. In ihrem Mund hatte sie Vampirzähne platziert, und ihre Augen hatten dank einer Reihe von Kontaktlinsen die Farbe von Blut.

»*Nur* was?« sagte sie.

Und dann kam alles mit voller Wucht zurück zu ihm. Diese Nacht. Die Bar. Freya. Der Kuss. Die Erektion, die er gespürt hatte. Das Verlangen, im Hotel weiterzumachen. Alles brach plötzlich hervor.

»Ich glaube, wir müssen reden...«

»Ich wusste es.«

»Was?«

»Ich weiß, was du sagen willst.«

»Nein, weißt du nicht.«

»Sag mir dann, warum du gestern Nacht nicht an dein Handy gegangen bist?«

»Ich hatte mein Ladegerät nicht dabei. Mein Akku war leer.«
Selbst er glaubte sich nicht, so wie er es sagte.

»Quatsch. Laut Find My Friends war dein Handy ausgeschaltet.
Warum war es ausgeschaltet, Tomek?«

Er antwortete nicht. Das bestätigte praktisch ihre Vermutungen.

»Wer war sie? Hm? War sie ein guter Fick? Hat es sich gelohnt?«

Tomek wurde sich plötzlich aller Menschen im Raum bewusst.
Ihrer Blicke, die auf ihnen ruhten. Ihrer Gedanken, die sie verurteilten
– *ihn* verurteilten.

»Hör zu, ich kann-«

»Es hat keinen Sinn«, sagte sie zu ihm. »Weißt du, als ich dich
kennengelernt habe, wollte ich glauben, dass du anders bist. Ich wollte
glauben, dass du nicht wie andere Männer bist. Dass ich dich vielleicht
irgendwie verändern könnte. Aber du hast mir gerade absolut recht
gegeben. Du bist genau wie alle anderen. Ein verdammtes *Schwein*! Du
kannst meine Zahnbürste bei dir behalten – und den ganzen Rest. Ich
will dich nie wieder sehen!«

KAPITEL
SECHZIG

Daniel Heathcliff hatte heute Abend einen tobenden Anfall des Bösen. Die Triebe, die er so hart zu unterdrücken versucht hatte, kamen überwältigend zum Vorschein. Er hatte versucht, ihnen zu widerstehen, indem er bereits viermal masturbiert hatte, aber sie ließen nicht nach. Diesem Bösen konnte man einfach nicht widerstehen.

Bis er die brillante Idee hatte, eine Prostituierte zu engagieren. Jemanden, in den er sich entladen konnte. Jemanden, den er... unterdrücken konnte.

Jemanden, dessen Hals er mit seinen Händen umfassen und drücken... drücken... drücken könnte...

Hardcore-Pornografie konnte nur ein begrenztes Maß an Empfindungen hervorrufen. Was er brauchte, war das echte Erlebnis. Und genau das würde er bekommen.

Nachdem er das Telefonat mit dem Zuhälter beendet hatte, bei dem er die hübsche junge Dame bestellt hatte, die in Kürze zu seinem Haus kommen würde, hatte er plötzlich einen Sinneswandel. Mit einer Prostituierten zu schlafen war nicht das wahre Erlebnis. Es war nicht annähernd nah genug dran. Sie war diejenige, die ihm die Macht gab, Dinge mit ihr zu tun; es war nichts, wofür er gekämpft hatte, was er sich verdient hatte. Ihr Beruf und ihre bloße Existenz erforderten, dass sie ihm die Macht überließ.

Nein, was er wollte, war eine Herausforderung, eine Gegnerin, jemanden, den er überwältigen konnte. Er wollte die Angst in den Augen von jemandem sehen, während er sie überwältigte und auszog. Während er seine Hose herunterzog und in sie eindrang.

Bevor er das Haus verließ, rief er den Zuhälter an und stornierte die Bestellung. Als wäre es etwas so Harmloses und Unverfängliches wie eine Essenslieferung.

Heute war Halloween. Die aufregendste und furchterregendste Nacht des Jahres.

Frauen jeden Alters würden fast nichts tragen und durch die Straßen wandern. Betrunken. Auf dem Heimweg nach einer Nacht im Club. Vielleicht allein, vielleicht mit Freunden.

War egal. Er mochte Herausforderungen, und je schwieriger, desto aufregender.

Es war kurz nach Mitternacht, als er sein Haus verließ und in Richtung Chalkwell Park ging. Der Ort war normalerweise voll mit betrunkenen Teenagern, die die Nacht damit verbracht hatten, mit ihren Kumpels zu trinken, zu flirten, zu ficken. Es war auch schlecht beleuchtet, was es zum perfekten Jagdrevier machte.

Es dauerte nicht lange, bis er ein potenzielles Opfer fand. Eine junge Frau in einem knappen Kleid, die töricht in ihren lächerlichen hohen Absätzen stolperte und ihre Tasche fest an ihren Körper gedrückt hielt, als ob das der Teil wäre, der Schutz benötigte.

Daniel entdeckte sie von der anderen Seite des Parks und änderte seine Richtung zu ihr hin. Sie hielt sich an den Außenbereichen des Parks, den Randzonen, den Stellen nahe der Hauptstraße – und der Zivilisation. Wenn ihr etwas zustoßen sollte, bestand die Möglichkeit, dass jemand es sehen könnte.

Vielleicht, aber nicht, wenn das Böse etwas dazu zu sagen hatte. Er spürte, wie sein Körper vor Vergnügen kribbelte, als er den Park überquerte und die Distanz zwischen ihnen drastisch verkürzte. Er studierte die Umrisse ihres Körpers, die Art, wie sie sich bewegte, während sie versuchte, überzeugend zu gehen.

Und dann spürte er es. Aus dem Nichts.

Das Kribbeln verschwand, als die Empfindung durch Angst ersetzt wurde. Die sich in seinem ganzen Körper ausbreitete. Die scharfe Messerspitze, die gegen seine Kehle gedrückt wurde. Die Hand auf seinem Rücken.

Er wagte nicht, sich zu bewegen, zu schreien, zu atmen. Nicht, wenn er nicht sterben wollte.

»Du wirst bekommen, was du verdienst, du wertloses Stück Scheiße.«

Und dann schnitt die Klinge über seinen Hals. Als das Blut aus seinem Hals strömte, erhaschte er einen letzten Blick auf das junge Mädchen, das weiter in Richtung Parkausgang lief. Ahnungslos gegenüber seinem Erscheinen und der Person hinter ihm.

Der letzte Gedanke, der ihm durch den Kopf ging, war nicht über das Böse oder die bösen Dinge, die er dem ahnungslosen Mädchen angetan hätte. Es war tatsächlich die Frage, ob er in eine Falle gelockt worden war, ob dies Teil des Plans des Mädchens gewesen war. Er erinnerte sich, in den Nachrichten gesehen zu haben, dass die Mörder von Timothy Rosenthal und Gary Kershaw gefunden worden waren. Er hatte gedacht, es wäre sicher, das Haus zu verlassen. Er hatte gedacht, es wäre sicher, dem Bösen nachzugeben.

Aber jetzt begann er zu denken, dass die Polizei vielleicht die falschen Männer hatte.

KAPITEL
EINUNDSECHZIG

Schon kurz nachdem sich der Staub gelegt hatte, fand sich Tomek auf dem Sofa wieder, umgeben von seinen Kollegen. Zu seiner Überraschung trösteten sie ihn. Ihn, den Bösewicht. Sie sagten ihm, er solle sich keine Sorgen machen, dass alles wieder gut werden würde. Dass sie einen Weg finden würden, das Problem zu lösen.

Sie sagten ihm, was er hören wollte.

Nadia zu seiner Linken, Rachel zu seiner Rechten. Wie die Mutter und Schwester, die er nie gehabt hatte.

»In den letzten Tagen, Wochen, hat sich alles komisch angefühlt«, erklärte er in der Hoffnung, seine Handlungen zu rechtfertigen.

»Inwiefern?«

Und dann erzählte er ihnen von dem Vorfall mit Molly und der Unterwäsche. Von den Streitigkeiten und dem mangelnden Vertrauen, das sich wie Gift durch ihre Beziehung gefressen hatte.

»Sie hat dich an diesen Punkt gebracht, Tom«, sagte Nadia. »Sie hat dich in die Ecke gedrängt. Und wenn von Anfang an kein Vertrauen da war, hätte es sowieso nie funktioniert.«

»Vermutlich.«

»Du hast keinen Grund, dich schuldig zu fühlen.«

»Vermutlich.«

»Wenn du meine bescheidene Meinung hören willst.« Tomek hob

seinen Blick nicht, um Tonys Augen zu begegnen. Der Mann war betrunken, und er wollte gar nicht wissen, was er zu sagen hatte. Aber er würde es trotzdem hören. »Ich denke, du bist einer Kugel ausgewichen, Kumpel.«

»Ach, ja?«

»Ich weiß nicht viel über Frauen – aber sie sind wie Rätsel... Unmöglich zu wissen, was sie denken... Ich versuche immer noch, meine nach zwanzig Jahren zu verstehen... Aber ich glaube, ich bin endlich etwas weitergekommen...« Tony unterbrach sich selbst, als er versuchte, sich zu erinnern, worauf er mit diesem wichtigen Stück Weisheit hinauswollte. »Jedenfalls, was ich sagen will ist, du bist einer Kugel ausgewichen. Gibt noch genügend andere Fischchen im Meer, wie man so schön sagt.«

Tomek stimmte dem nicht ganz zu. Es hätten eine Milliarde Fische – oder *Fischchen* – für ihn Schlange stehen können, aber er hätte keinen von ihnen verfolgt, weil er immer noch glaubte, dass es in ihrer Beziehung etwas zu retten gab. Etwas, an dem es sich festzuhalten lohnte, egal wie zerbrochen und zerrissen es war.

Die Wohnzimmertür flog auf und zerriss die Stille in zwei Teile. Oscar, der sein Handy ans Ohr hielt, stürmte in den Raum.

»Es ist Anna«, begann er. »Sie hat die Royal Society of Extreme Ironing-Gruppe im Auge behalten...« Er hielt inne, um Luft zu holen. »Sie glaubt, es gab einen weiteren Mord. Jemand hat etwas über einen Mann namens Daniel Heathcliff gepostet.«

In diesem Moment, als die Worte bei allen im Raum einsickerten, begann Nasty Nicks Telefon zu klingeln. Er verließ sie, um zu antworten, und die Spannung verlagerte sich sofort von Tomek und seinen Beziehungsproblemen zu der sehr realen Möglichkeit, dass der Mörder immer noch da draußen war.

Nick kehrte wenige schmerzhafte Sekunden später zurück.

Bestätigte ihre schlimmsten Befürchtungen.

»Eine Leiche wurde im Chalkwell Park gefunden.«

KAPITEL
ZWEIUNDSECHZIG

Das unmittelbare Problem, mit dem sie alle konfrontiert waren, war die Menge an Alkohol, die derzeit durch ihre Blutbahnen schwamm. Sie waren nicht in der Verfassung, den Tatort zu betreten, und konnten sich ihm nicht nähern, bis sie wieder nüchtern waren. Man konnte nicht wissen, welche Art von Fehlern sie machen könnten, welche Art von Beweisen sie möglicherweise zerstören würden. Es brauchte nur eine Person, die hinfällt, um jede Chance zunichte zu machen, den Mörder zu finden.

Ganz zu schweigen davon, dass es nicht half – und auch nicht sehr professionell aussah –, dass sie alle wie Mörder und Psychopathen gekleidet waren. Die einzige vorzeigbare Person im Team (und auch die einzige nüchterne) war die hochschwangere Nadia, die darum kämpfte, die grüne Gesichtsfarbe abzuwaschen und die Perücke aus ihren Haaren zu entfernen.

Bevor Nick ihnen erlaubte, sich dem Tatort zu nähern, hatte er allen befohlen, in ihre jeweiligen Wohnungen zurückzukehren, sich zu reinigen, zu duschen, sich aufzufrischen und sich mit einer ungesunden Dosis Berocca vollzupumpen. Als Tomek sich endlich wohl genug fühlte, am Tatort einzutreffen, war es kurz nach vier Uhr morgens, und sein Gehirn war wie frittiert. Der Alkohol hatte seine Gehirnzellen erweicht, und die Mischung aus Emotionen, die an seinen Gedankenprozessen zerrten, machte ihn zu einem Wrack. Unfähig, richtig und klar zu denken.

Wenn er die Wahl hätte, würde er bis zum Nachmittag warten, sobald er die Chance gehabt hätte, den beginnenden Kater auszuschlafen. Aber wie es war, war jemand gestorben – *ermordet* worden – und der Mörder war noch auf freiem Fuß. Nur ein paar Stunden vor ihnen.

Tomek setzte sein Pokerface auf, als er mitten in der Nacht den Park betrat. Das Schöne daran, in den frühen Morgenstunden am Tatort anzukommen, war, dass er leer war. Es gab kaum Leben, abgesehen von dem gelegentlichen Taxifahrer, der Leute nach Hause brachte. Davon abgesehen schlief das Leben im Chalkwell Park und der Umgebung.

Um den gesamten Park war eine Absperrung errichtet worden, und in der Mitte des Feldes stand ein riesiges weißes Zelt, das den Leichnam vor den Elementen und den Handys schützte, die zweifellos in ein paar Stunden direkt darauf gerichtet sein würden. Massen von Körpern in weißen Schutzanzügen bewegten sich um das Zelt herum, während das Blitzen der Polizeilichter auf dem Klettergerüst und den Bäumen am Rand des Parks tanzte.

Tomek duckte sich unter der Absperrung hindurch und schlurfte auf das Zelt zu. Er traf Nick, Rachel und Sean draußen. Die anderen bereiteten sich noch vor; diejenigen, die nicht da waren, hatten das Glück, etwas Schlaf zu bekommen.

»Immer der Letzte, was, Tom?« bemerkte Nick. Seltsam zu denken, dass Nick nur ein paar Stunden zuvor noch nett gespielt hatte.

»Entschuldigung, Sir. Musste mein Pokerface aufsetzen.«

»Nun, wir werden es brauchen.«

Als Nick sie ins Zelt führte, wies er eine Handvoll Tatortermittler an, aus dem Weg zu gehen, um ihnen etwas Platz zu geben.

Die Leiche, wie erwartet, sah noch warm aus. Fast lebendig. Er war nackt, war zerstückelt worden, und die Todesursache war der massive Schnitt, der durch seinen Hals ging. Neben seinem Kopf lag ein Führerschein, der sie darüber informierte, dass das Opfer Daniel Heathcliff hieß, und eine Kopie seiner Vorstrafenakte.

Es war deutlich zu erkennen, dass Heathcliff auf die gleiche Weise ermordet worden war wie Timothy Rosenthal und Gary Kershaw, daran konnte es keinen Zweifel geben. Aber es deutete auch auf etwas Dunkleres, Beunruhigenderes hin. Während der gesamten Ermittlung waren viele der Informationen zu den Morden – das laminierte Papier, die Ausdrucke der Vorstrafenregister, die Führerscheine, die gestohlenen Geldbörsen und Kleidungsstücke – innerhalb der Grenzen der Southend Station geblieben. Nichts war an die Presse weitergegeben worden, noch hatte es seinen Weg in die sozialen Medien gefunden. Das bedeutete, es war unmöglich für einen Nachahmungstäter, die Feinheiten der Morde zu kennen.

Was bedeutete, dass es unmöglich war, dass Darryl Peters und Charlie Hampton die Mörder sein konnten.

Ganz zu schweigen von der Tatsache, dass sie beide in einer Gefängniszelle saßen und auf weitere Anklagen warteten.

Jeder im Team war sich dieser Tatsache stillschweigend – und schmerzlich – bewusst. Es war in jedes ihrer Gesichter eingraviert.

»Der Mörder muss das mitten in der Nacht getan haben«, sagte Tomek. »Es kann keine schnelle Arbeit sein, jemanden auszuziehen, seine Genitalien abzuschneiden und den Tatort so herzurichten. Sie müssen mindestens eine halbe Stunde, vielleicht sogar eine Stunde gebraucht haben. Das ist viel Zeit, in der sie riskieren, dass jemand vorbeikommt und sie sieht.«

»Wir werden am Morgen einen Aufruf an Zeugen herausgeben, sich zu melden«, sagte Nick. »Diesmal werden wir eine Belohnung anbieten.«

Das half normalerweise. Menschen waren viel eher bereit, tätig zu werden, wenn sie dazu motiviert wurden.

Tomek schlurfte zu Daniel Heathcliffs Kopf und hockte sich neben das Schreiben mit der Vorstrafenakte. Als er es genauer inspizierte, bemerkte er, dass ein weiteres Dokument darunter platziert worden war. Ebenfalls laminiert.

»Was ist das denn?« sagte er und rief dann einen Tatortermittler herbei, um den Beweis vom Tatort zu entfernen, zu protokollieren und dann Tomek den Beweis in einem Beweisbeutel zu übergeben.

Das Dokument war ein kurzer Text, der auf ein A4-Blatt Papier gedruckt worden war. Und laminiert. Tomek konnte die Tatsache nicht ignorieren, dass es laminiert worden war.

Er las es laut vor, zum Nutzen seiner Kollegen.

»Noch einer wird sterben. Noch einer wird für seine Sünden bezahlen. Jemand, den ihr kennt, jemand, dem ihr vertraut, jemand, mit dem ihr arbeitet. Einer von euch. Es gibt keine Zeit, sie zu schützen oder zu ändern, sie müssen von ihrer Krankheit befreit werden. Und dies ist der einzige Weg.«

KAPITEL
DREIUNDSECHZIG

Bis zum Sonnenaufgang hatte sich die Nachricht vom Mord im Chalkwell Park online verbreitet, ganz organisch, dank der Tatsache, dass die ganze Welt und ihre Verwandten ein Smartphone mit Kamera besitzen und eine Social-Media-Plattform, auf der sie ihre Aufnahmen teilen können.

Normalerweise hätte Tomek darüber geklagt, dass jemand die Nachricht vom Tod eines Menschen für ein paar tausend Likes und Shares auf Twitter verbreitet, aber diesmal hatten sie eine Flut von potenziellen Zeugen, die sich gemeldet hatten. Die meisten waren im Rahmen des Überprüfungsprozesses abgeklärt worden und waren entweder Zeitverschwender oder hatten nichts von wirklichem Wert beizutragen (kurz gesagt, sie wohnten in der Nähe und dachten, das bedeute, sie wüssten irgendwie, was passiert war). Außer einem.

Eine junge Frau, achtzehn Jahre alt, hatte sich gemeldet. Laut ihres Anrufs bei der Hotline-Nummer, die eingerichtet worden war, war sie zur gleichen Zeit durch den Park gelaufen, zu der die Polizei den Todeszeitpunkt schätzte. Eine Art, wie sie ihre Geschichte und ihre Glaubwürdigkeit als Schlüsselzeugin überprüften, war der Zeitpunkt des Todes. Dieser war nicht an die Öffentlichkeit weitergegeben worden, und als die Mehrheit der Anrufer gefragt wurde, lagen sie entweder völlig falsch, oder es war offensichtlich, dass sie nur rieten.

Naomi Jones war nichts davon. Sie *war* nach Mitternacht im Park gewesen, und sie hatte Beweise.

Das aufgezeichnete Telefongespräch, das zwischen ihr und ihrem Freund stattgefunden hatte, bewies, dass sie dort gewesen war, dass sie möglicherweise gesehen hatte, was passiert war.

Oder es vielleicht selbst getan hatte.

Tomek und Rachel waren ausgewählt worden, um die Zeugenaussage aufzunehmen.

»Können Sie sich genau erinnern, zu welcher Zeit Sie durch den Park gelaufen sind?«, fragte Tomek.

»Es war ungefähr zwei Minuten, nachdem ich meinen Freund angerufen hatte, also halb eins nachts. Ich bin mit meinen Freundinnen am unteren Ende des Parks aus einem Taxi gestiegen und dann von dort nach Hause gelaufen.«

»Allein?«

»Ja. Meine Freundinnen wohnen auf der einen Seite des Parks. Ich wohne auf der anderen. Es macht keinen Sinn, dass der Taxifahrer mich absetzen würde, wenn ich laufen kann.«

Tomek dachte, dass sie diese Chance wohl nicht mehr eingehen würde.

»Und das haben Sie schon immer so gemacht?«

Sie nickte. »Mein Freund lässt mich ihn anrufen, wann immer ich mit meinen Freundinnen ausgehe. Er will sicherstellen, dass ich in Sicherheit bin.«

Tomek fand, dass das in der Theorie eine gute Idee war, aber wenn Naomi etwas zugestoßen wäre, hätte es wahrscheinlich keine Zeit gegeben, sie zu beschützen oder auch nur zu verteidigen. Laut seiner Vorstrafenakte war Daniel Heathcliff ein Serienvergewaltiger und Exhibitionist. Im Laufe von dreißig Jahren war er wegen drei Vergewaltigungen mehrmals im Gefängnis ein- und ausgegangen und wegen mehrerer weiterer Fälle von öffentlicher Unsittlichkeit angeklagt worden. Er entschied sich, ihr das nicht zu sagen.

»Wo waren Sie letzte Nacht?«, fragte Rachel. Ihre Stimme war viel sanfter als die von Tomek, und sobald sie sprach, war deutlich zu erkennen, dass sie Naomi mehr beruhigte, als er es konnte. Damit beschloss er, sie mit den Fragen fortfahren zu lassen.

»Wir waren in einem Club. In Southend. Mayhem.«

»Und hat Sie jemand verfolgt? Haben Sie gesehen, ob jemand zur gleichen Zeit aus einem Auto ausgestiegen ist?«

»Nein. Ich glaube nicht. Es war dunkel...«

»Ich verstehe. Und als Sie durch den Park liefen, haben Sie jemand anderen dort bemerkt, jemanden gesehen, der wie dieser Mann hier aussah?« Sie schob ein Foto über den Tisch und gab Naomi einen Moment Zeit, es zu betrachten.

»Wie ich schon sagte, es war dunkel... Ich erinnere mich nicht, jemanden gesehen zu haben. Ich habe einfach den Kopf gesenkt und bin so schnell wie möglich gelaufen.«

—

Naomi Jones hatte sich als Sackgasse erwiesen. Genau wie all die anderen Zeitverschwender.

Nachdem er sie in Rachels fähigen Händen zurückgelassen hatte, kehrte Tomek zum Einsatzraum zurück, wo er Sean, Tony und Nick in einem tiefen Gespräch vorfand. Sie standen vor der Tafel. Ein Foto der neuesten Ergänzung zur Ermittlung war einem neuen Abschnitt hinzugefügt worden.

»Soweit wir wissen, gibt es keinen Grund zu glauben, dass das Mädchen im roten Mantel aufgetaucht ist«, sagte Tony.

»Wie können wir uns sicher sein?«, fragte Sean.

»Angesichts Daniel Heathcliffs Vorstrafen würde ich sagen, es wäre unwahrscheinlich, dass er in die Falle gelockt worden wäre, mit einer Minderjährigen zu schlafen. Die Jüngste, die er je nachweislich vergewaltigt hat, war neunzehn.«

»Nur weil es nicht aufgezeichnet wurde, heißt das nicht, dass es nicht passiert ist«, sagte Tomek, als er den Raum betrat.

»Stimmt, aber ich denke, wir sollten unsere Bemühungen weg von dem jungen Mädchen konzentrieren. Sie spielte bei diesem Mord keine Rolle, und das ist bedeutsam.«

»Was ich für *noch* bedeutsamer halte«, begann Tomek, »ist die Notiz, die der Mörder hinterlassen hat.«

»Was ist damit?«

»Die Tatsache, dass anscheinend jemand im Team für die falsche Seite spielt – in jeder Hinsicht des Wortes.«

»Oh, *das*?«, sagte Nick. »Darüber würde ich mir keine Sorgen machen. Es gab in den letzten paar Wochen online Gemurmel darüber. Seitdem ist nichts passiert.«

Als ob es das hätte tun sollen. Als ob der faule Apfel, wenn es wirklich einen gab, inzwischen hätte gefunden werden sollen.

»Aber dies ist das erste Mal, dass wir es vom Mörder sehen...«

Manchmal war es mit Nasty Nick wie ein Gespräch mit einer Backsteinmauer. Eine Backsteinmauer, die kahl war und weiche, pummelige Kanten hatte. Aber es war auch eine Backsteinmauer, die das letzte Wort hatte. Und Tomek wusste nur zu gut, dass er das nicht in Frage stellen sollte. Wenn er es mit einem gewissen Maß an Erfolg tun wollte, musste er den richtigen Moment abpassen.

Was verbarg er?

Wen beschützte er?

Sich selbst?

Das war ein unerträglicher Gedanke. Bevor Tomek weitere Gedanken darauf verwenden konnte, unterbrach ein Klopfen an der Tür die Stille im Raum.

DC Oscar Perez steckte seinen Kopf durch die Tür. »Entschuldigen Sie die Störung«, begann er, »aber ich dachte, Sie sollten alle wissen, dass wir den Standort des Accounts ermittelt haben, der Daniel Heathcliffs Daten in der Royal Society gepostet hat.«

»Wo?«, fragte Nick seufzend.

»Er sitzt in Kent, Sir.«

»Ich melde mich freiwillig zum Nichtfahren«, sagte Tomek sofort. »Ich habe bei dieser Ermittlung schon genug Reisen hinter mir. Wenn jemand anders seine Frau betrügen will, dann hat er meine Stimme, um zu fahren.«

»Das wird nicht nötig sein, Tomek«, erwiderte Nick. »Ich wollte sowieso Sean schicken.« Nick wandte sich dem Mann zu, der fast doppelt so groß war wie er. »Campbell, du bist dran. Fahr runter und bring ihn her. Ich will, dass er hier bei uns und nach unseren Bedingungen verhört wird. Will nicht, dass diese Kerle aus Kent sich einmischen.«

Eine Mischung aus Angst und Überraschung kritzelte sich durch die Falten in Seans Haut. »Selbstverständlich, Sir. Ich mache mich sofort daran.«

»Und nimm Rachel mit.«

»Gibt es einen bestimmten Grund?«

»Weil ich es dir gesagt habe, das ist der verdammte Grund. Jetzt verschwinde aus meinem Gesicht und tu, was dir gesagt wurde.«

KAPITEL
VIERUNDSECHZIG

An diesem Nachmittag kehrten Sean und Rachel mit ihrem mysteriösen Facebook-Account zur Polizeiwache zurück. Dennis Argyle. Ein vierundfünfzigjähriger Mann, der sein ganzes Leben lang als Handwerker gearbeitet hatte. Seine Hände waren schwielig, seine Schultern breit, und sein Bauch zeugte von einem Leben voller Kneipenbesuche und dem Genuss eines guten Currys nach einem langen Arbeitstag auf der Baustelle. Tomek beobachtete den Mann auf einem Computerbildschirm. Sean und Rachel saßen mit Dennis im Verhörraum, während er und die anderen im Büro gezwungen waren, zuzuschauen. Leider war Tomek diesmal nicht in Stimmung für Popcorn. Motivation und Enthusiasmus waren aus ihm herausgeprügelt worden wie aus einem Sandsack.

»Herr Argyle«, begann Sean, seine Stimme klang blechern über die Lautsprecher des Laptops, »Sie werden im Zusammenhang mit dem Tod von Daniel Heathcliff befragt. Dies ist eine freiwillige Befragung, aber bitte beachten Sie, dass wir Sie jederzeit festnehmen können, wenn wir einen begründeten Verdacht haben. Verstehen Sie das?«

Argyle nickte. Das Senken seines Kopfes war für Tomek kaum wahrnehmbar. »Ja. Ich verstehe.«

»Sehr gut«, begann Rachel. »Was können Sie uns über die Royal Society of Extreme Ironing erzählen?«

»Wenn Sie die Gruppe bereits gefunden haben, dann muss ich das wohl nicht beantworten, oder?«

»Wie haben *Sie* die Gruppe entdeckt?«

»Durch einen Freund.«

»Welchen Freund?«

»Jimmy Hunter.«

»Der berühmte Pädophilenjäger?«

»Genau der.«

»Wussten Sie, dass Herr Hunter neulich unter dem Verdacht festgenommen wurde, Kinder angeworben und sexuell ausgebeutet zu haben?«

Tomek beugte sich in seinem Stuhl nach vorne und achtete genau auf Argyles Gesichtsausdruck.

»Das... ist neu für mich.«

»Sie wussten nicht, dass Ihr Freund sich mit jungen Mädchen traf?«

»Wenn ich Freund sage, meine ich nicht *Freund* Freund. Ich meine nur Freund. Verstehen Sie?«

»Wie ein Freund?«, fragte Sean.

»Nein... das andere Wort?«

»Bester Freund?«

»Nein!«

»Bekannter...«, sagte Rachel abrupt.

»Wenn Sie wussten, welches Wort ich suchte, warum haben Sie es dann nicht gleich gesagt?«

Rachel ignorierte den Kommentar und setzte das Verhör fort. »Wie lange sind Sie schon Mitglied der Royal Society?«

»Seit einigen Jahren. Mindestens drei.«

»Und was hat Sie dazu bewogen, beizutreten?«

»Ist doch offensichtlich, oder?«

Rachel und Sean sagten nichts. Als ob sie alles buchstabiert bekommen müssten.

»Weil ich Vergewaltiger und Kinderschänder nicht ausstehen kann.

Ich verstehe nicht, warum das für euch Leute so ein großes Problem oder ein schwer zu begreifendes Konzept ist. Kinderschänder und Vergewaltiger sind der Abschaum dieser Erde. Sie haben mir meine Emma genommen. Timothy Rosenthal hat mir meine Emma genommen. Er hat unser beider Leben zerstört, und die anderen sind alle gleich. Dafür, denke ich, sollten sie bekommen, was ihnen zusteht.«

»Und was wäre das?«, fragte Rachel. »Ein versehentlicher Tod? Ein versehentlicher Krankenhausaufenthalt?«

»Wenn ich es täte, ja. Aber ich habe gesehen, was dieser Killer in den Nachrichten und in der Gruppe macht. Er tut, wovor der Rest von uns Angst hat.«

Rachel und Sean hielten inne und sahen einander an. Das Verhör hatte plötzlich eine andere Wendung genommen, und sie waren ein paar Schritte weiter zu dem Punkt gesprungen, an dem sie sein wollten.

»Wissen Sie, wer hinter diesen Morden stecken könnte?«, fragte Sean und übernahm für die nächsten Minuten die Führung.

»Nein. Tut mir leid. Aber ich hatte nichts mit Timothy Rosenthals Tod zu tun... Obwohl ich mich nicht darüber beschwere.«

»Aber Sie waren derjenige, der gestern Daniel Heathcliffs Daten in der Gruppe gepostet hat.«

»Das stimmt.«

»Würden Sie uns sagen, warum?«

»Weil ich gesehen habe, was er getan hat, und dachte, jemand sollte etwas dagegen unternehmen, so wie mit diesem Schwein Rosenthal.«

»Ihn töten, meinen Sie?«

»Wenn das passiert ist, dann ist das eben passiert.«

»Ihnen ist klar, dass das eine Straftat ist, oder? Das macht Sie zum Komplizen eines Mordes.«

»Ich... ich...«, Argyle begann mit den Armen zu fuchteln, rieb sein Kinn und kratzte sich an den Wangen.

»Woher haben Sie Heathcliffs Informationen?«, sagte Sean und drehte die Schraube fester. »Diese Informationen sind vertraulich und nur einer Handvoll Leute zugänglich.«

»Ich... ich...«

»Wenn Sie uns jetzt die Wahrheit sagen, wird Ihr Leben später einfacher, Herr Argyle. Wenn der Richter Ihre Hilfe und Unterstützung bei unseren Ermittlungen anerkennt, wird er Ihr Urteil wohlwollender betrachten.«

Der große Schluck, den Argyle machte, war auf dem Bildschirm sichtbar, als sein Adamsapfel auf und ab hüpfte, obwohl das Geräusch leider nicht vom Mikrofon aufgenommen wurde. Sie hatten ihn. Genau da, wo sie ihn haben wollten. Schwitzend, in Panik.

Aber Tomek war nicht zufrieden. Argyle war nicht ihr Mann.

»Wer hat die Details mit Ihnen geteilt?«

»Ein Freund, in Ordnung! Es war ein Freund!«

»Wer?«

»Ein Typ, den ich aus der Kneipe kenne. Er... er arbeitet für eines dieser Gefängnisse in Kent. Nachdem wir eines Abends ins Gespräch kamen, erzählte ich ihm von der Gruppe. Aber er sagte, er wolle nicht beitreten, nur für den Fall, dass er erwischt wird und seinen Job verliert.«

Dafür ist es jetzt zu spät, dachte Tomek. Sobald sie ihn fanden und beweisen konnten, dass er Daniel Heathcliffs Informationen mit Argyle geteilt hatte, würde er mit Sicherheit keinen Job mehr haben, zu dem er zurückkehren könnte. Dafür würden sie sorgen.

»Wann haben Sie das letzte Mal mit Ihrem 'Freund' gesprochen?«, fragte Sean und benutzte seine Finger als Anführungszeichen.

Die Schraube wurde angezogen.

»Gestern Abend. In der Kneipe. Er erzählte mir von Heathcliff, also postete ich es in der Gruppe. Dann schauten wir, ob jemand es geliked oder kommentiert hatte. Ich erzählte ihm von dem Killer, aber ich weiß immer noch nicht, wer es ist. Ich schwöre.«

»Um wie viel Uhr haben Sie die Kneipe verlassen?«

»Gegen Mitternacht. Dann bin ich direkt nach Hause gegangen. Ich schwöre.«

Eine schnelle ANPR-Überprüfung seines Fahrzeugs würde bestätigen, ob er den Dartford Tunnel benutzt hatte oder nicht. Und von dort aus würden sie herausfinden, dass Argyle zu Hause geblieben war, dass er nicht weggegangen war, bis Sean und Rachel ihn abgeholt hatten. Dass er nicht ihr Mörder war.

Und auch nicht der Gefängnisbeamte, der Daniel Heathcliffs Informationen aus denselben Gründen an ihn weitergegeben hatte.

Tomek hatte alles gesehen, was er brauchte. Als er den Raum verließ und auf Nicks Büro zuging, stieß er mit dem kleinen Mann zusammen. Ihre Schultern kollidierten, und Tomek war sich sicher, dass seine Hand Nick an einer unangenehmen Stelle berührt hatte. Falls das passiert war, zeigte Nicks Gesicht jedoch keine Überraschung oder Verlegenheit.

»In Eile, Sir?« fragte Tomek.

»Ich habe eigentlich nach dir gesucht.«

»Jetzt weiß ich, wie sich das Gefühl von Serendipität anfühlt.«

»Und wie funktioniert das für dich?«

Tomek grunzte. »Ich gebe dem Ganzen eine solide sechs von zehn.«

»Zauberhaft. Jetzt komm mit mir.«

━

Es wäre falsch anzunehmen, dass Tomek nicht nervös war. Wann immer er in Nicks Büro gerufen worden war – vom Trivialsten bis zum Größten – hatte er sich nie gefürchtet. Er fühlte sich immer leise zuversichtlich, dass er sich aus der Situation, der er gleich gegenüberstehen würde, herausreden könnte.

Aber dieses Mal war etwas anders, etwas an der Art, wie Nick langsam ging (als ob er die zusätzliche Zeit bräuchte, um die Rede in seinem Kopf zu perfektionieren), das Tomek beunruhigte. Nick verhielt sich auf eine Weise, die er noch nie erlebt hatte.

Er hielt sogar die Tür für Tomek auf, damit dieser zuerst sein Büro betreten konnte.

Als er sie schloss, verriegelte er die Tür, um sicherzustellen, dass es keine Eindringlinge gab.

»Nehmen Sie bitte Platz, Sergeant.«

Sergeant? Oh Scheiße, das *war* ernst.

Zögerlich, als ob er mit vorgehaltener Waffe dastünde, setzte sich Tomek auf den Stuhl, der der Tür am nächsten war. Nur für den Fall, dass er einen schnellen Ausgang machen müsste.

»Tomek«, begann Nick, als er in seinen Stuhl sank. »Ich fürchte, es gibt keinen einfachen Weg, das zu sagen...«

»Dann tu es nicht. Was auch immer es ist, tu es nicht. Du musst das nicht, Chef.«

Was zum Teufel passierte hier? Würde er verhaftet werden? Dachten sie, dass *er* der Polizeibeamte war, der in der Notiz am Tatort von Heathcliff erwähnt worden war? Dachten sie, dass er jemanden vergewaltigt hatte oder, schlimmer noch, Sex mit einer Minderjährigen gehabt hatte?

Der Gedanke machte ihn krank.

Nick atmete zum ersten Mal, seit Tomek ihn kannte, sanft durch die Nase. Er nahm seinen Mut zusammen, um es zu sagen. Aber der Kampf auf seinem Gesicht deutete darauf hin, dass die Worte nicht herauskommen würden. Sie konnten nicht einfach von der Zunge rollen.

»Tomek...«

War das ein Kloß in seinem Hals?

»Tomek«, versuchte er es erneut. »Wir haben... wir haben eine Beschwerde erhalten.«

»Eine Beschwerde?«

»Ja. Sagt dir der Name Elizabeth Wheeler etwas?«

Tomek ließ seinen Blick durch die Kartei von Namen in seinem Kopf schweifen. Die meisten Einträge waren verschwommen, nichts als ein verschmiertes Foto mit Buchstaben darunter in Doktorschrift.

Elizabeth... Elizabeth...

Wheeler... Wheeler...

Er kannte eine Elizabeth, und er kannte einen Wheeler, aber keine Elizabeth Wheeler.

»Nein, Chef. Es klingelt nicht. Sollte es das?«

»Zur Information, sie ist eines der Mädchen von der Southend High School. Sie sagte, dass sie dich in der Aula angesprochen hat, während du deine Runden gedreht hast. Sie sagte auch, dass du zurückgeflirtet hast. Und dann, kurz nach der Versammlung, habt ihr zwei angefangen, online zu chatten...«

Online chatten? Was ging hier vor?

»Sie hat die Nachrichten mit Anna geteilt, und sie scheinen zunächst ziemlich harmlos... aber du kannst keine Nacktbilder von dir an Schulkinder schicken, Tomek.«

»Wovon-zum-Teufel-redest-du?«

Nick wandte seine Aufmerksamkeit dem Computer zu und lud einige Screenshots auf den Bildschirm. Dann drehte er den Monitor herum und zeigte ihn Tomek. Zurückstarrend sah er ein Bild eines Chatverlaufs mit Elizabeth Wheeler. Tomeks Instagram-Handle war oben; auf der linken Seite befanden sich eine Reihe von Miniaturansichten. Nick klickte mit der Maus und vergrößerte eine.

»Ist das dein Penis, Tomek?«

»Ja... aber...« Er konnte nicht glauben, was er sah. Konnte nicht glauben, dass er gefragt wurde, ob das sein Penis sei. Konnte nicht glauben, dass ihm das passierte.

»Miss Wheeler sagt, dass du deine Position missbraucht hast und dass du sie mit diesen expliziten, unaufgeforderten Fotos sexuell belästigst. Ich hoffe, dir ist klar, dass dies eine ernste Angelegenheit ist, Sergeant. Und ab sofort muss ich dich suspendieren, bis die weiteren Ermittlungen abgeschlossen sind. Ich werde mich bezüglich aller Updates der Untersuchung bei dir melden, aber jetzt brauche ich, dass du deine Sachen holst und das Gebäude verlässt.«

KAPITEL
FÜNFUNDSECHZIG

Tomek war schwindelig. Überwältigt von übelkeitserregenden und benommenen Gedanken. Und als er zum Auto ging, erbrach er sich unter dem Hinterreifen.

Er fuhr wie blind nach Hause, unempfänglich für die Außenwelt, und verließ sich einzig auf seinen Instinkt und sein Muskelgedächtnis, um keinen Unfall zu bauen oder sein Auto zu beschädigen.

Wie konnte ihm das passieren?

Wie konnte jemand etwas so Verdrehtes tun?

Die Antwort traf ihn, sobald er die Haustür öffnete. Eine Erinnerung an... sie. Ein Angriff auf seine Sinne. Der Geruch ihres Parfüms verursachte ihm noch mehr Übelkeit.

Dann verwandelte sich dieses Gefühl in Wut, in unverfälschten Zorn, als sein Verstand alles zusammenfügte.

Bevor er seine Wohnung betrat, drehte er der Tür den Rücken zu und sprang ins Auto. Es war nur eine kurze Fahrt zur Hauptstraße. Als er die Einkaufsstraße entlanglief, stürmte er an Fußgängern vorbei, rempelte sie an und schenkte ihnen kaum Beachtung. Sie standen ihm im Weg, und er war auf dem Kriegspfad.

Als er vor Katies Schuluniformladen ankam, stürmte er durch die Tür und hätte dabei fast die kleine Glocke über ihm von ihrem Haken gerissen. Vor ihm war ein Durcheinander. Verschiedene Kleiderständer waren dabei, von einer Seite des Ladens zur anderen verschoben zu werden; lose Krawatten und Röcke waren auf den Boden gefallen; Schilder mit Sonderangeboten und befristeten Angeboten baumelten in buntem, laminiertem Papier von den Möbeln.

Überall Kleidung. Aber sie war nirgends zu sehen.

Bis: »Bin gleich bei dir!«, rief sie von hinten.

Tomek wartete, sein Puls raste, seine Hand umklammerte noch immer den Türgriff.

Dann erschien sie, mitten in einer Aufgabe unterbrochen. Blieb stehen.

»Oh«, begann sie, »du bist es.«

»Wer zum Teufel glaubst du eigentlich, wer du bist?«, fragte Tomek. Er achtete darauf, auf der anderen Seite des Ladens zu bleiben, damit sie ihm nicht zu nahe kam und ihn wieder einer Sache beschuldigen konnte, die er nicht getan hatte. »Was ist los mit dir? Du hast mich meinen verdammten Job gekostet. Ist dir das klar?«

»Ich weiß nicht, wovon du redest.«

»Ach, hör auf. Du weißt ganz genau, was du getan hast. Elizabeth Wheeler. Mein gefälschtes Instagram-Konto. Du hast mein Leben ruiniert.«

»Ja, und du hast meins ruiniert!«

Tomek konnte das Ausbrechen von ungläubigem Lachen nicht unterdrücken. »Wie kommst du darauf?«

»Weil ich mich in dich verliebt habe. Ich habe dich geliebt. Ich habe dir vertraut. Und dann hast du getan, was du getan hast…«

»Hör auf mit dem Quatsch«, sagte Tomek, die Wut kochte in ihm hoch. »Ich habe die Zeitstempel der Nachrichten gesehen, die du ihr geschickt hast. Die waren von *bevor* ich nach Newcastle gefahren bin. Du planst diese ganze Sache schon seit Ewigkeiten. Wie hast du sie überhaupt gefunden?«

»Das Internet ist ein großer und unheimlicher Ort, Tomek. Und wenn man weiß, wo man suchen muss, kann man alles mühelos finden. Außerdem hast du mir bereits ihren Vornamen genannt, als du mir davon erzählt hast – der Rest war einfach.«

»Du bist völlig wahnsinnig.«

»Ich war eifersüchtig. Ich wollte sie vor ihren Eltern bloßstellen, dafür sorgen, dass sie Hausarrest bekommt, weil sie mit älteren Männern spricht... Aber dann hast du getan, was du getan hast.«

»Du wolltest ihr Leben ruinieren, aber dachtest, du könntest stattdessen meins zerstören?«

»So wie du *meins* zerstört hast?«

Tomek lachte ungläubig. »Du bist verrückt, weißt du das?« Er tippte sich an die Schläfe. »Komplett irre. Eine Psychopathin. Du brauchst Hilfe.«

»Ich wollte dich nur testen«, sagte sie.

Dann machte sie einen Schritt näher. Tomek hielt seine Hand hoch, damit sie stehen blieb. Er wollte, dass sie beide klar von der Überwachungskamera erfasst wurden, die in der Ecke des Raumes hing und das gesamte Gespräch auf Video aufzeichnete.

»Du bist die wahnhafteste Person, die ich je getroffen habe«, sagte er. »Du musst zur Polizeistation kommen und ihnen sagen, was du getan hast. Ich kann nicht meine Karriere deswegen verlieren. Ich kann nicht alles verlieren, was ich habe, wegen... wegen dir. Wenn du das tust, werde ich nichts mehr haben.«

»Doch, das wirst du...« Sie machte einen weiteren Schritt näher. Aber Tomek konnte nirgendwo zurückweichen. »Du wirst mich haben. Jetzt weißt du, was passieren wird, wenn du mich jemals wieder belügst, wenn du mich jemals wieder betrügst – wir können danach glücklich sein. Du wirst deine Lektion gelernt haben. Du wirst dich geändert haben!«

»Ich will mich nicht ändern! Mir gefiel es so, wie es war. Keine Verpflichtungen, keine Bindungen, keine Anhänglichkeit. Es war einfach. Es hat Spaß gemacht. Es hat *funktioniert*. Aber das hier... das ist kranker als alles, was ich mir je hätte vorstellen können. Du hast bis zum Ende des Tages Zeit, zu Nick zu gehen und ihm zu erklären, was du getan hast, oder ich werde es für dich tun. Und dann kann ich dir nicht mehr helfen.«

KAPITEL
SECHSUNDSECHZIG

Das Wetter war die perfekte Darstellung seiner Stimmung und des Ortes, an dem er sich befand. Elend und deprimierend. Eine graue Decke bedeckte den Himmel, und Windböen peitschten von links gegen ihn, die Bedrohung durch Regen allgegenwärtig.

Tomek schämte sich zuzugeben, dass er nicht gewusst hatte, wohin er gehen sollte. Dass er gezwungen war, Dawid anzurufen und die Antwort von seinem Bruder zu bekommen. Als er gefragt wurde, warum, hatte Tomek geantwortet, dass er jemanden zum Reden brauchte.

»Willst du mit mir reden?«, hatte Dawid gefragt. »Ich könnte dir vielleicht helfen.«

Tomek hatte ihm für die Information gedankt und dann aufgelegt.

Es gab nichts an der Situation, von dem Tomek wollte, dass sein älterer Bruder davon erfuhr. Stattdessen war das für Michał reserviert. Derjenige, den er jeden Tag vermisste. Derjenige, den er gerade anstarrte, während er auf einer Bank saß.

Der Friedhof von Southend war riesig, dreimal so groß, wie er ihn in Erinnerung hatte – und damals war er erst zehn gewesen. Es hatte fünf Minuten gedauert, den Grabstein seines Bruders zu finden. Der Grabstein selbst war klein, so groß wie ein A3-Blatt. Im Laufe der

Jahre hatten sich an den Rändern Moos und Flechten angesiedelt, und die Gravuren hatten begonnen zu verwittern.

Tomek las den Grabstein.

Michał Bowen. 1980-1991. Immer der Lauteste. Zeig's ihnen, Kleiner.

Die Nachricht war von seinem Vater verfasst worden, nachdem niemand sonst in der Familie stark genug war, sie zu schreiben. Er war sicher, dass seine Eltern das Grab regelmäßig besuchten, besonders an seinem Geburtstag. Am Fuß des Grabsteins stand eine kleine Lampe. In Polen waren sie beliebt und wurden häufig auf Gräbern gesehen als Zeichen des Respekts, eine Möglichkeit, die Toten zu ehren. Diese stand schon eine Weile dort und beschützte seinen Bruder, bis es Zeit war, sie zu ersetzen.

Eine Windböe fegte an ihm vorbei und trug mit sich das Flüstern der Toten. Er lauschte nach der Stimme seines Bruders, hörte aber nichts. Vielleicht musste er derjenige sein, der zuerst sprach, um ihm mitzuteilen, dass er da war.

Das einzige Problem war, dass er nicht wusste, wo er anfangen sollte.

»Wir haben viel nachzuholen«, sagte Tomek. Unbeholfen, zunächst langsam. Der Klang seiner eigenen Stimme ließ ihn zusammenzucken. Als würde er sich zum ersten Mal auf einer Aufnahme hören. »Tut mir leid, dass es so lange her ist. *Zu* lange. Ich würde lügen, wenn ich behaupten würde, ich wäre die ganze Zeit beschäftigt gewesen, aber die Wahrheit ist, dass ich Angst hatte. Ich hatte nie den gleichen Mut wie du und Dawid. Ich konnte nie die Dinge tun, die ihr getan habt. Ich konnte mich nie dazu bringen, herzukommen. Aber hier bin ich und hoffe, dass du mir meine Abwesenheit verzeihen wirst. Gott weiß, dass ich jetzt jemanden brauche, der mir vergibt.

»Ich bin sicher, wann immer Mama hier war, hast du alles darüber gehört, wie es mir geht. Wie enttäuscht und aufgebracht sie von mir ist. Sie hatte immer etwas zu sagen. Und ich weiß nicht, wie ich es beheben soll. Ich weiß nicht, wie ich es ihr recht machen kann, wie ich mich mit ihr versöhnen kann. Und ich fürchte, die Dinge könnten für immer so bleiben. Wir hatten neulich einen Streit, und ich habe seitdem nicht mehr mit ihr gesprochen. Ich wüsste nicht einmal, wo ich anfangen soll.«

Noch eine Windböe. Diesmal war er sicher, dass er etwas hörte. Ein Flüstern, das mit der Brise getragen wurde.

»Ich weiß, dass ich den ersten Schritt machen muss. Ich muss ihr sagen, wie ich fühle. Ich schätze... ich habe einfach zu viel Angst. Was, wenn die Dinge schiefgehen? Was, wenn sie danach nie wieder mit mir sprechen will?« Er hielt inne. Überlegte. »Ich schätze, das ist das Risiko, das ich eingehen muss.

»Allen anderen scheint es wirklich gut zu gehen. Dawid macht große Karriere in der Versicherungsbranche. Er hat eine Frau und drei Kinder. Aber wir wussten alle, dass er derjenige von uns allen sein würde, der Erfolg haben würde, der freche Kerl. Ich? Ich bin bei der Polizei. Aber das wusstest du sicher. Ich weiß, dass Mama und Papa stolz auf Dawid und seine Familie sind, aber ich glaube nicht, dass sie stolz auf mich sind. Ich glaube nicht, dass sie je stolz auf mich waren. Und es sieht so aus, als müssten sie bald nicht mehr lügen.

»Da ist dieser Fall. Er ist schwierig. Und wir sind dem Mörder nicht näher gekommen. Ein bisschen wie bei deinem Fall, eigentlich. Aber dabei habe ich tatsächlich einige Fortschritte gemacht. Ich arbeite immer noch daran, Kumpel. Auch wenn sonst niemand es tut. Obwohl, wenn diese Beschwerde durchgeht und ich meinen Job verliere, dann bin ich am Arsch. Und du bist auch am Arsch. Wir werden nie erfahren, wer dir das angetan hat. Wir werden nie erfahren, wer damit davongekommen ist.« Tomek schluckte die Tränen hinunter. Er würde nicht weinen. Er würde *auf keinen Fall* weinen. »Ich werde dafür sorgen, dass das nicht passiert, Kumpel. Niemals. Ich werde weiter kämpfen, ich werde weiter suchen, ich werde weiter für dich beten. Und du musst auch anfangen, für mich zu beten. Zusammen können wir das schaffen. Und wer weiß, vielleicht habe ich beim nächsten Mal, wenn ich dich besuche, mehr zu erzählen.

»Hoffentlich komme ich das nächste Mal mit Mama und Papa und Dawid. Das würde mir gefallen. Wir alle wieder hier zusammen zum ersten Mal seit dreißig Jahren. Das würde mir sehr gefallen. Geh aber nirgendwo hin! Wir wollen nicht, dass du verschwindest wie damals, als du zum Nachbarn gegangen bist und wir dich einen Tag lang nicht finden konnten.« Tomek fing an, unkontrolliert zu lachen. »Ich werde den Gesichtsausdruck von Mama nie vergessen, als sie merkte, dass du verschwunden warst. Sie war ruhig, fast schockiert, ungläubig.«

Es sah dem Blick, mit dem sie ihn oft ansah, erschreckend ähnlich.

Als ob er verloren wäre.

Von der Herde abgekommen.

Und genau wie damals, als Michał verschwunden war, hatte er schließlich seinen Weg nach Hause gefunden.

Vielleicht hoffte seine Mutter auf dasselbe bei ihm.

Dass er seinen Weg zurück nach Hause finden würde, in die Sicherheit der Familie.

Wo er wieder geliebt werden könnte.

KAPITEL
SIEBENUNDSECHZIG

Das Schöne an Eltern im Ruhestand war, dass sie zu jeder Tageszeit und an jedem Wochentag verfügbar waren. Wenn er sie also mit einem Besuch überraschte, hatten sie keine Ausrede, zu einem ungünstigen Zeitpunkt erwischt zu werden.

Das hielt ihn jedoch nicht davon ab, zu fragen, ob er sie unterbrochen hätte.

»Ich war gerade in der Garage und deine Mutter war im Garten«, erklärte ihm sein Vater, während sie durch die Küche gingen. »Schön, dich zu sehen, mein Junge.«

»Ja.«

»Allerdings, wenn ich du wäre, würde ich es bei deiner Mutter langsam angehen lassen. Sie ist immer noch nicht über das hinweg, was neulich Abend passiert ist.«

»Keine Sorge. Ich auch nicht. Deshalb bin ich hier. Ich denke, es wird höchste Zeit für ein Gespräch...«

Sein Vater lächelte und drückte seinen Arm. »Da kann ich nur zustimmen.«

Tomek wartete im Wohnzimmer, während sein Vater seine Mutter aus dem Garten holte. Als sie schließlich eintraten, verharrte sie im Türrahmen, und sobald sie ihn bemerkte, setzte sie zur Umkehr an. Sein Vater hielt sie auf und führte sie hinein.

»Ich glaube, du wirst das hören wollen«, flüsterte er ihr ins Ohr.

Ihrem Gesichtsausdruck nach zu urteilen, wollte sie das nicht. Aber zumindest war sie bereit, ihm eine Chance zu geben. Tomek würde das nicht auf die leichte Schulter nehmen.

»Hallo, Mama«, sagte er, schüchtern wie ein kleines Kind.

»*Dzień dobry*«, war die kühle Antwort.

»Ich bleibe nicht zu lange. Ich weiß, ihr habt beide Dinge zu erledigen, und ich muss bei der Aufklärung eines Falls helfen. Also fange ich damit an, dass es mir leid tut. Es tut mir leid wegen neulich Abend. Es tut mir leid, wie Katie und ich mit euch und der Familie gesprochen haben. Es tut mir leid, dass ich sie in unser Leben gebracht habe. Ihr werdet froh sein zu hören, dass wir uns nicht mehr treffen.«

»Warum sollte ich froh sein, das zu hören?«, fragte sie. »Ich habe gesehen, wie ihr miteinander wart. So glücklich habe ich dich seit Jahren nicht mehr gesehen. Warum sollte ich froh sein, dass das nicht mehr der Fall ist?«

Tomek hielt einen Moment inne, bevor er antwortete. Ihre Worte erfüllten ihn mit Wärme. Sie hatte gewollt, dass er glücklich ist. Sie hatte seine Anwesenheit, seine Beziehung anerkannt. Sie kümmerte sich tatsächlich um ihn.

»Weil ich ohne sie glücklicher sein werde«, sagte er. »Vertrau mir. Das Leben wird für alle viel besser sein, ohne sie darin.«

»Nun... das ist gut. Ich bin *froh*, das zu hören.«

Er bemerkte die Aufrichtigkeit in ihrer Stimme und fuhr fort. »Und ich wollte auch sagen, dass es mir für die letzten dreißig Jahre leid tut. Ich weiß nicht, was passiert ist. Ich weiß nicht, warum. Aber ich hoffe, wir können all das hinter uns lassen.«

»Um vorwärts zu kommen, musst du erst verstehen, warum die Dinge so waren«, begann sein Vater. »Du musst zum Anfang zurückgehen. Du kannst einen Automotor nicht reparieren, ohne zuerst zu wissen, wie er aussah und wie er funktionierte.«

Tomek nickte. Aber er hörte nicht zu. Stattdessen drehten sich die Zahnräder in seinem Gehirn. Kalkulierend. Berechnend.

»Der Anfang... du hast Recht, Papa. Der Anfang. Ich muss zum Anfang zurückgehen.«

Er sprang vom Stuhl auf und grinste sie fast dämonisch an. Dann dankte er ihnen dafür, dass sie ihm zur Vernunft verholfen hatten, umarmte jeden von ihnen und verließ das Haus, wobei er sie in einem Zustand der Fassungslosigkeit zurückließ.

Seine Beziehung zu seinen Eltern konnte warten.

Die Aufdeckung der Identität des Mörders hingegen nicht.

Das Leben eines Polizeibeamten war in Gefahr.

Und der Countdown hatte bereits begonnen.

KAPITEL
ACHTUNDSECHZIG

Der Anfang.

In der Theorie war es so einfach gewesen. Aber die Hauptfrage blieb: der Anfang wovon?

Von Timothy Rosenthals Leben? Der Anfang der Nacht, in der er gestorben war? Oder der Anfang der Ermittlungen?

Letztendlich entschied Tomek, am Anfang von Timothy Rosenthals Leben zu beginnen. Seit er die erste Leiche gesehen hatte, war da etwas an der Schnitzerei auf Rosenthals Brust, das ihm insgeheim Sorgen bereitet, ihn beunruhigt und Zweifel in ihm geweckt hatte. Erst als sein Vater ihm den Rat gegeben hatte, war es ihm wieder eingefallen.

Timothy Rosenthal war das einzige Opfer mit der Inschrift in seinem Fleisch. Er war auch der Einzige mit fünfzehn Einstichen in seinem Körper. Wer auch immer ihn getötet hatte, hatte Jahre angestauter Wut, Frustration und Hass an seinem leblosen Körper ausgelassen. Er wusste genug über Serienmörder, um zu wissen, dass ihre ersten Morde typischerweise chaotisch, ungeplant und unkoordiniert waren. Aber alles an Timothy Rosenthals Tod war akribisch geplant gewesen. Sie hatten seinen Körper auf eine bestimmte Weise präpariert; sie hatten ihn an einen abgelegenen und isolierten Ort gebracht, wo niemand sie hören konnte; sie hatten sogar die Polizei mit seinen fehlenden EC-Karten und seinem Auto in die Irre geführt. Nichts daran war unkoordiniert oder ungeplant.

Doch die fünfzehn Löcher in seinem Körper erzählten eine andere Geschichte.

Für Tomek schrien sie geradezu, dass dies persönlich war.

Rache vielleicht. Seit Jahren geplant.

Wenn er nach Hause kam, hatte er vor herauszufinden, warum.

Aber zuerst hatte er ein Problem. Die Notizen, die er von der Arbeit mitgebracht hatte, waren unzureichend. Sie basierten nur auf den Ermittlungen, nicht auf dem, was mit Timothy Rosenthal in der Zeit vor seiner Inhaftierung geschehen war.

Dafür würde er HOLMES 2 brauchen. Als er seinen Laptop öffnete, um es zu laden, stieß er auf ein Problem. Seine Zugangsdaten funktionierten nicht mehr. Die Mistkerle von der Personalabteilung hatten seinen Zugang zum Portal bereits gesperrt.

»Gute Arbeit, Team«, sagte er. Effizient waren sie, wenn sonst nichts.

Aber das half ihm nicht weiter. Wenn er nicht online gehen konnte, konnte er den Mörder nicht finden.

Und bei seiner momentanen Gemütslage traute er seinen Kollegen auch nicht zu, es für ihn zu tun.

Mit einer Ausnahme.

»Sean«, sagte Tomek, nachdem er seinen Freund angerufen hatte. »Hast du Zeit zum Reden?«

»Ja, Boss«, antwortete er. »Was brauchst du?«

»Deine HOLMES-Zugangsdaten.«

»Wofür?«

»Damit ich deinen Job für dich erledigen kann.«

»Glaubst du, dass das eine gute Idee ist?«

»Irgendjemand muss es ja machen.«

»Nein, ich meine, glaubst du, dass es eine gute Idee ist? Nick hat mir erzählt, was passiert ist. Wenn du meine Zugangsdaten benutzt, gießt du nur Öl ins Feuer. Gib dem IOPC keinen weiteren Grund, deinen dummen Arsch zu feuern.«

»Du schuldest mir was«, sagte Tomek, ohne nachzudenken. Er

raste mit hundert Stundenkilometern auf der Autobahn ohne Blinker. Er sah nur, was vor ihm lag, und er hatte nicht die Absicht anzuhalten.

»Wie kommst du darauf?«

»Abigail. Ich habe dich gedeckt, als der Artikel erschien. Erinnerst du dich?«

Das Schweigen verriet Tomek, dass er sich erinnerte und dass er über eine Antwort nachdachte.

»Komm schon, Mann. Hilf mir. Du weißt, dass ich nicht fragen würde, wenn ich keinen Grund hätte.«

»Ich weiß, Mann. Es ist nur...«

Das Zögern in Seans Stimme verriet Tomek auch etwas. Etwas viel Enttäuschenderes.

»Ach du verdammte Scheiße, Sean. Du glaubst es tatsächlich, oder? Du glaubst, dass ich diese Nachrichten und Fotos an dieses Mädchen geschickt habe? Du denkst, ich bin der pädophile Polizist, über den sie in dieser Gruppe reden?«

»Nein... ich... Es ist nur... Warum hast du mir nicht gesagt, dass du Instagram hast?«

»*Was?*«

»Warum hast du nicht erwähnt, dass du es hast? Ich hätte dir folgen können. Dann hätte ich...«

»Was? Mir dann geglaubt? Schön zu wissen, dass das alles ist, was es braucht, Mann. Ein Follow in den sozialen Medien. Anstatt meinem *tatsächlichen Wort*.« Tomek atmete tief ein und versuchte, sich zu beruhigen. Es half nichts. »Ich-habe-es-nicht-getan.«

»Woher kamen dann diese Nachrichten?«

»Katie. Sie hat nur versucht, sich an mir zu rächen für das, was in Newcastle passiert ist. Sie hatte es schon einmal getan. Mit dem Mädchen, mit dem ich in der Nacht war, als Timothy starb. Wenn du mir nicht glaubst, frag sie. Sie heißt Molly Chaplain. Sie kann bestätigen, was passiert ist.«

<hr>

Tomek musste ihm lassen, dass Sean bei seinen Nachforschungen gründlich gewesen war und ihm nach mehreren Stunden endlich Zugang zu seinem HOLMES 2-Konto gewährt hatte. Tomek gefiel es nicht, dass sein bester Freund sein Wort nicht einfach geglaubt hatte, aber letztendlich machte er nur seinen Job und musste an seine eigene Karriere denken. Das konnte Tomek ihm nicht vorwerfen. Nicht jeder würde sich so in die eigene Klinge stürzen, wie er es getan hatte.

Jetzt, da Tomek Zugang zum System hatte, konnte er beginnen. Er verbrachte die nächsten Stunden damit, eine Enzyklopädie von Timothy Rosenthals Leben bis zu seinem Tod zu erstellen. Timothy war vor seiner Verhaftung ein wohlhabender Immobilienentwickler gewesen und hatte mehrere der neuen Wohnsiedlungen in Maldon und Chelmsford, in der Nähe des Hauses von Tomeks Eltern, gebaut. Er war auch verheiratet gewesen. Mit einer Frau namens Charlotte Hanton. Nach einer kurzen Suche zu ihrem Namen hatte er die Geburtsurkunde einer Megan Rosenthal entdeckt. Was bedeutete, dass Timothy Rosenthal eine Tochter hatte. Sie war kurz nach Timothys Prozess geboren worden und nach Tomeks Schätzung etwas über sieben Jahre alt. Im gleichen Alter wie das Mädchen im roten Mantel.

KAPITEL
NEUNUNDSECHZIG

Adventure Island, eines der beliebtesten Touristenziele von Southend. Im Durchschnitt zog der Freizeitpark jährlich fast zwei Millionen Besucher an und beherbergte einige der populärsten Fahrgeschäfte des Landes. Es war allerdings das erste Mal, dass er hier war. Es war kaum sein Umfeld – viel zu viele Menschen und viel zu viele schreiende Kinder für seinen Geschmack –, aber es war der Ort, an dem sie sich mit ihm treffen wollte.

Der Freizeitpark hatte erst vor einer Stunde geöffnet, und schon war er bis zum Rand gefüllt mit Familien, deren Kinder eigentlich in der Schule hätten sein sollen. Sie rannten von einer Attraktion zur nächsten, um ihre Kinder bei Laune zu halten, während ihre Gesichter mit Zuckerwatte und eisgekühlten, zuckerhaltigen Getränken vollgestopft waren. Im Mittelpunkt des Freizeitparks stand die Achterbahn namens Rage. Ursprünglich in den späten 2000er Jahren eröffnet, hatte sie einst den Titel als beste Attraktion des Landes getragen, war aber schnell von anderen größeren, aufregenderen Fahrgeschäften wie denen von Thorpe Park und Alton Towers übertroffen worden.

Er stand neben der passend benannten Kiddie Koasta. Eine kleine Achterbahn für Kleinkinder, die sie in Bergarbeiter-Loren um die Strecke schleuderte. Über ihm brachen Schreie aus, als die neueste

Gruppe herumgewirbelt wurde. Er richtete seinen Blick nach oben zu ihnen, und als er wieder nach unten schaute, sah er sie vor sich stehen.

Das Mädchen aus dem Foto. Das Mädchen im roten Mantel, nur dass sie diesmal keinen roten Mantel trug. Sie hatte ihn gegen einen grünen getauscht, der aber immer noch genauso leuchtend war.

»Hallo«, sagte er.

Sie schaute zu ihm auf, nervös. Ihre Wangen waren leicht orange gefärbt, und ihre Wimpern erschienen dunkler als sie sein sollten. Als ob Make-up auf ihr Gesicht aufgetragen worden wäre.

»Weißt du, warum du hier bist?«, fragte er sie.

Sie nickte langsam. Sie sagte nicht viel für ein Mädchen, das online recht offen zu ihm gewesen war.

»Möchtest du mit mir kommen?«

»Ja. Das würde ich sehr gerne.«

Und so führte er sie aus dem Freizeitpark heraus, ihre Hand in seiner, in Richtung seines Autos. Als sie durch den Park gingen, beachtete sie niemand, niemand hinterfragte sie. Sie waren nur ein Vater und eine Tochter, die ihren Vormittag im Adventure Island genossen. Nichts Beunruhigendes oder Bedenkliches daran.

Es war alles völlig normal.

Und alles lief perfekt, bis er die Beifahrertür öffnete und das Messer in seinem Rücken spürte.

KAPITEL
SIEBZIG

Am folgenden Tag, nach nur wenigen Stunden Schlaf, stattete Tomek Cathy Sharpes Haus einen weiteren Besuch ab.

»Ich habe Ihnen bereits gesagt, dass ich nichts weiter weiß«, sagte sie. »Lassen Sie mich in Ruhe.«

Tomek stellte sich vor die Tür und klemmte sich zwischen sie und den Ausgang. »Ich bin nicht hier, um darüber zu sprechen«, sagte er und lächelte sich durch die Lüge. »Es geht um Timothy Rosenthal. Ich verstehe, dass Sie mit ihm zusammen waren, als er zum ersten Mal ins Gefängnis kam.«

Sie beäugte ihn misstrauisch. »Nur für ein paar Wochen.«

»Großartig. Ich muss Ihnen nur ein paar Fragen über ihn stellen... und über seine Frau und Tochter. Bitte. Es ist dringend.«

Sie stand kurz davor, ihn einzulassen. Schließlich, nach einigen quälenden Sekunden des Wartens, trat sie beiseite und ließ ihn herein. Sie führte ihn ins Wohnzimmer, wo er auf den Tee wartete, auf dem sie bestanden hatte. Sie brachte ihn wenige Augenblicke später. Ohne Milch, zwei Stück Zucker. Genau wie er es mochte. Als er die Tasse an seine Lippen führte, begann sie.

»Sie haben Glück, dass Sie mich an meinem freien Tag erwischt haben«, sagte sie. »Und Sie haben Glück, dass Charlie heute nicht vorbeikommt. Ich glaube nicht, dass Sie gerade seine Lieblingsperson sind.«

Tomek lachte leise. »Das kann ich nachvollziehen. Wie gesagt, danke, dass Sie sich Zeit nehmen, mit mir zu sprechen.«

»Sie haben mir nicht viel Wahl gelassen«, sagte sie und nippte an ihrem Tee. »Was müssen Sie wissen?«

Bevor er fortfuhr, nahm Tomek das Wohnzimmer in Augenschein. Es hatte die gesamte Einrichtung einer Person, die ein schönes Familienleben führte, mit Fotos von Liebsten auf den Fensterbänken, und es sah aus, als ob jeder Cent, den Cathy Sharpe übrig hatte, in die Renovierung geflossen war, um es so gemütlich wie möglich zu machen.

»Ich möchte etwas über Timothy Rosenthals Frau wissen. Die, mit der er verheiratet war, bevor er ins Gefängnis kam.«

»Und... wie kann ich dabei helfen?« Sie mauerte aus einem bestimmten Grund. Er wollte wissen, welcher es war.

»Hatten Sie viel Kontakt mit ihr?«

»Nur während des Prozesses.«

»Soweit ich weiß, war sie schwanger. Haben Sie jemals über das Baby gesprochen?«

»Ich denke schon, ja.«

Tomek seufzte und stellte seinen Tee auf die Armlehne des Stuhls. »Cathy, wenn Sie mich so schnell wie möglich loswerden wollen, dann schlage ich vor, dass Sie mir die Antworten auf meine Fragen so präzise wie möglich geben. Je mehr Sie um den heißen Brei herumreden, desto länger werde ich gezwungen sein zu bleiben.«

Das schien zu funktionieren. Sie schlug ein Bein über das andere und verschränkte die Arme vor der Brust.

»Sie war während des Prozesses etwa im sechsten Monat. Sie wollte das Kind eigentlich nicht bekommen, aber nach all dem Stress der Ermittlungen hatte sie keine Wahl. Sie hatte Glück, keine Fehlgeburt zu erleiden.«

Tomek nickte, während er Notizen in seinem Notizbuch machte.

»Ich glaube, sie wurde ein paar Wochen vor seiner Verhaftung schwanger, als er wegen der Vergewaltigung einer anderen Frau verhört wurde…«

»Sophia Wainwright?«

»Sie und Emma Argyle, ja.«

»Und wusste Timothy Rosenthal, dass er Vater werden würde?«

»Irgendwann hat er es begriffen. Es war ziemlich offensichtlich, als ihr Bauch zu sehen war.«

»Sein Name stand nicht auf der Geburtsurkunde. Wissen Sie, warum das so sein könnte?«

Sie schüttelte den Kopf. »Habe nicht die leiseste Ahnung. Vielleicht wollte sie nicht, dass ihr vergewaltigender Ehemann mit ihrer Tochter in Verbindung gebracht wird.«

Das ergab logischen Sinn. Und war vielleicht das einzig Logische, was jemand seit längerem gesagt hatte.

»Wissen Sie, was seitdem mit der Familie passiert ist?«

Sie schüttelte wieder den Kopf. Diesmal war ihre Stimme emotionaler, herzlicher, als sie sprach. »Ich habe keine Ahnung, aber ich hätte es ihr nicht übel genommen, wenn sie so weit wie möglich von hier wegkommen wollte. Warum? Denken Sie, sie könnte ihn getötet haben?«

»Möglicherweise. Entweder sie oder eines seiner Opfer. Wir haben neulich Emma Argyles Vater befragt. Wir haben ihn als Mittäter bei einem Mord verhaftet.«

»Großartig«, sagte sie. »Noch einer, um den ich mich zweifellos kümmern muss.«

»Diesmal nicht«, antwortete er mit einem Lächeln. »Er lebt jetzt in Kent, also wird es mit etwas Glück deren Problem sein.«

»Je mehr, desto besser.«

Tomek dankte ihr für ihre Zeit und machte sich auf den Weg aus dem Wohnzimmer. Als er durch die Haustür trat, dankte er ihr noch einmal und sagte: »Gibt es noch etwas, von dem Sie denken, dass ich es wissen sollte? Irgendetwas?«

Sie zögerte. Da war etwas in ihr, das herumschwelte. Erst als er ein drittes Mal nachfragte, gab sie schließlich nach.

»Darryl Peters«, begann sie.

»Ist in Gewahrsam, ja...«

»Seine Tochter. Die Schule. Ich denke, dort werden Sie finden, wonach Sie suchen...«

KAPITEL
EINUNDSIEBZIG

Tomek eilte zu seinem Wagen zurück, beflügelt von der neuen Spur.

Alles brach zusammen, als er sein Telefon beantwortete.

»Tomek?«

»Hier bin ich«, sagte er, ohne die Anrufer-ID zu überprüfen.

»Ich bin's... Nick...«

»Herr Inspektor«, sagte er, während er ins Auto glitt und die Tür hinter sich schloss. Die Außenwelt ausblendend.

»Wir haben ein Problem.«

»Oh, das tut mir leid zu hören, Herr Inspektor.«

»Es ist Tony«, erklärte Nick ihm.

»Hat er wieder seine Suppe fürs Mittagessen vergessen?«

»Nein. Er ist verschwunden.«

Tomeks Sinne verlangsamten sich, wurden stumpf. Seine Atmung, sein Gehör, seine räumliche Wahrnehmung. Er war sich nur vage bewusst, wo er war und was geschah, als ob er eine existenzielle Krise durchlebte.

Tony. Verschwunden.

Der Brief, der neben Daniel Heathcliff hinterlassen worden war, blitzte vor Tomeks Augen auf. War Tony der Pädophile/Vergewaltiger, den die Polizei angeblich beschützt hatte? In gewisser Weise machte das

Sinn. Der Mann *war* seltsam, aber das machte ihn noch nicht zu einem Sexualstraftäter.

»Wann wurde er zuletzt gesehen?«, fragte Tomek.

»Heute Morgen, als er das Haus zur Arbeit verließ. Seitdem ist er nicht mehr aufgetaucht.«

»Und niemand hat eine Ahnung, wo er ist?«

»Sein Handy ist ausgeschaltet. Der letzte Ort, an dem es geortet wurde, war an der Strandpromenade, in der Nähe von Adventure Island.«

Der Spielplatz des Pädophilen. Ein Ort voller Kinder. Das Urteil sah nicht gut aus für Tony.

»Was soll ich tun, Herr Inspektor?«

»Komm zurück. Hilf dem Team. Wir müssen ihn finden, Tomek.«

»Heißt das, ich bin endgültig zurück?«, Tomeks Hoffnungen schossen durch die Decke.

»Übertreib es nicht, Kumpel. Bis wir ihn finden, bist du zurück im Team. Danach geht deine Suspendierung weiter. Stell dir vor, es ist wie die Pausetaste in einem Videospiel zu drücken.«

Und in der Zwischenzeit wurde von ihm erwartet, den Boss zu erledigen und siegreich zurückzukehren, bevor er wieder in die hinterste Reihe geschoben wurde, während alle anderen die Feierlichkeiten genossen. Tomek wusste nicht, wie viele Videospiele Nick gespielt hatte, aber so sollten sie sicherlich nicht funktionieren.

KAPITEL
ZWEIUNDSIEBZIG

Tony zu finden war jetzt das wichtigste Ziel, die oberste Priorität. Alle anderen Ermittlungsansätze, einschließlich des Gesprächs mit Darryl Peters' Tochter, mussten vorerst auf Eis gelegt werden.

Wenn sie Tony fänden, dann fänden sie auch den Mörder.

Das einzige Problem war, einen Ausgangspunkt für ihre Suche zu finden.

Als Tomek im Einsatzraum ankam, hatte das Team bereits die Überwachungsaufnahmen aus dem Adventure Island beschafft und schaute sie hektisch durch, wobei sie jede Gestalt oder jeden Mann ausriefen, der Tony und seinem langen, schlanken Körper ähnelte.

»Er ist der größte Freak, den ich je getroffen habe«, sagte Sean, und das wollte schon etwas heißen, wenn es von ihm kam. »Wie kann es so schwer sein, ihn zu finden?«

»Weil er nicht gefunden werden will, Dummkopf«, sagte Oscar neben ihm. »Wenn er es geschafft hat, uns so lange zu entkommen, wird er jetzt nicht damit aufhören, oder?«

Tomeks Erscheinen im Raum wurde mit einem kurzen Blick und einem anerkennenden Grunzen quittiert, bevor alle ihre Aufmerksamkeit wieder dem Problem vor ihnen widmeten. Er gesellte sich zu ihnen am Ende der Menge und begann, die Überwachungsaufnahmen mit ihnen anzusehen.

Zwanzig Minuten später fanden sie ihn. Er stand neben einem der Fahrgeschäfte, sein Kopf rotierte wie ein Geschützturm, gekleidet in eine dicke Parkajacke, die seine Größe tarnte, und trug eine Baseballkappe, um seine Gesichtszüge zu verbergen. Laut dem Zeitstempel auf den Aufnahmen war er seit der Öffnung des Parks um 11 Uhr da gewesen. Das letzte Ping seines Mobiltelefons am nächsten Funkturm war um 12:27 Uhr gewesen, was bedeutete, dass er über eine Stunde dort gewesen war. Stand an derselben Position. Wartend.

Erst als die Zeit auf 12:15 Uhr umsprang, sahen sie ihn sich bewegen. Diesmal wurde er von einem jungen Mädchen begleitet, das einen grünen Mantel trug und langes, wallendes kastanienbraunes Haar hatte. Trotz der offensichtlichen Veränderung im Aussehen gab es keinen Zweifel, dass sie dieselbe Person betrachteten.

Das Mädchen im roten Mantel.

Sie zog ihn aus dem Freizeitpark heraus und auf den Parkplatz weiter unten an der Promenade. Von dort an hörte das Kameramaterial auf.

»Wohin ist er gegangen?«, fragte Nick, der am Kopfende des Einsatzraums hin und her lief.

»Das ist alles, was wir haben«, antwortete Chey. »Die Kameras in diesem Bereich des Parkplatzes funktionieren seit Wochen nicht mehr.«

»Verdammte Scheiße!« Nick fuhr mit der Hand über seinen kahlen Kopf. »Was ist mit dem Kennzeichenerfassungssystem? Wir kennen sein Nummernschild und wir wissen, wann er weggefahren ist.«

»Das letzte Mal wurde es auf der A130 in Richtung Norden nach Chelmsford erfasst, Sir«, antwortete Rachel. »Dann haben wir es verloren.«

Das Kennzeichenerfassungssystem war gut darin, Autos über lange Strecken zu verfolgen, aber nicht über kurze. Nicht von Southend nach Chelmsford. Besonders in einigen der ländlicheren Gebiete der Grafschaft.

»Was will er in Chelmsford? Das ist doch in keiner unserer Ermittlungen aufgetaucht, oder?«

Ein beunruhigendes Gefühl begann sich in Tomeks Magengrube zu bilden. Er schnappte sich Chey und zog ihn zur Seite.

»Kannst du mir bitte einen Ausdruck vom Gesicht des Mädchens aus den Aufnahmen machen?«, fragte er.

Chey bestätigte, dass er das könne, und verschwand zu seinem Schreibtisch im Hauptbüro. Während er wartete, meldete sich Tomek an seinem Computer an. Glücklicherweise waren seine Zugriffsrechte wiederhergestellt worden. Sie mochten nicht jedermanns Lieblinge sein, aber man konnte nicht leugnen, dass die Idioten unten in der Personalabteilung ihren Job gut machten.

Sobald er drin war, suchte Tomek in ihrer internen Datenbank die Nummer von Tonys nächstem Angehörigen, seiner Frau Susan, und rief sie an.

Das Telefon klingelte und klingelte. Klingelte und klingelte.

Bis sie schließlich antwortete.

»Hallo?«

»Hallo, Susan, hier ist DS Tomek Bowen, einer der Kollegen Ihres Mannes. Wie geht es Ihnen heute?«

»Gut... Danke.«

Tomek hatte sie nur einmal getroffen, bei einer Polizeiveranstaltung im Sommer, wo sie ein wenig zu betrunken und anzüglich geworden war und sich zum Narren gemacht hatte. Aber von dem wenigen, was sie an diesem Abend gesprochen hatten, erinnerte er sich an sie als unbeschwert und lustig, das Gegenteil von dem, wie sie jetzt klang.

Verängstigt und erschrocken.

Zweifellos weil sie *den Anruf* erhielt. Denjenigen, der andeutete, dass etwas Schreckliches passiert war.

»Ich wollte fragen, ob Sie heute Morgen von Tony gehört haben?«

»Ist er nicht bei der Arbeit? Er ist früher gegangen. Sagte, er hätte einiges zu erledigen.«

»Leider können wir ihn nicht finden. Ich wollte fragen, ob er vielleicht erwähnt hat, dass er vorher irgendwo hingehen wollte?«

Tomek kannte die Antwort, bevor er die Frage überhaupt gestellt hatte. Aber es half, sie ein wenig zu beruhigen. Wenn Tony wirklich auf dem Weg war, sich mit einer Minderjährigen zum Sex zu treffen, dann hätte er seiner Frau wahrscheinlich nichts anderes erzählt, als dass er zur Arbeit ginge.

Susan bestätigte Tomeks Verdacht. Tony hatte nichts Ungewöhnliches gesagt.

»Hat Tony einen Laptop zu Hause?«, fragte er. »Ich weiß, er ist ein bisschen ein Dinosaurier im Büro, also wäre ich nicht überrascht, wenn er keinen hätte!«

Tomek versuchte, seinen Ton so beiläufig und unbeschwert wie möglich zu halten, um sie zu beruhigen. Als ob ihr Mann nicht kurz davor stünde, durch die Hand eines Serienmörders zu sterben.

»Er hat einen Computer, den er manchmal für die Arbeit benutzt. Ich mische mich da aber nicht gerne ein.«

»Können Sie ihn für mich anschauen?«, fragte Tomek. Es gab keine Zeit für ihn, dort hinunterzufahren und es selbst zu tun.

Einen Moment später war Susan in ihr Büro gegangen und saß an Tonys Schreibtisch. »Was soll ich tun?«

»Können Sie sich einloggen?«

Sie konnte. Dann wies Tomek sie zu Google Chrome. Er wollte sehen, ob es irgendwelche Tabs gab, die Tony vergessen haben könnte zu schließen.

Die gab es.

Zwei davon.

Einer war für die Öffnungszeiten von Adventure Island. Der andere war ein Facebook Messenger-Fenster, das auf dem neuesten Chat geöffnet geblieben war.

»Steht der Name der anderen Person oben auf dem Bildschirm?«, fragte Tomek. Ihr bei der Navigation durch die Facebook Messenger-Oberfläche zu helfen, war eine schmerzhafte und langwierige Erfahrung, und eine, für die er dankbar war, dass er sie nie mit seinen Eltern hatte machen müssen.

»Ja...«, sagte sie. Er konnte fast hören, wie sie die Augen zusammenkniff, um es zu sehen. »Es steht da, dass er mit einer Person namens Megan Rosenthal gesprochen hat.«

KAPITEL
DREIUNDSIEBZIG

Megan Rosenthal. Timothy Rosenthals Tochter.

Das Mädchen im roten Mantel. Von Anfang an.

Und sie hatten nie von ihr gewusst, nie daran gedacht, sie als Ermittlungsansatz zu verfolgen. Es hatte ihnen die ganze Zeit direkt ins Gesicht gestarrt.

Das einzige Problem war jetzt, sie zu finden. Und Tony zu finden.

Nachdem er Susan für die Information gedankt hatte, bat Tomek einen der Polizisten in der Dienststelle, zu ihr zu gehen und ihre Befürchtungen zu zerstreuen, bis sie mehr Informationen hätten. Jetzt richtete er seine Energie und Konzentration darauf, Megan Rosenthal zu finden. Es war zwar schön und gut, dass er ihren Namen kannte, aber das half ihm nicht, sie zu lokalisieren. Er begann an dem einzigen Ort, der ihm einfiel.

Das PNC. Das nationale Computersystem beherbergte Millionen von Dateneingaben und persönlichen Informationen. Wenn sie jemals durch das System gegangen wäre, würde es angezeigt werden. Er gab ihren Namen in die Suchleiste ein.

Nichts.

Sie existierte nicht.

Und dann hatte er eine andere Idee. Einen anderen Ort, an dem er sie finden könnte.

Während der gesamten Ermittlung hatte DC Anna Kaczmarek eine Datenbank aller Schulkinder im Gebiet Ost-Essex zusammengestellt. Eine Liste von über vierzigtausend Namen, gefiltert nach Alter und Schule. Wenn sie die Schule gewechselt oder das Land verlassen hatten, war ihr Name enthalten. Wenn sie kürzlich von der Schule verwiesen oder suspendiert worden waren, war ihr Name enthalten.

Es gab kein Entkommen vor Triple Word Scores Auge fürs Detail.

Und es war Tomeks letzte Hoffnung.

Er gab Megan Rosenthals Namen erneut in die Suchleiste ein.

Wartete... wartete... während die Datenbank die Tausenden von Datenpunkten durchsuchte.

Sie fand nichts.

»Verdammte Scheiße!«, schrie Tomek.

Diesmal hielt er sich nicht zurück und hämmerte mehrmals mit der Faust auf den Tisch, bis seine Handfläche und Knöchel schmerzten.

Eine Sackgasse.

Sackgasse nach Sackgasse nach Sackgasse.

Nichts, was sie versuchten, funktionierte. Nichts, was sie versuchten, bewirkte einen Unterschied.

Er saß einen Moment da, lümmelte tief in seinem Stuhl, sodass sein Hintern vom Sitz hing, und starrte an die Decke. Er hoffte, die schlichte weiße Oberfläche könnte ein paar Gedankenkrümel inspirieren, einen Funken Kreativität entfachen. Stattdessen verspottete sie ihn, lachte ihn aus. Er konnte es hören, die Stimme des Kindes und Mörders. Die zu ihm herabrief. Ihn neckte.

Das konnte doch nicht alles sein, oder? Das Ende. Der Moment der Trägheit, in dem sie nichts tun konnten, außer zu warten, bis Tonys Leiche irgendwo im Nirgendwo gefunden würde?

Er wollte nicht daran denken.

Er blieb noch ein paar Minuten dort, bis sein Kopf schließlich leer wurde.

Und in diesem Moment kam es zu ihm.

Laut. Und deutlich.

Die Worte von Cathy Sharpe spielten in seinem Kopf wie eine Symphonie. Kamen im Höhepunkt zusammen.

Darryl Peters.

»Seine Tochter. Die Schule. Ich glaube, dort werden Sie finden, wonach Sie suchen...«

KAPITEL
VIERUNDSIEBZIG

Sobald Tony seine Augen öffnen konnte, versuchte er, seine Umgebung zu erfassen, aber es war zwecklos. Die schwarze Kapuze über seinem Gesicht hinderte ihn daran, irgendetwas zu sehen. Sein wichtigster Sinn war gedämpft. Alles, worauf er sich verlassen konnte, waren die übrigen Sinne.

Aber die funktionierten auch nicht.

Das Letzte, woran er sich erinnerte, war das Gefühl des Messers in seinem Rücken. Dann der Schlag gegen seinen Kopf.

Fast wie auf Stichwort flammte der Schmerz an seiner rechten Schläfe auf, und Sterne, so hell wie die Sonne, funkelten vor seinen Augen. Als er vor Schmerz zusammenzuckte, begann sein Körper sich zu bewegen. Dann erkannte er, was mit ihm geschah.

Seine Hände waren über seinem Kopf gefesselt, das Seil schnitt in seine Haut. Er baumelte von irgendwoher, konnte aber nicht genau sagen, von wo.

Dann spürte er eine Brise gegen seinen Körper.

Seinen nackten Körper.

Warum um alles in der Welt war er nackt?

Und dann wurde ihm klar, warum. Und er erkannte, was geschehen würde.

Er würde das gleiche Schicksal erleiden wie die anderen. Wie Timothy Rosenthal. Wie Gary Kershaw. Wie Daniel Heathcliff.

Er würde verstümmelt und zum Trocknen aufgehängt werden, seine Geheimnisse der Welt preisgeben.

Das Geheimnis, das nie wirklich ein Geheimnis gewesen war.

Tony erstarrte einen Moment lang und hielt den Atem an. Er strengte sein Gehör an und lauschte nach Anzeichen, die seinen Standort verraten könnten. Alles, was er hören konnte, war der Wind, der durch die Ritzen des Gebäudes pfiff, und der Klang von Vögeln in der Ferne. Oder vielleicht waren es Raben, die über ihm kreisten und auf ihr Festmahl warteten.

Dann hörte er Schritte. Leicht. Zart.

Er spürte den Körper näher kommen, bevor er den Finger fühlte, der ihn berührte.

»Du bist wach«, sagte die Stimme. Weiblich. Sanft, zärtlich. Doch leise verführerisch. »All die anderen waren schon tot, als ich dazu kam, zu tun, was ich musste. Es war zu schnell vorbei. Jetzt kann ich ein bisschen Spaß damit haben. Mit dir.«

Bevor er antworten konnte, umfasste ihre Hand seine Hoden und drückte zu. Der Schmerz loderte in seinem Unterleib auf und bahnte sich schnell seinen Weg bis zu seiner Kehle. Die Übelkeit war heftig und plötzlich und brachte ihn fast zum Erbrechen. Aber bevor er darüber nachdenken konnte, spürte er das Stechen der Klinge, die gegen seinen Oberschenkel brannte.

Die an seinem Bein auf und ab glitt.

Er hoffte, der Schnitt würde schnell sein. Wie das Abreißen eines Pflasters.

Nur würde es überhaupt nicht so sein.

Stattdessen würde sie ihm die Eier abreißen.

Er hoffte, die ganze Sache würde kurz sein. Ein kurzer Abgang von der Welt.

Er wollte es nicht spüren. Er wollte nicht wissen, was passierte.

Sobald die Klinge seine Hoden durchtrennte, verlor Tony das Bewusstsein, noch bevor der Schrei vollständig seine Lippen verlassen hatte.

KAPITEL
FÜNFUNDSIEBZIG

Tomek wartete bereits seit fünf Minuten in der Leitung.

Fünf Minuten, die sie sich nicht leisten konnten zu verschwenden.

Er war allein im Büro, während der Rest des Teams im Einsatzraum blieb und verzweifelt versuchte, ihren vermissten Kollegen zu lokalisieren. Tomek war dankbar für die Stille, die seinen kurzen Moment geistiger Klarheit ermöglicht hatte. Das war alles, was er gebraucht hatte. Ein kurzer Moment.

Das Telefon wurde abgenommen, und am anderen Ende war Harvey Prince, der Schulleiter von Chalkwell Hall.

»Hallo, Herr Kommissar«, begann Harvey. »Ich verstehe, Sie möchten etwas über einige Mitarbeiter an meiner Schule wissen?«

»Ja, bitte.«

»Zuerst muss ich wissen, ob eines meiner Kinder zu Schaden kommen wird.«

»Nicht, sofern sie keine Pädophilen oder Vergewaltiger sind«, antwortete er.

»Wie bitte?«

»Nein«, sagte er schroff. »Sie werden nicht zu Schaden kommen. Können Sie mir bitte sagen, ob es Kinder gab, die heute Morgen nicht in der Schule erschienen sind? Vielleicht haben sie sich krank gemeldet? Und ob Sie Mitarbeiter haben, die dasselbe getan haben?«

Um diese Informationen herauszufinden, musste er mit seinen Kollegen sprechen, und so stellte er Tomek in die Warteschleife. Tomek hatte keine Wahl und unterdrückte den Drang, ins Telefon zu schreien, während er gezwungen war, der Stille am anderen Ende zu lauschen.

Als Harvey schließlich zum Telefon zurückkehrte, war Tomeks Körper vor Frustration angespannt, seine Knöchel weiß, weil er den Hörer zu fest umklammerte.

»Entschuldigen Sie, dass ich Sie warten ließ«, sagte Harvey. »Jetzt, wo Sie es erwähnen, wir hatten tatsächlich ein paar Schüler, die sich heute krank gemeldet haben.«

»In Ordnung...«

Harvey nannte ihm die Liste der Namen.

Tomek erkannte einen davon.

Dann nannte er die Liste der Namen von Mitarbeitern, die sich ebenfalls krank gemeldet hatten. Von denen gab es nur einen.

Tomek erkannte auch diesen Namen.

KAPITEL
SECHSUNDSIEBZIG

Als Tony das nächste Mal erwachte, war das Erste, was er bemerkte, der überwältigende metallische Geschmack in seinem Mund.

Gefolgt von dem Gefühl, dass sein Mund mit etwas gefüllt war. Und dann erkannte er, was es war.

Sein Penis. In seinen Rachen gestopft.

Die Haare seiner Hoden kitzelten seinen Hals und ließen ihn würgen, aber er konnte ihn nicht ausspucken. Das ganze Ding war zu groß und war fest hineingestopft worden. Er konnte nicht schlucken, und bald begann es sich an, als würde er an seinem eigenen Blut und Speichel ersticken. Er hustete heftig hinter der Dunkelheit der Maske, bis er sich zwang, ruhig durch die Nase zu atmen.

So ruhig, wie er es eben schaffte.

Während er dort hing, verzweifelt nach Luft ringend, erwog er die Möglichkeit, durch seinen eigenen Penis zu beißen. Ihn in kleinere Stücke zu zerteilen, damit er richtig atmen könnte. Aber es gab keine Willenskraft auf der Welt, die ihn davon hätte überzeugen können, dass das die richtige Idee wäre.

Stattdessen ergab er sich seinem Schicksal und wartete, am Rande des Todes balancierend.

Der Schmerz in seinem Schritt hatte seine Beine taub gemacht, während der Schmerz in seinen Armen die obere Hälfte seines Körpers betäubte. Obwohl er alles spürte – jeden mühsamen und angestrengten Atemzug, jedes unangenehme Zucken und jede Bewegung am Seil – fühlte er nichts. Sein Gehirn war in den Notfallmodus übergegangen und konzentrierte sich auf die lebenswichtigen Funktionen.

Sehen, Atmen, Hören.

Aber er wünschte, sie würden alle aufhören. Er wünschte, die tröstende Umarmung des Todes würde ihn einhüllen und ihn fortbringen.

Er wünschte, er hätte dem Mädchen nie geantwortet.

Er wünschte, er hätte es nie vor dem Rest des Teams verheimlicht.

Er wünschte, er hätte sich nie als Köder benutzt.

Tony war kein Arzt. Er war kein medizinischer Fachmann. Er verstand den Unterschied zwischen Hämoglobin und Hämatose nicht. Alles, was er hatte, war ein rudimentäres Verständnis von Erster Hilfe.

Ein Verständnis, das so weit reichte, zu wissen, dass bereits eine Scheißmenge Blut seinen Körper verlassen hatte.

Ein Verständnis, dass er, wenn es in diesem Tempo weiterginge, bald verbluten und endlich aus seiner lebendigen Hölle gezogen werden würde.

Mit etwas Glück wäre alles vorbei, bevor er das nächste Mal aufwachte.

KAPITEL
SIEBENUNDSIEBZIG

Tomek brachte den Wagen schlitternd zum Stehen und war schon auf halbem Weg über die Einfahrt, bevor die Tür zugefallen war. Er sprintete an der Seite des Hauses entlang und sprang auf die Türschwelle. Er klopfte laut mit den Knöcheln an die Tür, das Geräusch hallte die Straße rauf und runter.

Ein Teil von ihm erwartete nicht, dass sie antworten würden. Dass sie inzwischen das Haus und die Grafschaft bereits verlassen hätten.

Das wäre das Klügste gewesen. Zu verschwinden, solange sie noch konnten.

Aber zu seiner Überraschung öffnete sich die Tür wenige Augenblicke später. Und ihm gegenüber stand, mit einem verwirrten Gesichtsausdruck, Sophie. Katies Mitbewohnerin und engste Freundin.

Sobald sie Tomek vor sich erkannte, versuchte sie, die Tür zuzuschlagen. Aber er war zu schnell für sie und zwängte sich in den Spalt.

»Ich muss mit dir sprechen, Sophie – oder sollte ich besser *Sophia Wainwright* sagen?«, sagte er und drängte sich ins Haus. »Wo ist sie?«

»Wer?«

»Caitlin. Wo ist sie?«

»In der Schule.« Sophia hielt eine Hand gegen seine Brust und hinderte ihn daran, weiterzugehen.

»Nein, ist sie nicht. Ich habe gerade mit der Schule gesprochen. Ihr habt euch beide heute krank gemeldet. Wo ist sie und wo ist Tony?«

Bevor die Lehrassistentin antworten konnte, kam ein Geräusch aus dem Wohnzimmer an der Vorderseite des Hauses. Sofort schlüpfte Tomek an Sophia vorbei und stürzte in den Raum. Sie versuchte, ihn aufzuhalten, griff kraftlos nach seinen Armen, aber ihre Abwehr war zu schwach.

Dort, im Wohnzimmer, saß Caitlin auf dem Sofa mit ihrem iPad in der Hand. Die kleine siebenjährige Caitlin. Das Mädchen, das er nur ein paar Mal gesehen hatte. Das Mädchen, dem er kaum Beachtung geschenkt hatte. Das Mädchen, das er ignoriert hatte, während er versuchte, seine Beziehung zu Katie voranzutreiben.

Das Mädchen im roten Mantel.

Und dort, über die Armlehne des Stuhls neben ihr geworfen, war der grüne Mantel, den sie an diesem Morgen im Adventure Island getragen hatte.

»Hallo, Caitlin...«

»Tomek, nein.« Sophias Stimme ertönte hinter ihm, aber er ignorierte sie.

»Hallo, Caitlin...«, fuhr Tomek fort, aber das kleine Mädchen ignorierte ihn. Sie starrte weiter auf den Tablet-Bildschirm. Vertieft in das, was auch immer man ihr zu sehen aufgetragen hatte.

»Tomek, lass sie da raus. Bitte. Komm in die Küche, dann können wir das besprechen.«

»Nein«, antwortete Tomek ruhig, um Caitlin nicht zu beunruhigen oder zu erschrecken. »Wir können es hier machen. Ich lasse keine von euch beiden aus den Augen.«

Widerwillig gab Sophia nach und schlurfte zu Caitlins Seite. Sie setzte sich auf die Kante des Sitzes neben ihr, schlang ihre Arme um das kleine Mädchen und begann, Caitlins Haar zu streicheln.

»Bitte... schrei nicht«, sagte sie zu ihm. »Wir erheben in diesem Haus nicht unsere Stimmen.«

Nein, aber ihr bringt Leute um.

»Du hast einiges zu erklären«, begann er, unfähig, sich zurückzuhalten. »Wo ist Tony? Wo ist Katie?« Er trat einen Schritt vor, als sie nicht antwortete. »Wo ist sie, Sophia? Wo ist sie?«

»Du wirst sie nicht finden.«

Tomek schnaubte. »Doch, das werde ich. Ich habe *euch* gefunden, oder?«

»Irgendwann. Aber bis du bei ihnen ankommst, wird es zu spät sein. Es gibt keine Rettung für ihn, Tomek. Er bekommt die Gerechtigkeit, die er verdient.«

»Die gleiche Gerechtigkeit, die Timothy Rosenthal, Gary Kershaw und Daniel Heathcliff verdient haben?«

»Du hast keine Ahnung.«

Sophias Augen verhärteten sich, verdunkelten sich, wurden fast dämonisch, und er sah eine Seite an ihr, die er nie zuvor in den wenigen Malen gesehen hatte, als sie sich kurz begegnet waren. Er erkannte, dass er die wahre Sophia anstarrte, diejenige, die sie vor der Öffentlichkeit und der Schule verbarg.

Während er dastand und zusah, wie ihre Seele langsam bitter wurde, kam Tomek ein plötzlicher Gedanke. Dass er allein war. Und niemand wusste, wo er sich befand.

Um die Situation zu korrigieren, griff er in seine Tasche und holte sein Mobiltelefon heraus. Er entsperrte den Bildschirm, scrollte zu seinem Adressbuch und wählte den Notruf 999.

»Hallo, hier ist DS Tomek Bowen. Ich fordere sofortige uniformierte Polizeiunterstützung an 57 Battle Square Drive, Leigh-on-Sea. Bitte auch die Kriminalpolizei alarmieren.«

»Verstanden. Jemand wird in fünf Minuten bei Ihnen sein.«

Fünf Minuten waren eine lange Zeit. Vielleicht zu lang. Aber er hatte keine Wahl. Er konnte es sich nicht leisten, sie unbeaufsichtigt und mit leichtem Zugang zu einem Auto zurückzulassen. Sie waren ihm so lange ausgewichen, er würde sie jetzt nicht verlieren.

»Wo ist sie, Sophia?«, fragte er erneut, um Zeit zu gewinnen.

»Sie ist weg«, sagte Caitlin, während sie weiter auf das iPad schaute, was Tomek überraschte.

»Sei still, Caitlin. Denk daran, wir sollen niemandem von Mami erzählen, oder?«

»Tut mir leid, Mami.«

Tomek tat einen doppelten Blick.

Und dann begann es für ihn Sinn zu ergeben.

»Sophia«, begann er, »die Polizei kommt. Wenn sie hier sind, werden sie dich verhaften, und du wirst deine Tochter nie wiedersehen. Wenn du sie sehen willst, wenn du noch ein paar Minuten mit ihr verbringen willst, musst du mir sagen, wo Tony und Katie sind. Lass dies nicht das letzte Mal sein, dass du deine Tochter siehst...«

Sophia überlegte einen Moment. Dann senkte sie den Kopf und wandte sich an Caitlin, streichelte weiter die Haare ihrer Tochter. »Du weißt bereits, wo sie ist. Sie hat dich aus einem Grund dorthin gebracht.«

KAPITEL
ACHTUNDSIEBZIG

Die Polizei war fast zehn Minuten später eingetroffen, als man ihm gesagt hatte. Sie waren hereingestürmt, hatten Sophia verhaftet, und als er gegangen war, hatte Tomek sein Wort gehalten und den verhaftenden Beamten gesagt, sie sollten ihr und Caitlin noch ein paar Minuten Zeit geben, um sich zu verabschieden.

Sobald er sicher war, dass sie in den sicheren Händen des Gesetzes waren, sprang Tomek in sein Auto und machte sich auf den Weg zum Tollesbury Marina. Als er zwanzig Minuten später ankam, bemerkte er Tonys Auto, das seltsam schräg in der Bucht parkte, die Räder im Sand festgefahren. Am Ende des Weges, der zum Wasser führte, befand sich der Kajakladen, den er und Katie für die Ausrüstung bei ihrem Date genutzt hatten. Tomek rannte darauf zu, stürmte hinein und mietete von allem eins. Er hatte keine Zeit für Erklärungen – oder gar zum Bezahlen – und zeigte stattdessen seinen Dienstausweis und erklärte, es sei eine dringende Angelegenheit.

Dann stieg er zum erst zweiten Mal in seinem Leben in das Kajak und glitt aufs Wasser. Adrenalin schoss durch seinen Körper, während er sich durch die Wasserstraßen und Sackgassen schlängelte, gegen die Kraft des Wassers ankämpfte und nach dem Haus mitten im Marschland suchte. Nach zehn langen und qualvollen Minuten schmerzten seine Oberarmmuskeln, und er fühlte sich, als würde er unter Wasser gehalten.

Die Zeit lief, und er hatte keine Ahnung, wie viel davon noch blieb, um seinen Kollegen zu retten.

Soweit er wusste, könnte sein Freund bereits tot sein. Aber er verdrängte den Gedanken und paddelte weiter.

Bis schließlich durch den niedrigen Nebel, der sich wie aus dem Nichts auf dem Wasser gebildet hatte, das verfallene Bootshaus langsam in Sicht kam. Kleiner als er es in Erinnerung hatte. Isolierter. Draußen waren zwei Kajaks vertäut, mit einem Seil zusammengebunden. Eins für Katie, das andere für Tonys bewusstlosen Körper. Er erinnerte sich daran, wie leicht sie ihn zuvor auf dem Wasser geschlagen hatte und wie sie die Kraft im Oberkörper gehabt haben musste, um einen Mann von Tonys Größe mit relativer Leichtigkeit übers Wasser zu transportieren. Er bezweifelte, dass er selbst dazu in der Lage gewesen wäre. Aber wenn sie das konnte... wozu war sie dann noch fähig?

Vorsichtig, darauf bedacht, so wenig Geräusche wie möglich zu machen, brachte Tomek das Kajak zum Stehen und stieg ins Wasser. Er verlor das Gleichgewicht und machte einen lauten Platsch, als er ans Ufer trat. Innerlich fluchend und hoffend, dass das Geräusch nicht gehört worden war, schlich er auf Zehenspitzen zur Hütte. In der Ferne flogen Raben und kreischten. Ein böses Omen für das, was er drinnen finden könnte. Als er vor der Tür zum Stehen kam, hielt er inne und lauschte. Den Wimmergeräuschen, die von der anderen Seite kamen.

Dann stürmte er hinein.

Und wünschte, er hätte es nicht getan.

Dort, im Mittelpunkt stehend, wie die Mona Lisa in der Mitte des Louvre, hing Tony von der Decke, die Hände über dem Kopf zusammengebunden, splitternackt, Blutfontänen ergossen sich aus seinem Schritt seine Beine hinunter.

Neben ihm stand Katie, ein Messer an Tonys Kehle gedrückt.

Der plötzliche Ausbruch erschreckte sie und führte dazu, dass sie in ihrer Überraschung Tonys Kehle leicht einritzte. Der Schnitt war nur klein, aber der Blutfluss, der aus seinem Hals sprudelte, war es nicht.

»Leg das Messer weg, Katie!«

Sie drehte sich um, stand zwischen ihm und Tony. »Du bist endlich gekommen«, sagte sie mit einem dämonischen Lächeln, das sich über ihr Gesicht zog.

»Du hast mir gesagt, dass dies der Ort ist«, sagte er zu ihr. »Du hast mich aus einem Grund hierher gebracht. Ich hätte es früher finden sollen.«

»Besser spät als nie. Aber ich bin froh, dass du endlich miterleben kannst, was ich dir in den letzten Wochen beizubringen versucht habe.«

»Beibringen?«

»Ja. Der ultimative Test. Kannst du deinen Freund sterben lassen, jetzt wo du weißt, dass er ein Pädophiler ist?«

»Wovon zum Teufel redest du?«

»Siehst du es nicht? All das war für *dich*. Um dich *sehen* zu lassen. Diese Menschen sind krank. Sie sind gestört. Sie können nie gerettet werden. Der einzige Weg, sie zu heilen, ist, sie zu töten.«

»Ist es das, was du tust? Die Bevölkerung reinigen? Ist es das, was du mit deinem Mann gemacht hast?«

Katies Gesicht wurde ausdruckslos. »Woher weißt du-?«

»Ich habe es herausgefunden. Die Inschrift, die du auf seiner Brust hinterlassen hast, war ziemlich aufschlussreich. Aber es gibt einige Dinge, die ich noch nicht weiß.«

»Ich kann dir alles erzählen, wenn du diesen Mann sterben lässt.«

Nach Tomeks Einschätzung hatte Tony nur noch ein paar Minuten zu leben. Und sie steckten mitten im Nirgendwo fest, wobei die Rettung mehr als zwanzig Minuten Kajakfahrt entfernt war. Auf dieser Grundlage hielt er die Überlebenschancen für gering, selbst wenn er den Mann selbst zurück ans Ufer schleifen würde – eine Leistung, zu der er sich ernsthaft nicht in der Lage sah.

Außerdem hatte sie einen Punkt. Im Laufe der Ermittlungen hatte er gelernt, dass diese Menschen *tatsächlich* krank waren, dass es keine Rettung für sie gab. Dass der Schmerz, den sie ihren Opfern zufügten, ewig anhielt. Dafür, da stimmte er zu, mussten sie einer anderen Art von Gerechtigkeit begegnen. Der Art, die das Justizsystem nicht verhängen konnte.

»Erzähl mir alles«, sagte er.

Im Hintergrund hob Tony den Kopf, und ihre Blicke trafen sich. Tonys Augen waren hohl, leer, und sie schimmerten im schwachen Licht. Sein Mund öffnete und schloss sich, aber der Penis, der darin steckte, hinderte ihn am Sprechen.

»Wo soll ich anfangen?«

»Von Anfang an«, sagte er zu ihr.

Und das tat sie.

»Timothy war mein Ehemann. Damals hieß ich Charlotte Hanton. Glücklich verheiratet mit dem Mann, mit dem ich dachte, den Rest meines Lebens zu verbringen. Aber dann veränderte er sich. Er begann, spät nachts auszugehen, zu verschwinden. Jedes Mal, wenn wir Sex hatten, war es anders... gewaltsamer. Es kam so weit, dass ich anfing abzulehnen, wenn es nicht nach meinen Bedingungen war. Aber das gefiel ihm nicht. Und eines Nachts zwang er sich mir auf. Vergewaltigte mich. Mein eigener Ehemann... drückte mich nieder und fickte mich, bis er in mir fertig war.«

»Und Caitlin war das Ergebnis?«

»Ja. Ich wollte nicht, dass sie weiß, wer ihr Vater ist. Ich wollte nicht, dass sie irgendeine Verbindung zu ihm hat. Und die hat sie auch nicht. Sie ist immer mit zwei Muttis aufgewachsen. Sie hat immer gedacht, das sei normal. Sophia und ich haben uns während des Prozesses kennengelernt. Wir teilten eine Verbindung, einen gemeinsamen Hass auf Männer, die ihre Macht über Frauen missbrauchen. Danach lebten wir zusammen und zogen Caitlin gemeinsam auf. Sobald der Prozess vorbei war, änderte ich unsere beiden Namen. Megan Rosenthal wurde zu Caitlin Wainwright und Sophia wurde zu Sophie.«

»Katie Norton-Downs...«, sagte er laut, mehr zu seinem eigenen Nutzen als zu ihrem. Sein Verstand kämpfte, um mitzuhalten.

»Nur ein cleverer Trick«, erklärte sie ihm. »Die Killerin von nebenan.

KND. Sobald wir erfuhren, wo Timothy nach seiner Entlassung wohnen würde, begannen wir vor ein paar Wochen, das Haus nebenan zu mieten. Wir hatten ein paar knappe Begegnungen mit ihm, aber er hielt immer den Kopf unten, hielt ein niedriges Profil. Außerdem waren wir sowieso immer bei der Arbeit außer Haus. Was euch Jungs betrifft, dachten wir, niemand würde die zwei Frauen und das kleine Kind nebenan verdächtigen. Manche würden es schicksalhaft nennen; ich würde sagen, es ist das Universum, das uns hilft, Gerechtigkeit zu bekommen.«

»Ihr habt eure eigene Tochter als Köder benutzt...«, sagte er, noch immer kämpfend.

»Wir mussten das. Diese Männer hätten sich nie mit uns getroffen, zwei erwachsenen Frauen, oder? Sie hatten einen Typ, und wir hatten eine Tochter, die perfekt ins Beuteschema passte. Sie wusste es nicht besser. Sie tat, was wir ihr sagten, und wir stellten immer sicher, dass ihr nichts passierte und dass sie nichts sah.«

»Aber was ist mit der Royal Society? Jimmy Hunter? Darryl Peters? Charlie Hampton? Wie passen die alle da rein?«

Sie trat einen Schritt vor, das Lächeln auf ihrem Gesicht wurde breiter. »Sophia arbeitete mit Darryls Tochter, Patricia, in der Schule. Sie half ihr in einigen ihrer Klassen. Sie sprach immer davon, dass ihr Papa der mutigste Mann sei, den sie kenne, der im Gefängnisdienst arbeite. Sobald wir das wussten, wussten wir, dass wir jemanden hatten, den wir reinlegen konnten. Es dauerte nicht lange, bis wir von Miranda Hartwell und ihren Verbindungen zu Cathy Sharpe und Charlie Hampton erfuhren. Was *ihn* betrifft... er war ein glücklicher Zufall. Unsere Namen waren nicht allzu verschieden, und er war zufällig ein ehemaliger Häftling. Da ist sie wieder, diese Schicksalhaftigkeit.«

»Woher habt ihr all die Informationen über die Opfer bekommen?«

»Die Royal Society. Menschen mit den gleichen Ansichten wie wir waren sehr eifrig und glücklich, alle Details zu teilen, ohne dass wir danach fragen mussten. Darryl Peters eingeschlossen. Wir nutzten die Informationen, die er und Jimmy Hunter mit uns teilten, um die

Morde zu planen. Druckten sie in meinem Laden und Sophias Schule aus und laminierten sie...«

Das laminierte Papier. Natürlich. Es war so offensichtlich, wenn es direkt vor ihm stand.

»Ich habe mich gefragt, ob du diese zwei jemals zusammenbringen würdest. Die Schule und mein Laden...«

Tomek entschied, den Teil des Gesprächs zu ignorieren, der seine Unfähigkeit hervorhob, und machte weiter.

»Timothy Rosenthal...«, begann er. »Wie habt ihr das gemacht?«

»Sophia fuhr nach Wales, um als Köder zu dienen, weil wir wussten, dass jemand aus dem Team sie kontaktieren würde. Glücklicherweise hat sie all ihre Karten und Adressen immer noch bei ihren Eltern registriert. Aber dann kam sie rechtzeitig für das Treffen mit dem Zug zurück.«

»Also habt ihr Timothys Auto gestohlen?«

Ein Grinsen huschte über ihr Gesicht. »Hast du mich vor deinem Haus sitzen sehen?«

Tomek nickte langsam, während Bilder des Autos in seinem Kopf auftauchten.

»Dachte, das könnte dir gefallen«, sagte sie. »Wollten nur deine Aufmerksamkeit bekommen.«

»Warum? Warum ich?«, fragte er, seine Stimme wurde lauter. »Wozu brauchtet ihr mich?«

Katie neigte ihren Kopf ein wenig zur Seite. »Komm schon, Tomek«, sagte sie. »Ich glaube, du kennst die Antwort auf diese Frage.«

»Ihr habt mich *benutzt*?«

Tomek nahm sich einen Moment Zeit, um zu verarbeiten, was er hörte. Eine Vielzahl von Fragen wirbelte weiterhin in seinem Kopf, jede kämpfte darum, zuerst beantwortet zu werden. Er konnte nichts davon glauben. Dass sie die ganze Zeit direkt vor ihm gewesen war. Dass ihre zufällige Begegnung vor Timothy Rosenthals Haus inszeniert war. Dass ihre gesamte Beziehung fabriziert war. Dass sie ihn manipuliert hatte, um an die Ermittlungen heranzukommen. Dass sie es immer geschafft hatte, einen Schritt voraus zu sein.

»Meine Liebe zu dir war echt«, sagte sie ihm. »Ich... Trotz meiner selbst, verliebte ich mich in dich. Aber dann hast du alles ruiniert...«

»Ich denke, mit dem Wissen, das ich jetzt habe, bin ich froh, dass ich die Entscheidungen getroffen habe, die ich getroffen habe.«

»Mal sehen, ob du mit dieser hier leben kannst...«

Katie drehte ihm den Rücken zu und stach in einer schnellen Bewegung Tony in den Bauch, bevor sie hinter ihm her sprintete und aus der Rückseite des Bootshauses rannte.

Tomek stürmte auf seinen Freund zu, seinen Kollegen. Blut strömte aus Tonys Körper, was bedeutete, dass er noch am Leben war, sein Herz pumpte weiterhin Leben durch ihn. Aber für wie viel länger? Tomek fühlte nach einem Puls... Schwach, kaum spürbar. Minuten, das war alles, was Tony noch hatte. Wenn überhaupt.

Es gab nichts, was er für ihn tun konnte.

Dann hörte er ein Flüstern. Noch leiser und schwächer als sein Puls.

Tomek hatte Mühe, es zu hören, dann erkannte er, dass der Penis die Worte behinderte. Er entfernte das blutgetränkte Geschlechtsteil aus Tonys Mund und beugte sich vor.

»Bitte...« war alles, was er hörte. »Bitte... Tut mir leid...«

Aber es war zu spät für Entschuldigungen. Tony war gegangen, um Caitlin zu treffen. Er hatte seine Macht missbraucht, seine Vertrauensstellung. Er war dorthin gegangen, um ein Kind sexuell zu missbrauchen. Dafür konnte Tomek ihm nie verzeihen.

Er warf ihm einen letzten Blick zu, bevor er seinem Kollegen den Rücken zukehrte und das Gebäude verließ. Er richtete seine Aufmerksamkeit sofort auf Katie und das Wasser.

Er hatte eine Mörderin zu fangen.

Als er ins Freie trat, wurde er von einer weißen Wand empfangen. Die niedrige, unheimliche Wolke hatte sich verdichtet und umfasste nun das gesamte Marschland. Wenn er dachte, sie zu finden und einzuholen wäre zunächst schwierig gewesen, war es jetzt unmöglich.

Aber das würde ihn nicht davon abhalten, es zu versuchen.

Er sprintete über das Ufer hinunter zum Wasser. Dort schwammen die beiden Kajaks, mit denen Katie gekommen war, umgedreht und vollgelaufen. Um ihn aufzuhalten, hatte sie sein eigenes gestohlen und ihre umgedreht. Als er ins Wasser ging, packte er Katies Kajak von unter der Wasserlinie und hievte es aufrecht, das Wasser schwappte zurück ins Moor. Dann band er das zweite Kajak los und machte sich auf den Weg.

Adrenalin strömte weiterhin durch seinen Körper, während er sich durch die Wasserstraßen zog. Seine Bewegungen waren hektisch und unregelmäßig, er peitschte Wasser in die Luft und ins Kajak. Es war wie beim ersten Mal. Völlig unkoordiniert. Wie ein verdammtes Bambi auf dem Eis. Panik hatte die Kontrolle übernommen und saß jetzt am Steuer. Verzögerte seine Verfolgung noch mehr.

So machte er zehn Minuten weiter, kämpfte sich durch die Wolken, durch die Ufer und die endlosen Sackgassen.

Bis der Yachthafen in Sicht kam. Durch irgendein Wunder hatte er es geschafft.

Wie weit er hinter ihr zurücklag, wusste er nicht.

Als der Yachthafen allmählich klarer zu erkennen war, sah er sein Auto am Uferrand parken, neben Tonys. Aber diesmal stand da noch ein anderes. Eines, das er nicht kannte. Ein bisschen weiter hinten, verschwommen hinter dem Nebel.

Mit den letzten Reserven seiner Energie paddelte er zum Yachthafen. Als er anlegte, stieß er gegen den Holzsteg und kletterte, aufgerüttelt durch den Ruck des Zusammenstoßes, auf festen Boden. Dann sprintete er zu den Autos. Aus der Ferne kam der Lärm eines Tumultes.

Er fand ihn am Ende des Yachthafens.

Auf Katie lag Rachel und rang mit ihr, drückte sie zu Boden, ihr Knie auf Katies Hals gepresst.

Tomek eilte herbei und setzte sich rittlings auf ihre Beine, um sicherzustellen, dass sie nirgendwohin fliehen konnte.

»Wie hast du mich gefunden?«, fragte er Rachel keuchend, nach Luft schnappend. Froh, sie zu sehen.

»Dein Handy«, sagte sie. »Wir haben dich auf der Karte geortet. Gut, dass die Personalabteilung deinen Dienstzugang wieder aktiviert hat.«

»Wo sind die anderen?«

Ein leichtes Grinsen hob ihre Mundwinkel. »Ich bin aus London, erinnerst du dich? Ich kann besser fahren als ihr alle. Sie sind nicht weit hinter mir.«

Eine Pause, während Katie weiter unter ihrem Griff kämpfte.

»Wo ist Tony?«, fragte Rachel.

Tomek ignorierte die Frage und richtete seine Aufmerksamkeit auf Katie.

»Charlotte Hanton, ich verhafte Sie wegen der Morde an Timothy Rosenthal, Gary Kershaw, Daniel Heathcliff und des Mordes an Tony Hunt. Sie müssen nichts sagen, aber es kann Ihrer Verteidigung schaden, wenn Sie bei der Befragung etwas nicht erwähnen, auf das Sie sich später vor Gericht berufen. Alles, was Sie sagen, kann als Beweis verwendet werden.«

KAPITEL
NEUNUNDSIEBZIG

Nachrichten über die Festnahme am Tollesbury Marina hatten sich wie eine Pandemie verbreitet, und am nächsten Morgen war der Hashtag EssexKiller auf Twitter im Trend, mit über vierzigtausend damit verbundenen Tweets. Vor der Polizeistation in Southend campierte eine Horde von Reportern, die darauf warteten, dass Katie herausgeführt und in ein Gefängnisfahrzeug gesetzt würde.

Aufgrund von Tomeks Nähe zum Fall war er von der Befragung Katies befreit worden. Eine Entscheidung, für die er dankbar war.

Er konnte es nicht ertragen, sie zu sehen, konnte nicht einmal an sie denken, geschweige denn mit ihr im selben Raum sein. Der Schlaf hatte ihn in der Nacht zuvor gemieden, und er verbrachte den Morgen damit, ziellos auf den Computerbildschirm zu starren. Eine bedrückende Stille hatte sich über das Büro gelegt, und es war totenstill, abgesehen vom gelegentlichen Klicken von Tastaturen und Computermäusen, während alle so taten, als würden sie arbeiten und versuchten, auf ihre eigene Weise mit Tonys Tod klarzukommen.

Tomek sollte am Mittag eine wichtige Zeugenaussage machen. Er würde ihnen erzählen, was passiert war, was er gesehen hatte, was man ihm gesagt hatte. Von da an würden DCI Cleaves und die oberen Ebenen der Essex Police entscheiden, was mit ihm geschehen sollte. Ob seine Geschichte mit Katies übereinstimmte oder nicht.

Er ging die Ereignisse mehrmals in seinem Kopf durch und versuchte jedes Mal härter, seine Entscheidung zu rechtfertigen, Tony sterben zu lassen. Er dachte über Wege nach, seine Kollegen davon zu überzeugen, dass es das Richtige gewesen war. Dass Tony praktisch schon am Rande des Todes gewesen war. Dass er nichts hätte tun können. Und wenn sie ihm mit weiteren Maßnahmen drohten, war er bereit, sich zu wehren. Seinen Standpunkt zu verteidigen. Zu fragen, ob jemand anders anders gehandelt hätte. Mit dem Wissen, was sie über Tony wussten, dass er dort war, um das Mädchen im roten Mantel für schmutzige Zwecke zu treffen, dass er ein Pädophiler war – hätte irgendjemand anders etwas anders gemacht? Er glaubte nicht. Nicht, wenn mehrere Teammitglieder wiederholt ihre Verachtung für die Opfer zum Ausdruck gebracht hatten und andeuteten, dass sie insgeheim mit den Motiven des Mörders übereinstimmten.

Das Interview dauerte den ganzen Nachmittag, und als er fertig war, luden Sean und Nadia ihn auf ein Bier in der Kneipe ein.

»Könnte dir helfen, die Dinge zu vergessen«, sagte Sean zu ihm.

»Ich werde mehr als nur eines brauchen.«

»Du kannst meins haben«, sagte Nadia und legte ihren Arm um seinen, als sie das Gebäude verließen und den kurzen Weg zum nahegelegenen Last Post antraten.

Es war ruhiger als sonst, und sie fanden ihren üblichen Platz in der Ecke, abgeschieden und vom Rest der Besucher entfernt. Sean bestellte die erste Runde, während Nadia und Tomek es sich gemütlich machten.

»Wie lief es heute Nachmittag?«, fragte Sean, als er zwei Bier und ein Glas Wasser auf den Tisch stellte.

»Wie erwartet. Ich habe Nick erzählt, was passiert ist, er hat zugehört, sich nichts anmerken lassen, und jetzt bin ich hier.«

»Hat er nichts darüber gesagt, was als Nächstes passieren wird?«

Tomek schüttelte den Kopf. »Ich muss warten. Meine Suspendierung ist immer noch wirksam wegen der Nachrichten zwischen Katie und dem Mädchen von der Southend High. Also wer weiß, wie lange ich draußen sein könnte?«

»Die IOPC ist bekannt für schnelle und effiziente Maßnahmen«, sagte Nadia und berührte seinen Arm. Sie ließ ihn nicht in Ruhe, aber es machte ihm nichts aus. Er schätzte den Trost. Brauchte ihn sogar.

»Und wie war es gestern Nacht bei dir?«, fragte sie.

»Ich konnte nicht schlafen. Ich konnte nicht essen. Ich habe bis jetzt nichts getrunken. Aber ich komme schon klar.«

»Da ist sie wieder, diese klassische fehlgeleitete Männlichkeit, von der ich gehört habe«, sagte sie zu ihm. »Weißt du, es ist okay zu sagen, dass du nicht okay bist, Tomek. Es ist okay zuzugeben, dass du damit nicht richtig umgehst. Niemand könnte dir das vorwerfen. Niemand. Und wenn doch, scheiß auf sie und ihre Familie. Wir sind deine Freunde. Du kannst vor uns alles sagen.«

Sie schaute erwartungsvoll zu ihm auf.

Aber er war noch nicht bereit, ihr zu sagen, was sie hören wollte. Noch nicht.

»Wisst ihr, woran ich ständig denken muss?«, sagte er und starrte auf einen kleinen Riss im Holztisch.

»Erzähl's uns«, sagte Sean.

»Dass ich mit einer Serienmörderin geschlafen habe und es nicht einmal wusste.«

»Schlechtester Songtitel aller Zeiten.«

Nadia schlug Sean auf den Arm, weil er die Situation ins Lächerliche zog.

»Jetzt mache ich mir Sorgen, dass Netflix eine Dokumentation über mich drehen will.«

Jetzt war er an der Reihe, für diesen Kommentar einen Schlag auf den Arm zu bekommen.

»Falls sie jemanden brauchen, der dich spielt«, begann Sean, »würde ich gerne die Hauptrolle übernehmen.«

Tomek sah ihn verblüfft an und brach dann in Gelächter aus. »Ich glaube nicht, dass Dokumentationen so funktionieren, Alter.«

»Doch, wenn ich Regie führe!«

Die drei brachen in schallendes Gelächter aus. Und für einen kurzen Moment vergaß Tomek alles über Pädophile, Vergewaltiger, Serienmörder-Exfreundinnen, Kinder, deren Leben durch Lügen und Rache manipuliert und geformt worden waren. Stattdessen dachte er an Freundschaft, Zusammenhalt, Familie. Wenn er für den Rest seines Lebens in dieser Blase hätte bleiben können, wäre es kein schlechter Ort zum Leben gewesen.

Aber kurz darauf kehrten die Gedanken mit voller Wucht zu ihm zurück. Und er wusste, dass es sehr lange dauern würde, bis sie verschwinden würden.

Falls sie jemals verschwinden würden.

KAPITEL
ACHTZIG

R ein gar nichts.

Nichts. Als wäre es nie passiert. Nichts als Schwärze. Ich kann nicht einmal die Schule sehen, als ich sie verlasse. Ich kann nicht einmal die Kinder auf der anderen Straßenseite sehen oder die vorbeifahrenden Autos. Es ist nur weißes Rauschen, gefüllt mit Dunkelheit. Der Spielplatz existiert nicht. Und alles, was ich von Michał sehen kann, ist das Blut. Das Blut und das zertrümmerte Gesicht. Das zertrümmerte Gesicht und der Knochen, der durch seine Haut ragt.

Und dann schneidet es.

Zur Autofahrt nach Hause. Im Auto sitzend. Mit Menschen, die ich nicht kenne. Ihre Gesichter unkenntlich. Fast wie Menschen, die Halloween-Masken tragen.

Und dann schneidet es.

Zu Schreien. Mama, die sich den Kopf abschreit. Unkontrollierbar. Sie muss zurückgehalten werden. Nur sieht sie nicht aus wie meine Mutter.

Sie hat anders gefärbtes Haar. Blond statt braun.

Sie hat eine andere Statur. Groß statt klein. Mit schmaleren, schlanken Schultern.

Alles an ihr ist anders.

Und dann fokussiere ich mich.

Und kurz bevor es schneidet, erkenne ich, wer es ist. Katie. Die mich angrinst. Die mich in meinen Träumen heimsucht. Die mich im Jenseits verarscht. Die meine Familie im Jenseits verarscht. Die auf all meinen Fortschritt scheißt.

Die mich davon abhält, die Identität des Mörders meines Bruders aufzudecken.

Charlie

Charlie Hanton.

Charlotte Hanton.

Vielleicht war der Name des Mörders nie Charlie gewesen. Vielleicht war es eine Projektion meines Unterbewusstseins. Vielleicht hatte ich irgendwie tief im Inneren gewusst, dass Katie mich die ganze Zeit belogen hatte.

Es wäre schön, das zu denken.

Und dann schneidet es.

KAPITEL
EINUNDACHTZIG

Tomek warf den Stift auf den Schreibtisch und begann, im Haus auf und ab zu gehen. Die Albträume seit jenem Tag mit Katie und Tony im Bootshaus waren die schlimmsten, die er seit langem gehabt hatte. Wenn nicht sogar *die* schlimmsten überhaupt. Und das alles wegen einer Frau, einem Ereignis, einer Person. Katie. Egal wie oft das Team ihm sagte, dass dies seine Art sei, mit den Nachwirkungen umzugehen, mit dem Schock, herauszufinden, dass sein Freund ein Sexualstraftäter und seine Freundin eine Serienmörderin war, er weigerte sich, das zu glauben. Die Träume waren schlimmer, weil sie nicht mehr da war. Sie war nicht mehr da, um ihn durch das Labyrinth seines Unterbewusstseins zu führen.

Damals, als er in sie verliebt war, hatte sie ihm geholfen, mentale Klarheit zu erlangen. Sie hatte ihm geholfen zu verstehen, wie eine Beziehung sein sollte – abgesehen vom Serienmorden und den unsicheren Vertrauensebenen natürlich – aber sie hatte ihm geholfen zu lernen, wie es ist, jemanden zu lieben. Wie es ist, jemanden an sich heranzulassen. Aber jetzt würde seine Schutzmauer für immer hochgezogen bleiben. Der Schmerz und die Verletzung waren zu groß.

Er hatte Angst vor den kommenden Albträumen. Die Albträume, die ihn für den Rest seines Lebens verfolgen würden. Wie sie jetzt noch schrecklicher sein würden als zuvor, wie sie unzusammenhängende

Manifestationen eines zersplitterten und gequälten Geistes sein würden.

Er hatte Angst vor den schlaflosen Nächten, die kommen würden.

An diesem Morgen zog sich Tomek an und stattete seinen Eltern einen Besuch ab. Er war den größten Teil des Tages fort, saß mit ihnen in ihrem Wohnzimmer und führte das Gespräch, das er neulich mit ihnen hätte führen sollen. Das Gespräch, das sie zugegebenermaßen schon viel früher hätten führen sollen.

Tomek erklärte ihnen alles ausführlich. Katie, die Albträume, Tony. Wie er sich über die Jahre vernachlässigt gefühlt hatte, wie er das Gefühl hatte, von seiner eigenen Familie böswillig behandelt worden zu sein, und wie man nicht von ihm erwarten konnte, sie so einfach zu respektieren und zu lieben, wie sie es wollten. Die ganze Zeit saßen sie da und hörten schweigend zu, *hörten* tatsächlich, was er zum ersten Mal in seinem Erwachsenenleben zu sagen hatte. Dann war seine Mutter von ihrem Platz auf dem Sofa aufgestanden, hatte ihm gesagt, er solle aufstehen, und ihn dann umarmt. Fest, eng, zog ihn näher an ihre Brust.

Tomek hatte geweint. Und es war, als hätten sich die Schleusen geöffnet und dreißig Jahre Schmerz und Vernachlässigung wären durch die Barrieren geströmt. Es war keine besonders lange Umarmung, aber es war genug. Gerade genug, um den Beginn einer neuen Ära für sie als Familie zu markieren. Die Dinge würden in Zukunft anders sein. Und er würde ihre Unterstützung haben, egal was passierte.

Als er an diesem Nachmittag nach Hause kam, stellte er fast sofort fest, dass er sie brauchen würde.

Jetzt mehr denn je.

Es war drei Uhr und er war hungrig. Er hatte bei seinen Eltern nichts gegessen und auf der Heimfahrt gab es nichts Interessantes. Also hatte er sich schnell etwas zu essen bestellt. Nichts zu Extravagantes, nur etwas, das ein bisschen schmackhafter — und ansehnlicher — war als die Mikrowellengerichte, denen er sich in Katies Abwesenheit ausgesetzt hatte. Ein schönes BLT-Sandwich aus einem der vielen Cafés und Frühstücksbars in Leigh.

Während er wartete, schloss er die Augen und dachte an Tony. An die Suspendierung, die Untersuchung. Soweit es ihn betraf, hatte er nichts falsch gemacht. Und Tony war bereits tot gewesen, als er dort ankam. Es lag nun an der IOPC zu entscheiden, ob sie das genauso sahen.

Wie lange könnte das dauern? Er wusste es nicht. Irgendwas zwischen sechs Wochen und sechs Monaten. Alles, was er jetzt tun konnte, war, etwas zu finden, um sich zu beschäftigen.

Er öffnete die Augen und richtete seinen Blick auf die Fensterbank. Auf die Bonsai-Bäume, die während der Ermittlung schlecht gepflegt worden waren. Vernachlässigt, als er von der Liebe geblendet wurde. Sie brauchten dringend etwas Liebe, Zeit und Aufmerksamkeit, aber er hatte ihnen nichts davon geben können. Sie wiederzubeleben würde ihn sicherlich beschäftigen. Und vielleicht könnte er einen neuen kaufen, wenn er fertig wäre, damit sie nicht so einsam auf der Fensterbank aussahen.

Vielleicht könnte er sich sogar um den Garten kümmern, der überwuchert war.

Vielleicht könnte er die Auffahrt von Unkraut befreien oder die Fliesen im Badezimmer neu verfugen.

Vielleicht könnte er endlich all die Aufgaben erledigen, die er seit Monaten, Jahren aufgeschoben hatte.

Wie zum Beispiel mit dem Griff der Haustür anzufangen.

Er klemmte, wenig überraschend, als er versuchte, ihn für den Lieferfahrer zu öffnen.

»Mistding«, flüsterte er vor sich hin.

Dann öffnete er die Tür endlich und schwang sie härter auf als beabsichtigt, wobei er sie fast gegen die Wand schlug und die Kerbe, die sich bereits durch frühere Male gebildet hatte, noch vergrößerte.

Vor ihm stand nicht die Person, die er erwartet hatte. Sie trug keinen Motorradanzug mit Helm. Sie trug nicht seine Tüte mit Essen.

Stattdessen war sie viel jünger als erwartet. Ein Teenager, vielleicht dreizehn, vierzehn, und war leger in einer Leggings und einem weiten blauen Sweatshirt gekleidet. Ihre Haare waren hochgesteckt, und ihr Make-up war bezeichnend für ihre Generation – makellos und sah aus, als wäre es professionell gemacht worden, oder sie hatte zumindest den ganzen Morgen daran gearbeitet.

In ihrer Hand war ihr Handy, und hinter ihr stand ein Koffer.

Einen Moment lang fragte sich Tomek, ob sie das falsche Haus erwischt hatte. Und dann fragte er sich, ob dies Molly war, das Mädchen, das er zweimal rausgeworfen hatte, die zurückkam, um ihm einen grausamen Streich zu spielen. Oder die zum dritten Mal zurückkam, mit einer neuen Frisur und einer neuen Identität.

Die Realität war viel schlimmer.

»Hallo«, begann er nervös. »Alles klar? Kann ich dir helfen?«

»Ja«, sagte sie und kaute laut auf einem Kaugummi. »Sind Sie Tomek Bowen?«

»Ja...«

»Gut. Dann bin ich richtig.« Sie streckte ihre Hand aus, damit er sie ergreifen konnte. »Schön, Sie kennenzulernen. Mein Name ist Kasia. Ich bin Ihre Tochter.«

DAS ENDE

Das Ende. Aber nicht ganz. Die Geschichte geht weiter in Der Griff Des Todes, dem zweiten Band der Reihe:

Er hat gerade seine Tochter kennengelernt, von der er nie wusste, dass er sie hat. Nun muss er ein Mädchen retten, das er vielleicht nie kennenlernen wird. Als eine Schülerin verschwindet, nachdem sie in das Auto eines Fremden gesprungen ist, wird Tomeks Suspendierung vorzeitig beendet und er wird mitten in eine brisante Ermittlung hineingezogen, während er versucht, eine Beziehung zu dem Kind aufzubauen, mit dem er es nie gerechnet hätte. Doch während die Suche immer intensiver wird, quält ihn eine Frage: Wird er zu spät kommen, sowohl für den Fall als auch für seine Chance auf eine Familie?

Erfahren Sie jetzt auf Amazon, was in Der Griff Des Todes passiert!

Klicken Sie HIER, um Ihr Exemplar zu sichern!

Oder blättern Sie um, um einen exklusiven Auszug zu lesen.

DER GRIFF DES TODES - EXKLUSIVER AUSZUG

KAPITEL
EINS

Das letzte Mal, als Amelia Duggan die kleine Annabelle Lake sah, war an jenem Tag, als sie ihr am Schultor zum Abschied winkte. Der Schultag war zu Ende, und Scharen von Kindern der Canvey Beck Grundschule strömten mit ihren Eltern auf die Straße. Aber nicht Annabelle Lake. Sie brauchte ihre Eltern nicht, um sie abzuholen. Sie wohnten in der kleinen Sackgasse gegenüber der Schule, nur einen Steinwurf vom Eingang entfernt. Ein kurzer Spaziergang die Straße entlang, an der Ampel überqueren, und dann war sie in Sicherheit.

Amelia beobachtete sie jeden Nachmittag bei diesem Weg, nur um sicherzugehen, dass sie die belebte Straße überquerte und sicher durch die Haustür trat.

Dieser Nachmittag war nicht anders.

»Hast du deine Tasche und deinen Mantel?«, fragte Amelia.

»Ja, Frau Duggan«, antwortete Annabelle.

»Und hast du dir die Hände gewaschen?«

»Ja, Frau Duggan.«

»Bist du sicher? Ich habe gehört, wie du vor ein paar Minuten die Toilette benutzt hast.«

Amelia, die spürte, dass sie aufgeflogen war, kicherte kindisch und eilte dann zur Toilette. Es war 15:30 Uhr. Der Unterricht war vor fünfzehn Minuten zu Ende gegangen, aber Annabelle war, wie so oft, zurückgeblieben, um die älteren Jahrgänge den Schulhof verlassen zu lassen. Sie mochte keine großen Menschenmengen, sie machten ihr Angst. Und Amelia war mehr als glücklich, die zusätzlichen fünfzehn Minuten mit ihr zu verbringen, um sicherzustellen, dass sie sich so wohl wie möglich fühlte.

Wenige Augenblicke später kehrte Annabelle Lake ins Klassenzimmer zurück, ihre Hände nass. Sie hielt sie in die Luft, und Amelia gab ihr ein High-Five. Sie waren die zwei As. Amelia und Annabelle, und Amelia war bei dem kleinen Mädchen gewesen, seit sie in die Vorschule gekommen war. Sie hatte miterlebt, wie sie sich von einem schüchternen, zurückhaltenden Kind, das nicht dort sein wollte, zu einem lächelnden, überschwänglichen Kind entwickelt hatte, das den Tag aller Menschen aufhellte, sobald sie ins Gebäude hüpfte. Trotz der Schwierigkeiten, mit denen sie später im Leben konfrontiert sein würde, würde sie nicht zulassen, dass diese sie davon abhielten, im Moment zu leben, im Hier und Jetzt.

Amelia trug ihre Tasche und folgte Annabelle, als diese die Treppe hinunter und durch eine Doppeltür ging. Als sie den Parkplatz erreichten, war der Platz leer, abgesehen von einigen Eltern, die darauf warteten, dass ihre Kinder den Nachsitzen beendeten. Diese Zahl nahm in den letzten Jahren zu. Sie war nicht sicher, was mit dem Ort geschah. Und als Schulassistentin war sie nicht über die komplexen Details informiert, wie die Schule geführt wurde, wie sie in den Abgrund getrieben wurde. Der jüngste Ofsted-Bericht hatte sie als »Verbesserungsbedürftig« eingestuft. Sie war sich sicher, dass die Einstellung und das Verhalten einiger Kinder erheblich dazu beitrugen. In all ihren früheren Stellen hatte sie nie solch unorganisierte, gehässige, boshafte und weniger lernwillige Kinder erlebt wie die an der Canvey Beck, einer der besser funktionierenden Schulen auf Canvey Island. Mit Ausnahme von Annabelle Lake natürlich. Die kleine Annabelle war der Grund, warum sie zur Arbeit kam, der Grund, warum sie sich auf das Chaos freute, das sie jeden Tag ertragen musste. Ein Teil von ihr spürte, dass der absolute Niedergang des Bildungswesens in der Schule – und die zunehmende Gewalt, die sie auf dem Schulhof erlebte – auf den jüngsten Zustrom von

Einwanderern und Migranten auf der Insel zurückzuführen war. Da sie nirgendwo anders hingehen konnten und niemand sonst bereit war, ihnen zu helfen, hatten sie auf der Südseite der Insel in den verschiedenen Wohnwagenparks und Sozialwohnungen Zuflucht gesucht, sehr zum Ärger der verbliebenen Bewohner von Canvey. Sie wollte nicht behaupten, dass sie alle Rassisten waren, aber da der Wahlkreis Castle Point unter den drei größten Prozentsätzen der Leave-Wähler beim Brexit-Referendum lag, war es schwer, sich einen anderen als einen rassistischen Grund vorzustellen. Der Zustrom osteuropäischer Kinder in der Schule hatte viele der Kinder, die sie in ihrer Klasse betreute, verunsichert und nervös gemacht, und allein in der letzten Woche hatte sie drei Kämpfen ein Ende gesetzt, an denen alle diejenigen beteiligt waren, die glaubten, sie verdienten es, in der Schule zu sein, und diejenigen, von denen sie glaubten, dass sie es nicht taten. Und das Lustige war, dass es typischerweise diejenigen waren, die nirgendwohin konnten, diejenigen, die aus ihren von Krieg zerrütteten Ländern geflohen waren, die im Klassenzimmer besser abschnitten. Es waren besorgniserregende Zeiten für die Schule, aber Kinder wie Annabelle Lake waren ihr Grund zur Hoffnung. Sie inspirierten sie, den Job fortzusetzen, den sie so lange geliebt hatte.

Am Ende des Lehrerparkplatzes hielten sie am Schultor an. Annabelles Haus war hinter einer niedrigen Heckenreihe sichtbar.

»Ich sehe dich morgen«, sagte Amelia.

»Ja, Frau Duggan. Ich hab dich lieb, Frau Duggan.«

Amelia erwiderte, dass sie sie auch lieb hatte, und verschränkte dann die Arme gegen die Kälte, während sie zusah, wie das kleine Mädchen die Straße hinunter humpelte, geduldig an der Ampel wartete und dann überquerte. Sie bemerkte einige der Eltern, die sie auf der anderen Straßenseite erkannte und die auf ihre Kinder warteten, gekleidet in Bodywarmern und Trainingshosen, eine Zigarette in der einen Hand, ein Handy in der anderen.

Annabelle schlenderte auf ihr Haus zu, ihr übergroßer Rucksack hüpfte bei jedem Schritt und belastete sie. Als sie sich der Heckenreihe näherte, hielt ein Auto neben ihr an und sie blieb stehen. Die Person am Steuer war hinter dem Schein des dunkler werdenden

Novemberhimmels und den Reflexionen der bedrohlichen Wolken unsichtbar, die eine Woche Regen ankündigten. Amelia betrachtete das Auto, um ihre Befürchtungen zu zerstreuen. Es war ein Ford Fiesta. Schwarz, mit geschwärzten Felgen, einem dröhnenden Subwoofer und getönten Scheiben. Sie erkannte es als das Auto von Annabelles Onkel. Er kam immer, um sie zufällig abzuholen. Er sagte, es sei, weil sie an diesem Abend bei ihm übernachten würde.

Da sie keinen Grund hatte, etwas anderes zu vermuten, hatte sie Annabelle oft in die Obhut ihres Onkels gehen lassen. Und jetzt war es nicht anders. Alles, was von dem kleinen Mädchen zu sehen war, waren die Zöpfe auf ihrem Kopf und die Oberseite ihres Rucksacks.

Amelia beobachtete, wie Annabelle die Autotür öffnete und einstieg.

Einen Moment später fuhr das Auto aus der Kreuzung und bog in die entgegengesetzte Richtung ab.

In die Richtung weg von ihrem Onkel und ihrer Tante.

In die Richtung weg von ihrer gesamten Familie.

KAPITEL
ZWEI

Tomek mochte keine Friedhöfe. Wenn er darüber nachdachte, konnte er sich niemanden vorstellen, der das tat. Außer denen, die dafür bezahlt wurden, dort zu arbeiten, oder die freiwillig halfen, das Gelände so sauber und ansehnlich wie möglich zu halten. Und selbst dann glaubte er nicht, dass *genießen* das richtige Wort war.

Erdulden schien eher passend. Ja, sie erduldeten es. Genauso wie Tomek lernte, neue Dinge in seinem Leben zu erdulden. Die Tochter, von der er nicht wusste, dass er sie hatte und die eines Nachmittags vor seiner Tür aufgetaucht war, die absolute Langeweile, die er jeden Tag verspürte, weil er während seiner Suspendierung bis zum Abschluss der Ermittlungen nicht arbeiten konnte. Selbst das Fernsehprogramm am Tag zu ertragen, fiel ihm schwer. Und dann war da noch das hier. Der Southend Friedhof. Eine der größten, wenn nicht sogar die größte Ansammlung von Knochen und toten Körpern, die er je besucht hatte. Und er hatte in seiner Zeit einige Tatorte gesehen, die versuchten, das zu toppen.

Er senkte den Blick und seine Augen fielen auf den Grabstein.

Tony William Hunt. Er mochte seinen Kaffee kälter als sein Klima.

Die Inschrift zauberte ein Lächeln auf Tomeks Gesicht. Das traf ihn auf den Punkt.

Der Mann war seit vier Wochen tot, und zum ersten

Monatsgedenktag seines Todes dachte Tomek, es wäre an der Zeit, hier aufzutauchen. Ob es Schuld oder Trauer gewesen war, die ihn davon abgehalten hatte, früher zu kommen, wusste er nicht. Er wusste nur, dass er gerade erst begann, mit dem Geschehenen ins Reine zu kommen, und dass er es hinter sich lassen musste, wenn er seine Karriere fortsetzen wollte. Er konnte nicht weiterhin in der Vergangenheit leben, in Angst vor dem, was er getan hatte, und wie es passiert war.

Ein großes Blatt, braun und vom Regen beschmutzt, der es tiefer in den Boden gedrückt hatte, schlug gegen das untere Ende des Grabsteins. Tomek bückte sich, um es zu entfernen, um aufzuräumen. Als er sich vom durchnässten Boden hochdrückte, hörte er Schritte und das Rascheln einer Parkajacke. Es stoppte ein paar Meter von ihm entfernt. Und wenn es möglich war, spürte er, wie der Luftdruck und die Temperatur um ein paar Grad fielen.

Dann spürte er einen eisigen Blick, der sich in seinen Rücken bohrte.

»Nein...« war das einzige Wort, das über ihre Lippen kam. Gefolgt von: »Nein... Nein, Sie haben kein Recht, hier zu sein. Nein! Verschwinden Sie von ihm!«

Tomek musste nicht zweimal gebeten werden. Er musste sich auch nicht umdrehen, um zu wissen, wer ihn dafür anprangerte, in der Nähe von Tonys Grab zu sein. Seit jenem Tag, dem Tag, über den Tomek mit niemandem außer den vernünftigen Stimmen in seinem eigenen Kopf reden wollte, hatte Susan Hunt ihre Gefühle ihm gegenüber sehr deutlich gemacht. Sie hatte ihn öffentlich in verschiedenen Facebook-Gruppen bloßgestellt, seinen Namen durch den Dreck gezogen und dazu beigetragen, den Sprengstoff für die Bombe zu liefern, die gerade dabei war, seine Karriere zu zerstören.

Er konnte es ihr kaum vorwerfen. Er *war* für den Tod ihres Mannes verantwortlich gewesen. Er konnte ihr kaum übelnehmen, dass sie alle Phasen der Trauer auf einmal durchlief und sie auf zerstörerische und rachsüchtige Weise auf ihn richtete.

»Hallo, Susan«, sagte Tomek leise. Er behielt seine Hände in den Taschen und versuchte, den Ton seiner Stimme so leicht wie möglich zu halten. Er war nicht hier, um zu streiten, er war nicht hier, um zu beleidigen, er wollte nur seine Respektbezeugung erweisen und gehen.

»Verpissen Sie sich«, sagte sie zu ihm. »Und ficken Sie sich.«

»Ich wollte nur meinen Respekt-«

»Das ist mir egal. Verpissen Sie sich. Sie haben kein Recht, hier zu sein.«

Das stimmte, unter normalen Umständen. Aber dies waren keine normalen Umstände. Schuldgefühle hatten ihn hergeführt. Schuldgefühle, weil er ihren Mann hatte sterben lassen, obwohl er die Chance – so winzig sie auch erschienen sein mochte – gehabt hatte, ihn zu retten.

Tomek zog etwas aus seiner Tasche. Ein Tütchen Sainsbury's Instantkaffee. Die Zeiten waren in letzter Zeit hart gewesen, und er war nicht in der Lage, die Markenprodukte zu kaufen – die Marken, die Tony verdient hätte.

»Ich weiß, es ist sein Lieblingskaffee«, sagte Tomek und zog eine Thermoskanne aus seiner anderen Manteltasche. »Aber ich dachte, wir könnten zusammen einen Kaffee trinken. Bei diesem Wetter wird er wohl nicht lange warm bleiben.«

»Nein!« brüllte sie, ihre Stimme hallte über die Gräber und störte die Toten. »Sie kommen ihm nicht nahe. Ich habe es Ihnen gesagt. Wenn ich Sie hier noch einmal finde, erwirke ich eine einstweilige Verfügung gegen Sie.«

Konnte man eine einstweilige Verfügung gegen eine tote Person erwirken? Tomek wusste es nicht. Aber er wollte auf keinen Fall lange genug bleiben, um es herauszufinden.

Der Einzige auf der Welt zu sein, dem es gesetzlich verboten war, sich einem Leichnam auf hundert Meter zu nähern. Das hätte seinen Job noch schwieriger gemacht.

Mit gesenktem Kopf zog er sich vom Grab auf den Weg zurück, der durch den Friedhof führte. Susan stand dort, fest, ihr Körper steif, und blockierte Tomeks Ausweg. Sie zwang ihn, den langen Weg zurück zu seinem Auto zu nehmen.

»Ich weiß, dass Sie mir vielleicht nie verzeihen können, und ich weiß, dass Sie es vielleicht nie wollen, aber wenn Sie können, würde es mir viel bedeuten, wenn wir uns hinsetzen und besprechen könnten, was passiert ist.«

»Es würde *Ihnen* viel bedeuten, meinen Sie«, sagte sie als Feststellung und nicht als Frage. »Es geht hier nicht um Sie, also versuchen Sie nicht, es dazu zu machen. Sie sind derjenige, der ihn sterben ließ, und ich hoffe, Sie leben für den Rest Ihres Lebens mit dieser Entscheidung.«

Tomek tat das und würde es auch weiterhin tun.

Es hatte keinen einzigen Tag gegeben, an dem er nicht daran gedacht hatte, an dem es nicht von innen an ihm genagt hatte.

Aber er konnte sich nicht annähernd vorstellen, wie sie sich fühlte. Sie vermisste einen Ehemann, ihren Seelenverwandten, ihren Lebenspartner. Das war weitaus schlimmer und verheerender als die Schuld, mit der er konfrontiert war. Wer war er, um um Vergebung zu betteln, wenn es das Letzte war, was er verdiente?

Als er erkannte, dass er einen Kampf führte, den er bereits verloren hatte, und dass es ein Fehler gewesen war, hierher zu kommen, kehrte Tomek Susan den Rücken zu und ging zurück zu seinem Auto - wo er den anderen Fehler in seinem Leben treffen würde.

AUCH VON JACK PROBYN

Die DS Tomek Bowen Krimireihe:

BUCH 1: DIE RACHE DES TODES

Southend-on-Sea, Essex: Detective Sergeant Tomek Bowen - getrieben, hartnäckig und vom Tod seines Bruders verfolgt - wird zu einem der schockierendsten Tatorte gerufen, den er je gesehen hat. Ein Mann wurde rituell ermordet und in einer Kleingartenanlage in der Nähe des örtlichen Flughafens abgelegt. Erste Ermittlungen deuten darauf hin, dass dieser Mann eine Vergangenheit hatte. Eine Vergangenheit, die ihm viele Feinde einbrachte.

Die Roche Des Todes herunterladen

BUCH 2: DER GRIFF DES TODES

Annabelle Lake glaubte, den Ford Fiesta, der vor ihrer Schule wartete, und den Fahrer darin zu erkennen. Sie lag falsch. Ihre Leiche wird einige Zeit später entdeckt, baumelnd an einer Schaukel auf einem Spielplatz auf Canvey Island.

Der Griff Des Todes herunterladen

BUCH 3: DIE BERÜHRUNG DES TODES

Als sich an einem Dezembermorgen in Essex der Nebel lichtet, wird die Leiche eines Teenager-Mädchens mit dem Gesicht nach unten in einem Feld entdeckt. Der Fall landet schnell auf dem Schreibtisch von DS Tomek Bowen, der, während er versucht, sein neues Leben als alleinerziehender Vater einer dreizehnjährigen Tochter zu meistern, die tödlichen Ereignisse aufdecken und die Wahrheit ans Licht bringen muss.

Die Berührung Des Todes herunterladen

BUCH 4: DER KUSS DES TODES

Der Tod eines Obdachlosen erregt kaum Aufmerksamkeit in Southend-on-Sea - bis die Obduktion ihn als Herbert Tucker identifiziert, einen umstrittenen Parlamentsabgeordneten mit einer Geschichte voller Feindschaften. Zwischen den Strandhütten von Thorpe Bay gefunden, wirft sein sorgfältig inszeniertes

Ableben mehr Fragen auf als es Antworten liefert. Unter wachsendem Druck muss DS Tomek Bowen die letzten Tage eines Mannes rekonstruieren, der von Kontroversen lebte. Seine Ermittlungen decken ein Netz aus Täuschungen auf, das sich von den Korridoren Westminsters bis in die dunkelsten Ecken von Essex erstreckt. Doch je näher Bowen der Wahrheit kommt, desto klarer wird ihm - dies war nicht nur Mord. Es war eine Botschaft. Und jemand wird alles tun, um ihre Bedeutung im Verborgenen zu halten.

Der Kuss Des Todes herunterladen

BUCH 5: DER GESCHMACK DES TODES

An einem windigen und eisig kalten Morgen besucht Morgana Usyk, Besitzerin eines der Lieblingsplätze von DS Tomek Bowen, Morgana's Café, den etwas über eine Meile vor der Küste gelegenen Mulberry Harbour. Kurze Zeit später wird ihre Leiche in den flachen Gewässern gefunden, treibend neben dem Hafen. Erste Berichte und Augenzeugenaussagen besagen, dass sie den Mörder vom Tatort fliehen sahen. Doch als Sturm Alisha aufzieht und alle Beweise wegspült, steht Bowen mit seinem Team auf verlorenem Posten. Jetzt steigt das Wasser. Und Morganas Leiche wird nicht die einzige sein, die sie darin finden werden.

Der Geschmack Des Todes herunterladen

BUCH 6: DER ENGEL DES TODES

Als die Flugbegleiterin Angelica Whitaker nach einer Nacht in einem der beliebtesten Nachtclubs von Southend als vermisst gemeldet wird, wird der Fall zum ersten Mal in seiner Karriere an DS Tomek Bowen übergeben. Sobald die Ermittlungen beginnen, richtet sich der Verdacht auf den Mann, mit dem sie im Club getanzt hat. Doch als ihre Leiche später in einer Kirche gefunden wird, positioniert wie ein Engel, deuten dieselben Indizien auf einen berechnenden, gefassten und sadistischen Killer hin. Aber während die Ermittlungen voranschreiten und Tomek tiefer in das Leben des Opfers eintaucht, wird klar, dass es keinen Mangel an Verdächtigen gibt und jeder seine Geheimnisse hat – manche mehr als andere...

Der Engel Des Todes herunterladen

REZENSION SCHREIBEN

Da wären wir. Ende.

Also, ich sage « wir » ... ich meine euch. Danke.

Danke, dass ihr bis hierhin durchgehalten habt und mir treu geblieben seid, während ich mir diese unglaublich wilden und bizarren Geschichten ausdenke und sie später zu Papier (oder besser gesagt, in digitale Dateien) bringe.

Amazon ist voll von Millionen von Büchern (buchstäblich, und ich verwende diesen Begriff nicht leichtfertig), daher ist es oft schwierig, die nächste Lektüre zu finden. Man möchte einfach wissen, in welches Buch man als nächstes eintauchen soll. Aber manchmal hat man keine Zeit, sie alle durchzugehen. Was also tun?

Natürlich die Rezensionen lesen.

Wir nutzen sie in jedem Bereich unseres Lebens. Restaurants. Filme. Unser nächster Fernseher. Kopfhörer. Fast alles wird von den Gedanken anderer bestimmt.

Verrückt, nicht wahr?

Aber was passiert, wenn man auf ein Buch ohne Rezensionen stößt? Man schreckt vielleicht davor zurück. Es ist schwer, dem Buch zu vertrauen.

Ihre Zeit ist kostbar. Sie wollen sie nicht mit enttäuschenden Geschichten verschwenden. Niemand möchte das. Und das möchte ich auch nicht für Sie. Manchmal mache ich mir Sorgen, dass dieser Geschichte dasselbe passieren könnte. Aber es gibt eine Lösung.

Eine Rezension hilft viel. Und sie gibt mir das Selbstvertrauen, die verrückten Gedanken in meinem Kopf weiter zu verarbeiten. Wenn Sie einen Moment Zeit haben, würde ich mich sehr über eine Rezension freuen. Es muss nicht viel sein – nur ein paar Worte darüber, wie Sie das Buch finden.

Vielen Dank.

Ihr freundlicher Autor,

Jack Probyn

TRETEN SIE DEM VIP-CLUB BEI

Ihr KOSTENLOSES Buch wartet auf Sie

Verfügbar, sobald Sie dem Club beitreten
Holen Sie sich jetzt Ihr KOSTENLOSES Exemplar der Prequel-

Novelle zur DS Tomek Bowen-Reihe auf jackprobynbooks.com, wenn Sie meinem VIP-E-Mail-Club beitreten.